СТРАНИЦЫ МИЛЛБУРНСКОГО КЛУБА, 2

The Annals of the Millburn Club, 2
Slava Brodsky (ed.)

Под общей редакцией
Славы Бродского

Manhattan Academia

Страницы Миллбурнского клуба, 2
Слава Бродский, ред.
Анастасия Мандель, рисунок на титульном листе

The Annals of the Millburn Club, 2
Slava Brodsky (ed.)
Stacy Mandel, drawing on the title page

Manhattan Academia, 2012
www.manhattanacademia.com
mail@manhattanacademia.com
ISBN: 978-1-936581-11-5

В сборнике представлены произведения членов Миллбурнского литературного клуба Надежды Брагинской, Славы Бродского, Натальи Зарембской, Петра Ильинского, Яны Кане, Евгения Любина, Михаила Малютова, Игоря Манделя, Зои Полевой, Раисы Сильвер, Юрия Солодкина, Александра Углова и Бен-Эфа.

This collection features works by members of the Millburn Literary Club: Nadezhda Braginskaia, Slava Brodsky, Natalie Zarembsky, Petr Ilyinskii, Yana Kane-Esrig, Yevgeny Lubin, Mikhail Malyutov, Igor Mandel, Zoya Polevaya, Raisa Silver, Yuri Solodkin, Alexander Uglov, and Ben-Ef.

Содержание

Предисловие редактора

В этом году мы, члены Миллбурнского литературного клуба, отмечаем круглую (в двоичной системе) дату: исполнилось восемь лет с тех пор, как наш клуб начал свою работу. Еще одно событие с круглым (в том же смысле) числом также происходит в этом году: выходит второй по счету сборник клуба.

Что вошло в настоящее издание? Со своим творчеством в прозе выступают Раиса Сильвер (дебютант сборника), Петр Ильинский и Яна Кане. Два автора публикуют свои пьесы – это Евгений Любин и Александр Углов. Поэтический жанр представляют Зоя Полевая, Бен-Эф (оба – дебютанты сборника) и Юрий Солодкин. Литературоведческие проблемы освещаются в статьях Надежды Брагинской, Натальи Зарембской, Игоря Манделя и Михаила Малютова.

На одном из заседаний клуба 2011 года мы обсуждали вопрос о том, почему нам может нравиться или не нравиться то или иное стихотворное (или в более широком смысле – литературное) произведение. С сообщениями по этому поводу выступили Анна Голицына, Игорь Мандель, Наум Коржавин и я. Анна Голицына представила свою работу в первом сборнике клуба. Отголоски выступления Наума Коржавина были отражены в интервью с ним, которое также было публиковано в первом Миллбурнском сборнике. И вот сейчас, во втором сборнике, представлен еще один доклад 2011 года: тезисы моего сообщения (дополненные другим созвучным материалом).

За небольшими исключениями, авторы представили во второй сборник работы, написанные в самые последние годы. И я надеюсь, что настоящее издание будет принято читателями с интересом.

В заключение моего предисловия я хочу поблагодарить Эльвиру Фагель, которая выполнила бо́льшую часть работы по редактированию и корректированию текста. Ее неформальное участие в настоящем издании с благодарностью отмечают также и авторы второго выпуска сборника «Страницы Миллбурнского клуба».

Слава Бродский
Миллбурн, Нью-Джерси
19 октября 2012 года

Надежда Брагинская – глубокий исследователь творчества Александра Сергеевича Пушкина – пользуется заслуженной популярностью у широкого русскочитающего и русскослушающего населения Америки. Она – автор книги «О Пушкине», огромного числа статей и радиопередач о русской литературе. Российский Фонд Культуры дважды награждал Н.С.Брагинскую грамотой «За многолетнее служение культуре». Недавно ей была вручена Пушкинская Царскосельская медаль.

Пушкин. Америка. Век XIX

Ура! – куда же плыть – к песчаным ли брегам,
Где дремлют вечности символы, пирамиды,
Иль к девственным лесам
Младой Америки – Флориды.

«Осень», 1833 (Из ранних редакций)

Пусть белых негров прекратится
Продажа на Святой Руси.

П.Вяземский

История русской американистики насчитывает уже два с половиной века. В России первая статья об Америке была написана в 1750 году М.Ломоносовым. Она представляла собой историческое и географическое описание Северной Америки. Вскоре после этой статьи американская тема заявила о себе и в произведениях литературных, с довольно острой социальной окраской, – у А.Сумарокова, Н.Карамзина, А.Радищева, позднее – у П.Вяземского, декабристов.

Коснулись европейцы суши,
Куда их наглость привела.
Хотят очистить смертных души
И поражают их тела.

А.Сумароков. «О Америке», 1759

У А.Радищева в рассуждениях об американских невольниках очевидны параллели с русским крепостничеством. Он пишет об этом в главе «Хотилов» («Путешествие из Петербурга в Москву»), в которой формулирует свою идею уничтожения крепостного права в России. И.Богданович составил обозрение «Об Америке». В переводе писателя И.Веревкина вышло (в типографии Н.Новикова) сочинение аббата А.Прево «История о странствиях», где говорилось об «английских сельбищах» в Америке.

В XVIII веке сведения об Америке приходили в Россию, в основном, через переводные издания. Это было еще время до художественного перевода. Как писал Пушкин:

А где мы первые познанья
И мысли первые нашли,
Где поверяем испытанья,
Где узнаем судьбу земли?
Не в переводах одичалых,
Не в сочиненьях запоздалых,
Где русский ум и русский дух
Зады твердит и лжет за двух.

«Евгений Онегин», гл. 7. Из ранних редакций

Что и когда узнал об Америке Пушкин?

Ни в семье, ни в Лицее не было специальных занятий географией. В выданном Пушкину «Свидетельстве» об окончании Лицея, после перечня обязательных предметов и оценок по ним, сказано: «Сверх того занимался историей, географией, статистикой, математикой и немецким языком». Не станем оценивать формулу «занимался географией». Но, оказывается, совсем еще юный Пушкин об Америке написал, и не очень лестно, в одном из первых своих стихотворений. Первый том любого собрания сочинений Пушкина открывается стихотворением «К Наталье» (1813), посвященным актрисе Царскосельского крепостного театра графа В.Толстого. Вот несколько строк этого стихотворения, полного очаровательной юношеской чистоты:

Так, Наталья! признаюся.
Я тобою полонен.
В первый раз еще, стыжуся,
В женски прелести влюблен.
Целый день, как ни верчуся,
Лишь тобою занят я;
…
Но, Наталья! Ты не знаешь,
Кто твой нежный Селадон,
Ты еще не понимаешь,
Отчего не смеет он
И надеяться? – Наталья!
Выслушай еще меня:

Не владетель я Сераля.
Не арап, не турок я.
За учтивого китайца,
Грубого американца
Почитать меня нельзя.

В скобках замечу, что понятие «американец» употреблялось тогда и как «индеец», и как «белый колонизатор».

Вот так, с эпитетом «грубый», слово «американец» вошло в 1813 году в творчество Пушкина. Впоследствии повышенное внимание русского общества к Америке было связано с событиями американской революции. Появляются новые книги в переводах уже отнюдь не «одичалых». Так, А.Свистовский в 1824 году перевел, как писалось, «с американского» «Историю Америки» Вильяма Робертсона. Цензура запретила ее публикацию, но рукопись тиражировалась, обсуждалась дворянской молодежью. На следствии по делу декабристов Виктор Толстой свидетельствовал, что заимствовал вольный образ мыслей «в чтении истории Робинсонова о Соединенных Штатах Америки».

Пушкин, обдумывая, точнее, «отбирая» книги для библиотеки Онегина, оставил в черновых редакциях несколько вариантов: 1) «Мельмот, Рене, "Адольф" Констана»; 2) «Весь Вальтер Скотт, "Адольф" Констана, "Коринна" Сталь, два-три романа...» В третьем варианте появляется и имя Робертсона: «Юм, Робертсон, Руссо, Мабли, Барон д'Ольбах, Вольтер, Гельвеций etc.».

Эта глава писалась в 1827 году, и Пушкин, конечно, знал о цензурном запрете Робертсона. Видимо, поэтому в окончательную редакцию XXII строфы VII главы «Евгения Онегина» В.Робертсон не вошел.

Хотя мы знаем, что Евгений
Издавна чтенье разлюбил,
Однако ж несколько творений
Он из опалы исключил:
Певца Гяура и Жуана
Да с ним еще два-три романа,
В которых отразился век...

В России в эти годы множатся переводные материалы, публицистические статьи, рассказы об Америке. В «Литературной Газете» А.Пушкина и А.Дельвига в 1830 году опубликована статья русского посланника в Вашингтоне П.И.Полетики «Состояние общества в Соединенных Американских областях». В личной библиотеке Пушкина была повесть Ф.Бомона «Мария, или Рабство в Америке», двухтомник французского социолога А.Токвиля «О демократии в Америке», 14 томов Ф.Купера, «Рассказ о похищении и приключениях Джона Теннера», записанный с его слов Э.Джеймсом.

Вот тот контекст, в котором Пушкин осмысливал американскую тему, вырабатывал собственное восприятие Америки. Эти размышления – в письмах Пушкина (в частности, к Чаадаеву, от 19 октября 1836 года, беловое и черновое). Но главный итог их – статья «Джон Теннер». Пушкин работал над ней летом 1836 года и опубликовал в т.III журнала «Современник». Статья основана на «Записках Джона Теннера», проведшего 30 лет в пустынях Северной Америки между древними ее обитателями. «Записки» вышли в Нью-Йорке в 1830 году. Перевод сделан Пушкиным с французского перевода «Записок», вышедших в Париже в 1835 году. В статье Пушкин использовал и книгу А.Токвиля «О демократии в Америке». В этой статье, характеризующей Америку времен «джексоновской демократии», Пушкин поставил под сомнение сами основы буржуазной демократии и методы «насаждения» цивилизации: «Америка спокойно совершает свое поприще, доныне безопасная и цветущая, сильная миром, упроченным ее географическим положением, гордая своими учреждениями. Но несколько глубоких умов в недавнее время занялись исследованием нравов и постановлений американских, и их наблюдения возбудили снова вопросы, которые полагали давно уже решенными»; «...с изумлением увидели демократию в ее отвратительном цинизме, в ее жестоких предрассудках, в ее нестерпимом тиранстве. Все благородное, бескорыстное, все возвышающее душу человеческую – подавленное неумолимым эгоизмом и страстью к довольству (comfort)»; «...рабство негров посреди образованности и свободы...»; «Остатки древних обитателей Америки скоро совершенно истребятся... так или иначе, чрез меч и огонь, или от рома»... «Эти "Записки" драгоценны во всех отношениях. Они – самый полный и, вероятно, последний документ бытия народа, коего скоро не останется и следов... Летописи племен безграмотных... они наконец будут свидетельствовать перед светом о средствах, которые Американские Штаты употребляли в XIX столетии к распространению своего владычества и христианской цивилизации». Это уже слова историка, в них пименовское начало: история все помнит.

В 1838 году Фенимор Купер, до того времени писатель романтический, отразил растущее разочарование в духовных ценностях и практической морали буржуазной Америки в своем памфлете «Американский демократ»: «Молодая республика освобождалась от одной группы политических паразитов только для того, чтобы отдаться во власть другой. В стране не было ни короля, ни аристократии, но вместо них правили демагоги-демократы». И далее Купер пишет, что чем более узнает их, тем большее отвращение они ему внушают. Но Пушкин сказал об этом еще в 1836 году: «...уважение к американской демократии, плоду новейшего просвещения, сильно поколебалось». Пушкинский «Джон Теннер» – вершина русской американистики XIX века.

В нашей эмиграции бытует мнение о том, что Америка знает русскую литературу лишь со времен Тургенева, Достоевского и далее...

Дэвид Льюис жил в Петербурге с 1814 по 1824 год. Он свободно владел русским языком, был вхож в литературные круги. В Америке он стал первым переводчиком Пушкина. Поэма «Бахчисарайский фонтан» в его переводе появилась сначала в филадельфийском журнале, а потом отдельным изданием. В книгу вошли и стихи И.Дмитриева, Г.Державина, А.Мерзлякова и других авторов. В трогательном посвящении Д.Льюис писал: «Моим русским друзьям нижеследующую попытку переложения на английский язык любимой мной поэмы одного из самых обожаемых поэтов».

В Америке одной из ранних публикаций о Пушкине была, по-видимому, статья в журнале «Blackwood» в июне 1845 года. Несколько строк из нее без указания авторства приводит в своем эссе Г.Уитьер.

11 февраля 1847 года, к десятилетию (!) со дня смерти Пушкина, в вашингтонском журнале «National Era» было опубликовано эссе Г.Уитьера (Whittier) «Александр Пушкин». Это одно из самых ранних эссе о Пушкине в Америке, и до сих пор оно привлекает к себе внимание. Эссе и сегодня поражает своим проникновением в судьбу, личность Пушкина, во всечеловеческое значение его поэзии. Г.Уитьер – американский поэт, очень почитаемый Авраамом Линкольном, близкий друг Генри Лонгфелло. Он представитель аболиционистского направления в американской литературе, сторонник движения за отмену рабовладения. Отсюда его особый интерес к родословной Пушкина, к Ганнибалам.

«29 января 1837 года, в одном из великолепных особняков северной столицы на берегах Невы, умирал великий человек.

Комнаты, которые вели в кабинет страдальца, были наполнены богатыми титулованными особами и талантами С.-Петербурга, с тревогой справлявшимися о состоянии страдающего.

...Кто же такой Александр Пушкин? Возможно ли, чтобы этот человек, прекрасно одаренный, уважаемый и так оплакиваемый, был цветным человеком? Именно таким, однако, он и является – факт невероятный, как это может показаться американскому читателю. Его деду по материнской линии, негру по имени Ганнибал, покровительствовал сам царь. Он был офицером морского флота. От своего африканского происхождения Пушкин унаследовал во внешности и складе мышления самые яркие черты.

В статье, опубликованной в журнале "Blackwood" в июне 1845 года, он изображен следующим образом: "Густые кудри жестких волос; подвижные, неправильные черты лица, темная кожа – все выдавало его африканское происхождение. Внешность поэта соответствовала его характеру".

Он не стыдился своего африканского происхождения. Напротив, он, кажется, гордился им. Поэт посвятил не одно стихотворение Ганнибалу, и сочинения Пушкина содержат частые упоминания о его африканской крови. Мы сослались на этого замечательного человека для того, чтобы показать, что американское предубеждение против цветного населения совершенно несовместимо с просвещенной республиканской системой управления и истинным христианством…

… Великое светило угасало. Александр Пушкин – поэт и историк, любимый в одинаковой степени императором и народом, сраженный в смертельной дуэли за два дня до этого, лежал в ожидании своего конца. И когда наконец плачущий Жуковский, второй по славе за Пушкиным поэт, объявил взволнованной толпе, что его друг скончался, князь и крестьянин склонили свои головы в печали.

Холодное сердце Севера пронзила острая боль великой утраты. Поэт России, единственный человек века, который мог с честью носить мантии Державина и Карамзина, скрылся в тени смерти, "свет которой есть тьма".»

Когда читаешь строки эссе, это описание трагических событий, кажется, что Уитьер стоял во взволнованной январской толпе на набережной Мойки. Какой духовной зрелостью и мерой литературного дара надо обладать, чтобы написать о горе другого народа, понесшего утрату, так, как Джон Гринлиф Уитьер, американский поэт.

… «И славен буду я, доколь в подлунном мире / Жив будет хоть один пиит».

Слава Бродский – выпускник Московского государственного университета (математического отделения мехмата). Автор нескольких книг по прикладной математической статистике, опубликованных в России в 70 – 80-х годах. С 1991 года живет в Соединенных Штатах Америки и работает в финансовой индустрии Манхеттена. Свою писательскую карьеру начал в 2004 году. За прошедшие с тех пор годы были опубликованы такие его книги как «Бредовый суп», «Релятивистская концепция языка», «Исторические анекдоты», «Смешные детские рассказы», «Большая кулинарная книга развитого социализма». Слава Бродский – вице-президент компании «*MetLife*». Он живет с женой в Миллбурне (Нью-Джерси). Его вебсайт – www.slavabrodsky.com.

Релятивистская кластер-модель вкусов

Предисловие

Мысль о том, что восприятие прекрасного может быть субъективным, возникла еще у древних. Эта точка зрения, не став особенно популярной, тем не менее владела умами многих философов и даже нашла свое отражение в пословицах на разных языках народов мира. В этом сборнике я представляю еще один взгляд на проблему.

Основой данной заметки является мое сообщение на заседании Миллбурнского литературного клуба 6 августа 2011 года. Заседание это было посвящено обсуждению подхода к оценке стихотворных произведений. Мое выступление, однако, имело несколько более общий характер. Все его положения могут относиться как к оценке стихотворных произведений, так и к оценке любого другого литературного, художественного или музыкального произведения, а также вообще такого предмета или явления, которое не поддается количественному анализу.

В том случае, когда существует количественная оценка того или иного предмета или явления, всякие споры о его оценке не очень продуктивны. Скажем, люди могут немного поспорить о том, холодная сегодня вода в океане или нет. Кто-то может сказать, что она холодная, а кто-то – что она теплая. Но все споры заканчиваются тогда, когда мы измерим температуру воды количественно. И если окажется, что температура сегодня 76 градусов, то все споры сразу должны прекратиться. Хотя кто-то еще может сказать, что 76 градусов – это холодная вода. А кто-то другой может возразить и сказать, что 76 градусов – это теплая вода. Но теперь уже спорящие сами понимают, что они, в сущности, не спорят, а просто выражают свое отношение к тому, какую воду они любят. Это уже высказывания не о воде, а об их личных предпочтениях.

Итак, далее будет обсуждаться вопрос оценки того, что не может быть измерено количественно. Хотя, для простоты изложения, я буду говорить об оценке какого-то произведения. Иногда я буду отдельно говорить об оценке литературного, музыкального или художественного произведения, когда буду приводить какие-то примеры.

Объективное и субъективное в оценке

Для начала попытаемся ответить на следующие два вопроса. Сколько объективного и субъективного в оценке того или иного произведения каким-то индивидуумом? Что такое вкус (скажем, литературный или художественный)?

На самом деле ответ на первый вопрос позволит разумно подойти и к ответу на второй вопрос. Потому что вкус человека полностью определяется тем, как он оценивает все, что его окружает.

Я знаю многих людей, сторонников положения об объективности прекрасного. Они считают, что понятие прекрасного – это нечто объективное, данное нам свыше. Есть, мол, некоторая внутренняя красота каждого произведения. А все, что зависит от нас – это только понять эту внутреннюю красоту или не понять. И тогда тот, кто может постичь красоту прекрасного (или «некрасоту» чего-то второсортного, третьесортного и т.д.), тот и обладает хорошим вкусом. В этом состоит первый подход к проблеме – объективизм.

Я собираюсь привести здесь некоторые примеры, которые опровергают положение об объективности в оценке того или иного произведения. Математики утверждают, что одного отрицательного примера (или, как они говорят, контрпримера), противоречащего какому-то утверждению, вполне достаточно, чтобы доказать неправомерность этого утверждения. Поэтому я не буду давать здесь полный исторический обзор тех событий и явлений, которые указывают на неправомерность объективизма. Нескольких контрпримеров, как я полагаю, будет вполне достаточно.

В противоположность объективизму существует второй подход – субъективизм. Его сторонники поддерживают положение о субъективности оценок. Сторонников этого подхода гораздо меньше, чем сторонников объективизма. Они считают, что по каким-то причинам существует что-то вроде моды на все. Мода на одежду, мода в изобразительном искусстве, мода в музыке. Какой-то дом мод или какое-то сообщество людей (которым по какой-то причине люди склонны доверять) пришли к мысли, что в этом году людям должны нравиться, скажем, длинные юбки. И всем постепенно начинают нравиться длинные юбки. Или в каком-то сообществе людей (которому также люди склонны верить) считается, что картины Леонардо да Винчи – шедевры. Поэтому и всем людям нравятся его картины. Или, по крайней мере, все верят в то, что картины Леонардо да Винчи – шедевры.

Сторонники субъективизма могут придерживаться этого подхода безоговорочно или с некоторой оговоркой. Оговорка эта состоит в том, чтобы считать, что в оценке произведения какая-то часть может принадлежать объективной составляющей. Такие сторонники субъективизма считают, что субъективная составляющая является доминирующей и сильно влияет на оценку произведения, но какие-то объективные характеристики вполне могут также существовать. Позицию таких сторонников субъективизма я буду защищать в этой заметке.

Что можно сказать об этих двух подходах? Начнем с первого, который устанавливает, что понятие прекрасного – это нечто объективное (данное нам свыше). Если бы это положение было верным, то можно было бы ожидать единства всех людей в их оценках. Но такого нет в реальной жизни. Одни и те же произведения, будь то литературные, музыкальные или какие-то другие, вызывают разные отклики разных людей. Это соображение является одним из основных доводов сторонников субъективизма, подтверждающим их правоту.

Я предполагаю, что сторонники объективизма могут привести какие-то аргументы, оправдывающие разногласия среди неоднородного состава населения. Поэтому я хочу обратиться к более узкому подмножеству людей. И предлагаю посмотреть, есть ли принципиальные разногласия в оценке, скажем, литературных произведений среди литераторов. Оказывается, что такие примеры легко привести. Вот очень убедительные примеры (которые я, в основном, взял из моей книги «Релятивистская концепция языка»).

Первый яркий пример: Льву Николаевичу Толстому активно не нравился Шекспир. Лев Николаевич в различные периоды своей жизни по-разному относился к Пушкину. Пастернак не любил Хлебникова, Багрицкого, Мандельштама и Гумилева. Гумилева не любили также Брюсов и Вячеслав Иванов. Пастернака не любили Набоков, Волошин, Андрей Белый и Ходасевич. А Набоков, кроме Пастернака, не любил еще Достоевского и Бунина. Бунин не любил Достоевского, Блока, Бальмонта, Сологуба, Вячеслава Иванова, Брюсова и Андрея Белого. Цветаева и Ахматова не любили Чехова. Мандельштам не любил Цветаеву. Андрей Белый не любил Мандельштама. Мандельштам не любил Андрея Белого.

О чем говорят эти примеры? Не правда ли, они опровергают положение об объективно прекрасном? Действительно, что же это за объективно прекрасное, если оно недоступно пониманию мэтрам литературы?

Другой пример относится к живописи. Поначалу ценители живописи относились к французскому импрессионизму отрицательно. А сейчас, кажется, никто не сомневается, что французские импрессионисты принесли миру нечто прекрасное.

Такие же примеры легко найти и в музыке: то, что отвергалось многими ценителями музыки, скоро становилось признаваемыми повсеместно шедеврами.

Существуют ли примеры, когда кто-то сначала нравился ценителям, скажем, литературы, а потом забывался? Конечно такие примеры есть. В начале XX века имя Константина Дмитриевича Бальмонта было известно всем людям в России, неравнодушным к поэзии. На его выступления билет было достать практически невозможно. Сотни исследователей изучали его творчество. А сейчас даже среди увлекающихся поэзией, Бальмонта мало кто знает. И таких примеров можно привести много и из разных областей.

Теперь уже становится очень похоже на то, что сторонники второго подхода – субъективизма – во многом правы. Получается так, что эстетические понятия и предпочтения приобретаются индивидуумом в течение его жизни (а не просто даются ему от рождения) и очень зависят от окружающей его среды.

На самом деле это и не должно нас удивлять. Ведь у новорожденного младенца эстетических проявлений мы, наверное, все-таки обнаружить не можем. А у людей сознательного возраста таких убеждений уже может быть много. Поэтому остается все-таки принять, что окружающая среда действительно формирует в значительной степени эстетическое мировоззрение человека.

Я вполне допускаю, что тот, кто дочитал мою заметку до этого места, может мне возразить следующим образом. То, что я сказал, не обязательно, мол, доказывает, что положение об объективно прекрасном неверно. Возможно, может сказать мой читатель, дело обстоит таким образом, что то самое объективно прекрасное, которое заложено в человеке свыше, проявляется постепенно в процессе развития личности индивидуума. Просто, может продолжить гипотетический читатель, у младенца еще не хватает мозгов или чего-то еще, чтобы заложенное в него свыше чувство объективно прекрасного как-то начало проявляться. И даже, мол, в юности, у человека еще не достаточно что-то там развито, чтобы это заложенное в нем чувство проявилось во всю мощь.

И если бы действительно такое возражение возникло у моего читателя, я был бы этому очень рад. Потому что это означало бы, что у него вдумчивая манера чтения. А это, конечно, должно быть автору всегда приятно. Само же возражение мне не представляется правильным. Действительно, вернемся к примеру с французским импрессионизмом. Как все было в тот момент, когда французские импрессионисты принесли в мир свои творения? Разве в этот самый момент их красота открылась всему сознательному населению? Разве молодым эта красота открывалась в процессе их созревания? Нет, все обстояло совсем не так. И взрослому, и молодому поколению поначалу красоту «постичь» не удавалось. И только со временем эта красота «открылась» наконец всем. Добавим к сказанному такое жизненное наблюдение: молодым любое новаторство «открывается» быстрее.

И тогда все-таки получается так, что индивидуум формирует свои эстетические представления в течение всей жизни в зависимости от той среды, которой он окружен. Какая среда имеется тут в виду, я думаю, понятно. Родители, друзья, школа оказывают поначалу колоссальное влияние на формирование эстетических вкусов людей. Потом оказывает влияние всякое прочее общественное воздействие, включая средства массовой информации, незапланированное и организованное течение событий. Авторитеты, знаменитости, исследователи творчества, биографы и те, которые раздают различные премии, оказывают большое воздействие на формирование вкусов. И так в течение всей жизни человек подвергается влиянию окружающей среды на формирование своего вкуса во всех его проявлениях.

Еще раз подчеркну здесь, что мы наблюдаем формирование эстетического развития человека не как «проявление» чего-то уже заложенного от рождения. Несколько упрощенно можно утверждать следующее. Если маленькому мальчику с детства говорят, что худенькие девочки – эти красиво, то ему потом будут нравиться худенькие женщины. Если говорят, что толстые девочки – это очень красиво, то ему потом будут нравиться полные женщины. И их он будет считать стройными. Если вокруг вас все говорят, что стихи лесенкой – это вершина стихосложения, вы в конце концов станете думать, что так оно и есть на самом деле, и, чего доброго, сами начнете писать лесенкой. Поэтому-то в начале 30-х годов прошлого столетия более девяноста процентов всех поэтов России писали стихи лесенкой.

Это я все говорю о втором подходе. И со сторонниками этого подхода трудно спорить. Ведь мы все время находимся в какой-то общественной среде. И мы не можем сказать, что было бы, если бы мы в этой среде не находились (находились бы в другой среде). Можем ли мы хоть когда-то определенно сказать, чем обусловлено впечатление, которое производят на нас, скажем, стихи некоторого поэта? Можем ли мы сказать, что это впечатление обусловлено только внутренней силой и красотой его произведений и никак не связано ни с обстоятельствами его жизни, ни с тем, какими путями мы шли в процессе знакомства с его творчеством?

Я иногда слышу крайне противоположные суждения о поэзии Иосифа Бродского. Кто-то говорит, что интерес к его поэзии возник только благодаря всей этой истории с его преследованием в Советской России. Другие, его почитатели, говорят, что никакого отношения к оценке его поэзии все это не имеет.

Должен сказать, что обе стороны, на мой взгляд, не правы. Потому что мы не можем знать, что было бы, если Иосиф Бродский не преследовался советскими властями. Насколько вся эта история была существенна, мы могли бы сказать, если бы смогли сконструировать такой эксперимент.

Сначала, скажем, десять тысяч человек изолируются от общества с момента, предшествующего суду над Бродским, вплоть до 1985 года. Потом их возвращают в общество и сразу же дают оценить поэзию Бродского. В дополнение к этому (и в рамках того же эксперимента) те же десять тысяч человек каким-то образом возвращаются в далекое прошлое и живут уже нормальной (без изоляции) жизнью вплоть до 1985 года. И затем тоже оценивают поэзию Бродского. Если разницы в этих двух оценках не будет, тогда мы могли бы сказать, что никакой субъективной составляющей в оценке поэзии Бродского нет. А если разница в оценках будет существенной, мы придем к противоположному выводу.

Но такой эксперимент мы поставить не можем. Ну и, значит, мы не можем сказать, что было бы, если бы Иосиф Бродский не преследовался советскими властями и если бы стенограмма суда над ним не читалась поголовно всей интеллигенцией страны. Хотя должен здесь подчеркнуть, что мы не знаем, *насколько* предыстория существенна. Но то, что она влияет в какой-то мере на нашу оценку творчества, это следует из всего сказанного выше.

Ахматова, надо полагать, считала, что преследование Бродского советскими властями в конце концов будет иметь благоприятное значение для него. Она говорила: «Какую биографию делают нашему рыжему!». Вот Анна Андреевна, как мне кажется, не должна была бы относиться отрицательно к положению о субъективизме в оценках литературных произведений.

Булгаковский герой, произносящий фразу, которую я приведу строчкой ниже, тоже, судя по всему, с положением о субъективности в оценках был бы согласен. Помните? «Повезло, повезло!.. Стрелял, стрелял в него этот белогвардеец и раздробил бедро и обеспечил бессмертие». А сам Михаил Афанасьевич, наверное, в субъективизм не верил. Поскольку приведенное здесь высказывание его героя было сделано с явного авторского неодобрения. А я должен признаться в том, что при первом знакомстве с «Мастером» мне пришлось перечитать этот кусок из романа, чтобы проверить, правильно ли я понял автора. Настолько диким мне показалось сказанное. Хотя на тот момент у меня было оправдание: моя теперешняя заметка не была еще тогда написана.

Возвращаюсь к своей мысли о том, что прямые жизненные эксперименты поставить чрезвычайно трудно. Однако же кое-что все-таки возможно. Помню такие два эксперимента, которые я, один неосознанно, а другой осознанно, совершил над самим собой. Когда я впервые попробовал маслины, они мне показались совершенно отвратительными. Но мой отец мне сказал, что у меня еще «не развит» вкус, поэтому мне маслины и не нравятся. И я, мол, должен попробовать их еще раз и постараться «понять», какие они вкусные. И я решил поверить своему отцу. Попробовал маслины в другой раз. Потом еще. И в какой-то момент я уже мог съесть одну-две маслины без особого отвращения. А очень скоро я стал маслины обожать.

Второй эксперимент я поставил над самим собой уже осознанно, когда был еще очень молод. Как-то я рассматривал экспозицию изобразительного музея им. Пушкина в Москве. В какой-то момент я увидел там кубистическую работу Пикассо. И, разглядывая ее, стал размышлять, почему она может нравиться людям. Я тогда уже знал, что есть люди, которым картины Пикассо кажутся полнейшей мазней, и есть почитатели Пикассо, которые считают его гением. Как такое могло случиться, представляло для меня загадку. Точнее, для меня представляло загадку то обстоятельство, что кто-то мог считать Пикассо гением. Тогда, в музее, на меня его картина не произвела никакого впечатления.

Единственно правдоподобный ответ, который мне пришел тогда в голову, был таков: наверное, все зависит от того, что тебе говорят о Пикассо другие. И от того, настроен ли ты верить тому, что говорят другие.

И я решил сам себя убедить в том, что те, кто считает Пикассо гением, правы. Я подошел к картине Пикассо и стал ее рассматривать с близкого расстояния. И говорил сам себе, как хороша эта картина, какие там бесподобные линии, изгибы и, вообще, как там все прекрасно. Однако от того, что я сам себя уговаривал, картина не стала мне вдруг нравиться на самом деле. Я потратил на самоубеждение, наверное, около часа. Но ничего со мной особенного не происходило. Ничто в картине Пикассо меня не трогало.

Однако я был настойчив. И я пошел в тот же музей через несколько недель. И опять подошел к той же картине Пикассо. И тут, наконец, я «понял», насколько она была хороша. Я бросился смотреть другие его работы. И все они показались мне очень хорошими. А через несколько месяцев я уже считал Пикассо гением.

Ну что ж, очень похоже на то, что струны нашей души открыты для того, чтобы сыграть, наверное, любую мелодию.

Таким образом, мы можем говорить о справедливости нижеследующих утверждений. Существование объективно прекрасного как основного, что влияет на оценку произведений, не отвечает жизненным реалиям. В течение всей жизни человек подвергается влиянию окружающей среды. И это в основном определяет его вкус во всех проявлениях.

Получает ли индивидуум от рождения какие-то представления о прекрасном? Я этого не знаю. И не знаю никого, кто бы сказал что-то убедительное по этому поводу. Тем не менее, мы должны допускать такую возможность. Тем более что некоторые жизненные примеры подталкивают нас в этом направлении. Эти примеры возникают, когда неизвестный никому автор поражает силой и глубиной своего таланта сразу и независимо друг от друга большое количество людей. Такое случилось с публикацией «Ивана Денисовича» в ноябре 62-го.

Почему я говорю о том, что подобные примеры подталкивают нас, а не убеждают? Да потому только, что весьма возможно допустить, что общественная среда подготавливает почву не только для восприятия произведений, но и для их создания.

Но как бы то ни было с представлениями о прекрасном от рождения, мы должны заключить, что основным для формирования вкуса человека является влияние окружающей среды. А оценку произведений мы делаем на основании выработанного вкуса. И, таким образом, эта оценка будет субъективной. Точнее (или осторожнее) сказать, что она будет *во многом* субъективной. Потому что мы не можем полностью исключить объективную составляющую из нашего рассмотрения. Не можем, хотя мы и пришли к выводу о том, что объективная составляющая (если она есть) является несущественной по сравнению с субъективной.

Релятивистская кластер-модель

Теперь я хочу несколько подробнее остановиться на обсуждении такого понятия, как вкус. Если вкус – это нечто субъективное, то как тогда можно утверждать, что кто-то обладает хорошим или плохим вкусом? Что такое тогда тонкий или примитивный вкус?

Я попытаюсь ответить на эти вопросы. Однако я не хочу говорить о том, что обычно думают об этом другие. Мне кажется, что у большинства людей нет об этом твердого представления. Поэтому я буду говорить о том, какое представление об этом (не осознанное большинством) достаточно хорошо отражает жизненные реалии.

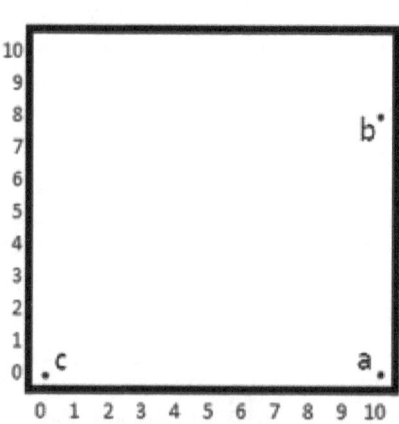

Рис. 1. Шкала предпочтений

Но сначала я скажу о некоторых технических вещах. Рассмотрим такой гипотетический эксперимент. Предположим для простоты изложения, что мы изучаем воздействие на людей произведений двух поэтов – Александра Сергеевича Пушкина и Осипа Эмильевича Мандельштама. И пусть (опять же для простоты) их воздействие оценивается людьми (осознанно или неосознанно) по шкале от 0 до 10. Рассмотрим теперь двумерную картинку (см. рис. 1), где по оси абсцисс (горизонтальной оси) откладываются оценки воздействия на каких-то индивидуумов стихотворений Пушкина, а по оси ординат (вертикальной оси) – оценки воздействия стихотворений Мандельштама.

На этом рисунке изображены оценки трех индивидуумов, которые обозначены буквами «a», «b» и «c». Координаты оценок индивидуума «a» таковы: по оси абсцисс – 10, по оси ординат – 0. Это значит, что индивидуум «a» очень ценит стихи Пушкина и не любит стихи Мандельштама. Индивидуум «b» любит Пушкина (оценка 10) и Мандельштама, но несколько меньше, чем Пушкина (оценка 8). И индивидуум «c» не любит ни стихов Пушкина (оценка 0), ни стихов Мандельштама (оценка 0).

Представим теперь, что число опрошенных будет гораздо больше трех. Тогда картинка будет содержать столько точек, сколько имеется индивидуумов, согласных принять участие в приведенной мной процедуре оценки стихотворений Пушкина и Мандельштама. Один из возможных результатов такого гипотетического опроса изображен на рис. 2.

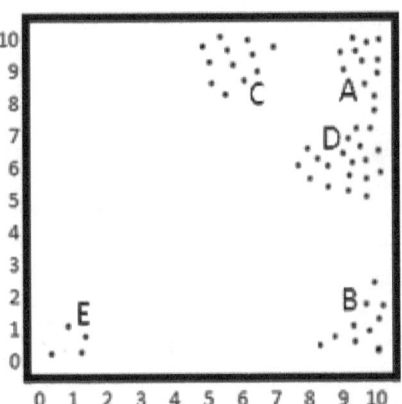

Рис. 2. Двумерные кластеры

Здесь мы видим, что ответы участников, сгруппировались в пять различных подмножеств (групп, сгустков, скоплений), которые в статистической литературе называют кластерами. К кластеру «A» относятся индивидуумы, которые примерно одинаково и высоко оценивают произведения Пушкина и Мандельштама. Кластер «B» представляют почитатели Пушкина, практически отрицательно относящиеся к поэзии Мандельштама. В кластер «D» входят те, кто любит Пушкина и достаточно высоко оценивает творчество Мандельштама. В кластер «C» входят люди, равнодушные к Пушкину и очень любящие поэзию Мандельштама. И, наконец, кластер «E» составляют индивидуумы, которые не любят ни Пушкина, ни Мандельштама.

Если бы мы в действительности проводили такой анализ, то могли бы сделать некоторые выводы относительно обозреваемых нами кластеров. Мы могли бы, скажем, отметить социальный состав некоторых кластеров. А если бы у нас не было сведений о социальном составе кластеров, то мы могли бы сделать некоторые предположения по этому поводу. Мы могли бы заметить, что между кластерами A и D нет четкой границы. И что можно рассматривать объединенный кластер, в который входят люди, любящие Пушкина и в той или иной степени любящие Мандельштама.

Но мы сейчас рассмотрели только гипотетический пример. В реальной жизни все гораздо сложнее по нескольким причинам (даже применительно только к оценке поэтических произведений). Во-первых, у каждого человека есть свои представления о сотнях поэтов. И уже по этой причине соответствующая картинка вместо двумерной становится многомерной. Во-вторых, «списки» поэтов, естественно, у всех разные. В-третьих, индивидуумы не только оценивают всю поэзию какого-то определенного поэта в целом. Они имеют особое мнение по поводу каждого отдельного стихотворения. В-четвертых, одна и та же оценка, скажем, восторженная, какого-то одного произведения может делаться на основании совершенно различных причин.

Все эти и другие обстоятельства могут быть учтены при проведении анализа кластер-картинок. Но вследствие приведенных причин, а также и по другим причинам размерность наших картинок возрастет очень сильно. Если бы мы имели многомерное видение, то смогли бы увидеть кластеры в виде эллипсоидообразных или бананообразных областей, расположенных в многомерном пространстве. Человек имеет, однако, трехмерное видение. Поэтому он не может представить себе наглядно, скажем, стомерную картинку. С этим, однако, можно справиться. И здесь на помощь приходят разные статистические процедуры (называемые кластер-анализом), заменяющие реальное человеческое трехмерное видение многомерным. То есть получается так, что произвести статистическую обработку результатов такого эксперимента было бы в принципе возможно. Но беда заключается в том, что собрать данные для такого эксперимента никто никогда не сможет.

Однако то обстоятельство, что собрать данные невозможно, не означает, что данных для эксперимента не существует. Ведь у каждого из потенциальных участников эксперимента имеются определенные субъективные предпочтения относительно поэтов, которых они знают. А, значит, и кластер-картинка субъективных оценок существует (хотя она никому не известна).

Такие кластер-картинки существуют по отношению к различного рода оценкам. Например, существуют кластер-картинки, отражающие литературные предпочтения всех людей, или литературные предпочтения русскоговорящих, или художественные предпочтения в испанской живописи, и многие другие кластер-картинки. И все эти кластер-картинки будут субъективными, поскольку они строились на основе оценок (предпочтений) с доминирующей субъективной составляющей.

Теперь уже можно ответить на те вопросы, которые я задал в начале этого раздела. Как можно утверждать, что кто-то обладает хорошим или плохим вкусом? Что такое тонкий или примитивный вкус?

Поскольку вкус понятие субъективное, то все вкусовые представления оказываются относительными. Для кластера, в котором нахожусь я, ваш вкус (если вы находитесь в другом кластере) будет необъясним для меня. А мой вкус будет необъясним для вас.

И тут возникает очень интересный вопрос. Можно ли поставить один кластер людей выше другого? Я бы даже переформулировал этот вопрос, задал его в другой форме. Можно ли кластер, объединяющий профессионалов в какой-то области, поставить выше других кластеров? Скажем, можно ли кластер литераторов поставить выше других кластеров (естественно, применительно к оценке литературных произведений).

Разные люди по-разному ответят на поставленный вопрос. Большинство, как я думаю, скажут, что литераторы чувствуют, знают и понимают литературу лучше, чем другие. И с этим я не согласен.

Начну с того, что «чувствовать», «знать» и «понимать» – это разные понятия. И не надо их класть в одну корзину. То, что профессионалы знают литературу больше, чем другие, у меня не вызывает сомнений. Они всю жизнь занимаются литературой. Конечно они знают больше других. Хотя тут я должен был бы оговориться и сказать, что они знают, *вообще говоря*, больше других. И то, что они чувствуют глубже, тоже не вызывает сомнений. Конечно, их эмоции, сильнее эмоций тех, кто ничего не знает о предмете. *Вообще говоря*, сильнее.

А вот то, что они *понимают* литературу лучше – в этом большой вопрос. Для меня слово «понимать» означает наличие ощущений, связанных с внутренними характеристиками оцениваемого произведения. Ну а если мы пришли к тому, что основным при оценке произведения является не что-то внутреннее, а субъективная составляющая, то слово «понимать» тут, как получается, совсем не подходит.

Как, например, для меня звучит фраза «Я стал понимать картины Гойи после того, как побывал в Прадо»? Она для меня звучит довольно нелепо. И именно вследствие всего того, что было сказано выше. Кто-то может думать, что он начал «понимать» картины Гойи. Но это, скорее всего, означает лишь, что картины Гойи стали этому человеку нравиться. Если человек такую фразу все-таки произнес, то он, по всей видимости, «исповедует» понятие объективно прекрасного (по крайней мере, в искусстве). И он считает, что то, что ему картины Гойи стали нравиться, произошло не потому, что он предпринимал для этого много усилий. Он, судя по всему, думает, что это произошло потому, что он наконец-то «понял», что же в этих картинах есть объективно прекрасного. Поэтому-то он и говорит, что стал их «понимать».

Теперь я возвращаюсь к рассмотрению кластер-картинок по отношению к различного рода оценкам. Эти оценки могут быть в целой области (например, в литературе, музыке, искусстве) или для каких-то отдельных произведений в любой области, или для объединения каких-то областей или отдельных произведений.

Эти кластер-картинки субъективных предпочтений, или вкусов, вместе с положением о доминировании субъективной составляющей вкусов объясняют природу вкусов и, таким образом, образуют некоторую модель. Модель эта отражает относительность субъективных предпочтений, или вкусов. Поэтому я называю такую модель релятивистской кластер-моделью.

Интерпретация релятивистской кластер-модели

В этом разделе я попытаюсь обсудить различные высказывания о вкусах (в частности, касающиеся литературы, искусства и музыки), и посмотреть, как они соотносятся с введенной выше релятивистской кластер-моделью. Для начала – небольшой тест для читателей моей заметки. Какие из приведенных ниже фраз говорят о том, что произносящий их является сторонником объективизма в оценках?

1. Это просто какая-то безвкусица.

2. Комнаты покрашены в какие-то аляповатые цвета.

3. В последнее время развелось очень много графоманов – скоро парикмахеры начнут писать стихи.

4. Это не живопись, а мазня.

5. Тебе надо больше слушать музыку Шнитке, тогда ты ее начнешь понимать.

6. Я стал понимать Пастернака после того, как прослушал несколько лекций о его поэзии.

7. Пикассо – гений.

8. У нее бесформенная фигура.

Отметьте фразы, которые произносит сторонник объективизма. Затем просуммируйте номера отмеченных фраз. Если у вас получилось число 36, то вы выполнили норму на получение значка «Отличник релятивистской кластер-модели». Если меньше 36, то норму вы не выполнили. Если более 36, то вы не выполнили какую-то другую норму в каком-то другом месте.

Ниже я попытаюсь прокомментировать все высказывания моего теста.

1. Это просто какая-то безвкусица.

   Произносящий эту фразу – сторонник объективизма (как и во всех примерах этого теста). Говоря о безвкусице, он, по логике вещей, должен считать, что вкус – понятие объективное.

2. Комнаты покрашены в какие-то аляповатые цвета.

   Так же, как и в первом примере, говорящий должен считать, что вкус – понятие объективное. Ему окраска стен не нравится. Поэтому он, по всей видимости, считает, что такая окраска не может понравиться никому, у кого «нормальный» (то есть такой же, как у него) вкус.

3. В последнее время развелось очень много графоманов – скоро парикмахеры начнут писать стихи.

Автор этой фразы – очевидно, из бывшего Советского Союза, (где, как известно, профессия поэта многими считалась определенно престижнее профессии парикмахера). Он – убежденный сторонник объективизма. Поскольку он считает, что можно однозначно сказать, какие стихи хорошие, а какие нет. Более того, этого человека определенно раздражает сам факт того, что многие люди пишут стихи. Сама по себе фраза формально не призывает к каким-то действиям против стихотворцев. Тем не менее, она настраивает общественное мнение против большой массы людей, пишущих стихи.

4. Это не живопись, а мазня.

Примерно так в 1962 году оценивал кукурузник Никита выставленные в буфете Манежа картины (по случаю 30-летия Московского союза художников). «Все это не нужно советскому народу», – говорил он. Был ли прав советский кукурузник? Я думаю, что выставленные тогда в Манеже картины представляли интерес только для небольшой кучки людей. К тому же, для многих из них этот интерес подогревался тем обстоятельством, что это художественное течение противостояло официальной советской доктрине. Всему остальному населению страны выставленные картины определенно показались бы мазней, если бы эти картины были народу показаны. Поэтому Никита и его окружение (все с красными звездами во лбу) были в каком-то смысле правы. Советскому народу такая живопись была не нужна. Однако же, будучи явным представителем сторонников объективизма, он считал свое предпочтение (в этом случае совпадающее с предпочтением представителей громадного кластера, объединяющего почти все население страны) объективным. И так же, как и в предыдущем примере (с парикмахерами), был явно неправ. Только неправ он был в гораздо большей степени (с моральной позиции – преступно неправ), поскольку обладал практически неограниченной властью и пользовался ею для подавления инакомыслия.

5. Тебе надо больше слушать музыку Шнитке, тогда ты ее начнешь понимать.

Формально фраза не имеет никакого смысла. Здесь – полная аналогия с уже рассмотренным мною в предыдущем разделе примером о картинах Гойи. Если бы эта фраза была обращена ко мне, то я поправил бы говорящего следующим образом. Если я начну больше слушать Шнитке (прибавлю к этому – да еще с желанием, чтобы мне наконец-то его музыка понравилась), то, безусловно, скоро его музыка мне станет нравиться. Слово «понимать» может в данном контексте использовать только сторонник объективизма.

6. Я стал понимать Пастернака после того, как прослушал несколько лекций о его поэзии.

    Какой смысл в этой фразе? Об этом я могу сказать то же самое, что я говорил в примере о музыке Шнитке и в предыдущем разделе о картинах Гойи. Человеку, произносящему эти слова, скорее всего, стала нравиться поэзия Пастернака. Он стал получать какое-то удовольствие от прочтения его стихов. И слово «понимать» тут совершенно ни при чем. Если, конечно, он не имел в виду, что хотел дойти до сути в стихах Пастернака (что без посторонней помощи – крайне сложная задача).

7. Пикассо – гений.

    Если человек утверждает это без всяких оговорок, то он – сторонник объективизма. Как это ни покажется удивительным, я тоже могу сделать такое утверждение. Но я буду понимать под этим вот что. Я знаю многих ценителей живописи, для которых творения Пикассо вызывают чрезвычайно сильные положительные эмоции. И я сам принадлежу к их числу. Но я отдаю себе отчет в том, что существует много людей, для которых творения других художников вызывают сильные положительные эмоции, а работы Пикассо таких сильных эмоций не вызывают. Более того, я понимаю, что по прошествии некоторого времени кластер ценителей Пикассо может сильно измениться. Во-первых, потому, что люди могут изменить свои предпочтения. А во-вторых, потому, что ценители Пикассо будут умирать, а новое поколение может быть увлечено другими именами. В таком случае то, что я думаю о Пикассо, уже не очень соответствует общепринятому пониманию слова «гений» (см. по поводу относительности значений слов мою книгу «Релятивистская концепция языка», выдержки из которой приводятся в данном сборнике). Но я говорю, что Пикассо – гений, хотя в моем понимании значение слова «гений» будет отличаться от общепринятого. В этом смысле получается, что какие-то другие высказывания моего теста могли бы быть сделаны сторонниками субъективизма (особенно теми, кто ознакомился с моей нынешней заметкой). Только значения их слов несколько отличались бы от общепринятых (в частности, вследствие того, что эти значения поменялись после прочтения данной заметки). Однако же я не буду менять свою точку зрения на то, кто выполнил норму на получение значка «Отличник релятивистской кластер-модели».

8. У нее бесформенная фигура.

    Я уже обсуждал подобный момент – про маленького мальчика и толстых девочек. Если человек не считает, что понятие хорошей или плохой фигуры – понятие субъективное, то формально говоря, он сторонник объективизма. Хотя тут тоже следовало бы, как и в предыдущем примере, оговориться. Это высказывание могло быть сделано и сторонником субъективизма. Только тогда под бесформенной фигурой говорящий понимал бы фигуру, которая многими считается бесформенной в данный исторический промежуток времени.

Этим обсуждением примеров моего теста я хочу закончить данную заметку. Думаю, что она по-разному будет принята разными людьми. Так, скажем, представители шоу-бизнеса вряд ли будут шокированы моим подходом. Более того, я даже опасаюсь, как бы они не обвинили меня в том, что я высказываю мысли вполне тривиальные. А вот для людей с тонкой душевной структурой разговоры о релятивистской кластер-модели, думаю, будут восприниматься весьма болезненно. Из таких людей самые ранимые – это пушкиноведы. Им свою заметку я показывать не буду.

Отрывки из книги

Релятивистская концепция языка

Предисловие

В этих заметках я буду рассматривать самые общие проблемы языка и практически не буду затрагивать никаких вопросов, связанных со спецификой каких-либо естественных языков. Хотя я выражу свое мнение о том, какое воздействие оказывает вводимая мной релятивистская концепция языка на общепринятые суждения (тоже, кстати, довольно общие) о естественных языках и какое развитие она получает применительно к общим вопросам естественных языков.

Я буду высказывать свои суждения только о том, в чем я хотя бы в какой-то мере разобрался, и время от времени буду делать некоторые утверждения, которые, как я надеюсь, не будут ни заведомо ложными, ни совершенно бессмысленными. Я не ставлю перед собой такой цели, как критиковать кого бы то ни было. А также не буду в своих заметках делать никаких обзоров работ в соприкасающихся областях. Я буду только упоминать те работы, которые заслуживают внимания по отношению к рассматриваемой мной концепции релятивизма в языке.

С учетом всего изложенного, а также по некоторым другим причинам я допускаю, что стиль моего изложения может показаться кому-то нетрадиционным при обсуждении вопросов языкознания.

Моя концепция релятивизма в языке основана на идеях довольно простых, и я вполне допускаю, что кто-то размышлял о них еще до меня. Впервые я задумался об этом в середине 70-х годов, когда, как мне кажется, подобные идеи висели в воздухе. Я не предполагал тогда, что когда-нибудь буду снова о них размышлять. И вот сейчас в силу сложившихся обстоятельств мне все-таки пришлось к ним вернуться, и, по-моему, мне удалось сделать кое-какие интересные выводы на базе моих первоначальных мыслей и довести все это до некоторого логического завершения.

На первых порах только небольшая часть тех, кто знакомился с моей концепцией, приняла все ее положения сразу же после первого их прочтения. А от других я получил довольно много возражений. Однако же после моих ответов на эти возражения мои оппоненты, как правило, соглашались со мной. И я до сих пор просто поражаюсь, насколько быстро все перешли от настойчивого отрицания концепции к полному ее принятию. А некоторые даже стали говорить, что они, в общем-то, всегда примерно так и думали обо всем об этом, но только не могли свои мысли подобающим образом выразить. Я, конечно, очень рад, что мысли наши совпали в конце концов, и я даже вставил те возражения, которые мне запомнились, и мои ответы на них в окончательный текст заметок. Надеюсь, что это поможет читателям преодолеть какие-то трудные места.

К тому моменту, когда я работал над редактированием заметок, согласных со мной людей набралось уже довольно приличное количество. Некоторые из них даже стали говорить, что поскольку в моей работе все ясно, просто и не вызывает никаких возражений, то они сомневаются, стоит ли ее опубликовывать. И мне теперь приходится отшучиваться и говорить, что я постараюсь добавить немного какой-нибудь абракадабры, чтобы целесообразность публикации моего труда не вызывала ни у кого никаких сомнений.

Еще одно замечание. Несмотря на то что я привожу много математико-статистических аналогий, работа моя не является математическим трудом. Читатель не должен искать в ней доказательств моих утверждений. Однако взамен доказательств я привожу некоторые доводы, которые, как я надеюсь, будут выглядеть достаточно убедительными.

Введение

Прежде чем я начну делать какие-то выводы о языке, мне хотелось бы уточнить, о чем будет идти речь. До какой степени это можно уточнить? Можно ли дать формальное определение понятия «язык», подобно тем определениям, которые даются, скажем, в математике? Конечно, такое определение дать можно, но для этого надо и поступить так же, как это делают в математике. То есть такое определение надо давать не на обычном языке, с помощью которого мы общаемся друг с другом в повседневной жизни, а на специально для этой цели сконструированном искусственном языке.

Самые первичные определения в математике базируются на понятиях неопределяемых, которые удовлетворяют системе некоторых постулатов, или аксиом. Подобным образом можно построить и систему лингвистических определений. (Такие попытки реально делаются.) И тогда такое аксиоматическое построение, возможно, будет иметь смысл в каких-то технических приложениях.

Тем не менее люди, далекие от математики вообще и от проблем аксиоматического построения в частности, все-таки пытаются дать формальные определения языка и прочих окружающих его понятий в терминах обычного языка, с помощью которого люди общаются друг с другом. Ну и конечно же это ни к чему хорошему не приводит. Все попытки такого рода бессмысленны. Все такие определения не являются определениями как таковыми, поскольку они «определяют» одни понятия через другие, неопределенные. Например, во многих «определениях» языка в той или иной форме говорится о том, что язык – это знаковая система. Тогда возникает вопрос: что же такое знаковая система? При попытке определить понятие знаковой системы будут использоваться другие понятия, тоже неопределенные. Очевидно, этот процесс не имеет конечного разрешения.

Стоит ли пытаться давать неформальные определения? Есть ли вообще какая-то польза от них? Думаю, что есть. Но только если мы согласимся их считать частью нашего обычного языка. То есть согласимся считать их неформальными пояснениями к определяемым понятиям. При этом мы, конечно, никогда не будем уверены, что определение будет понято. Но во всяком случае мы будем оставаться на понятийном уровне, присущем нашему языку, и не будем вносить в него никакой дополнительной бессмыслицы.

Я не собираюсь здесь вмешиваться в спор лингвистов о понятии языка. Спорить по поводу определений (пусть даже неформальных) нет никакого резона. В том смысле, что нельзя сказать, какое определение (пояснение) является правильным, а какое – нет. Единственное разумное, на мой взгляд, требование к определениям состоит в том, что они должны позволять делать содержательные выводы.

А теперь о том, что же я собираюсь обсуждать в моих заметках. Будет ли в них идти речь только о языке человека?

Да, я буду высказывать свои суждения только о языке человека. В основном потому, что содержательные выводы из концепции релятивизма мне интересно делать именно для человеческого языка.

Буду ли я рассматривать индивидуальные языки конкретных людей или различные естественные языки, например, китайский, английский, русский, испанский (которые я буду условно называть национальными языками), как языки, принадлежащие большим или малым группам людей?

Я буду обсуждать и то и другое и уделю особое внимание различию между этими двумя аспектами языка.

Буду ли я как-то разделять устную и письменную формы языка?

Я буду рассматривать язык человека как совокупность устной и письменной форм. Более того, мои основные выводы будут относиться к совокупности всех форм языка как средства коммуникации.

Какие функции языка я буду затрагивать?

Думаю, что мое изложение будет покрывать все смысловые функции языка, которые так или иначе связаны с передачей информации. Этому будут посвящены все главы основной части моих заметок. Только в приложениях я рассмотрю эстетическую функцию (или компоненту) языка и связанные с этим литературные аспекты.

В целом, я буду высказывать свои суждения о языке в довольно широком значении этого слова и буду рассматривать самые общие его вопросы.

Раздел первый. Язык индивидуума

Я буду рассматривать язык индивидуума как одну из составляющих его сознания, то есть как представление этого индивидуума о средствах, с помощью которых он общается с другими людьми. Не думаю, что тем самым я внесу какой-то особый новый смысл в понятие языка индивидуума. Действительно, в каком еще плане можно говорить об этом? Мы знаем, что описаний языков отдельных людей практически не существует. В исключительных случаях такие описания (например, языка Пушкина или языка Шекспира) явно неполны. Они неполны хотя бы потому, что создаются только на базе письменных образцов, которые, очевидно, составляют всего лишь небольшую часть языка. К тому же все это искажается представлениями и оценками других людей.

Поэтому я думаю, что каждый, кто обращается к вопросам языка и рассматривает язык конкретного человека, должен явно или неявно предполагать, что язык любого индивидуума – это во всяком случае внутренняя характеристика этого индивидуума. А то, что человек произносит, пишет, а также та информация, которую он передает каким-то иным образом, – все это является только проявлениями (или образцами) его языка.

После сделанного мною предварительного замечания я хочу задать вопрос: дается ли язык человеку от рождения или приобретается в течение его жизни? Я предполагаю, что ответ на этот вопрос поведет нас в полезном (для целей моих заметок) направлении.

Ответим сначала на первую половину вопроса. Можно ли сказать, что человек получает от рождения что-то, принадлежащее его языку?

Некоторые считают, что Бертран Рассел первым сообразил, что язык может включать не только приобретенные элементы. Кто-то даже восхищался его проницательностью по этому поводу. Но мне кажется, что, во-первых, Бертран Рассел говорил не о факте (который, как я верю, считал очевидным). Он говорил о том, что именно имеет смысл включать в определение языка. А во-вторых, не надо быть особенно проницательным, чтобы высказать такую простую мысль. Достаточно вспомнить, что новорожденный ребенок, плача, сообщает тем самым о своих нуждах, подает нам сигнал бедствия. Этому его никто не учил. Значит, какими-то элементами языка человек владеет уже от рождения.

Откуда ребенок знает, что надо плакать? Что еще в нас заложено от рождения? Во всей полноте это понять трудно или даже невозможно. Но если уж нечто заложено в человеке, то это никак не должно быть связано ни с каким национальным языком. Потому что до того, как человек родился, еще никто не знает, в среде какого национального языка этот человек будет говорить.

Я бы здесь уточнил, что имеется в виду под словосочетанием «человек говорит» применительно к его индивидуальному языку. В узком смысле это означает только то, что произносит человек. В широком смысле (который я и буду главным образом использовать в своих заметках) это включает все характеристики языковой части его сознания.

Пока мы ответили на первую половину моего вопроса: даются ли какие-то элементы языка человеку от рождения? Попробуем теперь ответить на вторую его половину: приобретаются ли какие-то новые элементы языка в течение жизни человека?

Мы знаем, что новорожденный младенец языком почти не владеет, маленький ребенок говорит плохо, в то время как взрослый человек говорит несравненно лучше. То есть мы видим, что индивидуум приобретает свой язык в течение всей своей жизни в результате некоторого процесса обучения в дополнение к общим элементам языка, полученным от рождения. Естественно, что окружающая среда играет решающую роль в процессе обучения. Различия в окружающей среде приводят к различиям в языке. Это происходит потому, что человек в своем сознании соотносит слова (совокупности слов) с их значениями в контексте реальной ситуации. А эти жизненные реалии различны у каждого индивидуума.

Далее, даже небольшое различие в его понимании значения одного только слова приводит к различию в понимании значений других слов, комбинаций слов. Так случается потому, что мы осознаем значения слов не только в контексте реальной ситуации, но и в контексте с другими словами и выражениями. Все это вместе является причиной различия в языках индивидуумов.

Эти различия часто становятся настолько большими, что могут быть легко обнаружены по внешним проявлениям (образцам) языка, например по письму или речи индивидуумов.

Но иногда различие в языках индивидуумов трудно распознать. Однако же оно всегда существует, потому что нельзя найти двух людей на Земле с абсолютно одинаковыми жизненными обстоятельствами. Даже два брата-близнеца, учившиеся когда-то в одном и том же классе десять лет, а потом – в одной и той же группе Первого медицинского института в Москве, могут говорить на совершенно непохожих языках, потому что один из них оперирует в московском госпитале, а другой пишет компьютерные программы в финансовой компании штата Нью-Джерси.

На этом этапе изложения концепции мне хотелось бы сделать такое замечание. Практически каждый человек в течение своей жизни осознает, что существует много различных естественных (национальных) языков и что его язык состоит как бы из компонентов, отвечающих каким-то из этих языков. Например, он знает (или думает), что вот такая-то его компонента связана с русским языком, а вот эта – отвечает французскому языку. Он может, скорее всего, не понимать (или не сможет отчетливо объяснить), что это значит, что он говорит на французском языке. Тем не менее он знает, на каком языке он говорит. Каждая из компонентов языка индивидуума может рассматриваться как отдельный язык. На нее распространяются все те выводы, которые мы сделали о языке индивидуума.

Таким образом, мы можем говорить о языке индивидуума в узком смысле и в широком смысле. В широком смысле язык индивидуума включает все его составляющие (все его национальные языки). В узком смысле язык индивидуума является одной из составляющих (одним из национальных языков этого индивидуума).

Различия между языками индивидуумов в широком смысле могут происходить, в частности, по причине различия их составляющих. Но даже если каждый из двух индивидуумов считает, что он говорит только, скажем, на французском языке, все равно оба они будут говорить на разных индивидуальных языках (в узком смысле) в силу выдвинутых мной доводов.

По той или иной причине любые два человека на Земле говорят на разных языках. Каждый из этих языков является единственным (уникальным) языком конкретного индивидуума. Более того, язык даже одного и того же человека меняется в течение всей его жизни. Таким образом, язык индивидуума зависит от времени.

Я бы еще раз уточнил, что я имею в виду под словосочетанием «человек говорит на своем языке». В широком смысле это включает не только то, что он произносит, но все характеристики языковой части его сознания: и его представления о собственных средствах общения, и то, что он произносит, и то, что он пишет, а также вообще всю языковую информацию, которая исходит от него; это также включает его понимание языка тех, с кем он говорит (или получает о них информацию каким-либо иным образом), а также – понимание представлений говорящих с ним о его языке. А если вы являетесь продвинутым индивидуумом, то для вас это включает еще ваше понимание представлений говорящих с вами о вашем понимании их языка. И в отдельных случаях – ваше понимание представлений говорящих с вами о вашем понимании их представления о вашем языке. Все это вместе в совокупности с временным фактором и составляет язык индивидуума.

Можно представлять себе язык конкретного индивидуума как точку в многомерном пространстве. Или проще – как вектор с координатами. Каждому индивидууму отвечает одна точка. При этом каждой координате этой точки будет соответствовать какая-то характеристика языка индивидуума. Такими характеристиками могут быть значения различных слов и частотность их употребления этим индивидуумом. К этому можно добавить характеристики его письма, произношения и характеристики других элементов его языка, а также его представлений о языках других людей. Здесь я предполагаю, что такое сопоставимое рассмотрение языков всех индивидуумов возможно, хотя я и не знаю, как и кем оно может быть осуществимо. Возможно также, что при таком рассмотрении характеристики, наиболее полно представляющие язык человека, отличаются от приведенных мною и таковы, что нам их даже трудно себе представить.

В трактовке языка индивидуума как языка уникального заключается одна из идей релятивистской концепции языка. Однако только этим релятивистская концепция не исчерпывается. В следующих разделах моих заметок я буду обсуждать также и другие стороны концепции.

Итак, основные выводы первого раздела таковы. Язык любого индивидуума, являющийся одной из составляющих его сознания, в любой момент времени уникален: любые два индивидуума говорят на разных языках; язык индивидуума меняется со временем, так что любой индивидуум в разное время говорит на разных языках.

Раздел второй. Национальный язык

Рассмотрим сейчас индивидуумов, которые считают, что они говорят, скажем, на немецком языке. Что это значит, что они все говорят на немецком языке? Ясно, что при этом не имеется в виду, что каждый из них говорит на одном и том же (немецком) языке, понимаемом как язык индивидуума. Действительно, в соответствии с выводами первого раздела любые два индивидуума говорят на разных языках. То есть никакие два индивидуума не могут говорить на одном и том же реальном языке. Тем более, не могут все члены какой-то группы говорить на одном и том же реальном языке.

На самом деле никто и никогда не имеет в виду буквально, что все члены группы говорят на каком-то едином реальном (скажем, немецком) языке. Каждый из них говорит на своем немецком языке. Когда же мы ссылаемся на немецкий язык без указания его принадлежности к конкретному индивидууму, то мы имеем в виду что-то условное. Мы имеем в виду абстракцию, на которой не говорит никто. Эту абстракцию (пока не вполне определенного для нас вида) я буду называть национальным языком в широком смысле в отличие от национального языка в узком смысле – национального языка индивидуума.

Любой национальный язык в широком смысле – это абстракция, на которой не говорит никто. Это нечто, не существующее в реальной жизни как индивидуальный язык, на котором говорит хотя бы один человек. Более того, национальный язык – это такая абстракция, на которой не говорит ни один человек в мире.

Как же и кем создается эта абстракция?

Начну с того, как ее можно себе представить условно и упрощенно и как ее, возможно, кто-то еще (кроме меня) себе представляет.

Можно было бы поступить так же, как это делают при обработке больших статистических массивов с помощью процедуры, называемой кластер-анализом. Речь идет о группировке больших массивов данных в так называемые кластеры (или, по-простому, в группы). Процедура состоит из трех стадий. Применительно к языку эти стадии были бы следующими.

На первой стадии каждый национальный язык любого индивидуума заменяется математическим построением – точкой в многомерном пространстве (вектором с координатами), о чем шла речь в предыдущем разделе.

На втором этапе в рассматриваемом многомерном пространстве выбирается мера близости между любыми двумя точками.

На последнем, третьем, этапе индивидуальные языки объединяются в группы на основании выбранной меры близости. Если бы мы имели многомерное видение, то увидели бы эти группы (сгустки, скопления) точек в виде эллипсоидообразных или бананообразных областей. Эти скопления и называют кластерами. Внутри этих кластеров мы могли бы различить подобласти. В зависимости от того, на каком уровне мы хотели бы остановиться, мы могли бы рассматривать какой-то кластер как группу общих языков, либо другой кластер как один из национальных языков, либо третий кластер как диалект.

Например, мы могли бы сказать, что язык некоторого индивидуума принадлежит вот этому огромному кластеру под названием «немецкий язык». Именно в этом смысле мы бы считали, что наш индивидуум говорит на немецком языке (в широком смысле). Или (другой пример) могли бы сказать, что язык другого индивидуума принадлежит иному кластеру под названием «английский язык». Опять именно в этом смысле мы считали бы, что второй индивидуум говорит на английском языке (в широком смысле). Более того, мы могли бы сказать, например, что его язык принадлежит такой-то части (подобласти) кластера «английский язык», называемой «американский английский язык». Или (продолжая еще наш пример), что язык того же индивидуума принадлежит вот этому отростку, называемому «американский английский язык Бруклина». И так далее.

Мой очень хороший приятель, когда дочитал до этого места, сказал мне, что вовсе не обязательно рассматривать такую сложную процедуру, как кластер-анализ, от которой просто голова начинает кружиться. Он добавил, что достаточно в виде кластеров представлять себе людей, разбитых на географические группы в соответствии с тем, где эти люди проживают. И я сказал моему приятелю, что это очень хорошая идея. Конечно же он может представлять себе эти географические кластеры. По крайней мере – в качестве самого первого приближения или чисто условно, для простоты. Но, строго говоря, такое представление не будет правильным.

Во-первых, я не объединяю людей в группы, а пытаюсь сгруппировать их языки. А индивидуум может говорить на нескольких языках.

Во-вторых, не все языки людей, живущих в каком-то определенном географическом районе, войдут в один кластер (преобладающего национального языка). Такими «не вошедшими» могут оказаться языки вновь поселившихся в данной местности. И, наоборот, в этот кластер могут попасть языки людей, не живущих в данной местности (например, недавно покинувших этот географический район).

Замечу здесь, что, скажем, английские индивидуальные языки всех людей, считающих одним из своих языков английский, не обязательно попадут в один кластер. Чтобы понять – почему, вспомним анекдот о нелегальных азиатских иммигрантах, работниках небольшого ресторана в Бруклине, которые никогда не покидали подвал ресторана и все поголовно говорили на идише, думая, что это английский.

Многие имеют в виду (хотя часто и не вполне осознанно) именно совокупность близких языков, когда считают, что некоторая группа людей говорит на каком-то конкретном национальном языке.

Теперь о том, кто мог бы осуществить такую процедуру разделения на кластеры, или группы. Очевидно, что это мог бы сделать тот, кто обладает полной информацией о языках всех индивидуумов. Не знаю, как для вас, но для меня это звучит абстрактно.

Таким образом, национальный язык – это абстракция и по существу (как нереальный язык), и чисто с технических позиций (как абстрактная группа, которую практически невозможно точно определить).

Когда я недавно поведал одной своей знакомой о том, что понятие «русский язык» – это абстракция, она тут же на меня обиделась. «По-твоему, – сказала мне она, – Пушкин говорил на абстракции?» И тут же добавила, что Пушкин создал язык, на котором все мы, русские, говорим. Еще она сказала мне, что принимала меня за человека, понимающего, что такое язык Пушкина. И что от меня она такого никак не ожидала. И мне даже пришлось извиниться перед ней.

Хотя, конечно, я понимаю, что такое язык Пушкина. Это либо абстракция, понимаемая как некоторая совокупность близких языков индивидуумов, либо русский язык конкретного индивидуума – Александра Сергеевича Пушкина. Если моя знакомая отрицает существование языка Пушкина как абстракции, значит, она говорит о языке Пушкина как о языке индивидуума. Пушкин говорил на своем русском языке, который он сам и создал. Точно так же, как и каждый из нас говорит на своем собственном языке, который он сам создал. И моя знакомая тоже говорит на языке, который она сама создала. А если она думает, что она говорит на языке Пушкина, то у нее просто мания величия. Чего я, конечно, ей не сказал, потому что считаю себя человеком воспитанным. Никто на языке Пушкина (как языке индивидуума) не говорит. Может быть, кто-то старается говорить на языке Пушкина. Возможно, и моя знакомая старается говорить на языке Пушкина. Но говорит она все-таки на своем собственном языке.

В предыдущем разделе речь шла о концепции релятивизма применительно к языкам индивидуумов. Мы пришли к выводу, что все языки индивидуумов различны. Каждый из них говорит на своем языке. Более того, язык каждого индивидуума меняется со временем.

Что же можно сказать о свойствах национального языка (в широком смысле)? Как воспринимают его индивидуумы? Зависит ли он от времени?

Те индивидуумы, которые осознают национальный язык как совокупность близких языков, имеют различные представления о мерах близости языков. Все также имеют разные представления о составе группы – языках индивидуумов, образующих данную группу. Таким образом, национальный язык воспринимается различным образом различными индивидуумами. Ну а поскольку языки этих индивидуумов меняются со временем, то и национальный язык в широком смысле меняется в их представлении со временем.

Итак, основная мысль второго раздела заключается в том, что понятие национального языка, не привязанное ни к какому индивидууму, – это абстракция, понимаемая как совокупность всех близких языков индивидуумов. Национальный язык воспринимается различным образом различными индивидуумами и меняется в их представлении со временем.

Раздел третий. Обучение языку

Как же мы понимаем друг друга, если каждый из нас говорит на своем собственном языке?

А кто сказал, что мы понимаем друг друга? Мы никогда не можем считать, что понимаем друг друга на все сто процентов. Два человека, говорящие на разных языках, никогда и ни при каких обстоятельствах не могут полностью понимать друг друга. Это следует из всего предыдущего в моих заметках.

Что это означает практически? Действительно ли мы видим в реальной жизни, что мы не понимаем друг друга? Если это так, то до какой степени мы не понимаем друг друга? Тут могут возникнуть разные варианты.

Вариант первый. Это взаимонепонимание реально существует в нашей жизни и очень существенно. И мы все время в этом убеждаемся.

Вариант второй. Мы понимаем друг друга не на сто процентов, а, скажем, на 99.99 процентов. Так что можно считать, что мы не понимаем друг друга только с чисто формальной точки зрения. А на самом деле практически понимаем друг друга хорошо. По этой причине почти никто и почти никогда и не замечает, что мы в чем-то когда-то можем не понять друг друга.

Могут быть и другие, промежуточные, варианты.

Конечно, различия между разными диалектами и, тем более, национальными языками создают очень серьезные проблемы понимания. Настолько серьезные, что два индивидуума, говорящие на разных национальных языках, могут совсем не понимать друг друга. В то время как языковые различия людей, говорящих на одном и том же национальном языке, чаще всего позволяют им в какой-то мере понимать друг друга. Но даже и здесь часто возникают серьезные проблемы.

Можно ли привести какие-то убедительные примеры, которые показали бы нам, насколько реально взаимонепонимание людей, говорящих на одном и том же национальном языке?

Конечно такие примеры привести можно. И я дам их в приложениях к моим заметкам. А сейчас я только скажу, что взаимонепонимание может быть разным. Оно может быть незначительным. Но оно может быть и очень существенным. Однако же, если сам факт взаимонепонимания осознается, индивидуумы могут уменьшать степень этого взаимонепонимания в процессе дальнейшего общения.

Казалось ли вам когда-нибудь удивительным, что люди разговаривают друг с другом на языках, состоящих из такого небольшого набора различных по написанию слов? В русской части словаря Microsoft Proofing Tools, например, немногим более полумиллиона слов (по крайней мере, так было несколько лет тому назад, когда я делал эти подсчеты). Хотя мы, конечно же, должны догадываться, что количество значений этих слов гораздо больше. Это, по всей видимости, дает нам ключ или, лучше сказать, маленький ключик к пониманию того, как люди общаются.

Подсчет различных значений слов – не такая уж легкая процедура. (На самом деле вместо слов в языках могут выступать и другие образования, например комбинации слов. Но я буду продолжать вести речь о словах исключительно с целью упрощения изложения.) Можно ли подсчитать количество различных значений слов, скажем, немецкого языка?

Сначала надо понять, что означает вопрос о различных значениях слов немецкого языка. Немецкий язык в широком смысле представляется совокупностью всех близких немецких языков индивидуумов. Поэтому сначала надо разобраться с языком любого конкретного индивидуума. Лучше даже начать с какого-нибудь одного слова немецкого языка. Если мы сможем справиться с задачей подсчета количества различных значений этого слова для выбранного нами индивидуума, то мы сможем просуммировать все эти значения. Потому что суммировать надо будет по конечному набору различных по написанию слов и по конечному набору всех индивидуумов, говорящих на немецком языке. Если же мы не справимся с подсчетом различных значений одного только слова единственного индивидуума, то на этом месте можно будет и остановиться.

Итак, начнем с ответа на вопрос: можно ли подсчитать количество различных значений одного слова какого-то одного индивидуума, говорящего, скажем, на немецком языке?

Отрицательный ответ довольно очевиден. Для того чтобы в этом убедиться, будем использовать тот же подход, что и в первом разделе. Сравним, как себе представляет значение этого слова ребенок и он же – через, скажем, пятьдесят лет. Очевидно, что представления ребенка и взрослого человека будут сильно отличаться друг от друга. Представление ребенка перерастает в представление взрослого человека непрерывно на протяжении всей его жизни. Все понятия, очевидно, связаны между собой либо непосредственно, либо посредством какой-то цепочки связей. Поэтому наблюдаемое нами изменение будет происходить каждый раз, когда человек получает новую информацию о чем угодно. То есть, условно говоря, каждую долю секунды. Ну и, по крайней мере, практически перечислить или пересчитать все значения будет невозможно.

Более того, в каждый момент времени человек оперирует всем накопленным за его жизнь множеством значений любого слова и в зависимости от конкретной ситуации вкладывает в слова тот или иной смысл. Многозначность слов позволяет человеку выражать себя более полно при помощи небольшого количества слов, но вызывает большие проблемы взаимопонимания.

Здесь мне хотелось бы вспомнить о вероятностной модели языка, предложенной Василием Васильевичем Налимовым, математиком, статистиком, лингвистом и философом, который многими признается одним из выдающихся мыслителей России двадцатого века.

По Налимову, множество значений слова языка континуально. Частоты использования тех или иных значений слова задаются некоторой вероятностной функцией распределения (или плотностью распределения).

Многие, когда речь заходит о вероятностях, наверное, представляют себе плотность распределения Гаусса, или Гауссиану – элегантную кривую, которая изображается на немецких денежных знаках. Гауссиана имеет один горб. Она, как говорят математики, унимодальна.

Налимовская плотность распределения, надо думать, имеет, вообще говоря, несколько горбов. Эти горбы соответствуют наиболее популярным значениям слова.

Почему я сделал эту оговорку: «надо думать»? Потому что я всегда воспринимал вероятностные представления Налимова о языке как удобный пояснительный механизм и не воспринимал их буквально. Например, существенно ли рассуждение Налимова о том, что плотность распределения задана на континууме (то есть на множестве всех действительных чисел, или десятичных дробей)? Математики могут нам объяснить, почему множество десятичных дробей больше (или, как они говорят, имеет бо́льшую мощность), чем множество рациональных дробей (представляемых в виде отношений целого числителя к целому знаменателю). Хотел ли Налимов подчеркнуть, что множество значений слова, скажем, мощнее множества рациональных чисел? Трудно сказать. По крайней мере, я не нашел в его текстах прямых тому подтверждений. Одна из возможных причин, почему Налимов считал множество значений континуальным, состоит в том, что он мог также связывать все со временем.

Кстати, здесь уместно было бы напомнить о взаимоотношении жестов, мимики и интонации со значениями сказанных слов. В одном из эпизодов Сайнфелда говорится о том, как распознать правдивость ответа, когда вы интересуетесь чьими-то взаимоотношениями. Если отвечающий дотрагивается до лица рукой, то независимо от того, что он говорит, вы можете заключить, что взаимоотношения плохие. Чем выше он дотронулся, тем хуже взаимоотношения. Конечно это шутка. Но она заставляет нас еще раз вспомнить о связи значений слов с тем, как эти слова произносятся.

Во время одного из моих выступлений в этом самом месте один из слушателей, который воспринимал все довольно придирчиво, заметил, что я стал говорить о вещах тривиальных. Все, мол, знают, что жесты, мимика и интонация могут изменить значение сказанного кардинальным образом. Я не стал возражать моему оппоненту. Потому что, в сущности, он был, конечно, прав. Я только заметил, что в рамках концепции релятивизма я бы сформулировал то, что он сказал, несколько иным образом. С помощью мимики, жестов и интонации человек пытается передать другим (скорее всего, неосознанно) свою трактовку (применительно к данному случаю) сказанных им слов. Это – первое, что я хотел бы заметить по данному поводу. Во-вторых, мимика, жесты и интонация – составляющие языка. И, следовательно, к ним относится все, что мы говорили о языке вообще. В частности, мимика, жесты и интонация не однозначны. Например, похожие жесты по-разному трактуются разными индивидуумами. А в-третьих, я, на самом-то деле, хотел только подчеркнуть, что когда мы говорим о жестах, мимике и интонации, то опять может возникнуть мысль о континууме.

Но это все – с одной стороны. С другой стороны, множество значений слов генерируется в нашем мозгу. Может ли мозг генерировать бесконечное число – это еще вопрос. То есть он (мозг) может пытаться отобразить на себя бесконечное и даже континуальное или еще более мощное множество. Однако он должен все эти отображения сохранить внутри себя. А вот тут-то и мне уже начинает казаться, что такая, с виду конечная, штука, как мозг, может сохранить только конечное множество. Поэтому, когда меня спрашивают о множестве значений слов индивидуума, я говорю, что это множество необозримо. Понимая при этом вот что. Конечно ли оно или бесконечно – это не особенно важно. Важно то, что значений слов так много, что они не поддаются простому анализу.

Может возникнуть вопрос: а толковый словарь разве не включает в себя все значения всех существующих слов? Ответ очень прост. Толковый словарь содержит обозримое число слов. Значит, он все значения не включает.

Теперь я опять хочу вернуться к налимовской модели языка. Процесс обучения Налимов видел в байесовском механизме формулы условной вероятности. Он считал ее как бы фильтром, пропускающим только те значения, которые укладываются в рамки заданного условия. Эти налимовские положения о байесовском механизме, как я их понимаю, тоже не надо было бы принимать буквально. Поэтому поначалу доклады Налимова вызвали противодействие математиков, любящих точность в высказываниях. Им не понравилось, например, что вероятностный интеграл у Василия Васильевича не был равен единице. Упрек был не по существу, и Налимов легко доказал это. К мультипликативной составляющей он добавил нормирующий множитель. Интеграл стал равен единице.

Вероятностная модель Налимова с точки зрения релятивистской концепции языка не вызывает принципиальных возражений. Хотя должен заметить, что на все налимовские высказывания я смотрю сквозь призму релятивистской концепции. Возможно, я приписываю положениям вероятностной модели языка не совсем тот смысл, который имел в виду ее автор.

Как человек учится говорить и понимать других в ситуации, когда, вообще говоря, любое слово воспринимается различно разными индивидуумами? Каков механизм этого обучения? Многие не видят всех аспектов различия между тем, как ребенок осваивает родной язык, и тем, как изучает иностранный язык студент. А на самом деле любой здравомыслящий человек может объяснить, каким образом идет процесс обучения иностранному языку в школе, но никто не может внятно ответить на вопрос, как учится говорить на родном языке ребенок.

Я хочу привести здесь один пример.

Игра. В кучке 20 спичек. Играют двое. Разрешается брать из кучки по очереди одну или две спички. Тот, кто взял последнюю спичку, выиграл.

Игра довольно простая. Но тому, кто слышит о ней первый раз, надо хотя бы немного подумать, прежде чем он поймет, как в нее играть. Тем не менее можно придумать механизм, который будет успешно учить играть в эту игру спичечные коробки.

Давайте положим на стол 20 спичечных коробков. (Надеюсь, что вы еще не забыли, что это такое.) Мы с вами будем играть против коробков. Поставим на них номера от одного до двадцати. Затем положим в каждый из коробков по две конфетке: одноцветную и двуцветную. Разрешим коробкам начинать первыми. Каждый раз коробки делают ход следующим образом. Если на столе лежит, скажем, 12 спичек, то надо наугад вынуть конфету из коробка #12 и положить ее рядом с коробком. Двуцветная конфета будет означать, что нужно взять со стола две спички, а одноцветная – только одну.

А теперь о том, каков будет механизм обучения коробков этой игре. Если коробки проиграли, то надо съесть последнюю из тех конфет, которые были вынуты из коробков с двумя конфетами. А остальные надо положить обратно. А если коробки выиграли, то надо все конфеты положить обратно в коробки и ничего не съедать. Вот и все.

После достаточно большого числа тренировочных игр коробки будут всегда выигрывать, даже если они будут играть против сильного игрока.

Я привожу этот пример для тех читателей, которые не очень четко себе представляют, что такое самообучение и адаптация.

Что же можно заметить на основании приведенного примера? Можно заметить, что получается так (по крайней мере, на первый взгляд), что коробки обладают определенным интеллектом. Они могут успешно сражаться против сильного игрока.

Кто-то может мне возразить, что играют-то, в сущности, не коробки, а заложенная в коробки их создателем программа действий. И я бы частично согласился с таким возражением.

Почему только частично? А потому, что коробки могут превзойти своего создателя в силе игры. Создатель, кстати, может не иметь никакого понятия, как в эту игру надо играть.

Мне кажется, что после того, как мы поразмышляем немного по поводу приведенного примера, мы не будем так уж сильно удивляться, каким образом человек может обучаться языку. Хотя, как я уже это отмечал, никто не может точно ответить на вопрос, как человек это делает, каков механизм этого явления. Иногда мы можем сказать какие-то частности о механизме обучения. И думая, что что-то поняли, начинаем создавать процедуры или системы (что-то вроде спичечных коробков из примера, который я приводил), решающие сложные технические проблемы. Так, наверное, возникли кибернетические идеи Норберта Винера. (Кластер-анализ, который мы рассматривали в предыдущем разделе, тоже относится к подобным процедурам.)

На самом деле обучение индивидуума языку не идет само по себе. Вместе с этим идет процесс адаптации национального языка. Этот процесс идет в различных направлениях. Приведу здесь один пример. Вы задумывались когда-нибудь над тем, почему слова такие длинные? В русском языке, например, среднее по длине слово состоит из десяти букв. А такая длина слов вовсе не обязательна. Действительно, если бы мы ограничились длиной слова в пять букв с чередованием согласных и гласных звуков, то получили бы число сочетаний, большее, чем число различных по написанию русских слов.

Трудно, конечно, перечислить все возможные причины того, что слова – длинные. Но одна из них вполне могла бы состоять в том, что слова постепенно изменялись или заменялись другими, чтобы уменьшить число возможных ошибок при передаче речевой информации. А для этого надо исключить, по возможности, слова, близкие по произношению или по написанию.

Наблюдения над этой особенностью языков (и, может быть, над другими подобными проявлениями в поведении живых существ) привели, надо думать, к развитию кибернетической области теории кодирования, получившей название «коды, исправляющие ошибки».

Что следует из всего того, что я пока изложил в этом разделе? Можно ли считать, что мы обладаем интеллектом для того, чтобы обучаться понимать друг друга?

Ну, если уж мы вроде бы согласились приписывать какой-то интеллект спичечным коробкам, то надо, конечно, ответить на последний вопрос положительно. Но лучше все-таки сказать, что кто-то, неизвестный нам, обладающий интеллектом, значительно превосходящим наш, заложил в нас способность обучаться (неведомым для нас способом). Мы можем называть этого неизвестного как угодно, в том числе матерью-природой. Но постигнуть своего создателя пока не удавалось никому.

Могут спичечные коробки понять, кто и что заложил в них, для того чтобы они научились играть в такую сложную игру? Нет, конечно. Они не только не могут этого понять, они даже не знают, что означает слово «понять» на языке их создателя.

Итак, основная мысль третьего раздела заключается в том, что, несмотря на то что индивидуумы говорят на разных языках, используя слова с необозримым множеством значений, они обучаются понимать друг друга с помощью процесса, ими не осознаваемого. Однако они никогда не могут достигнуть полного взаимопонимания.

Раздел четвертый. Нормативный язык

Конечно, многим представляется очевидным, что надо по возможности улучшать взаимопонимание людей, говорящих на одном и том же национальном языке. Мысль об этом, по всей видимости, является основным движителем для тех, кто занимается созданием или усовершенствованием правил, или норм, конкретного национального языка. Было бы замечательно, если бы эти правила языка могли быть выбраны по возможности объективно. Например, было бы хорошо, если они не представляли бы никаких группировок внутри кластера, соответствующего национальному языку. Хотелось бы также, чтобы они соответствовали как бы центру кластера или включали в себя совокупную информацию о кластере. К сожалению, этого не происходит в реальной жизни. Для языковой информации как-то не очень ясно, что такое центр. А совокупную информацию трудно получить, поскольку ее составляющие могут содержать взаимоисключающие моменты.

В реальной жизни происходит нечто сугубо субъективное. Узкая группа людей (не обязательно осознающая себя как единая группа) работает над многосторонним описанием и обобщением языков всех говорящих на некотором национальном языке.

Члены этой группы (будем чисто условно называть их академиками) создают орфографические, толковые и другие языковые словари, а также различные правила, или нормы. Система этих правил (норм) включает, например, такие аспекты языка, как словообразование, произношение, постановка ударений, употребление слов, объединение слов в словосочетания и предложения, употребление устойчивых словосочетаний, написание слов, постановка знаков препинания. Все это в совокупности своей и составляет нормативный национальный язык. Другое название, которое часто используется для нормативного языка, – это литературный язык.

Как я уже отмечал в предыдущих разделах, реальным является только тот язык, на котором говорит хотя бы один конкретный индивидуум. Все остальное является абстракцией. Национальный язык, понимаемый как совокупность всех близких языков индивидуумов, составляет первую ступень абстракции. А нормативный (литературный) язык, который является в некотором смысле подмножеством национального языка, представляется, таким образом, как вторая ступень абстракции.

Однако на пути создания нормативного языка возникает одна проблема. Она заключается в том, что это так только предполагается, что наши академики работают над описанием и обобщением языков всех индивидуумов кластера. На самом деле, как легко понять, каждый из академиков принимает во внимание только свой собственный индивидуальный язык.

По этому поводу один читатель моих заметок позвонил мне и сказал, что я не совсем прав. Потому что, мол, академики перед тем, как что-то такое придумать, полжизни потратили на то, чтобы изучить кучу всяких особенностей языков индивидуумов, относящихся ко всем возможным группам. Не может, мол, академик делать выводы только на основании своего собственного языка. На то, мол, он и академик.

Конечно же этот читатель был тысячу раз прав. И я с ним абсолютно и полностью согласен. Я имею в виду, что согласен с этим читателем в том, что академики изучают много всякого, прежде чем делают какие-то выводы. Но в то же время этот читатель был в чем-то и неправ. И я отсылаю его в конец первого раздела, где я пояснял, что язык индивидуума включает также понимание языка других индивидуумов и много другого прочего. Конечно, академики отличаются от простых смертных тем, что языком других людей интересуются не по воле жизненных обстоятельств, а по долгу службы. Они приобретают сведения о языке других людей примерно таким же образом, как многие учат иностранные языки. Об обширных познаниях академика в области изучения языков каких-то групп людей можно говорить на том же основании, на котором мы говорим о знаниях какого-нибудь способного молодого человека, изучившего в колледже шесть иностранных языков. А ведь даже для того, чтобы знать хотя бы только один немецкий язык примерно так же, как знает его какой-нибудь винодел в маленьком городке на Рейне, нашему студенту нужно было бы прожить свою жизнь жизнью этого винодела. И нашему академику, чтобы знать русский язык примерно так же, как его знает, скажем, человек, только что вышедший из заключения, где он провел пятнадцать лет, нужно было бы провести те же пятнадцать лет в заключении. Боюсь только, что тогда наш академик, наверное, уже не был бы академиком.

Однажды мне возразили, сказав, что, мол, не такая уж это большая беда, если академики не очень-то в курсе всякого там блатного, тюремного или лагерного жаргона. И я немедленно согласился с этим. Потому что я всегда соглашаюсь, когда мне возражают корректно. Действительно, это не только не беда, но это большое счастье, что какой-то академик не в курсе лагерного жаргона. Я бы даже согласился, что, возможно, пример мой не очень удачен. И был бы готов этот пример заменить каким-то другим. Но это только в том случае, если бы я не писал эти мои заметки на русском языке в самом начале 21 века и если бы я не приводил так много примеров, относящихся к русскому языку. А для русского языка лагерный пример – это для нынешнего момента самый удачный пример. Потому что за последние сто лет лагерная группа среди всех русскоговорящих была одной из самых многочисленных.

А теперь рассмотрим нормативный, или литературный, язык – эту вторую степень абстракции – подробнее. Что мы можем сказать о свойствах нормативного, или литературного, языка? Зависит ли он от времени? Как воспринимают его индивидуумы?

Литературный язык естественным образом зависит от его создателей. А язык создателей меняется со временем. Поэтому очень трудно поверить в то, что ни один из создателей литературного языка никогда не захочет сделать никаких изменений в нем, несмотря на то что каждый из них, по всей видимости, замечает изменения своего языка. Эти изменения, кстати, создатели литературного языка не обязательно считают (как считаю, например, я) изменениями своего языка. Они могут считать их изменениями языка окружающих их людей или изменениями языка вообще, не вполне понимая, что они под этим имеют в виду.

Далее, литературный язык по-разному понимается различными индивидуумами по разным причинам. Во-первых, каждый индивидуум знакомится со своим набором элементов литературного языка. Я имею в виду под этим различные источники информации (в том числе различные учебные пособия), различные способности, желания и возможности людей при изучении этих источников, трактовку нормативов разными людьми (в том числе учителями) и прочее. При этом, по моим прикидкам, число возможных комбинаций таких наборов намного превышает число людей, говорящих на данном языке. Даже с учетом того, что некоторые комбинации более вероятны, чем другие, все равно, как я думаю, трудно найти двух индивидуумов, знакомых с одинаковым набором элементов литературного языка.

Второй причиной, по которой литературный язык по-разному понимается различными индивидуумами, является то, что он описан и воспринимается на языках индивидуумов.

Третья причина состоит в том, что нормативы литературного языка, в свою очередь, могут быть написаны на других национальных языках. Так, кто-то может изучать русский литературный язык по французским пособиям.

Четвертая причина состоит в противоречивости норм литературного языка. Если правила состоят из одного утверждения, то его, наверное, легко можно сделать непротиворечивым образом. По мере усложнения правил становится все менее и менее вероятным, что противоречий удалось избежать.

Итак, основная мысль четвертого раздела заключается в том, что искусственно создаваемый нормативный (литературный) язык составляет вторую ступень языковой абстракции; он меняется со временем и воспринимается различным образом различными индивидуумами.

Выводы

Основные положения релятивистской концепции языка таковы.

Язык любого индивидуума, являющийся одной из составляющих его сознания, в любой момент времени уникален: любые два индивидуума говорят на разных языках; язык индивидуума меняется со временем, так что любой индивидуум в разное время говорит на разных языках.

Понятие национального языка, не привязанное ни к какому индивидууму, – это абстракция, понимаемая как совокупность всех близких языков индивидуумов. Национальный язык воспринимается различным образом различными индивидуумами и меняется в их представлении со временем.

Несмотря на то что индивидуумы говорят на разных языках, используя слова с необозримым множеством значений, они обучаются понимать друг друга с помощью процесса, ими не осознаваемого. Однако они никогда не могут достигнуть полного взаимопонимания.

Искусственно создаваемый нормативный (литературный) язык составляет вторую ступень языковой абстракции. Нормативный язык меняется со временем и воспринимается различным образом различными индивидуумами.

Наталья Зарембская – родилась в Ленинграде. Долгие годы работала в Искусствоведческой секции Государственного Экскурсионного Бюро. В 1992 уехала, уже из Санкт-Петербурга, в Бостон. Интерес к искусству привел ее в Музей Изабеллы Гарднер, с которым она связана до сих пор. Участвовала в организации выставки коллекций Петергофа в Лас-Вегасе. Переводила каталог для выставки Фаберже. Во главе компании «Let's Go! Tours» объездила с туристами всю Новую Англию. С 2007 года живет на Манхэттене в Нью-Йорке.

*ОБЭРИУ. Введение в тему. Часть 2**

Детгиз

Прежде чем окончательно расстаться с десятилетием 20-х, поговорим о Детгизе, отчасти и потому, что его разгон пришелся на более позднее время – середину 30-х годов. Детгиз, возглавляемый Маршаком, сыграл в судьбе наших героев большую роль. Он дал им период относительного житейского благополучия до арестов и был последним их спасательным кругом в краткий период после возвращения из ссылки.

Сам Маршак приехал в Петроград в 1924 году и возглавил Детский отдел Госиздата. Помещалось издательство на шестом этаже бывшего дома компании «Зингер» – Дома книги на Невском. Маршак начал издавать журнал «Воробей», а затем «Новый Робинзон», где у него печатались О.Мандельштам, Б.Пастернак, Н.Тихонов, В.Шкловский. Поэты любили детскую литературу из-за ее тиражей – платили относительно прилично.

В то время детский отдел еще назывался Отделением Детской Литературы при Госиздате. Детгизом он стал называться позднее.

Самуил Яковлевич Маршак (1887 – 1964) был человеком дореволюционной выучки. Происходил он из рода знаменитого в XVII веке Рабби Аарона-Шмуэля Кайдановера. Фамилия его является сокращенным вариантом имени рабби. Протеже Стасова и Горького, он еще до войны 1914 года побывал в Турции, Греции, Палестине. Учился в Лондонском Университете, где начал переводить народные

---

* Первая часть этой статьи была опубликована в предыдущем выпуске «Страниц Милбурнского клуба» в 2011 году.

английские баллады. В 1924 году ему было 37 лет и он имел вполне заслуженный вес в литературных кругах.

В Ленинградском издательстве Маршак объединил великолепных художников-иллюстраторов Ленинградской графической школы: Лебедева, Конашевича, Юрия Васнецова, Чарушина, Пахомова, Стерлигова, Тырсу, Евдокимову, Кибрика, Юдина, Ермолаеву. Его фаворитом в этой плеяде стал Владимир Лебедев, который оформил большое число книг самого Маршака, начиная с «Цирка», выпущенного издательством «Радуга» в 1924 году.

К работе в издательстве были привлечены писатели, создавшие золотой фонд детской литературы: Житков, Бианки, Леонид Пантелеев, Каверин. Именно сюда «распределился» и Николай Заболоцкий после Пединститута и армии.

Формально Даниил Хармс и Александр Введенский были приглашены в Детгиз Евгением Шварцем и Николаем Олейниковым. Шварц и Олейников пришли на выступление будущих обэриутов в Кружке друзей камерной музыки на углу Невского и Садовой, где до сих пор работает Театр марионеток имени Е.Деммени. Это было весной 27-го. Для поэтов, уставших от безуспешных попыток «прорваться», этот предложение было манной небесной.

Евгений Шварц работал в Детгизе редактором детского отдела, а Николай Олейников возглавлял редакции сразу двух журналов – «Еж» (Ежемесячный журнал) – для старших и «Чиж» (Чрезвычайно интересный журнал) – для младших. Он был один из немногих членов партии со стажем, ветеран гражданской войны, и, в сущности, подразумевалось, что он должен курировать ленинградское издательство по партийной линии. Им, прямо скажем, повезло с куратором.

Олейников, который сам был поэтом, по духу был ближе Хармсу и Введенскому, чем Заболоцкий, и, тем более, Вагинов. Его по праву включают в «большую тройку» обэриутов, хотя партийная дисциплина не позволяла ему формально стать членом группы или участвовать в их вечерах.

Николай Макарович Олейников (1898 – 1937) был на год старше Константина Вагинова, родом из станицы Каменской, казак. История его юности кажется сюжетом из Бабеля или Платонова. Выданный родным отцом, он чудом избежал расстрела белыми, участвовал в гражданской войне. С 1920 года член партии. Литературную деятельность начал в Бахмуте (ныне Артемовск), где основал литературно-художественный журнал «Забой» вместе с приехавшими на Дон петербуржцами М.Слонимским и Е.Шварцем (1923). В 1925 году получает от ЦК ВКП(б) назначение в газету «Ленинградская правда» и переезжает в Ленинград.

Перед отъездом он явился к председателю Совета своей родной станицы и сообщил ему, что отправляется в Ленинград поступать в Академию художеств, а туда принимают только красивых. Сказал, что ему требуется справка, что он таковым является. Справка была выдана. В ней говорилось: «Сим удостоверяется, что гр. Олейников Николай Макарович действительно красивый. Дана для поступления в Академию художеств». Справка по всей форме была заверена подписью и печатью. После этого, уже в Ленинграде, Олейников с удовольствием демонстрировал ее девушкам.

С обэриутами Олейникова сближала любовь к Козьме Пруткову, капитану Лебядкину и неопримитивизму:

Маленькая рыбка,
Маленький карась,
Где ж ваша улыбка,
Что была вчерась?..

Что же вас сгубило,
Бросило сюда,
Где не так уж мило,
Где – сковорода?

Карасихи-дамочки
Обожали вас –
Чешую, да ямочки,
Да ваш рыбий глаз.

Бюстики у рыбок –
Просто красота!
Трудно без улыбок
В те смотреть места.

Но однажды утром
Встретилася вам
В блеске перламутра
Дивная мадам.

Дама та сманила
Вас к себе в домок,
Но у той у дамы
Слабый был умок.

С кем имеет дело,
Ах, не поняла!
Соблазнивши, смело
С дому прогнала.

И решил несчастный
Тотчас умереть.
Ринулся он, страстный.
Ринулся он в сеть.

Злые люди взяли
Рыбку из сетей,
На плиту послали
Просто, без затей.

Ножиком вспороли,
Вырвали кишки,
Посолили солью,
Всыпали муки...

Белая смородина,
Черная беда!
Не гулять карасику
С милой никогда.

Не ходить карасику
Теплою водой,
Не смотреть на часики,
Торопясь к другой.

Плавниками-перышками
Он не шевельнет.
Свою любу «корюшкою»
Он не назовет.

Так шуми же, мутная
Невская вода!
Не поплыть карасику
Больше никуда.

Если Олейников быстро стал своим в компании обэриутов, то их отношение к Маршаку было двойственным. С одной стороны, он был работодателем и человеком, у которого всегда можно было занять денег. С другой стороны, он не любил и не одобрял иронии по отношению к власти. Хармс не решился читать ему написанный в конце 1929 года рассказ «Жук-коммунист», записав в дневнике: «Опасно... очень будет ругаться». Рассказ не сохранился, но название говорит само за себя.

Детские книги были счастливой отдушиной. Каждый из обэриутов мог к этому моменту сосчитать число опубликованных стихов на пальцах одной руки. А теперь у них выходила книжка за книжкой в официальном издательстве.

К концу 1927 года у Хармса вышли уже три книжки: прозаические – «О том, как Колька Панкин летал в Бразилию, а Петька Ершов ничему не верил» и «Озорная пробка», и стихотворный «Театр»:

Музыканты забренчали,
Люди в зале замолчали.

Посмотри на Арлекина –
Кольку!

Вот он с Ниной-Коломбиной
Пляшет польку...

Введенский начал свою карьеру в новом жанре, выпустив книжки «Коля Кочин», «Зима кругом», «Кто» и другие. Вот его «Лошадка» 1929 года, где ритм берет разгон вместе с повозкой:

Жила-была лошадка,
Жила-была лошадка,
Жила-была лошадка,
А у лошадки хвост,
Коричневые ушки,
Коричневые ножки.
Вот вышли две старушки,
Похлопали в ладошки,
Закладывали дрожки
И мчались по дорожке.
Бежит, бежит лошадка
По улице, по гладкой...

«Младший обэриут» Юрий Владимиров (1909 – 1931) за краткие годы, которые ему были отпущены, опубликовал семь книг для детей, начиная с книжки «Ниночкины покупки», вышедшей в 1928 году, когда автору было восемнадцать лет:

Мама сказала Нине:
– Нина, купи в магазине:
Фунт мяса,
Бутылку кваса,
Сахарный песок,
Спичечный коробок,
Масло и компот.
Деньги – вот.
...
Наконец очередь Нинки.
Нина твердит без запинки:
– Дайте фунт кваса,
Бутылку мяса,
Спичечный песок,
Сахарный коробок,

Масло и компот.
Деньги – вот.

Кассир говорит в ответ:
– Такого, простите, нет!
Как же вам взвесить квасу,
Не лезет в бутылку мясо…
На масло и компот
Чек – вот!
А про сахарный коробок
И спичечный песок
Никогда не слыхал я лично, –
Верно, товар заграничный…

Родом Юрий Владимиров был из дворянской семьи, потомок Брюллова. Его родители были последователями учения доктора Штейнера, антропософами, как и друг матери Максимилиан Волошин. Литературные связи семьи помогли сыну быть рано замеченным Маршаком. Мало что известно о его короткой жизни. Не сохранилось ни одной его фотографии. До недавнего времени даже год его рождения указывали ошибочно. Известно, что у него была яхта, на которой обэриуты не раз катались. Известно, что он болел туберкулезом, но то ли погиб от обострения болезни, то ли утонул, купаясь. В любом случае он таким образом избежал ареста, который уже был запланирован. Хармс не пришел на его панихиду, сказав, что он «никогда никого не провожает». Однако он изготовил два рукописных экземпляра «взрослых» сочинений Владимирова и передал его матери и сестре. Мать в скором времени погибла в лагере, а сестра – во время войны, и рукописи эти не найдены.

Заболоцкий писал скорее для юношества, а не для детей. В стихах для самых маленьких можно узнать его основательную интонацию («Как мыши с котом воевали»):

Жил-был кот,
Ростом он был с комод,
Усищи – с аршин,
Глазищи – с кувшин,
Хвост трубой,
Сам рябой.
Ай да кот!

Все эти книги были оформлены великолепными графиками и представляют хрестоматийные примеры того, как надо оформлять детские книги. Что же касается литературной части, то не вся эта продукция была халтурой. В творчестве для детей каждого из обэриутов можно найти примеры, сохраняющие индивидуальность стиля, дающие как бы облегченный для восприятия вариант их творчества.

Вот Введенский с его щемящим лиризмом, но без «Верьте, верьте ватошной смерти»:

Когда я вырасту большой,
Я снаряжу челнок,
Возьму с собой бутыль с водой
И сухарей мешок.

Потом от пристани веслом
Я ловко оттолкнусь,
Плыви, челнок! Прощай, мой дом!
Не скоро я вернусь.

Сначала лес увижу я,
А там, за лесом тем,
Пойдут места, которых я
И не видал совсем.

Деревни, рощи, города,
Цветущие сады,
Взбегающие поезда
На крепкие мосты.

И люди станут мне кричать:
«Счастливый путь, моряк!»
И ночь мне будет освещать
Мигающий маяк.

Вот Хармс с его алогичностью и скандирующим ритмом, но без «дрынь в ухо виляет шапле ментершула»:

А вы знаете, что НА?
А вы знаете, что НЕ?
А вы знаете что БЕ?
Что на небе
Вместо солнца
Скоро будет колесо?
Скоро будет золотое
Не тарелка,
Не лепешка, –
А большое колесо! –

А Заболоцкому вообще не требовалось напрягаться. Просто слегка упростить свой натурфилософский взгляд на мир:

Каждый день на косогоре я
Пропадаю, милый друг.
Вешних дней лаборатория
Расположена вокруг.
В каждом маленьком растеньице,
Словно в колбочке живой,
Влага солнечная пенится
И кипит сама собой.
Эти колбочки исследовав,
Словно химик или врач,
В длинных перьях фиолетовых
По дороге ходит грач.
Он штудирует внимательно
По тетрадке свой урок
И больших червей питательных
Собирает детям впрок.

Что же касается Олейникова, то за всю жизнь ему удалось опубликовать лишь три «взрослых» стиха. Так что вся его официальная продукция состояла из книжек для детей, где он представлял себя так:

Кто я такой?
Вопрос нелепый!
Я – верховой
Макар Свирепый.

Аресты

Приближались 30-е годы. Централизация и нарастание нетерпимости происходили параллельно.

Еще в 1928 году было возможно открыть персональную выставку Малевича в Третьяковке, к 30-летию творческой деятельности. Печатью, впрочем, она была замолчана. В скором времени, – в 1930 году, Малевич был арестован как германский шпион и провел несколько месяцев в тюрьме.

Выставка Филонова, развернутая Пуниным и Аникеевой, сотрудницей музея и автором каталога выставки, в Русском Музее в 1929 году простояла в закрытых залах год и так и не была открыта.

Последним «ура» для Филонова и Малевича была выставка «Художники РСФСР за 15 лет» в том же Русском Музее в 1932 году. Каждому было предоставлено по отдельному залу. Филонов выставил 85 работ. Годом позже эта же выставка открылась в Москве, но Малевича туда уже не пустили.

Готовилось историческое постановление ЦК ВКП(б) «О перестройке литературно-художественных организаций». Только в области изобразительного искусства необходимо было распустить около пятидесяти объединений и примерно столько же литературных групп (только в Москве их было более тридцати). В условиях планируемой «перестройки» проведение превентивных арестов представлялось логической мерой.

Хармс, Введенский и Туфанов были арестованы 10 декабря 1931 года. Бахтерев – немного позднее, 14 декабря. По одной из версий, причиной ареста Введенского был сказанный им в доме художницы Е.В.Сафоновой тост за покойного императора Николая Второго. Введенский говорил, что при наследственной власти у ее кормила случайно может оказаться и порядочный человек, в то время как народная власть это исключает.

Побочным эффектом арестов было то, что Нюра Ивантер, вторая жена Введенского, сожгла со страху все его рукописи, какие могла найти, за что Яков Друскин прозвал ее «Геростратом XX века»

Не так уж важно, что послужило толчком: показания режиссера-авангардиста Игоря Терентьева, арестованного незадолго до этого (расстрелян в 1937-м), доносы штатных осведомителей или Ираклия Андронникова, арестованного вместе с ними, но выпущенного за недостатком улик. Достаточно было репутации обэриутов, уже сложившейся к этому времени, да тех разговоров, что велись в компании, собиравшейся у Сафоновой и у ассистента Петроградского университета Петра Петровича Калашникова. П.П.Калашников был своего рода держателем богемного салона. У него собирались литераторы и художники. Писатель Л.Пантелеев вспоминал: «... Д.И. [Хармс] водил меня к своему приятелю Калашникову. ...Это был русский интеллигент, пожилой, как нам казалось (лет за 40, вероятно)... В комнате же у него горели многоцветные лампады, под статуэткой Будды стояла фисгармония, и Калашников на ней играл». Короче, «не наш» был этот Калашников, за что и был арестован по тому же делу (получил три года, отбывал в Свирских концлагерях).

Похоже, что «сверхзадачей» арестов было собрать материал на руководство Детгиза – Маршака, Олейникова и других – так сказать, впрок. Показательно, что несмотря на то, что такие «компроматы» были получены, новых арестов не было. Зато уровень страха в среде ленинградской интеллигенции был поднят, и этот результат был достигнут малой кровью.

Все же следствие заняло почти четыре месяца. В Москве поступили экономичней: друг Пастернака, «лефовец» Владимир Силлов был арестован в 1930 году примерно с той же формулировкой, что и обэриуты, и расстрелян через три дня.

Протоколы допросов Введенского и Хармса – интересные документы. Трудно определить, до какой степени они являются творением следователей Алексея Бузникова и Лазаря Когана и до какой – самих подследственных. Однако мало какие критические статьи излагают особенности их творчества с такой ясностью.

Протокол первого допроса Хармса содержит довольно простодушное заявление:

«Я работаю в области литературы. Я человек, политически не мыслящий, но по вопросу, близкому мне: вопросу о литературе. [*sic*] Заявляю, что я не согласен с политикой Советской власти в области литературы и желаю, в противовес существующим на сей счет правительственным мероприятиям, свободы печати как для своего творчества, так и для литературного творчества близких мне по духу литераторов, составляющих вместе со мной единую литературную группу».

По поводу детского творчества сказано следующее:

«К наиболее бессмысленным своим стихам, как, напр., стихотворение "О Топорышкине", которые ввиду крайней своей бессмыслицы были осмеяны даже советской юмористической прессой, я относился весьма хорошо, расценивая их как произведения качественно превосходные, и сознание, что они неразрывно связаны с моими непечатающимися заумными произведениями, приносило мне большое внутреннее удовлетворение».

Протокол Введенского по стилю соответствует сумрачному тону его поэзии:

«Основным лейтмотивом наших политических бесед (с Хармсом) была наша обреченность в современных советских условиях. Мы хорошо понимали, что ненавистные нам советские порядки нелегко сломать, что они развиваются и укрепляются помимо нашей и иной, враждебной им, воли, что мы представляем собой людей обреченных».

Введенский каялся с первой страницы, Хармс – со второго допроса, но это дело не меняло. Похоже, Бузников надеялся сделать себе имя, собрав материал на более крупных птиц. В частности, в протоколах Введенского Маршак упоминается в качестве пособника и подстрекателя преступной деятельности молодых писателей. Олейников называется поклонником Троцкого. Однако Маршака, а с ним и других, было велено не трогать. А сама молодежь не представляла большого интереса ни для Бузникова, ни для начальства.

Бахтерев пишет о своем тюремном опыте прямо-таки элегически. Свежее белье на койке, хорошее питание. Единственная проблема – нечего читать кроме газеты, которую он со скуки зачитал до дыр. Ему в момент ареста было 23 года. Я не думаю, что остальные разделяли его мнение.

Туфанов, которого и притянули в основном как учителя своих учеников, получил 5 лет лагерей и был конченым человеком. По крайней мере, сел за «взрослые стихи», за поэму «Ушкуйники» где писал:

«Погляжу с коня на паздерник, как пазгает в подзыбице Русь»

Мог ли автор точнее выразить свое отношение к Советской власти? Здесь, как и в зауми, Туфанов выступает как мастер звукового образа.

В тюрьме их продержали с декабря по март 1932-го, Хармса – фактически до июня. Как «главарь» ОБЭРИУ он получил три года концлагерей – своего рода признание. Но благодаря хлопотам отца, бывшего народовольца, его дело было пересмотрено. Он получил «минус 12» (высылку с запретом въезда в двенадцать крупных городов) и поехал к Введенскому в Курск.

Жизнь после ареста

Возвращение их в Ленинград – это фарс со счастливым концом. Сначала Введенский потребовал перевода в Вологду, а поскольку добраться до Вологды можно было только через Ленинград, то он и поехал туда, и вскоре сагитировал Хармса повторить этот трюк. Хармс вернулся в Ленинград в октябре. Но ни тот, ни другой в Вологду не спешили. Начались хлопоты по смягчению приговора. Хармсу помог следователь Лазарь Коган, который их допрашивал вместе с Бузниковым. Интересно, что их пути пресеклись еще до ареста, в 1929 году, когда под удар попала семья первой жены Хармса Эстер Русаковой (погибла в лагере в 1938 году). Имя Когана упомянуто в абсурдном стихе «Перферация» 1930 года, где эти строчки – единственные понятные любому:

в этой комнате Коган
под столом держал наган

Так что и Хармс завел приятеля в ГПУ, как того требовала мода времени. Оба курили трубки. К 38 году Бузников был посажен, но уцелел, а Коган был расстрелян в 39-м.

Итак, Хармс добился своего: ему было разрешено остаться в Ленинграде. Введенский же оставался в ссылке в Борисоглебске до конца 1933 года.

К этому времени уже вышло Постановление ЦК ВКП(б) «О перестройке литературно-художественных организаций» (принято в апреле 1932 года). Все творческие организации прекратили свое существование по всей великой стране. Остался Союз Писателей СССР, Союз Композиторов СССР, и т.д.

В 1933 году отделение детской литературы стало самостоятельным издательством «Детгиз». Одновременно открыли два отделения – в Ленинграде и в Москве. Главным редактором ленинградского отделения стал Маршак.

И Хармс и Введенский продолжили в нем работу. Стали членами вновь образованного Союза Писателей СССР, учрежденного в 1934 году. Казалось, жизнь вошла в русло. Но что это была за жизнь? В декабре того же 1934 года Киров получил свою пулю в затылок. Как пелось в частушке: «Эх, огурчики да помидорчики, Сталин Кирова убил в коридорчике».

Согласно последним официальным заключениям 90-х годов Николаев был убийцей-одиночкой. Интересно, что допрашивал жену Николаева, Мильду Драуле, все тот же Лазарь Коган, приятель и бенефактор Хармса. Может быть, за это он поплатился жизнью в 1939-м? Возможно, этот вопрос никогда не будет решен историками, но репрессии последовали незамедлительно и сделали обстановку в Ленинграде еще более невыносимой. Расстреляно было около сотни человек, и это – только в первой волне, включая жену Николаева Мильду Драуле, ее мать, сестру и мужа сестры. Впрочем, это было в стиле времени. Лев Каменев и Григорий Зиновьев получили свои финальные сроки. Начался «Кировский поток». Многие вспоминают чувство страха, охватившее тогда ленинградских людей.

В том же 1934 году Введенский пишет одно из лучших своих стихотворений «Мне жалко, что я не зверь», которое точно передает желание раствориться в пространстве, сделаться невидимым:

Мы сядем с тобою ветер
на этот камушек смерти.
Мне жалко что я не чаша,
мне не нравится что я не жалость.
Мне жалко что я не роща,
которая листьями вооружалась.
Мне трудно что я с минутами,
меня они страшно запутали.
Мне невероятно обидно
что меня по-настоящему видно.
Еще есть у меня претензия,
что я не ковер, не гортензия.

И так далее. Это большое стихотворение.

В 1934 году умирает от туберкулеза «старейший» обэриут, 35-летний Константин Вагинов. Все последние отпущенные ему годы он активно работает, пишет прозу, публикует свой последний роман «Бамбочада» (1931). (Бамбочады – «низкий» жанр сценок из обычной жизни. Так в Италии называли «маленьких голландцев».) Вагинов также заканчивает роман «Гарпагониана» (1933), который при его жизни опубликован не был.

Уже готов был ордер на его арест, но он, как и Владимиров, предупредил его смертью. Вскоре после этого была арестована его мать. При обыске были изъяты и исчезли черновики романа о 1905 годе, последнего, над которым Вагинов работал. При советской власти произведения Вагинова после смерти писателя не переиздавались.

Первые публикации появились только в период перестройки в конце 80-х годов.

Похороны авангарда

В 1934-м своей смертью умирает Михаил Васильевич Матюшин, теоретик «расширенного смотрения», соратник Малевича по ГИНХУКу (о ГИНХУКе много говорится в первой части).

В том же году в первой волне репрессий, связанных с убийством Кирова, арестована большая группа художников (в основном учеников Малевича). Среди них – Вера Ермолаева, которая работала для Детгиза и иллюстрировала, в числе прочих, книги Шварца («Поезд»), Введенского («Рыбаки»), а также первое издание книжки «Иван Иваныч Самовар» Хармса. Именно Ермолаеву и Льва Юдина, как я уже упоминала, Хармс попросил нарисовать плакат к «Трем Левым Часам». Обвинить Ермолаеву было не в чем, просто ее духовная независимость была несовместима с советской властью.

Срок заключения был – три года в Карлаге (Карагандинский лагерь), где впоследствии сидел Лев Гумилев. Ей было 42 года в момент ареста, и с детства она передвигалась на костылях в результате падения с лошади. Когда срок ее заключения подошел к концу, она была осуждена вторично и расстреляна (26 сентября 1937 года).

В 1935 году умирает от рака сам Казимир Малевич, и его похороны становятся символическими похоронами русского авангарда. Неизбежность близкой смерти была для него очевидна еще до болезни, и он завещал похоронить себя в супрематическом гробу, который спроектировал для него Николай Михайлович Суетин (1897 – 1954). Умирал Малевич в Ленинграде, но просил похоронить себя под Москвой, в деревне Немчиновка, где часто проводил лето. Близкие и друзья оказались достойны художника: не побоялись его везти по улицам Ленинграда в супрематическом гробу.

На похороны Малевича собрались многие представители авангарда, это был, по существу, последний сбор левых сил. Хармс пишет стихотворение «На смерть Казимира Малевича». Под ним дата – 17 мая 1935 года:

Памяти разорвав струю,
Ты глядишь кругом, гордостью сокрушив лицо.
Имя тебе – Казимир.
Ты глядишь, как меркнет солнце спасения твоего.
От красоты якобы растерзаны горы земли твоей.
Нет площади поддержать фигуру твою.
Дай мне глаза твои! Растворю окно на своей башке!
Что ты, человек, гордостью сокрушил лицо?
Только мука – жизнь твоя, и желание твое – жирная снедь.
Не блестит солнце спасения твоего.
Гром положит к ногам шлем главы твоей...

Место погребения, также спроектированное и изготовленное Суетиным, было отмечено белым деревянным кубом с черным квадратом на нем. Памятник был разрушен в войну. Тогда же местные ребятишки выкопали алебастровую урну и развеяли его прах.

Энтузиасты восстановили надгробие уже в наши дни и поставили его недалеко от могилы, точное местонахождение которой неизвестно.

Разгон Детгиза

Обстановка в Ленинграде становилась совсем абсурдной. Чувствовал, что надо спасаться в Москве, Олейников. Он затеял очередной журнал «Сверчок», причем с главной редакцией в Москве, и теперь сновал с туго набитым портфелем между двумя столицами. Хармс и Введенский поставляли ему продукцию. Однако уехать в Москву Олейников не успел.

Уже в 1936 году появилась статья «О художниках-пачкунах», направленная против Владимира Лебедева и других художников, работавших в Детгизе. Лебедеву, впрочем, удалось избежать ареста.

К 1937 году старая редакция Детгиза была полностью разгромлена. В воспоминаниях редактора Александры Иосифовны Любарской приводится длинный список редакторов и писателей, арестованных в 1937-м, включая саму Любарскую и подругу Маршака Тамару Габбе. Маршака в те дни в Ленинграде не было. Близкий контакт с Вячеславом Ромуальдовичем Домбровским, курировавшим оперативно-следственную работу в ленинградском управлении ОГПУ, помог ему избежать ареста. Он вернулся из отпуска, когда чистка уже завершилась, и вскоре укрылся в Москве.

Олейников таких покровителей, похоже, не имел. Его смерть была напрямую связана с разгоном Детгиза. Он был арестован 20 июля 1937 года. Взят Олейников был в доме писательского кооператива, в переулке между каналом Грибоедова и улицей Софьи Перовской. Для писателей там были надстроены два этажа, за что живший в доме Зощенко называл его «недоскребом». Вели Олейникова оттуда пешком. На Итальянской встретился им его знакомый, артист Антон Шварц. Он рассказывал: «Я вышел рано утром и встретил Николая на Итальянской. Он шел спокойный, в сопровождении двух мужчин. Я спросил его: "Как дела, Коля?" Он сказал: "Жизнь, Тоня, прекрасна!" И только тут я понял... »

Олейников был обвинен в шпионаже в пользу Японии. В ноябре начальник Ленинградского управления НКВД Л.М.Законский утвердил восьмой по счету список, или, как их тогда называли, альбом, – 50 японских шпионов с ходатайством о вынесении им высшей меры наказания. Все 50 были расстреляны 24 ноября, после нескольких месяцев пыточного следствия. Олейников отправился на тот свет в компании своих коллег: писателей Безбородова, Константинова, директора Дома детской литературы Серебрянникова, и других.

Николаю Макаровичу Олейникову, который никогда не позволял себе называться поэтом, принадлежат эти строки:

Осенний тетерев-косач,
Как бомба, вылетает из куста.
За ним спешит глухарь-силач,
Не в силах оторваться от листа.
Цыпленок летний кувыркается от маленькой дробинки
И вниз летит, надвинув на глаза пластинки.
...
Перелетая с севера на юг,
Всю жизнь проводит он под пологом ветвей,
Но, по утрам пересекая луг,
Он вспоминает дни забытых глухарей.

1935 – 1937

Архивы Олейникова были изъяты во время ареста и пропали.

Хармс посвятил своему другу чудесный стих. В нем есть строчки, из которых ясно, что характер Олейникова не был ангельским и что Хармса поэзия Олейникова порой ставила в тупик. Последняя строка звучит пророчески, задним числом, конечно. Стихотворение было написано в 1935 году.

Олейникову

Кондуктор чисел, дружбы злой насмешник,
О чем задумался? Иль вновь порочить мир?
Гомер тебе пошляк, и Гете глупый грешник,
Тобой осмеян Дант, лишь Бунин твой кумир.

Твой стих порой смешит, порой тревожит чувство,
Порой печалит слух иль вовсе не смешит,
Он даже злит порой, и мало в нем искусства,
И в бездну мелких дум он сверзиться спешит.

Постой! Вернись назад! Куда холодной думой
Летишь, забыв закон видений встречных толп?
Кого дорогой в грудь пронзил стрелой угрюмой?
Кто враг тебе? Кто друг? И где твой смертный столб?

Страх повторного ареста висел над Хармсом и Введенским. Введенский получил отсрочку, уехав в Харьков. Он поехал туда в 36-м с Сергеем Михалковым по литературным делам и встретил Галину Викторову, которая работала секретаршей в местном отделении Союза Писателей.

Она стала его второй женой. У них родился сын Петя, ныне уже умерший, к которому он был очень привязан. Он поселился в Харькове и с тех пор бывал в столицах только наездами. Разгон Детгиза для него означал потерю заработка, и он компенсировал это сочинением клоунских цирковых реприз, куплетов и миниатюр. Незадолго до начала войны Введенский писал пьесу «Концерт-варьете» для кукольного театра Сергея Образцова, сделав два варианта – взрослый и детский. Образцов текст поэта отклонил. Лишь через много десятилетий стало известно, что свой самый знаменитый спектакль «Необыкновенный концерт» Образцов поставил, оттолкнувшись от пьесы именно Введенского.

На собраниях в местном Союзе Писателей он не выступал и о литературе ни с кем не говорил. Продолжал писать в стол. В эти годы он написал «Потец», «Где. Когда» и «Элегию»:

Элегия

…Летят божественные птицы,
их развеваются косицы,
халаты их блестят как спицы,
в полете нет пощады.
Они отсчитывают время,
Они испытывают бремя,
пускай бренчит пустое стремя –
сходить с ума не надо.

Пусть мчится в путь ручей хрустальный,
пусть рысью конь спешит зеркальный,
вдыхая воздух музыкальный –
вдыхаешь ты и тленье.
Возница хилый и сварливый,
в последний час зари сонливой,
гони, гони возок ленивый –
лети без промедленья.

Не плещут лебеди крылами
над пиршественными столами,
совместно с медными орлами
в рог не трубят победный.
Исчезнувшее вдохновенье
теперь приходит на мгновенье,
на смерть, на смерть держи равненье
певец и всадник бедный.

Хармс жил относительно благополучно до марта 1937 года, когда в третьем номере журнала «Чиж» появилось его стихотворение «Из дома вышел человек…»:

Из дома вышел человек
С дубинкой и мешком
И в дальний путь,
И в дальний путь
Отправился пешком.
Он шел все прямо и вперед
И все вперед глядел.
Не спал, не пил,
Не пил, не спал,
Не спал, не пил, не ел.
И вот однажды на заре
Вошел он в темный лес.
И с той поры,
И с той поры,
И с той поры исчез.
Но если как-нибудь его
Случится встретить вам,
Тогда скорей,
Тогда скорей,
Скорей скажите нам.

Тон этого стихотворения – тот же, что и в «Мне жалко, что я не зверь» Введенского, или в мандельштамовском

…Чтобы нам уехать на вокзал,
Где бы нас никто не отыскал…

Желание скрыться.

Наказанием было отлучение Хармса от печати, что означало нищету. Ноябрь 1937-го для Хармса – это поворотный момент, с которого жизнь его покатилась под гору. Его вторая жена Марина Малич позже вспоминала об этом времени:

«Мы жили только на те деньги, на те гонорары, которые получал Даня. Когда он зарабатывал, когда ему платили, тогда мы и ели. Мы всегда жили впроголодь. Но часто бывало, что нечего было есть, совсем нечего…»

Дневниковые записи Хармса этого времени тяжело читать – клинический случай тяжелой депрессии. Самое оптимистичное в них – это цитата из псалма Давида (Псалтирь, 9,19): «Но сказано: не всегда [sic] забыт будет нищий и надежда бедных не до конца погибнет».

Пытался ли он спастись, или непрерывный стресс сказался, но в 1939 году Хармс поступает на лечение в психиатрическую больницу и получает свидетельство о заболевании шизофренией. Летом 1941 года

Хармсу оформляется вторая группа инвалидности. Это действительно спасло его от немедленного расстрела во время второго ареста.

Николай Заболоцкий почти сразу отошел от обэриутов. Они для него были слишком левыми. Он, в сущности, был центрист и не уважал фрондерство. После ряда критических разносов упорно работал, пытаясь найти средний путь. Ему почти удалось привлечь к себе любовь советского пространства. Критика подобрела, готовился выход сборника. Вместо этого его арестовали в 38-м. Чудом избежал расстрела и провел в общем счете восемь лет в лагерях.

Последние дни.

Начавшаяся война подвела черту. В первые месяцы на фронте погибли Дойвбер Левин и Леонид Липавский. Хармс был арестован 23 августа 1941 года за пораженческие настроения. Как писала Марина Малич в записке своей подруге: «..Двадцать третьего августа Даня уехал к Николаю Макаровичу... жизнь для меня кончена с его отъездом».

Определившие судьбу Хармса показания дала Антонина Оранжиреева (Розен), знакомая Анны Ахматовой и многолетний агент НКВД.

Хармс умер во время блокады Ленинграда в отделении психиатрии больницы тюрьмы «Кресты» (Арсенальная набережная, 9).

Рукописи Хармса были сохранены его другом Яковом Друскиным; он забрал их зимой 1942 года. Из уже опустевшей комнаты.

Введенского забрали 27 сентября 1941 года. Накануне он отправлял в эвакуацию свою семью. Когда Введенский пришел на вокзал и увидел переполненные эшелоны, он не выдержал и перед самым отходом состава вытащил жену с детьми на перрон. Это заметил комендантский патруль. Узнав, что Введенский уже имел одну судимость, они его арестовали как пораженца. Как он погиб, никто точно не знает. Его пасынок Борис утверждал, что он был сожжен охраной в сарае (овине) у села Непокрытое вместе с группой заключенных, которых не успевали этапировать.

Официально в справочниках дата гибели Введенского указана 19 декабря 1941 года.

Заболоцкому, одному из двух обэриутов первого призыва, пережившим террор и войну, принадлежат эти пронзительные строки:

Прощание с друзьями

В широких шляпах, длинных пиджаках,
С тетрадями своих стихотворений,
Давным-давно рассыпались вы в прах,
Как ветки облетевшие сирени.

Вы в той стране, где нет готовых форм,
Где все разъято, смешано, разбито,
Где вместо неба – лишь могильный холм
И неподвижна лунная орбита.

Там на ином, невнятном языке
Поет синклит беззвучных насекомых,
Там с маленьким фонариком в руке
Жук-человек приветствует знакомых.

Спокойно ль вам, товарищи мои?
Легко ли вам? И всё ли вы забыли?
Теперь вам братья – корни, муравьи,
Травинки, вздохи, столбики из пыли.

Теперь вам сестры – цветики гвоздик,
Соски сирени, щепочки, цыплята...
И уж не в силах вспомнить ваш язык
Там наверху оставленного брата.

Ему еще не место в тех краях,
Где вы исчезли, легкие, как тени,
В широких шляпах, длинных пиджаках,
С тетрадями своих стихотворений.

                                        1952

Петр Ильинский – прозаик, поэт, эссеист. Родился в 1965 году в Ленинграде, выпускник МГУ, научный работник, в 1991 – 1998 и 2001 – 2003 годах – сотрудник Гарвардского университета. Книги: «Перемены цвета» (Эдинбург, 2001), «Резьба по камню» (СПб., 2002), «Долгий миг рождения. Опыт размышления о древнерусской истории VIII–X вв.» (М., 2004) и «Легенда о Вавилоне» (СПб., 2007). Статьи и рассказы публиковались в российской и зарубежной периодике («Отечественные записки», «Время и место», «Русский журнал», «Зарубежные записки», «Северная Аврора»). Живет в Кембридже (США), работает по специальности в частном секторе, преподает в Бостонском университете.

Впередсмотрящий

(Оммаж Генриху Беллю)

> Странными такие действия мог бы счесть лишь наблюдатель поверхностный.
>
> *М.Булгаков*

Обер-лейтенант дальнобойной артиллерии Вольфганг Ортер всегда знал, чего он хочет и почему. Это называется уверенностью в себе. Вдобавок он умел настоять на своем и довести дело до конца. Последнее, между прочим, не менее важно, чем первое. Если за знанием не следует действие, то грош цена такому знанию, вот что я вам скажу. По мне уж лучше расторопный дурень, чем умный ленивец. Или рохля. Или слабак. Но все это – точно не про Вольфганга.

Свое мнение он обыкновенно высказывал прямо и откровенно, а вот о доводах предпочитал умалчивать. Это, кстати, свидетельствует о немалом уме. Подумайте, и вы оцените. Ага, уловили? Интересно еще вот что: не раз и не два поведение Вольфганга при обсуждении того или иного вопроса оказывалось много убедительнее тех аргументов, которые он мог бы привести. Как это объяснить? Не знаю, но понемногу ему стали верить без особых споров. Слишком часто он оказывался прав. Или, давайте, скажем по-другому: для окружающих было очевидно, что обер-лейтенант являлся чрезвычайно предусмотрительным человеком, хотя несколько скрытным. Можно даже выразиться еще четче и, если позволите, без обиняков: герр Ортер обладал даром предсказывать будущее. Потому ему кое-что и удалось. И он никогда не жаловался и не ссылался, как сейчас модно, на «неблагоприятные обстоятельства». В отличие от нытиков, которых нынче прямо пруд пруди, и все готовы привести сотни причин собственных неудач. Нет, наш Вольфганг не из таких. Вы просите подробнее? Сейчас расскажу.

Нет, это было не ясновидение, и не какие-то, упаси боже, пророческие способности – о такой ерунде речи быть не может, я вас постыдился бы ради этого отвлекать, auf Ehre*, господа, действительно, как можно? Только простой здравый смысл, помноженный на информированность. Никаких чудес. Там где присутствует здравый смысл, чудеса и вот эти... да, случайности, исключены. Почти исключены.

И, все-таки, скажу я вам, сохранять здравый смысл не так уж просто. Сказать легко, а вот сделать... В наше-то запутанное время. А тогда приходилось еще сложнее. Такие дела вертелись – о-го-го. Не увернешься – попадут жерновами по голове и прости-прощай. Не всякому под силу было за жизнь зацепиться, не то, что не утратить ясный рассудок и способность к трезвому анализу окружающей действительности. Наши, между прочим, исконные немецкие качества. Вы-то помнить не можете... Что вы говорите? Извините, я немного туговат на ухо – годы, понимаете. А, вы об этом читали. И в школе тоже... Хорошо, конечно – вам очко засчитывается, полновесное, но одно дело читать, а совсем другое – жить. Вы и об этом читали? Но ведь в школе-то об этом вряд ли...

Ладно, продолжим. Так вот, в этой, довольно редкой в те годы способности все просчитать, прикинуть, подвести баланс и принять верное решение состоял главный талант нашего дорогого Вольфганга. Хотя это заметили не сразу. И не все. Конечно, кое-что было понятно еще до того, как он стал лейтенантом, даже скажу, задолго до торжественного дня офицерской присяги. Уже мальчиком – все отмечали, и соседи, и родственники – был задумчивым и старательным, не то, что некоторые. Не шалил, почти совсем не шалил, разве что в футбол поигрывал, но ведь это нормально, не правда ли? Нет, бегать в потной куче за мячом было не по нему. Но не отлынивал, а любил стоять на воротах – в отличие от остальных сверстников. Причем неплохо это делал, чуть ли не заранее угадывал направление удара. В иное время, может быть, и стал футболистом. Знаете, сколько они теперь зарабатывают?

Даже интересно, отчего он сразу решил встать в рамку? И никто не возразил, конечно. Ведь это редкость – мальчишкам обязательно подавай в нападение. Да и потом, когда подрастут, тоже... Так, о чем я? Ах, да, конечно – детство. Все именно там начинается, а у некоторых – там же и заканчивается. Так и остаются они – во дворе, на футбольной площадке, но уже без мяча. Навсегда. Но не в нашем случае - тут как раз все наоборот. Иначе в моем рассказе не было бы никакого смысла.

---

* Честное слово (здесь и дальше – *нем.*).

Вольфганг уже с начальных классов упорно занимался математикой – у него были заметные способности, учителя утверждали: очевидная склонность, почти талант. Радость родителей, гордость школы. Да-с, именно, извините за трескучую фразу. Потому, конечно, он сразу угодил в артиллерию. Его же призвали в 38-м, а тогда еще был порядок – во всем. Математик – значит, в артиллерию. И он там себя немедля сумел показать. Это, кстати, доказывает мою правоту – если налицо порядок, то нужные люди оказываются на своих местах. Вы понимаете?

Когда входили в Польшу, уже был унтер-офицером, командиром орудия. Да, несмотря на возраст. Тут же отличился, в первую неделю. Проявил уместную инициативу, по ходу артподготовки перевел орудие на лучшую позицию, увеличил угол обстрела, нанес значимый урон противнику. Был представлен к повышению, награжден – вот так-то. Все по заслугам, я же говорю – порядок.

В отпуск вернулся героем. И сразу, заметьте, сразу сделал предложение Эльзе Хофмейстер – она жила прямо через дорогу. Ну, это так только говорится, что через дорогу – на самом деле, там надо было идти несколько минут в сторону ратуши, но, конечно, недалеко. По-видимому, у них все было сговорено, только никто не знал. Молодые они такие, народ скрытный, особенно, когда им нужно. Это мы, дряхлые развалины, болтать горазды, а они – себе на уме. Всегда так было. И Вольфганг все продумал заранее, вот что важно. Старые-то Хофмейстеры были люди зажиточные, полдома занимали, шутка ли, ну а Ортеры жили куда скромнее. Так что могли получиться всякие, понимаете, классовые разногласия.

Папашу Вольфганга еще в ту войну подранило, в Бельгии, уже под самый конец. Не повезло. Еще хорошо, врачи постарались, спасли руку – лучше такая, вывернутая, чем совсем никакой. Тогда ведь калек было море разливанное, с костылями да протезами, а он все-таки ничего – бодренько так вышагивал, даже со временем научился управлять своей оглоблей, почти как здоровой. Вот что значит дисциплина. И еще надо обязательно здесь сказать – старый Ортер всегда старался работать, все знали. Настоящая трудовая косточка. Постоянно сновал туда-сюда, искал что-нибудь, ноги-то целы. Не унывал, не жаловался – это точно, хотя непросто им приходилось. И конечно, подвизался, где мог – то посыльным, то сигареты продавал да еще пенсия. На хлеб и кофе им хватало, но особенно не разживешься.

Правда, в середине тридцатых, как порядок навели, стало легче. Тогда вообще жизнь заметно улучшилась – не верите, спросите у стариков. Кто ж знал, как оно обернется. Пенсию ему повысили, хорошо повысили, уже работать не надо было. Да и Вольфганг вырос, вышел в люди. Жалко, старик, бедняга, после этого недолго прожил. На свадьбе у сына успел погулять, даже танцевать пытался, а через несколько месяцев слег, и уже не встал. Видать, надорвался, бедный, только ведь если посчитать, сколько ему стукнуло? Едва пятьдесят с хвостиком – сейчас бы сказали, совсем молодой. А фрау Ортер тоже была работящая, весь день в бегах – она в конторе служила, в самом центре, а потом еще на дом брала всякую сдельщину: до ночи считала, перепечатывала, клеила что-то. Так что нет, милостыню они не просили, но цену деньгам знали. А по-другому не бывает – нищенствуют у нас только лентяи. Это и сейчас верно, только вы не спорьте со мной, сядьте, сядьте обратно – я же совсем не об этом. В другой раз как-нибудь поругаемся насчет социального государства и прочей ерунды.

Вообще, в том поколении, которое через разруху – да, ту еще, после первой войны – и остальные мытарства прошло, бездельников не водилось. И детей они так воспитывали – строго и ревностно. Теперь совсем не то, даже не возражайте. Но Вольфганг и среди тогдашних был особенный. Себе на уме такой мальчишечка, все время что-то там подсчитывал, размышлял. Потом открывал рот и говорил чего-нибудь – всем на удивление. И ведь всегда оказывалось, что он прав. Матери еще когда посоветовал работу сменить – знал, что с ее хозяевами будут большие неприятности, и лучше от них держаться подальше. Чтобы никаких зацепок и ненужностей. Никто не понимал, а он, подросток несмышленый, можно сказать, наперед чувствовал. Нет, не чувствовал, а именно предвидел. Государственная голова. Будь у нас в Германии справедливость, такие, как Вольфганг, должны в правительстве сидеть. Ну, он на Bundes-начальство потом поработал, я вам еще расскажу, но все же как-то не так, не так. Несоответственно масштабу. Лучше его можно использовать было. Если по уму. Вы думаете, я преувеличиваю? Тогда слушайте внимательно.

Когда он предложение Эльзе делал, то его старик Хофмейстер не в штыки, конечно – все же в форме человек – но поначалу стал пытать. Дескать, на что жить будете и всякое такое? Как положено, между прочим – ну, может, он и недоволен был, ждал для дочери чего-нибудь такого. Отцы, они всегда в таком случае недовольны, скажу я вам, хоть и не признается никто. А у Вольфганга уже был план – и заначка, и еще кое-то, ну, вы понимаете, Kriegsbeute*. После того, как все затихло, их часть разместили поблизости от какого-то крупного города, и ему удалось там, на рынке, выменять пару неплохих вещичек. И в эшелоне на обратной дороге он прикупил кое-что по дешевке – видать, у растяп, не понимавших, что и почем. Тогда многие деньгами сорили – только не он. И откуда взялось это понимание – ведь Ортеры, замечу, никогда не разбирались ни в торговле, ни в гешефтах всяких.

Сразу сказал, четко и без предисловий, и все стоял по стойке «смирно», каблуки вместе, носки врозь: «Недвижимость, герр Хофмейстер, будет дорожать. Война скоро закончится – люди захотят хорошо жить. В этом нет сомнений. Люди будут хорошо жить. Поэтому мы с Эльзой решили потратить все деньги – а они, как видите,

---

* Военные трофеи.

у меня есть – на покупку квартиры, причем желательно большего размера, и сдавать комнаты внаем. Это представляется мне, представляется нам наилучшим вложением имеющихся в наличии средств, способных дать разумного размера возврат даже в самой краткосрочной перспективе. Иными словами, генерировать стабильный доход – если позволите, я бы сделал здесь упор на слово "стабильный". Меня еще не скоро демобилизуют, не будем предаваться излишнему оптимизму. Не позволяю этого себе и не призываю к этому вас. Ни в коем случае. Вообще, сильной стороной нашей нации является реалистичное отношение к действительности. Хотя, скажу напрямую, в настоящий момент я настроен, в общем, положительно. Радужных обещаний ни вам, ни Эльзе давать не буду, все-таки время сейчас сложное, но полагаю, что сумею обеспечить моей жене, жене германского офицера, вполне достаточное довольствие».

Папаша Хофмейстер так рот и раскрыл. Не ожидал, значит. Правду говоря, офицером Вольфганг тогда еще не был – но в своем будущем производстве нимало не сомневался. И правильно делал. В сороковом зимой, на маневрах, показал отличную выучку расчета, точность попаданий, кучность огня, его заметили, направили на офицерские курсы в Восточную Пруссию. А до этого постоянно приходили от него из Польши посылки всякие – и по почте, и с нарочным, и с фронтовыми товарищами.

В общем, купили они даже не квартиру, а небольшой домик, не в самом центре, конечно, но в весьма приличном районе. И до трамвайной остановки рукой подать – и при этом не рядом с самой линией, а на соседней улице, совсем не шумной. Действительно, Эльза начала сдавать комнаты – и удачно. Спрос был, что надо, и они года с полтора очень неплохо жили, даже старухе Ортер с деньгами помогали.

Лучше вообразить невозможно – все, как на параде. Но Вольфганг, уже лейтенантом, когда приехал в отпуск следующей весной, опять всех поразил. Суше стал, строже – повзрослел, одним словом. Но тогда многие быстро взрослели, не то, что сейчас. Тем более и ответственности на глазах прибавлялось. Эльза как раз только-только раздалась, стало заметно: ожидают они маленького Ортера. Так вокруг и говорили – будущего бойца, под стать отцу. Не знали еще, что дочка будет, Марианна. Но я сейчас не о том. Нежданно-негаданно Вольфгангу взбрело в голову купить маленькую ферму, да не поблизости, а на другом конце страны, далеко на западе, в самой глухой Франконии. Господи, зачем туда-то? Вон, вокруг сколько места! И цены выгодные – тогда ведь многие в города потянулись, за деньгами-то. Хотя, надо сказать, посылок он в последнее время уже не отправлял, непонятно почему – другие-то везли по-прежнему, со всех сторон – из протекторатов, того и этого, из генерал-губернаторства, а лучше всего – из Франции, но туда Вольфгангу попасть не довелось. И свободных денег у них было не так уж много. То есть, почти не было.

Эльза потом говорила – несколько дней он до ночи сидел над картой, что-то по ней прикидывал, чертил, вычислял, ходил по комнате – три шага туда, три обратно. Даже начал сам с собой разговаривать – очень она удивилась, такого за ним никогда не водилось. «Не волнуйся, – говорит, – последствия легкой контузии, даже в госпитале полежать не дали, сказали – пройдет». И замолк, а потом снова давай как бы про себя: «Либо по Одеру, либо по Эльбе, в худшем случае – сначала по Везеру, затем по Майну, а потом на юг по каналу, но лучше все-таки постараться забраться куда-нибудь западнее Регница…»

Долго стоял у окна, барабанил пальцами по стеклу. Потом сказал ей, что поедет сам и проверит на месте, каковы в тех краях дела. Если повезет и подвернется что-нибудь стоящее, то доведет все до конца. Незачем, говорит, откладывать. А она в таком положении – лучше пусть дома сидит и не волнуется. Конечно, зачем волноваться.

До пфеннига семейные деньги подчистил – и занял еще по самый воротник. Ну, ему давали, еще бы, под такой процент, кто ж знал, что потом все грохнется… И вместо заслуженного отпуска, так сказать, в лоне родного дома умотал на запад, сначала в Кобург, а потом еще южнее – в Бамберг и дальше – в сторону Вюрцбурга, кажется – смотреть тамошнюю недвижимость. Даже обратно заехать не успел – только телеграмма от него пришла, что все в порядке – дело сделано. А потом письмо подробное – где этот домик, да как его найти. И нотариально заверенные копии документов о покупке. Если честно, Эльза загрустила немного от всего этого, ничего понять не могла, бедняжка. Не объяснил он ей ведь ни столечко, только бурчал вполголоса над картой этой и циркулем по ней туда-сюда вышагивал. Ничегошеньки не выдал – себе на уме, как обычно.

Матери-то своей, еще когда об этом битье стекол никто подумать не мог, тоже ведь не сказал, почему надо уходить от Кухерштейнов… Или Пуфферштернов, не помню уже, как их там… Просто пришел домой как-то из школы и говорит: меняй работу, мама, а не найдешь, все равно проси расчет. И поскорее. А она уже тогда его слушалась – тут же потащилась в контору и сделала, как сын велел. Те ничего понять не могли – такую сотрудницу, говорили, днем с огнем искать нужно. Неплохие, наверно, люди. Потом у них много неприятностей было, конечно, вы уж понимаете, не знаю даже, что с ними сталось. Вот так-то.

Ключи от дома Эльзе пришли неделю спустя, заказной бандеролью. Да, что ни говори, а почта тогда работала отменно. И без всяких там машинок да компьютеров – просто люди свое дело уважали и любили, вот что я вам скажу. И ответственность чувствовали – как же без этого?

Потом выяснилось, он ей прямо писал – переезжай на ферму следующим летом, и чем раньше, тем лучше. Без обиняков, никакой цензуры не боялся. А вы говорите – само собой, само собой. Ничего не бывает «само собой». Я, по крайней мере, не слышал, чтобы у кого-нибудь само собой возникли умные мысли – для этого думать надо, понимаете? Еще и бомбить не начинали, а он уже все сообразил. И в самое яблочко, тютелька в тютельку. Генералы-то все наши потом, кто выжил, разливались соловьями – читали эти воспоминания? Как один: я-де понимал, я-де предвидел, я-де предупреждал… А сделал ты что? Ничегошеньки. Вот и молчи, не позорься.

Дочка у них родилась как раз в канун войны с Россией, крепенькая и, скажу вам честно, крикливая. Уже тогда был виден весь ее характерец сложный, артистический. Да, я тоже так считаю, что погляди внимательно на ребенка, на младенца особенно, и вся его будущая жизнь – сразу на ладони. Нечему тут удивляться – каков характер, такова и судьба. А вы как думаете?

Весна была, помнится, теплая. Что наши взяли в ту пору – Белград, да? Многие тогда немного взгрустнули, а ведь повода не было. Потом утверждали, что уже чувствовали недоброе. Слишком, мол, легко все шло. Ладно, пусть треплют, а я вам так скажу – никто ничего не чувствовал. Кроме Вольфганга. Может, еще были такие, как он – но немного. Я, например, ни о ком больше не знаю. Доложу вам откровенно, остальные просто ждали, не могли дождаться, когда война кончится – а тут, на тебе, еще несколько месяцев и еще несколько. Сначала итальянцы увязли в Африке, потом началась Греция, потом наши высадились на Крите – ну, после этого стало совсем непонятно, где мы можем остановиться.

Именно так все и думали – ах ты, черт, опять откладывается! Что теперь врать-то? А вот: многим хочется выглядеть мудрецами, да не у всех получается. И умных у нас, если хотите напрямую, тогда оказалось не особенно… Я бы даже сказал, наперечет. И не среди генералов их надобно разыскивать. Так что гордиться своей особенной потаенной мудростью нам не пристало. Нет к тому, понимаете, никакого Grund’a*. Дети наши – эти да, поумнее. Ну, их и учат-то лучше, по-современному. Про нас рассказывают, в подробностях. Правильно делают. Нам-то про родителей особо не втемяшивали. Вот мы и влипли по полной программе. Только обидно, что относятся детишки к нам свысока. Проступает у них иногда какая-то прямо спесь. Неприятно, что ни говори. Вежливые – этого не отнимешь, не спорю, говорю же, хорошо учат, но высокомерные. Ладно, хорошо хоть, что разговаривают, так сказать, со старшим поколением. Жалко только, несмотря на учение это замечательное, про войну они ничего не знают. Тут, конечно, ошибка – недостача, я бы сказал. Чует мое сердце, отольется им. Про войну надо знать.

С фронта, конечно, реляции по-прежнему шли самые победные – так ведь и правдивые, между прочим. Я даже думаю, что многие тогда все равно как опьянели от гордости за Vaterland. Ну, и верно – вся

---

* Основания.

Европа упала, как карточный домик, и, казалось, что дело сделано и так оно теперь всегда и будет. На тысячу лет – прямо как в газетах писали. Что больше нет никаких неожиданностей за косогором, что все уже решено и определено. Нечего спрашивать, сомневаться, только исполнять без сучка и задоринки. Хотя, чего скрывать, исполняли и до этого очень неплохо. Здорово исполняли, скажу я вам. А Вольфганг бомбардировал Эльзу письмами – забочусь, мол, дорогая, о здоровье, твоем и нашей маленькой дочурки, и желаю, чтобы вы побыстрее перебирались в деревню. Эльза прямо не знала, что делать. Она мужу во всем верила, ни разу он пока неправым не оказывался, но ведь глупо, вы понимаете, глупо?

Старый Хофмейстер, когда узнал, так раскричался – аж все горло разодрал в голый хрип. Полчаса в него воду ароматную лили, откачивали. Ну, успокоились, уложили беднягу отдыхать, и тут мать Эльзы, толстая фрау Берта, говорит: «Знаешь, дочка, а действительно, поезжай-ка ты сразу, как потеплеет, посмотри, что там и как. Собственность все-таки, нельзя иначе. Вольфганг твой – он побольше нашего понимает. Мы-то сидим, ничего не знаем, а он с важными людьми общается, слышит разное. Даже если не приглянется тебе – легче съездить, не перечить мужу. А мы пока за внучкой присмотрим».

Эльза домик этот не сразу нашла – напутала с адресом. Потом разобралась, где и куда, но сначала хорошо помучилась. Дорога тогда там была узкая, едва проезжая. Почти пустырь – никаких автобусов, даже машины редко-редко, да и не сядешь, мало ли что. Хорошо, попался шофер-добряк с молоковоза, у него аж три сына служили, и все в авиации. Подбросил ее за полных пять километров от бамбергской станции. Места, говорит, у нас тихие. Наверно, скучно с непривычки вам, юная фрау, здесь покажется.

Сразу узнала мужнину руку – замки смазаны, только вставь ключ, сами откроются. Но как вошла – чуть не заплакала. Бедность-то какая! Хотя большой, конечно, дом – сразу поняла, что еще замучается его топить. И пусто все – едва три тарелки нашла в буфете да чашку со щербиною. И чей это дом был – непонятно, ничего не осталось, только пятна белые на стенах, где фотографии да картины раньше висели. Ну, она девушка тоже была не промах – растопила с грехом пополам печку, кое-как обогрелась, переночевала – и назавтра домой, забыть все, как страшный сон.

В поезде попался ей попутчик – ну, чуток постарше нашего Вольфганга, только майор, из танковых, кадровых. Ветеран, командир батальона. Награжденный, конечно – удалец, все, как есть. Тоже возвращался на Восточный фронт из отпуска по ранению. Разговорились. И Эльза ему – видать, трясло ее по-прежнему – выложила, как на исповеди. Дескать, муж зачем-то купил в глухой глуши домик в четыре с половиной окна, а теперь заставляет туда перебираться, это с младенцем-то. А они здесь и знать никого не знают, да и вообще – тяжело из родного города уезжать от родных и близких, к тому же на пустое место. Танкист слушал ее, слушал, а потом возьми да и скажи: «Муж-то ваш, фрау, совсем, кажется, не дурак. Kein Dummkopf – именно так. Простите меня, бременца, за откровенность, но я вырос в порту, привык выражаться напрямую. Его когда призвали-то? А, еще до войны, я так и думал. Что, писал, произвели в обер-лейтенанты? Молодец, поздравляю вас, фрау. Настоящий тевтонский герой. Должны гордиться. И как бы это сказать правильно – верить. Да, glauben. Не зря же сказано, wer's glaubt, wird selig*. Искренне вам завидую и желаю всего наилучшего».

Тут она его, как водится, спросила, когда война-то закончится? Что ли, расположил он ее чем-то – совсем ведь человек незнакомый. Тогда кого попало о таких вещах не спрашивали. Отвечает: не могу, дорогая фрау, проникнуть в мудрость нашего верховного командования, я все-таки простой офицер, не более, хотя мне, конечно, лестно ваше доверие. Думаю, мы с вами не слишком ошибемся, если предположим, что этот год окажется решающим. Поэтому может быть к концу следующего или даже еще чуть спустя… На вашем месте, я бы подождал, пока весна, как сказал какой-то поэт, не вступит в свои права, и, по совету супруга, двинулся бы в деревню. Хороший воздух, понимаете, это не шутка. Я и своим бы то же самое прописал, да нет у меня никого, кроме матушки, а брат, вот, младший, узнали мы только что, погиб в Ливии, при наступлении, ну, вы читали наверняка – там большая победа была. Пал, так сказать, за великую Германию. За счастье будущих немецких поколений. Чтобы лучше жилось таким, как ваша дочь, meine liebe Frau, чего я ей искренне желаю. Тоже танкист был. Меня потому и отпустили домой-то… Иначе бы подлечили в госпитале пару недель, как в прошлый раз – и назад.

Эльза вернулась, рассказала все родителям. Те ничего понять не могут. Тут слухи пошли, что где-то бомбежка была большая, и что собирали народ, объясняли – случайно прорвалось несколько английских самолетов, но их все на обратном пути сбили. Потом сразу комом покатилось: раздали противогазы, учения начались, свет стали гасить и пошли воздушные тревоги, одна за одной. Тут фрау Берта и говорит Эльзе – это, наверно в апреле было, как раз под праздник: бери девочку, дорогая, и езжай, а уж за домом я присмотрю и за жильцами тоже. Ноги-то пока, слава богу, ходят, а там видно будет. Ныне ничего рассчитать нельзя, и желать для себя слишком многого – тоже не стоит. А утварь всякую я запакую и вышлю тебе грузовой почтой. Эльза и не спорила даже – собралась в три дня и уехала. Вольфгангу с нового места отписала сразу – мол, прибыли, все в порядке, и начала обживаться.

Долго, видно, письмо шло. В первый раз столько времени дожидалась наша Эльза ответа, уже и волноваться начала. Только самым летом отписал ей Вольфганг, что очень рад, что целует нежно

---

* Блажен, кто верует.

свою дражайшую женушку, и чтобы возвращаться в город она даже не думала, потому что деревенский воздух для ребенка в этом возрасте необходимее всего, и что денежное довольствие он ей будет переводить по новому адресу. И в последних строках добавил, что по-прежнему состоит в том же дивизионе, со старыми товарищами, что они все время на марше, а потому почта стала работать немного хуже, но это – ненадолго и, несомненно, наладится в самом скором времени. И вы знаете, несмотря на то, что тогда на Восточном фронте творилось, письма до известной поры шли, как заведенные.

Хотя Вольфганга постоянно переводили на новые направления. Дальнобойные всем требовались, то одну дыру заткнуть, то другую. Но тут ему повезло – сам рассказал, когда последний раз в отпуск приезжал, уже в сорок третьем. За полгода до того, самой ранней осенью, их артиллерийский поезд под большую бомбежку попал. Или под обстрел, уже не важно. В общем, техника сильно пострадала. И людских потерь тоже было немало. Потому весь дивизион отправили в тыл, на переформирование. И ответственным офицером назначили его – ценили, как говорится, высокие деловые и организаторские качества. Или еще по каким показаниям. Он говорил потом, что никто этим заниматься не хотел, от однополчан отрываться – словно родные братья, уже почти четыре года вместе. А Вольфганг взялся. Ну и вытянул, что называется, счастливый билет. Иначе была ему прямая дорога в Сталинград – так-то. В итоге, конечно, их придали группе Манштейна, уже в конце зимы, помните, да? Учили вас этому? Тоже была знатная заваруха, никто никого не жалел. Однако все-таки многие живыми вышли, а все друзья Вольфганга, с кем он еще с Польши служил, даже с самого первого призыва – как один, попали в окружение. Ну, а что с ними потом было, сами знаете. Вот так – никогда заранее ничего не угадать. Это потом все норовили в тыл убраться хотя б на денек, а тогда еще – нет. Казалось, самая малость осталась, один последний бросок – и все. Вон только к той речке выйти – и конец.

Правда, во время обстрела этого, из-за которого он внеочередным образом в тыл попал, контузило Вольфганга еще раз, и он чуть заикаться начал, но почти незаметно. Годен к строевой и к траншейной тоже. Все мы тогда были годны.

Так вот, когда он в последний раз приезжал, то, известное дело, сначала домой – все проверить, затем на кладбище, отца почтить, а потом к матери на торжественный ужин. Родители Эльзы тоже пришли, и он им сразу объявил, еще кофе не успели допить: «Бросайте все и переезжайте к Эльзе, ей помощь нужна, она пишет, что вам там понравится». Ну, старый Хофмейстер – сразу чашку на стол и в крик: не поеду я никуда, в эту глушь, здесь родился, здесь и помру. Фрау Берта, понятное дело, молчит – ох, умная женщина, теперь таких не делают. А мамаша Ортер помолчала, выждала минутку и говорит: «Ну, если госпожа Хофмейстер не возражает, я бы поехала на месяц-другой. А то тошно мне здесь без старика моего. И вчера на могилке, когда мы с Вольфгангом ходили, почудилось, будто гонит меня куда-то мой покойный Фридрих. Даже оторопела. Прямо вдруг встал он, как живой, и машет палкой своей: "Уходи, уходи, не оборачивайся". Вот и сейчас, как вспомнила, не по себе стало. Не знаю, к чему это, да и думать не хочу. Так о чем я? А, пожалуй, съезжу я, навещу невестку-то с внучкой, ведь у господ Хофмейстеров здесь действительно дел невпроворот, и с домом, и так. Ты бы, Вольфганг, мог об этом заранее подумать, прежде чем рот раскрывать».

Вольфганг, надо ему отдать должное, промолчал, только кивнул резко, не шеей – плечами даже. Чуть чашку не опрокинул. И с Хофмейстерами больше об этом деле ни слова. Два дня помогал матери собираться. Потом увидел, что она уже почти на чемоданах да сундуках, а у него от отпуска осталось с гулькин нос, и поперед ее рванул к Эльзе через всю страну. Тогда поезда уже через раз ходили. То есть, по расписанию, конечно, только оно все время менялось «в связи с нуждами военного времени». Но доехал – честь по чести, везде успел.

Марианна потом никак не могла взять в толк, уже, когда давно выросла – взаправду ли помнит тот отцов приезд или нет? То казалось ей, будто видит она их всех троих за столом старым, еще тесаным, гладким и затертым. Мать у окна сидит, а там разводы из инея, красивые, во все стороны. Девочке так хочется дотянуться до них, но нельзя – далеко, через весь стол. Отец – в углу, перед ним большая кружка, и она никак не может разглядеть его лицо. Все время тень от лампочки ложится наискосок, мешает. Тут Марианна встряхивалась всегда, дергала головой и говорила себе: «Что за выдумки, мне ж тогда едва два года было. Типичное falsche Erinnerung*». Но все-таки жгло ее, и хотелось спросить у родителей, а так ли они сидели за столом той поздней осенью – он в углу, на самой границе текущего из-под потолка светлого конуса, а мать у окна, спиной к инею?

Старая фрау Ортер приехала к невестке, как обещала, недели через две. И сразу же отписала Вольфгангу: не беспокойся, значит, все здоровы, все на месте. Топим одну комнату, в ней же и спим, дров хватает. А Хофмейстеры-то? Ох, что здесь говорить, сами знаете, чем все кончилось. Хотя зимой и перебои пошли с продовольствием, и новости в газетах стали уж чересчур неуравновешенные… Но старик упорный был, ничего не хотел слушать, вот и доупорствовал. А, с другой стороны, я уже обращал ваше внимание, вся наша страна, как выяснилось, была исключительно крепка задним умом. И не забудьте, человек-то всегда верит в лучшее, пока его по голове поленом не треснет. Верить – оно приятно и полезно. И жизнь, коли есть у тебя в сердце искренний стержень, много легче переносится. В любые, замечу, времена. Ну, хорошо, не буду обобщать, раз вам не нравится.

---

* Ложное воспоминание.

Главное, ведь у фрау Берты уже начались всякие там темные предчувствия. Женщины, они вообще проницательнее нашего брата, чего скрывать-то – так все равно не успели. Письма от нее остались, и не одно, а несколько. И все на один манер. Просила Эльзу, слово в слово: выбери три денька, приезжай, уговори отца-то. Плачь, на колени встань, что хочешь сделай. Но как выберешь-то? Все на ней: и ребенок, и работа, и свекровь прибаливать начала, от холодов. Они себя, конечно, утешали, уговаривали – а тогда все так делали – что раз военных предприятий в родном городе нет, то и бомбить не будут. Вот чудаки! Как будто наши-то у *тех* одни только военные предприятия бомбили, точечным, так сказать, способом. И чего после этого в ответ ждать – учтивости да рыцарского обращения? Мой прекрасный сэр, я атакую вас, защищайтесь!

Было это уже в сорок четвертом, но еще до того, как Вольфганг пропал – так что на бедняжку Эльзу все свалилось чуть не в один час. Сначала пришло письмо от кого-то из старинных родительских приятелей, кажется, пастора, его потом еще нацисты арестовали, он чудом жив остался, а потом опять сидел, уже при коммунистах, долго сидел. За него ваши патлатые никаких митингов не устраивали, писем не подписывали, им бы только в Латинской Америке революции придумывать. Но извините, теперь уж я сам виноват – отвлекся. Не по почте пришло, без марки и обратного адреса – кто-то в ящик опустил, вечером, наверно, они и не слышали. Мол, выражаю соболезнование, прямое попадание, смерть мгновенная, молитесь о душах ваших родителей. Думайте о ребенке, это вам поможет и да благослови вас Господь Бог. А извещение о Вольфганге пришло в следующем месяце.

Но все-таки не похоронка, а что «пропал без вести». Тут еще какая-то надежда есть. Еще с той войны люди помнили, что возвращались некоторые иногда года через два, а то и три, особенно, которые в Россию попали. Почернела Эльза, потемнела, но траура не надела – нельзя, подумают, что по мужу. И снова – за работу. В городах тогда всех сгоняли рвы рыть, убежища строить. А в деревне все же полегче было – и кое-каким хозяйством они обзавелись, успели, на последние-то гроши. Куры там, утки. По малости, конечно, много тогда ни у кого не было. И городские они – опыта никакого, смех один, хотя старая фрау Ортер в деревне выросла, помнила кое-что. Ну и Эльза потом понаторела, тоже, чай, не белоручкой росла.

Летом начали уже по-настоящему бомбить – и потянулся народ в деревню, кто мог. Все больше женщины с детьми малыми. Эльза две семьи к себе пустила – таких же жен солдатских, одна уже вдовая была. Хоть и тесно стало, а легче, все по дому помощь какая. Одна из горожанок оказалась музыкантом, и начала Марианну на скрипке учить. Да, вот так и перебивались, друг без дружки выжить непросто было. Ох, время, времечко…

Только тем, кто на востоке остался, еще хуже пришлось. Эвакуироваться ведь запретили, а потом надо было защищать нашу священную землю до последнего человека, сами знаете. А когда русские пришли, тоже, извините меня, сухарями с повидлом никого не кормили. Так ведь и мы их не миловали, прости Господи. Вот жизнь-то распроклятая, как подумаешь, а зачем это было? Что нам, одной войны не хватило?

Эльза никому не рассказывала, как прожила это время, так что не знаю, не спрашивайте. У них, слава богу, сражений не вели, даже город по соседству не бомбили – там теперь один сплошной музей, вы, я надеюсь, заезжали? Ну, тогда завтра, прямо с утра двигайтесь – обязательно, таких мест в Европе раз-два и обчелся. Тоже повезло – без этого на войне никак. Был, говорят, у англичан или у американцев в штабе разумный человек из старых офицеров. Или не злой, не знаю уже. Распорядился не трогать.

Так что выжила, и даже не болела ни разу, не до того было. Что у нее на душе делалось – откуда мне знать, посудите сами. Только обмолвилась как-то: когда по радио объявили капитуляцию, она решила выбраться в город за продуктами – была не была, у них соль уже с неделю как кончилась. И вот услышала вместо сирены это «сообщение верховного командования», но ничего не почувствовала, никакого облегчения, только злость какую-то. Даже остановилась, слезла с велосипеда прямо у радиорупора, села в траву и ну – рыдать в голос, никак остановиться не может. Не поверите – и ведь не она одна, мне многие, кто конец войны помнит, говорили подобное, и мужчины тоже. Даже не знаю, что сказать, как объяснить, но ведь и понятно, истощились все до предела, до самой последней ниточки, а тут баста, конец.

Только кому конец, а кому – еще ждать-дожидаться, годами мучиться. И долго бывало, иногда лет двадцать спустя в Россию всё ездили, с сопровождающими всякими, последние деньги изводили. Искали могилки, кресты ржавые или хотя бы таблички с датами. Не у всех вышло, даже так скажу – мало у кого, разве что у счастливцев каких. И никаких зацепок. К архивам не подступиться, да и не вся правда в архивах-то этих. До сих пор даже кое-кто ищет, сами знаете. Уже дети состарились, а так ничего разузнать и не могут.

У соседки новой, скрипачки, муж вернулся один из первых, даже не покалеченный. Чудеса – попал к англичанам, а они его быстро выпустили, и полгода не прошло. Он такой был, ничего, работящий. Птичник им сразу состряпал из последних досок. Взаправдашний, с насестом, а не палатку какую-нибудь с дырками в полстены. Но скоро съехали они, вот жалость – кричал бедняга по ночам страшно, всех будил, детей пугал. А сам такой небольшой совсем, лысенький, даже субтильный. По утрам ничего не помнил, стеснялся ужасно, конфузился до икоты. В общем, уехали они – лечиться и жизнь как-то устраивать. Но скрипку она Марианне оставила: сказала, учись, девочка, может, кому-то на этой земле еще понадобится музыка.

И аккурат в канун Рождества от Вольфганга пришла открытка – через Красный Крест. Мол, здоров, нахожусь в плену, место сообщить не могу, но обращаются хорошо, дают работать, ждите дальнейших известий. И про то, как в ответ писать, тоже сообщил, там и приписка была официальная, разъяснительная.

Вы спросите, что Эльза? Ну, она всегда говорила, что ни на единый миг не сомневалась. В том, что вернется. Что каждую секунду чувствовала – не погиб он. Наверно, так и было. Только ведь многие похоже говорили, а потом оказывалось – неправда, умер он, давно, в тот же самый день, когда извещение выписали. Или позже скончался – в плену, от ран да болезней. Или даже неизвестно, где и когда. Только не вернулся ни тот, ни этот, ни третий. Пропали вчистую. А Вольфганг – вернулся. Правда, если честно, после первой открытки в этом ни у кого сомнения не было. Коль он из той мясорубки живым вышел, то уж дальше как-нибудь выберется, головастый-то наш. Так оно и вышло. А что через пять лет, так многие же дольше просидели. Когда приехали – слова немецкого не помнили, слышали про такое? И все больные-пребольные, только и годны, что в санаторий. Вольфганг же, сами помните. Ну, постарел, обветрился малость, и поседел чуток, но узнать можно. И здоров, и вообще – красавец мужчина, если уж напрямую. Тогда такие на вес золота были, между прочим.

Мать его, правда, не дождалась, вот что обидно. Сразу после войны ей чуток лучше стало, а когда открытка-то от Вольфганга пришла, она совсем приободрилась, по дому ходить начала. Убиралась, Марианну из школы ждала, чай заваривала. Они с Эльзой, к концу ее жизни, совсем сдружились – ладно жили, тихо. Не каждая мать со своей дочерью так может, скажу я вам. И ведь в какой-то момент от Вольфганга письма пошли чаще. Стало ясно, что положение улучшается и что скоро можно будет уехать, только держат его какие-то формальности да закорючки бумажные. Или еще какая закавыка? С русскими, сами знаете, договориться тяжело было – и тогда, и сейчас. Никакой разницы. Так что до последнего момента все было неясно. Может быть, фрау Ортер это и подкосило окончательно – то он вроде уже почти едет, а то вдруг опять что-то срывается. Последнее письмо из России, где он писал, что их не сегодня-завтра отправляют, Эльза ей у постели читала вслух, а та только глазами показывала, что понимает.

Перед смертью к ней речь ненадолго вернулась. Эльза рассказывала, что даже оторопела. Задремала она, вроде, у кровати-то. А старая фрау вдруг вздохнула и говорит: «Всегда-то я его слушалась…» Эльза сидит, сна ни в одном глазу, слова вымолвить не может. А та снова: «Всегда-то я его слушалась…» Замолчала и отошла вскоре. Вспоминала она, видать, что-то такое. Особенное, наверно, как же иначе. Так оно заведено в минуты нашего земного ухода. Но не знаю, даже представить не могу, что она имела в виду. Может, у нее уже сознание помутилось, тогда и обсуждать здесь нечего – только остановиться на мгновение и почтить память усопшей. Хотя нет, говорят, что совсем в последний момент, наоборот, просветляется все. А вы как думаете?

Расспрашивал ли Вольфганг жену? И она его – как да что? Не знаю. Да чего тут расспрашивать – все ж и так понятно. Если выжили, надо жить. Вольфганг, между прочим, дома недолго сидел. Нанялся в налоговое управление, счетоводом, и еще поделками всякими подрабатывал, как-то обмолвился, что никогда ручной труд не любил, а русские сделали из него мастера на все руки. Что у них тоже с мужчинами остался большой недобор – вот и приходилось…

После работы гулял – всегда в одном направлении, к станции, сначала ровно полчаса, а потом, как силенок стало побольше, то и до часу доходило. И вечерами часто на крыльце сидел, точил что-то, собирал, свинчивал. Иногда задумывался, останавливался прямо посередине. Эльза тогда к нему на всякий случай не подходила – мало ли что. И так она нарадоваться не могла – вернулся живой, с целыми руками-ногами, без болей всяких да снов ужасных. Это, если честно, не часто бывало, спросите, если не верите.

Марианна, правда, никак к нему привыкнуть не могла. Да и понятно, она ж без него выросла, ей уже почти десять лет было, когда отец пришел. Чуралась, бегала. Начал он ее в город возить на велосипеде, музыкой заниматься, три раза в неделю, все деньги на это отдавали, а лишних тогда ни у кого не было. Тем более что они уже сестричку ожидали – вот так-то, на зависть многим. И родилась – Екатериной назвали. А потом через два года еще одна – Елизавета. Такие вот имена царские, даже императорские, можно сказать. Ну, эти девицы так и выросли – боевые, на подбор, с прямыми спинами да широкими глазами, никогда за словом в карман не лезли, их в школе даже учителя побаивались.

По службе Вольфганга постепенно продвигали, потом перевели в какое-то центральное управление. Стал он ездить туда на поезде почти полтора часа, на двух электричках, но жить к работе поближе никак не хотел. Не знаю, почему – привык, что ли? Да только жил-то здесь он не так давно, чтобы привыкнуть, так что вряд ли. Но домик тот, конечно, решил перестроить, расширить. Тогда вообще жизнь получше стала, если помните.

Только вот незадача – после родов-то последних Эльза страсть как сдала. Нервное что-то – заговариваться стала, застывать на одном месте. Начали ее врачам показывать, а те ничего понять не могут: кто одно говорит, кто другое, кто шестнадцатое. И как тут разобраться, я вас спрашиваю? Этот предлагает пансионат, тот воды, третий – больницу с особым терапевтическим режимом. Делать нечего – надо все пробовать.

И так они ее, бедняжечку, тридцать лет возили: то на месяц с лишком в больницу, то снова домой. Не то чтобы совсем без пользы лечение это, бывало облегчение и не раз. Но как поправят ее чуть-чуть, проживет она в семье с несколько недель или даже больше, и прямиком обратно в больницу. Когда дома, то ничего страшного, совсем нормальная была, со стороны не заметно ни капельки. Только больше месяцев трех не удавалось ее в норме держать – приступы, скорая помощь и назад, под надзор знающих людей. Потом, конечно, задерживалась и на подольше – когда новые лекарства появились, успокаивающие. Но сначала тяжело было. И все – на Вольфганге, Марианна тогда уже поступила в консерваторию, хотя могла бы, конечно, отцу помочь, с сестрами-то. Ну да, у нее уже другая жизнь началась, это правда. Вообще, другая жизнь очень быстро началась, лет через десять после войны, и была, знаете, веселая, что ли? Уж точно, не грустная. Всегда так бывает – у молодых свое, у стариков – свое. Одним – ломать дрова, другим – собирать опилки. Хотя какие они старики были – едва сорок стукнуло.

Вскоре после рождения Елизаветы, уже в середине пятидесятых, Вольфганг начал ходить на почту, отправлять какие-то заказные письма. Раз в месяц примерно. Толстые, с наклейками. Получал обратные, такие же толстые, но, как правило, с большой задержкой и нерегулярно. В серых конвертах грубой бумаги, с проеденными углами, перетянутые бечевкой, с какими-то старыми сургучными печатями. Потом объявил, что его перевели в другой департамент – но никогда не распространялся, какой именно. Письма ему по-прежнему продолжали приходить, правда, редко.

Иногда его с нового места посылали в командировки, недели на две. О них тоже Вольфганг особо не распространялся: куда, зачем, по какому случаю? Ни домашние не знали, ни соседи понятия не имели, хотя он их то и дело просил за дочками присмотреть. Только тогда платили маленькие суточные – вот он и стал немного экономить. Машину лет десять, наверно, не менял, а то и больше. Но жили Ортеры, конечно, не так уж плохо. Я о деньгах говорю, естественно, а про остальное разве кто знает. Сами слышали: чужая семья – потемки. И о правительстве от Вольфганга – ни одного дурного слова, а его, если помните, кто только тогда не поругивал. Все были недовольны: и левые, и правые, и либералы, и ветераны.

Марианне открыл глаза кто-то из ее однокурсников, кажется, даже пытавшийся в то время за ней ухаживать. Длинноволосый, по тогдашней моде, в узких, чуть коротковатых брючках и широконосых ботинках, которые, наоборот, были ему велики, смехота, да и только. «А не работает ли твой папаша на ведомство по охране конституции? Или на контрразведку?.. Сколько-сколько лет он пробыл в России? И язык знает? И ты об этом никогда не задумывалась? Ну, даешь!»

На последнюю фразу Марианна даже чуть-чуть обиделась, хотя была тем парнем серьезно увлечена. Но не вышло у них совсем по другой причине, я вам как-нибудь потом расскажу, сейчас не к спеху. А зарубку себе сделала – действительно, отец о своей работе никогда не рассказывал, никогда не уезжал в командировки без паспорта и по-прежнему часто гулял по вечерам, до городка и обратно, четыре километра, не меньше. Как-то она напросилась с ним, хочу, мол, прошвырнуться. Он удивился, но ничего не сказал. Махнул рукой в сторону – пожалуйста, и пошел вперед. Только иногда хлестнет палкой по травинкам: вжик, вжик. Или шнурок распустившийся завяжет. И дальше идет. Она – за ним, нога в ногу, но так и не решилась спросить о чем-либо. Так и прошагали они час с лишком – молча. Как во время оно на велосипеде – не было у них никаких разговоров, он ее вез, жал на педали, следил за дорожным движением, а она смотрела по сторонам или думала о предстоящем уроке. Да и о чем беседовать, малому со старым-то? Вы не согласны?

И уже когда вдали завиднелось светящееся окно столовой, у которого ее родители, быть может, сидели поздней осенью сорок третьего года, Марианна вдруг спросила совсем не то, что собиралась: «А ты никогда не хотел съездить на восток, посмотреть на наш… твой дом?» «Его уже нет, – быстро ответил Вольфганг. И зачем-то добавил: – Незачем перебираться через границу для того чтобы смотреть на развалины». «А Колизей?» – тут же взвилась Марианна и даже не заметила, как их разговор повернул совсем в другую сторону.

По выходным герр Ортер продолжал понемногу работать над пристройкой к дому. Все материалы отбирал сам – ездил по магазинам, прицениваться, проверял. Дотошный был хозяин, и знающий. Проектировщика пригласил для каких-то чертежей, а остальное – своими руками. Теперь немногие так делают, а в старое время, особенно в селах, было положено, чтобы каждый хозяин с деревом работать умел. Это ж вам не печи класть.

И вполне симпатичная комнатка получилась, доложу я вам. С окнами на восток – правда, на чей-нибудь вкус, чересчур широкими. Солнца многовато, особенно поутру. К тому же он туда передвинул свой письменный стол, а потом и кушетку – Эльза-то к тому времени не часто дома бывала, бедная. И кстати судачили тут некоторые, что надо бы Вольфгангу по закону развестись с ней, а то – здоровый сорокапятилетний мужик пропадает. А если кто помнит, то на мужчин тогда еще очень даже большой спрос был. Это, доложу я вам, годов до семидесятых чувствовалось. Но Вольфганга ни в чем упрекнуть было нельзя – и даже слухов о нем не ходило пакостных. Может, правда, у него на службе и были какие-нибудь шашни, никто не безгрешен, но тогда бы дошло до нас, так или иначе. Только ничего не слыхали мы: видать, и впрямь пусто. А что, ответственная работа, там, если найдется какой повод – сразу шантаж иностранных держав. Вот какие люди есть в нашей Германии, а вы всё – несчастная история, нам нечего любить, нечем гордиться… Трепаться теперь каждый умеет, научились. Волосы сначала подстригите, штаны подтяните и принимайтесь работать, вот что я вам скажу. Тогда и поговорим, так сказать, предметно.

Марианна уже взрослая была, совсем в город переехала. Домой заезжала редко-редко, но на Рождество по старой памяти всегда заскакивала, то с одним парнем, то с другим. Ничего, доложу я вам, среди них попадались, вполне. И как-то, это уже при Брандте было, одна приехала и вся такая белая, бледная. Щеки запавшие, скулы торчат, губы тонкие – одни глаза на лице. Вольфганг ее встретил на станции, привез, но не сказал ничего. Пошел на кухню – а готовить он тоже, знаете, за эти годы неплохо научился – за окороком смотреть.

Марианна в кресло упала, прямо в прихожей, и вдруг ему вслед – ни с того, ни с сего: «А чего это ты, папа, обеих сестер назвал, как русских императриц?» Вольфганг повернулся на пороге и говорит: «Потому, доченька, что некоторым русским я кое-чем обязан». Еще хотел добавить что-то, но понюхал воздух – и быстрехонько к плите. Но дверь на кухню не закрыл, нет.

Марианна тогда пробыла дома дня четыре или даже пять, до Нового года. Отошла немного, но ничего о себе не рассказывала. Кушала хорошо, с аппетитом. Говорят, она потом мать навещала, а до этого давно к ней не наведывалась. Эльза к тому времени уже совсем засела в больнице. Редко-редко Вольфганг ее домой привозил, может быть, раз в полгода, не чаще. У него как раз вдруг закончились командировки эти – то ли на повышение пошел, то ли деньги совсем урезали. Тогда если помните, совсем морозно стало, кое-кто даже новой войны ждал – а что, правильно, кругом шпионы русские, вы же помните эту историю с помощником канцлера? Ух, тогда многих почистили. Что, может, и Вольфганг попал под горячую руку. У нас иногда не смотрят, когда по шапкам раздают. Не знаю, право.

Эльза его, бедняжка, умерла еще года через три, так и не оправилась от этой заразы. Вон, как оно бывает. Уже и Екатерина с Елизаветой выучились и в город уехали. Да, все один вытянул – а какие хорошие девочки получились? Теперь и говорите, что мужчины неспособны детей воспитывать – это смотря, какие мужчины. Нынешние – да, послабже будут. Нервные, одним словом, как что – сразу бегут на прием к психоаналитику, шасть на кушетку и давай жаловаться. Тут на меня голос повысили, там косо взглянули, а еще – мама тридцать лет назад беспричинно дала подзатыльник, и я тех пор ощущаю неуверенность в себе. Жизнь у них, скажу я вам, слишком легкая, в наше-то время не до нервов было. Вот Вольфганг – стал бы на нервы пенять каждому встречному-поперечному, никогда бы не сдюжил.

Марианна потом насовсем вернулась – видите, как оно склалось. Вот чего никто не ожидал. И не одна, а с малявкой-ползунком, симпатичным таким, веселеньким. Звали его Петер – все еще шутили, как один: Peter der Große*, понимаете, дурачье, ничего более умного придумать не могут. А Вольфганг так ее ни о чем и не спросил. Втроем жили. Марианна начала в школе детей музыке учить, и хорошо у нее получалось. Помните, наш школьный хор тогда даже земельный

---

* Петр Великий.

конкурс выиграл? Ну, вот, это года через полтора было после ее появления.

Вскоре на Востоке все стало меняться. Многие ведь не верили, что из этого выйдет какая-нибудь польза. Думали: опять они мутят воду, надо быть настороже. А Вольфганг – нет, воспрянул прямо-таки, помолодел даже. Расставил по подоконнику сувениры какие-то деревянные, раскрашенные, смешные. Хранил он их где-то, что ли?

Опять начал отлучаться, зачастил по своим делам, а ему уже годочков немало было. Ездил куда-то, писал, даже заверял бумаги у местного нотариуса. Но по-прежнему не складывалось у него там, в неведомых инстанциях, хоть и с боннскими адресами были у него письма, и с берлинскими, и еще с какими-то, иностранными – все заказные, с уведомлением. А потом вдруг: раз, и он уже на пенсии. Подчистую – а что вы хотите, выслуга лет, тут исключений не бывает, мы ж не Латинская Америка какая-нибудь, у нас порядок. И все равно продолжал на почту ходить, слал пакеты всякие, письма – боролся, стало быть, за справедливость. Или чувствовал ответственность за порученное дело, хотел довести до конца. Да, в наше время таким было не удивить, это сейчас: дают расчет – так и конец, как отрезало. Ничего его, сударика, не волнует, ничего ему не надо. Ох, не доведет это нас до добра.

Только Вольфгангу – вот, что странно – не отвечал никто. Молчок. А ведь должны, даже если дело самое что ни на есть глупейшее, отписывать, слать подтверждения, номер запроса, давать официальные разъяснения. Особенно человеку с таким послужным списком, да что там: любому обязаны. Порядок – он на то и порядок. Мы же не Латинская Америка, в конце-то концов. Что, я это уже говорил?

Вольфганг уже уставать начал. Гулял реже. На почту тоже почти перестал заходить, отчаялся, видно. Но тут до него никому дела не было. Все к экранам прилипли. Такое в Берлине закрутилось… И главное, вдруг, неожиданно – ну, вы помните, кто ж не помнит? А Вольфганг телевизора никогда не держал. Марианна не настаивала, и правильно – для детей оно лучше без телевизора. Вы, что, думаете, ее Петер случайно в школе лучший отличник? Но себе она купила маленькое радио и слушала тихонечко, чтобы отца не беспокоить: музыку иногда филармоническую, да и новости, конечно. Все-таки учитель, должна быть в курсе.

И вот как-то вбегает она к нему в кабинет этот затворнический, с окнами на солнце, и кричит: "Vati, Vati, die Mauer ist geöffnet!"* Именно «папочка», а не «отец». Никогда она его так не называла. Никогда. Вольфганг посмотрел на нее так – не забыть. Она оселась, вышла на крыльцо, села и заплакала. Ноги сами подкосились. Уж сама не знает, чего плачет, родственников у них на Востоке никого уже

---

* Папочка, Стену открыли!

сорок лет не было, только рев без продыху – остановиться не может. А потом успокоилась, зашла в дом, и слышит: у отца в комнате шевеление какое-то. Хотела заглянуть, посмотреть, но не решилась. Пробралась к себе потихонечку, включила радио, ну, вот это самое: "Die Tore in der Mauer stehen weit offen"*. И слышит – кто-то стучит едва-едва, тихонечко, как пальцами по стеклу барабанит.

Открыла дверь, а там Вольфганг, уже собранный, с чемоданом, стройный такой, как из камня вытесанный. «Теперь, – говорит, – им никуда не деться. Пусть только попробуют меня не пустить». И когда Марианна обнимала его на прощание-то, вдруг почувствовала, сама говорила потом, первый раз в жизни, что это – ее родной отец.

Вот, о чем я вам все это время толкую? Поняли, наконец? А, то-то же. Ну, слава богу, не отбили у вас газеты эти кое-какие извилины. Да, таких людей, как Вольфганг, чтобы сразу и здравый смысл, и способность к анализу информации, у нас в Германии мало. Увы, мои дорогие, увы. Раз, два и обчелся – весь мой рассказ об этом. Видите, у него и чемодан, оказывается, был готов. Вы говорите: кто знал, кто думал? Некоторые, получается, очень даже все предвидели. Впрочем, может у него сохранились разные каналы, старые связи-то. И он о таком проведать мог, о чем мы никак не догадывались. А вы как считаете?

---

* Ворота в Стене по-прежнему остаются открытыми (известная фраза немецкого тележурналиста, сказанная 9 ноября 1989 года в прямом эфире).

Волшебное зеркало

«Зимние заметки о летних впечатлениях» – сто пятьдесят лет спустя

> …Хоть и возможен социализм,
> да только где-нибудь не во Франции.
>
> *Ф.М.Достоевский*

Иногда бывает так, что умный русский человек возьмет да и напишет что-нибудь не совсем соответствующее уровню его образованности и проницательности. И непонятно – вроде бы какой серьезный господин, а вот… И еще: этот милый человек с необычной точкой зрения бывает талантливым, иначе, сами понимаете, кто бы читал его запечатленные мысли, удачные и неудачные. Скажем прямо: в центре циклона часто стоит великий русский писатель, потому что более ничьи интеллектуальные дерзости нас, грешных, не интересуют и интересовать не могут. Кому ж интересны рассуждения политиков или политологов времен Очакова и покоренья Крыма!

Великих русских писателей со странными мыслями ровно столько же, сколько великих русских писателей, ибо все они – люди со страстями и интересами. И все стали великими, сочиняя прозу, но одновременно, подгоняемые теми или иными желаниями, творили, как говорили в недавнюю эпоху, в публицистическом жанре.

Здесь перед нами встают, как любят писать авторы въедливых рецензий, вопросы, вопросы… В самом деле, да одни и те же ли литературные гиганты создавали эту, в лучшем случае, необыкновенно наивную, а в худшем – поверхностную, эссеистику и сочиняли «Ревизора», «Идиота», «Анну Каренину»? Разные, отвечает некая критическая школа; у классиков в жизни были периоды, «мы об этом подробно изложили в недавней монографии», один был умнее в молодости, другой в старости, у третьего все шло по синусоиде. И не путайте, добавляют другие, публицистику с художественными произведениями упомянутых титанов, которыми они, титаны, вошли в золотую сокровищницу… и далее по тексту.

Получается изрядное преткновение, иначе говоря, несоответствие высоколобых теорий тривиальным фактам. Во-первых, мы доподлинно знаем, что сии тексты очень разного качества сочинили одни и те же физические лица, во-вторых, известно нам, что почти те же самые мысли оные лица выражали и в некоторых своих беллетристических творениях, но там они, мысли, не шибко, что ли, выпирают. А иногда и совсем не выпирают. Вот здесь бы и успокоиться, потому что странные тексты великих писателей читают в лучшем случае сотни, а их главные произведения – сотни тысяч (не будем замахиваться на большее, по нынешнему-то времени). Кому нужны несообразные думы человека-памятника, кроме литературоведов и биографов?

Но есть исключение – когда некоторые люди эти мысли используют. Либо для того, чтобы унизить гения: смотрите, какой он, вовсе не гений, а пустозвон, чтобы не сказать болван. Либо для того, чтобы выдать философские грехи классика за великие истины: это же гений (*наш* гений, – подразумевается в скобках) и смотрите, вот что он говорит. Вы удивлены, вы об этом даже не задумывались, вы хотите еще раз взглянуть на обложку и сверить цитату? Сомнений нет, это он, наш гений, и это именно то, что он имел в виду. Поэтому немедленно меняйте свою незрелую точку зрения. Да-да.

Тут, конечно, с Достоевским никому не сравниться. Потому его столь часто используют и клянут. Чего только Федор Михайлович не высказал в письменном виде, каких гор не наворотил! (Солженицын с Толстым, что называется, нервно курят у ковра.) Подробно перебирать эти материи – оставим специалистам, а сейчас попробуем проанализировать, пусть поверхностно, эмоции, питавшие нашего автора. Автор-то уж больно хорош, с этим почти никто не спорит (выпустим ради краткости отдельные противоположные мнения, пусть даже одно из них бунинское, а другое набоковское), но вот гостившие у него эмоции… И главное – до сих пор те же чувства посещают авторов (и не авторов) калибра гораздо меньшего, вследствие чего они (авторы) неизбежно привлекают суждения Достоевского в качестве доказательства своих собственных умозаключений.

Скажем, вот отношение к Европе (или Западу в целом, на который все старинные инвективы о Европе с легкостью переносятся). Как-то всегда мысль о соседней и родственной цивилизации мучила русского человека, и величие тому не преграда, великих она тоже мучила. Какой-то прямо удивительный след оставил Запад в русском «духовном наследии» (ведь никто не сомневается, что Достоевский – это наше кровное духовное наследие?).

Суммировать легко. Первое путешествие Достоевского в Европу имело место в 1862 году и привело, в частности, к написанию несколько необычного, как сейчас бы сказали, травелога, известного как «Зимние заметки о летних впечатлениях». Читать его интересно, особенно потому, что, несмотря на большое количество проницательных замечаний по второстепенным аспектам жизни тогдашней Европы (в основном Франции и Англии, в меньшей степени – Германии), там нет почти ничего точного или достоверного касательно главнейших черт культурного, политического и духовного развития означенных стран. Заметим, что высказанные в «Заметках» мысли автор в дальнейшем отнюдь не дезавуировал. Наоборот, включил этот достаточно злободневный текст в вышедшее несколько лет спустя собрание сочинений, а насчет дальнейшего – см. «Дневник писателя» и прочие статьи 1870-х годов, где что ни открой в *зарубежном разделе*, получится перл. То «Англия стала смотреть на наши успехи в Азии с несколько большей к нам доверчивостью» (1874), то «уже не мечтательно, а почти с уверенностью можно сказать, что даже в скором, может быть ближайшем, будущем Россия окажется сильнее всех в Европе» (1876).

Делать полный реестр бессмысленно, остановимся лишь на двух-трех пунктах. Автор «Заметок» доказывает кому-то, что в Европе вовсе не так все хорошо со свободами, как кажется неназываемому оппоненту. И слежка существует во Франции, и обязательная регистрация приезжих, и пресса, стреноженная до четких рамок, и парламент послушный (напоминает эта, не без известной проницательности нарисованная картина нечто вполне современное и не очень французское). В отношении Англии автора потрясает бездушность и механичность явленных ему достижений тамошнего научно-технического прогресса. И еще – очень он озабочен, как тогда говорили, проблемой пола. Везде в этом западном мире творится разврат, иногда слегка продажный, как во Франции («парижанка создана для любовника»; «браки по любви становятся все более невозможными и считаются почти неприличными»), а иногда откровенно рыночный, как в гиперкапиталистическом Лондоне (хотя и парижские торгаши досадили нашему путешественнику преизрядно). Автора прямо тянет в места, где он может набраться соответствующих впечатлений: «Кто бывал в Лондоне, тот наверно, хоть раз сходил ночью в Гай-Маркет. Это квартал, в котором тысячами толпятся публичные женщины... Даже жутко входить в эту толпу». Значит, входил. «Просмотрел [я] в иных местах такие вещи, что даже стыдно сказать. И в Париже просмотрел». И там – входил. Даже о рабстве в отделившейся тогда от США южной Конфедерации не забывает великий писатель – почти как собкор ТАСС. Объяснение лежит на поверхности. Конечно, адресатами этих посланий являются российские либералы, считающие, что на Западе (в Европе) *все хорошо*. Так вот, доказывает бывший обитатель «Мертвого дома», – не все. И готов даже за своими инвективами о рабстве забыть о том, что приехал из страны, отменившей крепостное право только год назад.

Поэтому в «Записках» нельзя найти ничего про английский парламент (он-то был вовсе не карманный), про механизм устройства Швейцарской Конфедерации, про научные открытия, переворачивавшие тогдашний мир и приходившие именно из тех стран, которые посещал Достоевский. Нет ничего о великом перевороте Реформации и Возрождения, создавшего те великие культурные ценности, которые он все-таки, подобно каждому послушному туристу, обозревал. Или не обозревал, чтобы не входить в культурный соблазн? «Я был в Лондоне, ведь не видал же Павла. Право, не видал. Собора св. Павла не видал». Ни слова о флорентийских и венецианских чудесах, созданных многовековым трудом граждан свободных республик.

Кстати, о братских христианских религиях Достоевский отзывается в высшей степени бранчливо и оскорбительно: «Католический священник выследит и вотрется в бедное семейство… делается другом дома и под конец обращает всех в католичество… Англиканский же священник не пойдет к бедному. Бедных и в церковь не пускают…». Это мнение, кстати сказать, тоже временем и опытом скорректировано не было. Доверимся Н.С.Лескову: «Достоевский… говорил то, что говорят и многие другие, то есть что православие есть вера самая истинная и самая лучшая», притом, что «знал священное писание далеко не в [высокой] степени, а исследованиями его пренебрегал и в религиозных беседах обнаруживал более страстности, чем сведущности».

Вот прекрасное определение писаний великих русских сочинителей о предметах, которые они не разумеют: страстность – в порядке, а *сведущность* хромает. Но коли в наличии страсть и талант, то в результате получается долгоиграющая конструкция – и все равно помноженная на отсутствие сведущности, даже если дар божий позволяет автору что-то, не понимаемое им напрямую («по-английски я не знаю ни слова»), почувствовать или угадать. Как ни крути, а в сумме получаются сапоги всмятку, только из самой лучшей кожи, хорошо проваренные и политые каким-то небесным соусом. Есть их все равно невозможно, можно разве только облизывать.

В произведениях художественных Запад (на котором Достоевский в общей сложности провел несколько лет) становится праздным Рулетенбургом («Игрок»), местом лечения и успокоения (Швейцария в «Идиоте») или отдыха проигравшихся петербургских шалопаев, вовлеченных в некрасивые истории (Эмс в «Подростке»). С Европой всегда связано что-то несимпатичное, исчерпанное. Достоевский-романист терпеть не может Запад – там живут только русские бездельники и русские неудачники. И живет на Западе сам, неустанно работая, да и, как теперь выяснилось, к когорте неудачников тоже не принадлежа. Но он не любит Запад еще с первой своей поездки. А за что его, спрашивается, любить? Там же нет ничего хорошего, одна страсть к наживе.

Автор «Заметок» проходит мимо гордой самодостаточности швейцарских и итальянских коммун (спустя несколько лет «Идиот» был полностью написан в Швейцарии и Италии, такова ирония истории). Издеваясь над французским буржуа, который больше всего на свете мечтает увидеть море («voir la mer») и так любит «se rouler dans l'herbe» (поваляться на траве), демонстрируя единение с природой, наш едкий наблюдатель вовсе не обращает внимания на совершавшуюся на его глазах революцию в живописи, наступающую эпоху "Dejeneur sur l'herbe" – («Завтрака на траве»), написанного именно в 1862-63 годах.

Вот о французском буржуа, который больше всего любит ездить за город и на отдых к морю, хочется сказать особо, но только после почтительного реверанса в адрес беспощадной критики, которой автор «Записок» подвергает французский бульварный театр. Ни один обозреватель современных российских мыльных опер не написал ничего более точного и уничтожающего. Вывод прост: жанр этот низок, в истории культуры не остается, но умирать не собирается. Да и как могут умереть бесконечные варианты бессмертного сюжета: «Вдруг оказывается, что [герой] вовсе не сирота, а законный сын Ротшильда. Получаются миллионы. Но Гюстав гордо и презрительно отвергает миллионы». Или: «Сесиль, разумеется, по-прежнему без гроша, но только в первом акте; впоследствии же у ней оказывается миллион».

Постойте, вдруг закричит внимательный читатель, я это уже где-то видел, я помню! А как же-с, сказал бы г-н Лебедев, конечно, видели-с. «…Это того самого Семена Парфеновича Рогожина, потомственного почетного гражданина, что с месяц назад тому помре и два с половиной миллиона капиталу оставил?» И страниц через сто с лишком: «Поздравляю вас, князь! Может быть, тоже миллиона полтора получите, а пожалуй, что и больше. Папушкин был очень богатый купец». Наследство – одно, второе, миллионы, роковые женщины, растление, убийство, – не зря из «Идиота» вышел столь популярный сериал.

Но дело в том, что «Идиот» – не мыльная опера, и не драма Викторьена Сарду, а великая книга, до сих пор еще не прочитанная и не понятая, и к ней можно приложить слова самого Достоевского, сказанные о «Дон-Кихоте»: «Это пока последнее и величайшее слово человеческой мысли … и если б кончилась земля, и спросили там, где-нибудь, людей: "Что вы, поняли ли вашу жизнь на земле и что об ней заключили?" – то человек мог бы молча подать Дон-Кихота». Или «Идиота».

Заметим, что литературных параллелей между князем Мышкиным и Ламанчским идальго – море разливанное, но не они представляют для нас интерес или, тем более, важность. Гораздо значительнее воздействие, которое эти образы оказали на реальных людей. Порождения буйной фантазии Сервантеса и Достоевского стали объектами конкретного пространства человеческой жизни, звездами с точными координатами, законами передвижения и параметрами излучения. Это не значит, что они поддаются объяснению – феномен-то не природный.

В 1943 году, во фронтовом письме, говоря о смерти своего брата, только что погибшего на Курской дуге, дед автора этих строк упоминает «вопрос Ивана Карамазова» и на собственном опыте свидетельствует, что «подавление темной силы возможно только путем зла». И тут же пишет о том, что недавно ему «подвернулся в руки "Идиот". Я перечитал его дважды и, как мне кажется, многое в нем понял. Понял значение многих тем, затрагиваемых в романе, как развитие одной и главной темы... Почему в "Идиоте" речь идет об эпилепсии? Это связано с темой синтеза, гармонии, которой посвящен весь роман. Мышкин задуман: свет, гармония, синтез "настигают" как результат болезни, припадка, т.е. этот высший момент жизни духа является следствием болезни, следствием "низкого", "животного", "материального" состояния. Но что из того? Важно, что синтез все-таки наступает».

Важно, пишет офицер Красной Армии 1943 года, что синтез все-таки наступает. Сто пятьдесят лет назад, работая над «Заметками», Достоевский находит неожиданную формулу, много более важную, нежели его свидетельства о Европе: «Напротив, говорю я, не только не надо быть безличностью, но именно надо стать личностью, даже гораздо в высочайшей степени, чем та, которая теперь определилась на Западе. Самовольное, совершенно сознательное и никем не принужденное самопожертвование всего себя в пользу всех есть, по-моему, признак высочайшего развития личности, высочайшего ее могущества, высочайшего самообладания, высочайшей свободы... Сильно развитая личность, вполне уверенная в своем праве быть личностью, уже не имеющая за себя никакого страха, ничего не может и сделать другого,... как отдать [себя] всю всем, чтоб и другие все были точно такими же самоправными и счастливыми личностями». Именно эти слова давно рассматриваются, как момент возникновения образа князя Мышкина.

Только вот что добавляет такой непрозорливый Федор Михайлович: «Беда иметь при этом случае хоть какой-нибудь самый малейший расчет в пользу собственной выгоды». И тут же замечает, что «сделать [этого] никак нельзя» иначе, как «бессознательно», «инстинктивно», когда каждая личность добровольно откажется от каких-то своих прав в пользу общины, а община, наоборот, их не примет, говоря: «Возьми же все и от нас. Мы всеми силами будем стараться, чтоб у тебя было как можно больше личной свободы... Никаких врагов, ни людей, ни природы теперь не бойся».

«Эка ведь, в самом деле, утопия, господа!» – присовокупляет еще классик, думая, что тут-то он точно уел российских позитивистов (и иноземных тож), не подозревая, что только что изложил идеал любого разумного общества, тот самый, на пути к которому Запад в последние двести с лишком лет продвинулся ближе, чем любая другая земная цивилизация.

И не увидеть ему, из полуторастолетнего далека, как первым признаком того, что российское общество сделало сколько-нибудь уверенный шаг на том же самом длительном пути, будет желание мало-мальски зарабатывающего соотечественника Федора Михайловича немного se rouler dans l'herbe, ну а также, естественно, съездить к морю. Свобода личности удивительным образом наступает после валяния на траве, а не наоборот, такие, понимаете ли, правила подлунного бытия.

Хотя не так все гладко. Автор «Заметок» откуда-то знает, что московские персонажи после бала у Фамусова обязательно отправляются на закат. «Любят у нас Запад, любят, и, *в крайнем случае, как дойдет до точки* (курсив мой – П.И.), все туда едут… Поколение Чацких обоего пола размножилось там, подобно песку морскому, и даже не одних Чацких: ведь из Москвы туда они все поехали. Сколько там теперь Репетиловых, сколько Скалозубов, уже выслужившихся и отправленных к водам за негодностью… Одного Молчалина нет: он распорядился иначе и остался дома, *он один только и остался дома* (курсив мой – П.И.). Он посвятил себя отечеству, так сказать, родине… Фамусова он и в переднюю теперь к себе не пустит».

Ах, какая музыка для современного читателя, ни слова мимо цели – и ведь это пишет русский консерватор! Посещает крамольная мысль: может, русскому, да и всякому писателю, надобно писать только о предметах, которые он знает, и тогда настанет литературный рай?

Зачем ему Запад, зачем Федору Михайловичу Европа, которую он не любит, даже когда в ней живет? Которую не замечает, считает небылью, наваждением. И себя в ней – тоже не любит.

«И все это, и вся эта заграница, и вся эта ваша Европа, все это одна фантазия, и все мы, за границей, одна фантазия… помяните мое слово, сами увидите!». – Достоевский напишет последние строки «Идиота» 29 января 1869 года во Флоренции. По ту сторону Старого Моста, у дороги к особняку Питти, в городе, по словам поэта, «славном не меньше тех же Афин», который создал половину западной культуры и которого великий писатель западной же (но и русской тоже!) цивилизации предпочел не заметить, а точнее, не мог заметить, связанный каторжной работой («уж год почти, как пишу 3½ листа каждый месяц»), завершенной отправкой последнего фрагмента романа в «Русский вестник» с обыкновенным для него опозданием.

Цивилизация же не поставила это автору в упрек, а перевела его книги сначала на французский (для увеселения тех самых bourgeois, которые так любят voir la mer, а заодно почитать на пляже увесистый русский роман), потом на остальные языки континента, а еще спустя некоторое время повесила во Флоренции небольшой памятный знак на итальянском наречии (значит, для своих). Дескать, в этих местах (точнее, а здешних окрестностях, «questi pressi» – похоже, дом не сохранился, да и знает ли кто, где была эта съемная квартира?) Федор Михайлович Достоевский на рубеже 1868 – 1869 годов закончил роман «Идиот». Но водрузят сию табличку все-таки не где-нибудь, а на самой главной улице южного берега Арно, которую не может миновать ни один любознательный турист, американец, европеец, китаец или русский. Кстати, в травелоге 1862 года про итальянцев нет ни одного дурного слова. Но проверяли ли это во флорентийской мэрии? Макиавелли обязательно проверил и одобрил бы земляков. Старик знал силу слов и знал, когда они становятся поступками.

Мы читаем и чтим автора «Идиота», а не «Заметок». Проблема Достоевского (да только проблема ли?), что без «Заметок» не было бы «Идиота». Или он был бы совсем другим. Как написала спустя почти целый век одна санкт-петербургская дама, «когда б вы знали, из какого сора»... Вот из такого.

Как хорошо, когда этот сор включает не только сибирскую каторгу, но и заграничные путешествия.

2012

Яна Кане – родилась и выросла в Ленинграде. Несколько лет училась в ЛИТО под руководством Вячеслава Абрамовича Лейкина. Эмигрировала в США в 1979 году. Окончила школу в Нью-Йорке, получила степень бакалавра по информатике в Принстонском университете, затем степень доктора философии в области статистики в Корнелльском университете. Работает старшим аналитиком в фирме «*Alcatel-Lucent*». Стихи, написанные на русском языке, вошли в несколько антологий, включая сборники «Общая Тетрадь», «Неразведенные Мосты» (выпуски 2007 и 2011 гг.) и «Двадцать три». Стихи на английском несколько раз печатались в журнале «*Chronogram*».

Треух и деревянная флейта

Посвящается моим родителям
и памяти моих бабушек и дедушек

1. Деревянная Флейта

Давным-давно, в самой дальней дали, в Серых Горах, за еловыми лесами, за осиновыми чащами, была деревушка, которая называлась Медвежье Логово.

Если бы вам довелось добраться до Медвежьего Логова и спросить у сельчан, как их деревня получила свое название, то ответили бы они просто: «Когда-то вот там, где теперь стоят наши пчелиные ульи, была заброшенная медвежья берлога». Жители Медвежьего Логова относились к чужестранцам дружелюбно, но внимание к своей деревне старались не привлекать. А вот если бы вы остановились в ближайшем торговом городе, который назывался Каменный Мост, и задали бы тот же вопрос кому-нибудь из горожан, ну, скажем, булочнику, или белошвейке, или трактирщику, то ответ был бы занимательней: «Что ж, народ там и на вид – совсем как бурые медведи, и пропитание они себе добывают медвежье: лесные ягоды, да рыбу из ручьев. Они и говорить умеют на медвежьем языке, и колдовство переняли от своих соседей – медведей. Но при этом люди они честные, да и сыр их козий хорош. Вот вспомнилась мне про них одна забавная история ...»

И честность, и хороший козий сыр – это все было чистой правдой. Правдой было и то, что жители Медвежьего Логова жили лесным сбором и охотой, ведь в горах было мало плодородной земли, подходившей для пастбищ, полей и фруктовых садов. Сельчане большую часть года ходили босыми, одевались в серую и коричневую одежду из грубой домотканой шерсти и овечьих шкур. В глазах щеголеватых горожан они действительно походили на медведей.

Что же касается знания медвежьего языка и колдовства, то здесь необходимо пояснение. Много бурых медведей водилось в Серых Горах по соседству с лесной деревушкой. Жители Медвежьего Логова на медвежьем языке говорить – не говорили, но как-то эти люди и медведи в их округе научились понимать друг друга и жить в согласии. Они ловили рыбу в одних и тех же ручьях, охотились в одних и тех же лесах, собирали ягоды в одних и тех же зарослях без всяких раздоров. Медведи не трогали овечьи отары, стада коз и гусей, и даже обходили стороной пчелиные ульи. А деревенские жители не охотились на медведей. Наблюдая за медведями, люди узнали о многих целебных травах и съедобных растениях. Случалось, что медведь приходил в деревню за помощью: вытащить шип из лапы или рыбью кость из пасти.

Повелось, что два раза в году – в полнолуние, когда лед сходил на пруду, и полнолуние после первого заморозка – сельчане и медведи собирались вместе. Приходили они на поляну между двумя большими скалами. Люди несли с собой мед, сыр, овсяные лепешки и свежую баранину. Весной, после длинной зимней спячки, медведи были тощие, и шкура на них висела клочьями. Они приносили на пиршество форелей, полных икры. Осенью медведи лоснились от жира. Они тащили с собой пучки корневищ, увешанных сладкими клубнями.

Люди и медведи пировали вместе, они угощали друг друга и радовались своему согласию. Люди разжигали большой костер между двумя скалами. Они сидели тесным кругом вокруг огня и жарили на длинных прутьях мясо, рыбу и сладкие клубни. А вокруг них, подальше от жара и света, рассаживались медведи и ели угощение сырьем, как и полагается медведям.

Люди били в бубны, играли на свирелях, пели и рассказывали свои старинные истории. А медведи сидели тихо и внимательно слушали. Вот так празднество и продолжалось до самого рассвета, и тогда люди возвращались в свои дома, а медведи уходили в лесные чащи.

Жители Медвежьего Логова старались не посвящать чужих в тайну своего доброго соседства с медведями, но все же горожане как-то прослышали об этой дружбе. В их глазах такое добрососедство казалось колдовством. В те стародавние времена по обвинению в колдовстве человек мог угодить в тюрьму и оказаться в смертельной опасности. К счастью, Медвежье Логово было местом удаленным и малозаметным, а жители Каменного Моста были людьми незлобными, и убивать своих соседей не казалось им привлекательным занятием. К тому же, Медвежье Логово вдохновляло горожан на небылицы – и страшные, и смешные, а иногда и грубоватые, которые весело было и рассказывать, и слушать длинными зимними вечерами в тавернах

Каменного Моста. В числе прочих, ходили истории о женитьбе сельчан с медведями и о детях, отданных в лес на воспитание. Ну конечно же свадьбы людей с медвежьими женихами и невестами были чистой фантазией шутников из Каменного Моста. А вот что касается детей, получивших медвежье воспитание, так это однажды случилось.

Жил в Медвежьем Логове мальчик, которого все звали «Тростничок». Вообще-то, «Тростничок» не было его настоящим именем, а просто прозвищем, данным ему жителями деревни за его искусную игру на тростниковой свирели. С самого младенчества Тростничок радовался любой музыке: пению своих родителей, игре своей тетушки на свирели, пересвисту лесных птиц. Он начал играть на свирели, когда еще и говорить не умел. Ко времени, когда начинается наша история, Тростничку было лет двенадцать, и в искусстве игры на свирели не было ему равных во всей деревне. На любом празднестве в Медвежьем Логове люди просили Тростничка поиграть на свирели.

Время от времени родители Тростничка, Сандар и Кана, ходили на ярмарку в Каменный Мост продавать козий сыр, пчелиный воск и мед, дикие ягоды и грибы, которые они собирали в лесу. Когда Тростничок подрос и окреп, он тоже стал ходить с ними на ярмарку. Каждый такой поход в город доставлял ему огромное удовольствие. Он так любил бродить по булыжным мостовым, задирать голову и смотреть на взлетавшие в небо шпили, рассматривать фантастических каменных монстров, зверюшек и человечков, украшавших храмы, любоваться сверкавшими золотым шитьем флагами на богатых домах и пестрыми вывесками – вот алый петух над лавкой мясника, а там – сияющий медный крендель над угловой булочной, а еще подальше – золотая корона над ювелирной мастерской. Очень нравилось ему слушать и наблюдать суматоху рыночной площади, где ярко разодетые горожане приветствовали друг друга, обменивались свежими городскими сплетнями, толпились вокруг уличных представлений и, конечно же, без устали торговались.

А потом переполненный впечатлениями Тростничок садился рядышком с родителями и наигрывал на своей свирели. И музыка его рассказывала обо всем, что он успел увидеть и услышать за весь этот долгий день. Сандар и Кана были довольны. Они говорили, что музыка их сына привлекала покупателей и делала их мед слаще на вкус. Горожанам игра Тростничка так нравилась, что они часто одаривали его: кто пирожком, кто яблоком, а кто и медной монеткой.

Однажды, когда Тростничок, как обычно, сидел на рыночной площади рядом с родителями и играл на свирели, неподалеку остановился худой седоволосый мужчина. Поначалу Тростничок, поглощенный игрой, не заметил его. Незнакомец же продолжал стоять и очень внимательно слушал. Когда мальчик кончил игру, незнакомец подошел поближе, не говоря ни слова, снял с плеча кожаный футляр и достал из него бархатный сверточек. Он осторожно развернул синий бархат, и в руках у него оказалась деревянная флейта. Эта флейта была намного больше свирели, на которой играл Тростничок. Она была вырезана из темного дерева, искусно отполированного до темно-красного глубокого сияния. Мундштук инструмента был сделан из гладкого материала цвета свежих сливок. Незнакомец поднес флейту к губам и заиграл. Что за теплые и нежные звуки полились из темной флейты! И как ловко побежали длинные, бледные пальцы незнакомца по ее отверстиям, словно плетя тонкие кружева из звуков.

Тростничок слушал, как завороженный, и даже не заметил, что от удивления рот его открылся, а рука невольно потянулась к этому прекрасному музыкальному инструменту. Наконец флейта замолкла, и незнакомец улыбнулся мальчику. «Мое имя Сиан, – сказал он. – Играешь ты, мальчик, хорошо, очень хорошо. Но позволь мне показать тебе кое-что». Тростничок и старый музыкант вопросительно посмотрели на Кану, наблюдавшую за ними. Она улыбнулась, кивнув одобрительно. Ей очень польстило, что такой искусный городской музыкант одобрил игру ее сына. Сиан сел, скрестив ноги, на циновку рядом с Тростничком, вложил тяжелую деревянную флейту в его руки и стал показывать ему, как играть на ней. Поначалу Тростничку было весьма трудно с дыханием – все-таки этот инструмент был ему великоват, но постепенно флейта запела своим низким, сладостным голосом совсем так же, как она пела у учителя. По крайней мере, так показалось родителям Тростничка, Сандару и Кане. По дороге домой Тростничок был задумчив и не развлекал родителей своими обычными рассказами о том, что он видел в городе.

С той поры Тростничок ходил с отцом и матерью на ярмарку в Каменный Мост при любой возможности. Он все меньше времени бродил по городу, а большей частью сидел рядом с родителями и наигрывал на свирели, или просто смотрел по сторонам и ждал. И, как правило, он не оставался разочарованным. Приходил Сиан со своей чудесной деревянной флейтой и давал мальчику еще один урок. Семья Тростничка, конечно же, никогда не смогла бы оплатить эти уроки. Единственно, что они могли и на чем настояли, это чтобы Сиан принимал в подарок их домашнюю еду. Было очевидно, что Сиан принял Тростничка в свои ученики. Но сделал он это не ради платы. Учитель был полностью захвачен талантом мальчика и его страстным влечением к музыке.

Вскоре тростниковая свирель перестала удовлетворять Тростничка, и он попросил свою тетушку сделать ему новую свирель – и размером побольше, и, как он выразился, «звуком послаще». Тетушка сделала ему новую свирель, но было видно, что мальчику она не пришлась по вкусу. Тетушка сделала еще две попытки, приложив все свое старание и к выбору тростника, и к работе. Но хотя, на ее слух, инструменты получались удачными, да и Тростничок поблагодарил ее искренне, она видела, что в душе он недоволен этими новыми свирелями.

Тетушка поговорила об этом со своей сестрой Каной, а та, в свою очередь, рассказала ей о городском учителе музыки и его деревянной флейте. «Так почему же он мне ничего не сказал?! – воскликнула тетушка. – Пусть он спросит у этого человека, из какого дерева и как сделана эта флейта, а я уж постараюсь смастерить что-нибудь похожее для Тростничка».

В следующий раз, когда ему довелось увидеться с Сианом, Тростничок спросил учителя о флейте. «Эту флейту сделала не я, – ответил Сиан. – Ее сделал настоящий мастер музыкальных инструментов, а дерево и слоновая кость были привезены из заморских стран. Золотых дел мастер привез полдюжины таких флейт несколько лет тому назад аж из самого Харвестона, и я купил одну. Мэр города купил сразу две для своих детей (и я даю им уроки); судья взял одну для своей молодой жены; и я подозреваю, что трактирщик в таверне "Лисица и Гусь" тоже заполучил одну флейту, хотя ему-то медведь на ухо наступил и, конечно же, ни при каких обстоятельствах он не должен подносить к своим толстым губам ничего более музыкального, чем пивная кружка».

Тростничок спросил: «Значит, у золотых дел мастера есть еще одна такая флейта?» К этому времени Кана и Сандар внимательно прислушивались к разговору сына и его учителя.

«Действительно так, еще одна осталась», – ответил учитель.

«Сколько же может стоить эта флейта?» – вступил в разговор Сандар. Сиан вздохнул: «Он продал мне флейту за одну золотую, две серебряных и три медных монеты... У него осталась только одна, последняя, и я уверен, что он не согласится уступить ее дешевле». Тростничок увидел на лицах своих родителей разочарование, такое же глубокое, как и его собственное. Конечно, они могли бы сэкономить и прикопить три медных монеты и даже, работая дополнительно в течение нескольких лет и торгуя успешно на рынке, заработать две серебряных монеты. Но вот уж золотая монета – это было вне их воображения. Они даже и вблизи таких монет не видали.

До этого дня Тростничок никогда не думал о себе и о своих родителях как о бедняках, никогда не желал, чтобы жили они как-то по-другому. Он был счастлив в своей семье, со своими друзьями в Медвежьем Логове. Он никогда не голодал, зимой у него была теплая одежда. Их дом даже отличался некоторой роскошью: у них были настоящие слюдяные окошки, а на столе стоял медный подсвечник с двумя блестящими, отполированными отражателями. Но вот теперь ему так захотелось, чтобы родители его были важными горожанами, одетыми в отороченные мехом кафтаны, полосатые чулки и кожаные башмаки, горожанами, которые могли покупать своим детям такие изумительные подарки, как, например, деревянная флейта! Он играл на своей свирели, издававшей высокие, звонкие звуки, как песня лесной птички. Но в воображении его звучало совсем другое, то, что он смог бы сыграть на деревянной флейте, инструменте намного более сильном и выразительном. Это была бы музыка, которая унесла б его на могучих орлиных крыльях далеко, в незнакомый и чудесный мир. Чем бы он не был занят, помогая своим родителям по хозяйству, он все придумывал всяческие невероятные истории. И каждая из них кончалась одним и тем же: флейта, которая лежит где-то в мастерской под вывеской с сияющей золотой короной, оказывается у него в руках. Но, на самом деле, ничего, ничего нельзя тут было поделать...

2. Медвежонок

Однажды, солнечным весенним днем, Тростничок шел по лесной тропинке к Каменному Мосту. Он шел один и спешил, пытаясь догнать своего отца и соседей-сельчан, которые вышли из Медвежьего Логова намного раньше. Его мама подвернула утром ногу, и Тростничок должен был сбегать к деревенской знахарке за помощью и к тому же закончить кое-какие домашние дела. Знахарка Бейота наложила на щиколотку плотную льняную повязку. Она сказала, что ей надо сегодня спрясть много шерсти, и что она может целый день посидеть с Каной, если той понадобится помощь. Кана, конечно же, заметила, как хочется Тростничку опять побывать в городе, и сказала ему, что он может отправиться на ярмарку.

Утренняя прохлада растворилась под горячим весенним солнцем. Тростничку стало жарко, захотелось пить, и он решил остановиться у ручья. Он снял кожаную котомку и опустился на колени на прибрежном камне. В тот самый момент, когда он готов был опустить ладони в воду, ему почудилось какое-то движение за его спиной. Тростничок быстро обернулся и увидел маленького медвежонка, ковыляющего к ручью. Тростничок замер и стал опасливо наблюдать за ним. Медвежонок, шумно посапывая, подошел к котомке и внимательно ее обнюхал, явно привлеченный запахом упакованного в ней завтрака. Он поскреб ее лапой и попытался прогрызть, но толстая кожа была слишком прочной для его, еще слабых когтей и зубов. После нескольких безуспешных попыток медвежонок жалобно заворчал, уселся и стал раздраженно тереть передними лапами свою голову. Тростничок заметил, что правое ухо медвежонка было сильно повреждено – оно было порвано пополам и покрыто запекшейся кровью. Рой мух взвивался каждый раз, когда медвежонок начинал тереть уши, но как только он опускал лапы и пытался снова расправиться с котомкой, назойливые насекомые тут же опять облепляли рану.

Тростничок, выросший в Медвежьем Логове, твердо знал, что надо быть очень осторожным, когда имеешь дело с таким малышом: медведица наверняка была где-то поблизости. Даже самая мирная медведица становится свирепой, если ей кажется, что ее медвежонку угрожает какая-то опасность. Кто знает, что может взбрести в голову мамаше, если она увидит какого-то незнакомца рядом со своим бесценным отпрыском, да еще когда у того поранено ухо!

«Пойди-ка ты к своей маме», сказал Тростничок низким, ласковым голосом. Медвежонок взглянул на него, схватил зубами котомку и подтащил ее к Тростничку. Потом положил лапу ему на колено и ткнулся носом в ладонь. Делать нечего, Тростничок открыл котомку и с сожалением вытащил из нее сверток с едой, развернул и разложил его на траве, а сам потихоньку начал отодвигаться подальше. В мгновение ока и хлеб, и сыр, и вареное гусиное яйцо исчезли.

Подобрав все крошки, медвежонок уселся и опять стал тереть поврежденное ухо, жалобно похныкивая. Тростничок внимательно прислушался, но вроде бы медведицы рядом не было. Обычно медведица держится очень близко к своему медвежонку. Тростничку пришло на ум, что в предыдущую ночь была сильная буря, повалившая много деревьев, и, возможно, одно такое упавшее дерево ранило или даже убило медведицу. А может быть, и нет, может быть, она совершенно здорова и разыскивает своего заблудившегося ребенка. Очень осторожно Тростничок поднялся и взял свою котомку, но не тут-то было: медвежонок не дал ему уйти. Он наступил передними лапами на ноги Тростничка и жалобно заскулил. Хотя этот незваный гость только что умял его завтрак, но Тростничку стало его очень жалко – он явно просил о помощи! Мальчик содрал кусок бересты с ближнего дерева и с помощью тонкого шнурка от своей рубашки соорудил что-то вроде шинки, как раз по уху медвежонка. Он выстелил шинку свежими листьями мяты, росшей у ручья. А маленький наблюдал за ним с огромнейшим интересом. «Ну, малыш, иди-ка сюда». И медвежонок послушно потопал за ним назад к ручью. Тростничок зачерпнул воды и покропил рану. Наверное, медвежонку стало очень больно, он запыхтел, и глаза его сузились. Но он не убежал и не начал кусаться. Тростничок старательно промыл рану и наложил шинку на порванное ухо. Удивительно, но медвежонок, как будто понимая, сидел очень терпеливо в течение всей этой операции.

«Ну теперь-то, малыш, ты можешь отправиться на поиски своей мамы», – сказал Тростничок. Он осмотрелся, ему было трудно покинуть так доверившегося ему медвежонка, но, с другой стороны, он не знал, что с ним делать. Наконец, все еще сомневаясь, Тростничок медленно двинулся назад к дороге. Медвежонок же не испытывал никакой нерешительности – он бодро заковылял за мальчиком. Тростничок снова пошел по тропе к городу, а медвежонок продолжал топать чуть позади. Как только мальчик ускорял шаги, так, что медвежонок не поспевал за ним, мохнатый спутник начинал ворчать или жалобно визжать. И каждый раз Тростничок замедлялся, ему было жалко малыша.

Было уже далеко за полдень, когда Тростничок и медвежонок добрались до окраины Каменного Моста. При появлении медвежонка на улице все местные собаки буквально захлебнулись от лая. Хотя все эти собаки были на привязи или метались за заборами, медвежонок испугался и тесно прижался к ногам Тростничка. В конце концов тому пришлось взять его на руки. Вот так они и добрались до рыночной площади.

На краю площади Тростничок увидел большую повозку, расписанную звездами и радугой. На ней был установлен холщовый шатер. Тростничок знал, что это такое: жилище цыганской семьи. Он уже видел цыган несколько раз в Каменном Мосту – они появлялись там время от времени, развлекали людей в тавернах и на рынке, продавали ярко окрашенных леденцовых птиц, иногда лечили больных лошадей. Очевидно, цыгане закончили свой рабочий день и теперь занимались домашними делами, не обращая внимания на окружающую их городскую суету.

Старая женщина сидела на корточках перед небольшим костром, что-то помешивая в котелке. Девушка с блестящими черными косами, с позванивавшим монисто, расчесывала гривы двум серым лошадям, привязанным к повозке. Двое мужчин чинили какое-то сложное кожаное устройство. Рядом с ними сидела странная зверюшка. Она была покрыта шелковистым мехом, и у нее был длинный хвост, но при этом она походила на маленького человечка. Зверюшка была одета в красную жилетку, а на ее голове красовалась шапочка. Тростничок стоял и смотрел. Он был заворожен этим необычным существом: он впервые увидел обезьянку. Обезьянка потянула за рукав одного из мужчин, старика, а тот рассмеялся, погладил ее, вытащил что-то из кармана и вложил это в маленькую ручку. Обезьянка заверещала, присела и с наслаждением принялась за угощение. В этот момент старый цыган поднял взгляд, заметил Тростничка и подошел к нему.

«Добрый день», любезно поздоровался старик. Тростничок тоже поздоровался. Медвежонок на его руках заерзал, мальчик почувствовал, что порядком устал, и опустил его на землю. Медвежонок встал на задние лапы и тут же потянулся своим черным носом к карману цыгана. «Ага, я вижу тебе захотелось того же», – с этими словами старик вытащил из кармана несколько кусочков сушеных яблок и дал медвежонку. «Послушай, приятель, – обратился он к Тростничку, в то время как медвежонок шумно зачавкал угощением, – я хотел бы купить у тебя этого медвежонка. Нам как раз нужен ручной медведь: мы научим его танцевать и выполнять всякие смешные трюки».

Тростничок удивленно уставился на старого человека и замотал головой: «Нет-нет, я не продаю медвежонка, я должен вернуть его назад».

«Да ты не бойся за него, ему у нас будет хорошо, ведь наши животные – члены нашей семьи», – продолжал старик. Тростничок опять отрицательно покрутил головой. К ним подошел молодой цыган. Молодой человек и его отец обменялись несколькими словами на незнакомом Тростничку языке. «Мы заплатим тебе очень хорошо, – сказал старик, – по-королевски, золотую монету».

«Нет-нет, – ответил Тростничок, – я принес его сюда не для продажи».

Цыгане обменялись опять несколькими словами. «Золотую и серебряную монету».

«Нет, он не продается, я отнесу его моему отцу...»

«Да, торгуешься ты мастерски. Золотая, две серебряных и три медные монеты! И это наша конечная цена».

Тростничок опять было собрался объяснить им, что медвежонок не продается, но вместо этого, к своему великому удивлению, услышал, как его собственный голос сказал совсем иное: «Хорошо, я продам вам медвежонка». Старик кивнул молодому цыгану, тот мгновенно отошел и вернулся с небольшим кожаным мешочком. Старик вынул из него блестящую золотую, две серебряных и три медных монеты. Как во сне, Тростничок протянул руку и ощутил в ладони холодную тяжесть монет. Тем временем старик дал медвежонку еще несколько долек яблока и, присев на корточки, стал говорить с ним тихим голосом. Потом он выпрямился, щелкнул языком и, вынув из кармана горсть сухих яблок, пошел к своей повозке, бормоча себе под нос что-то успокаивающее. Медвежонок уверенно заковылял за своим новым другом, оставив Тростничка, который беспокойно глядел им вслед.

В конце концов мальчик повернулся и побежал во весь дух мимо ратуши и храма, мимо красного петуха мясника и медного кренделя булочника, к мастерской золотых дел мастера. Он остановился в нерешительности, увидев наконец вывеску с золотой короной, которая поскрипывала на кольцах над его головой, качаясь на легком ветру. Но наконец он постучал в дверь и вступил в удушающую жару мастерской. Когда его глаза привыкли к тусклому освещению, он стушевался, увидев, что несколько человек молча уставились на него. В центре комнаты пожилой человек с хорошо расчесанной бородой, с выражением крайнего удивления изучал Тростничка. Три или четыре молодых парня в кожаных передниках сидели в глубине мастерской, за деревянным столом рядом с плавильной печью. Вытягивая шеи, они тоже пытались рассмотреть его. «День добрый», – сказал пожилой человек, при этом его слова звучали скорее как вопрос, чем приветствие. Тростничок молча поклонился, смущенный своим сельским видом и домотканой одеждой. После неловкой паузы он сумел собраться и спросил: «Сэр, у вас все еще есть эта флейта, деревянная флейта?»

«А, ты – тот самый деревенский парнишка... Я слышал о твоей игре на рыночной площади», – и глаза пожилого мастера потеплели, но в следующий миг его выражение снова стало настороженным. «Да, у меня все еще хранится одна. Но разве Сиан не сказал тебе, что моя цена одна золотая, две серебряных и три медных монеты?»

Тростничок раскрыл вспотевшую ладонь и выложил все свои монеты на небольшой столик.

Золотых дел мастер взял монеты и подошел к двери. Открыв ее, он внимательно рассмотрел их на дневном свету. Потом, сняв с полки маленькие весы, взвесил их, попробовал на зуб и еще капнул какую-то бесцветную жидкость на золотую монету. Наконец он одобрительно кивнул и направился в дальний угол своей мастерской. Вернувшись с кожаным футляром, вынул из него сверток синего бархата, развернул его и осторожно положил флейту на стол. Прекрасное полированное дерево как будто впитало в себя и красные сполохи огня плавильной печи, и солнечный свет, лившийся через янтарного цвета оконные стекла, так что казалось, что флейта засветилась изнутри. Тростничок взял флейту и поднес ее к губам. Она зазвучала широко и мягко, ее звуки раскрылись, как крылья устремившегося в небо орла. Они заполнили всю мастерскую, раздвигая ее стены. Старый мастер улыбнулся: «Я думаю, твоя игра принесет тебе счастье».

Тростничок бежал назад к рыночной площади, прижимая к себе флейту, которую он спрятал за пазухой. Он едва сдерживался, чтобы не прыгать и не скакать, ему хотелось громко кричать о своей невообразимой победе. Но по мере приближения к площади его бег стал замедляться.

Рынок закрывался. Толпа поредела, а торговцы упаковывали свои товары. Цыганская повозка исчезла. Тростничок пришел к месту, где обычно торговали люди из Медвежьего Логова. Односельчане поприветствовали его и спросили о матери. «Сиан разыскивал тебя», – сообщил ему Сандар, с оттенком гордости в голосе.

Странно, но теперь, когда он оказался среди друзей и соседей, Тростничок почувствовал какое-то неудобство. Ему уже не хотелось показать всем бархатный сверток, спрятанный под рубахой, поделиться с ними своей радостью, рассказать о своем странном приключении с медвежонком.

Всю дорогу назад Тростничок молчал. Хотя он был очень голоден, он не захотел признаться, что отдал свой завтрак медвежонку. Вечером, прежде чем лечь спать, мальчик спрятал деревянную флейту в сундук, где хранилась его зимняя одежда. «Это подождет. Я удивлю всех, когда меня в следующий раз попросят поиграть на свадьбе».

3. Медведица

Посреди ночи Тростничок внезапно проснулся. Его разбудила суматоха, поднявшаяся в сарае для домашних животных, за стеной дома. Что-то испугало гусей, и они разгоготались и шумно захлопали крыльями. А тут подняли тревогу и раскудахтавшиеся куры, и заблеявшие овцы и козы. Родители Тростничка тоже проснулись, и Сандар, засветив свечу, вышел в ночной холод проверить, что случилось. Тихо, как мышь, Тростничок выскользнул из дома за ним.

Медвежье Логово было окружено прочной оградой из бревен с заостренными верхушками. Она защищала и людей, и домашний скот от волков, которые в голодные зимние времена становились опасными.

Тростничок услыхал в темноте за оградой шаги тяжелых мягких лап, сопение, царапанье и порыкивание. Вдруг огромная голова появилась над острыми концами бревен – черная тень на фоне звездного неба. Медведь стоял на задних лапах за оградой и глядел прямо на него, мягко урча. Так медведицы обычно подзывают своих медвежат. «Я продал ее сына », – пронеслось в его мыслях. К этому времени в деревне началась суматоха – во всех подворьях проснулись гуси и своим гоготанием разбудили всех остальных. Люди выходили из домов, окликая друг друга.

Все были удивлены появлением медведицы в такое неурочное время, хотя это никого не испугало. «В чем дело, дружище? – спросила знахарка Бейота. – Может, ты не в порядке? Приходи, когда взойдет солнышко, и я постараюсь тебе помочь». Медведица опустила голову и опять издала мягкое урчание, как бы призывая детеныша. Затем она навалилась всем весом на ограду, пытаясь повалить ее. В конце концов она опустилась на все четыре лапы и, тяжело вздыхая и сильно прихрамывая, побрела прочь. Жители не знали, как истолковать такое странное поведение. Некоторое время они стояли толпой и обсуждали это происшествие. Но наконец все разошлись по домам. Деревня успокоилась и погрузилась в сон.

Тростничок же никак не мог заснуть и дрожал под теплым одеялом из овчины. «Я продал ее детеныша! Я продал ее сына!» Эта мысль снова и снова возвращалась к нему. Близилось утро. Тростничок мог уже слышать утреннее пение лесных птиц. Он встал, подошел к сундуку и нащупал футляр с флейтой. Поспешно одевшись, бесшумно выскользнул из дома и прокрался к воротам бревенчатой ограды. Он понял, что должен вернуться в Каменный Мост, найти цыган и получить назад медвежонка. Тростничок стоял, внимательно прислушиваясь. Но ничего не доносилось до его слуха, кроме посвиста птиц в предрассветном тумане да шелеста листьев от легкого дыхания ветра. Он приоткрыл створку и уже готов был скользнуть за ворота, но увидел в тумане огромную нависающую тень. Медведица, сторожившая у ворот, угрожающе встала на задние лапы, готовая к нападению. В ужасе мальчик отпрянул назад, захлопнул ворота, и закрыл их на засов.

Утром вся деревня была взбудоражена ночным происшествием. Большая медведица все еще сидела снаружи ограды у ворот, и ее поведение было явно угрожающим. Она сделала еще несколько попыток пробраться в деревню, и было очевидно, что она была уверена, что ее детеныш находился внутри ограды, так как она постоянно мягко порыкивала, призывая его вернуться. Она пыталась напасть на любого, кто делал попытку пробраться за ворота. Она не обращала внимания на самые лакомые куски, которые ей перебрасывали через ограду.

На долгой памяти жителей Медвежьего Логова это был первый раз, когда медведь вел себя так агрессивно по отношению к людям. Сельчане очень досадовали, что в такой прекрасный весенний день они оказались затворниками в своей собственной деревне, и это в такое-то время, когда так много работы снаружи: стада должны были быть отведены на пастбища, пчелиные ульи требовали ухода, малиновые кусты следовало подрезать, да мало ли еще оставалось дел! Но было ясно, что медведица непримирима. Осада продолжалась целый день.

Следующая ночь была беспокойной для всего Медвежьего Логова. Медведица попыталась повалить ограду в нескольких местах, и каждый раз гуси поднимали тревогу. На следующее утро медведица снова сидела у ворот. В дополнение к попыткам повалить ограду, она, похоже, разворотила несколько ульев, расположенных в ближних просеках: в ее мехе запуталась плетеная солома и раздавленные пчелы.

В полдень население Медвежьего Логова, всё еще под осадой в своей деревне, собралось у колодца, чтобы обсудить происходящее. Тростничок стоял позади толпы и, стараясь оставаться незамеченным, вслушивался в каждое слово. Совет длился недолго. Хотя люди были обеспокоены тем, что, убив медведицу, они положат конец их давней дружбе со всем медвежьим царством, но было очевидно, что она впала в бешенство и что деревня останется без пропитания, если осада не будет снята немедленно. Группа мужчин объявили готовность отправиться за оружием.

В этот момент Тростничок вышел вперед; «Я продал ее сына!» Тростничок сказал это хриплым шепотом, поэтому никто его не расслышал. «Я продал ее сына!» – громко повторил он, и несколько голов повернулись в его сторону. Тут он вытащил флейту из-под рубашки и поднял ее, его голос перешел в крик. «Я продал ее сына!» Теперь все глядели на него. Люди в замешательстве что-то тихонько говорили друг другу, не понимая, как связать между собой деревянную флейту, которую мальчик держал над головой, и его слова, перемежавшиеся всхлипами, с взбесившейся медведицей за оградой. Наконец, когда они поняли то, что он старался им объяснить, поднялся страшный шум. Некоторые кричали, что Тростничок обрушил проклятие на Медвежье Логово и должен быть изгнан из деревни, как только охотники убьют медведицу. Родители Тростничка и многие другие жители защищали его. Горячий спор перешел в драку. И только после того, как дерущихся разняли, и все докричались до хрипоты и полного изнеможения, заговорила Бейота: «Давайте подождем еще одну ночь. Если медведица все еще будет здесь и не позволит нам выйти, мы должны будем убить ее. Ведь хотя ее поведение и оправдано, мы не в состоянии вернуть ей сына, не рискуя жизнями наших людей».

Темнота окутала деревню, и она затихла. Тростничок и его родители сидели молча, уставившись на огонь в очаге. Нетронутый котелок овсяной каши стыл на столе за их спиной. Прошло какое-то время, и Сандар встал и потрепал Тростничка по голове. «Иди-ка ты спать, сынок, – сказал он тихо и спокойно, – знаешь, как в сказках говорится, утро вечера мудренее. Может, медведица устанет ждать и отступит». Но в голосе его не было уверенности.

Семья приготовилась ко сну. Тростничок, сжавшись в комок под одеялом, слышал, как совсем тихонько всхлипывала е мать. Далеко за полночь все стихло.

При слабом свете угасающих углей Тростничок выскользнул из-под одеяла и натянул одежду. Он поклонился в сторону угла, где за ситцевой занавеской спали его родители. Затем бесшумно выбрался из дома в ночную темь. Заранее упакованный заплечный мешок лежал в сарае.

Уже через несколько минут он был у ворот. Сжимая в руках рукоятку топора, он всматривался в лес, тускло освещенный луной. Все было спокойно – он не видел и не слышал медведицы. Наконец он вышел за ворота и осторожно двинулся по тропе, которая вела к Каменному Мосту. Оказавшись вне видимости деревни, он срубил пару высохших елочек и сделал два факела. Достал кремень и трут из котомки, зажег один факел. Огонь хоть как-то защищал его и освещал путь, но, с другой стороны, делал его более заметным.

На расстоянии около мили от деревни дорога спустилась в низину, и холодный, ползущий туман окутал мальчика. Тростничок услышал шум бегущей воды: он приближался к ущелью, где текла река Пахта. Он заколебался – узкий подвесной мост над пропастью был предательски опасен в тумане, – но пересилил себя и вошел в белесое месиво тумана.

Тростничок почти что ступил на мост, но вдруг почувствовал чье-то присутствие за своей спиной. Он резко обернулся. Медведица – темная расплывчатая масса с отблесками факела в черных глазах – уставилась прямо на него. Она издала уже знакомое ему мягкое урчание, как бы призывая детеныша. «Я знаю, кого ты ищешь, – прошептал ей Тростничок. – Я хотел помочь твоему сыну, но теперь я не знаю, где он. Я так виноват. Пожалуйста, пропусти меня, и я попытаюсь отыскать его». Как бы ему хотелось в действительности говорить по-медвежьи! Медведица приблизилась к нему еще на шаг и опять издала призывное урчание, которое перешло в рык. В ужасе Тростничок выставил перед собой факел и попятился. Медведица встала на задние лапы и заревела, широко раскрыв огромную пасть – это уже была настоящая угроза. Размахивая дымным факелом, он сделал еще пару шагов назад, оступился, потерял равновесие на скользких камнях и, крича от ужаса, покатился, полетел вниз в несущийся поток.

Он погрузился в ледяной водоворот, ему удалось всплыть, он отчаянно греб, но быстрый поток схватил его и помчал вниз по течению. Ледяной холод начал сковывать его мышцы, пронзая каждую частичку тела. Безразличие овладело им. Он почувствовал, как поток прибил его к какой-то преграде. «Наверное, повалившееся дерево», – вяло подумал он. Надо бы зацепиться покрепче, но тело уже не повиновалось ему. Вдруг что-то, нет, кто-то крепко схватил его и стал трясти, вцепившись в его куртку, пытаясь вытащить его на ствол дерева. «Слишком поздно», – как будто засыпая, подумал он и потерял сознание.

Постепенно Тростничок пришел в себя. Ему было тепло и уютно. Он лежал на куче сухих листьев, ярко освещенный солнцем. Одежда была мокрая, но он был защищен от утреннего холода чем-то меховым и огромным, окутавшим его. Он попытался двинуться, но избитое, скованное усталостью тело сопротивлялось ему, и он погрузился в приятную дрему. Распевали птицы, слышалось монотонное поскрипывание ветвей и шум бегущей воды.

«Где я? Что случилось со мной?» – наконец сонно пробормотал он. Кто-то громко фыркнул ему в ухо, и он почувствовал жаркое дыхание зверя на своем лице. Медведица! Он лежал в теплом меховом гнезде, которое оказалось телом медведицы, свернувшейся вокруг него. Тростничок с раннего детства бывал рядом с медведями и сейчас ощущал, что медведица рядом с ним была в мирном настроении, так что он не впал в панику.

По мере того как мысли его прояснялись и события последних дней всплывали в сознании, он стал тревожиться. Конечно же отсутствие его уже обнаружили в деревне. Его обеспокоенная семья пойдет по его следам к реке, и они решат, что он утонул! Как они будут горевать! Он должен был придумать, как вернуться в свою деревню и сделать это как можно скорее.

После того, как он убедит своих родителей отпустить его, он должен поспешить в Каменный Мост, возвратить флейту, получить назад деньги и узнать, где искать цыган... Флейта! Где она! Не потерял ли он ее? Двигаясь очень осторожно, чтобы не обеспокоить медведицу, он сел и обнаружил, что набухшая котомка все еще висит у него за спиной. Он вытащил футляр. К его великому облегчению, оказалось, что мастерски сделанный футляр и мягкая ткань полностью защитили от воды драгоценный инструмент. Тростничок глядел на гладкую поверхность, как бы излучавшую мягкий, густой темно-красный свет. Как тяжело будет расстаться с таким прекрасным инструментом!

Тем временем медведица тоже полностью пробудилась. Она потянулась и широко зевнула, показав свои огромные клыки. Потом поднялась, тихонько потопала к кустам, поглядывая назад на мальчика, и призывно заурчала. «Я постараюсь вернуть тебе твоего медвежонка», – пообещал ей Тростничок. Медведица навострила уши, прислушиваясь к его голосу. Она проурчала свое опять. Наконец она подошла к нему, осторожно взяла в огромную пасть его руку и настойчиво потянула. Он встал, и она снова его потянула, и ему пришлось последовать за ней.

К тому времени, когда поисковая партия из Медвежьего Логова пробралась вдоль реки до того места, где медведица с мальчиком провели ночь, эти двое были уже высоко в горах, далеко от проложенных троп.

Родители Тростничка и все остальные предположили самое худшее, когда увидели следы, где Тростничок поскользнулся и свалился в воду. Так что они почувствовали большое облегчение, найдя ствол дерева ниже по течению и определив по следам, что медведица вытащила его из воды и что он ушел с ней в лес на своих двоих. Они продолжали свои поиски весь следующий день и много дней потом, но так и не смогли его найти.

Вот так и получилось, что медведица взяла мальчика из деревни Медвежье Логово, увела его с собой в лес и начала растить его там как своего медвежонка и учить всякой медвежьей премудрости. Всю весну и лето Тростничок следовал сквозь лесные чащи за своей огромной, мохнатой бурой мамашей, вдали от человеческого жилья. Если б она его только отпустила, он бы смог добраться домой за день или два. Но, потеряв своего медвежонка, она была твердо намерена не упустить своего нового сыночка. Она не позволяла ему отдаляться от нее за пределы слышимости ее призывного урчания.

Медведица и Тростничок вместе ловили рыбу, собирали яйца диких гусей, выкапывали какие-то сочные корневища, залезали в пчелиные дупла за душистым лесным медом, а потом проводили долгие часы на полянах и склонах, заросших малиной и черной куманикой, а позже – в черничниках, которые расстилались, как ковры.

Тростничок снял несколько кожаных шнурков со своей куртки и сделал себе простой лук, так что иногда ему удавалось отстрелить утку или гуся для них обоих. У него был его топор, и кремень и трут тоже были при нем, и он мог разжигать костры и жарить себе еду на прутьях. Медведица с удовольствием глядела на пляшущие языки пламени и слушала его игру на флейте ясными летними ночами. После многих дней и ночей в лесу, музыка Тростничка была наполнена птичьими трелями и беличьим гомоном, и монотонным шумом дождя, и тяжелой поступью медведицы. Но большей частью он тосковал о своих родителях и друзьях, оставшихся там, в деревне, о своем городском учителе Сиане. В музыке мальчика звучали их голоса. Сплетаясь со струйками дыма его маленького костерка, музыка уносила его печаль в темноту.

Но наконец лето кончилось. Ночи стали длиннее и холоднее. Листья на верхушках осин покраснели. А после одной морозной ночи осины сразу вспыхнули ало-золотым пламенем. Тростничок начал следить за луной: тонкий месяц, четверть, половинка… Потом пришли холода, пронизывавшие его до самых костей, и ночные ледяные дожди, от которых он прятался в медвежьем логове. В какой-то момент погода прояснилась. Еще до рассвета медведица разбудила Тростничка, который пристроился к ее теплому меху в их берлоге. Как только он встал на ноги, она заурчала, как обычно, и отправилась в путь. Тростничок последовал за ней и вскоре очень воодушевился – они шли по направлению к его дому!

Еще до того, как опустилась ночь и огромный янтарный диск поднялся на небе над горами, Тростничок почуял, что ветер пахнет дымом и домашней едой. Как только он услышал звуки свирели и людские голоса, он забыл про медведицу, которая спокойно брела за ним, и бросился по открывшейся ему просеке. В следующее мгновенье он был уже в объятиях своих родителей, плакавших от счастья, окруженный толпой приветствовавших его родных и соседей.

Утром, когда медведи, пришедшие на празднество, один за другим побрели в лес, медведица опять начала звать Тростничка. Его семья едва успела сбегать домой и принести ему теплую одежду, и мальчик скрылся в чаще, следуя за ней.

Несколько недель спустя, после первого большого снегопада, Тростничок полностью вернулся домой в деревню. Медведица приготовила себе берлогу и забралась в нее для зимней спячки. К счастью, она не заставила Тростничка остаться с ней на зимовку. Вся деревня праздновала его возвращение. А вскоре и Сиан, который все лето переживал и беспокоился о судьбе своего ученика, вновь увидел мальчика. Тростничок каждую неделю стал снова появляться на ярмарке в городе. И, к тому же, теперь у него была своя деревянная флейта.

Зима прошла. Дни становились длиннее, весенние соки стали оживлять деревья. К Тростничку и его родителям вернулась тревога.

И вот лед на пруду стал пористым, и полоска воды, отделявшая лед от берегов, ширилась с каждым днем. По молчаливому согласию Тростничок и его родители не говорили между собой о медведице. Сандар сделал для сына настоящий охотничий лук и колчан со стрелами, а Кана сшила ему новую куртку из овчины и теплую шерстяную рубаху. Тростничок старательно упаковал свою флейту, приготовил кожаную фляжку для воды и заточил свой топор.

Не долго пришлось им ждать. Когда поселяне пошли, как обычно, в полнолуние к двум скалам на праздник, Тростничок и его родители остались дома, надеясь, что медведица все позабыла. Но как только показались первые звезды, они услышали тяжелую поступь и призыв медведицы из-за ограды. Делать нечего. Пришлось им последовать за медведицей к поляне, где все уже расселись вокруг костра. Рано утром медведица снова увела мальчика в горы. Так вот еще целую весну, лето и осень он провел с ней в лесной глуши. И опять он возвратился домой, как только установилась зима.

Медведица-мать обычно держит при себе медвежонка два года. А потом молодой медведь должен покинуть ее и жить самостоятельно, а у нее появляется новый детеныш. Тростничок, его родители и друзья надеялись, что к третьей весне медведица обзаведется новым медвежонком и не придет за Тростничком. Но их надежды оказались напрасными. Медведица опять была одинока и, более того, считала, что Тростничок еще не закончил свое медвежье детство. Так что когда пришла третья весна, медведица вернулась к ограде и опять позвала Тростничка, и снова он должен был уйти в лес учиться, как жить по-медвежьи.

К этому времени Тростничок начал превращаться из мальчика в юношу, высокого и широкоплечего, как его отец. Все юноши и девушки его возраста проводили летние вечера вместе – пели и танцевали вокруг костра или качались на качелях, подвешенных на ветвях могучих дубов. Тростничку было еще трудней, чем раньше, покинуть деревню той, третьей, весной. Но ничего не поделаешь, и он ушел в лес без жалоб.

Несколько недель спустя повозка цыган вкатилась на рыночную площадь Каменного Моста. Жители Медвежьего Логова, еще приближаясь к ярмарке, узнали эту повозку по ярким звездам и радуге на ней. Всей толпой они бросились к цыганам. «А медведь все еще у вас? Медвежонок где?» – закричал Сандар. Цыгане смотрели на него удивленно и настороженно. «Медвежонок с порванным ухом, которого вы купили три года назад! Мы разыскиваем его!» – продолжал кричать отец Тростничка, в то время как остальные сельчане, окружавшие его, тоже расшумелись. «А, Треух! Медвежонок, которого мы купили у мальчика как раз здесь, на рыночной площади!» – наконец-то понял старый цыган. Сандар, волнуясь и сбиваясь, стал рассказывать о медведице, потерявшей своего детеныша, и о флейте, и о своем сыне, которому теперь приходится жить в лесу. Но в ответ старый цыган только грустно покачал головой. «Мне очень жаль, дружище, но я ничем не могу помочь тебе. Треух (так мы прозвали медвежонка) давно уже не с нами. Мы продали его девочке в Морских Воротах более двух лет назад. Уж очень он ей полюбился. А нынче она со всей своей семьей исчезла, они сбежали из своего дома. Как я слыхал, они скрываются от своего короля. И Треух исчез с ними, так что я даже не знаю, где его теперь искать».

4. Треух

Старый цыган говорил правду. Хотя он и его семья собирались насовсем оставить у себя медвежонка с порванным ухом, он прожил с ними только несколько месяцев до того, как попал в новую семью.

Треух был на редкость смышленый, относился дружески к людям и животным и очень легко поддавался дрессировке. Он быстро освоил несколько простых трюков, например, мог балансировать на большом деревянном шаре. А как он любил танцевать! Он вставал на задние лапы и кружился, и притопывал, и припрыгивал не только во время представления, когда он мог ожидать кусочки сушеных яблок или другие лакомства как награду, но и когда цыгане, по-семейному сидя у костра, напевали и наигрывали что-нибудь ради собственного удовольствия.

Семья цыган кочевала от одного городского рынка к другому, иногда присоединяясь к табору, а иногда отдельно от других. Лето они проводили в основном вблизи гор на северо-западе. По мере того как дни становились короче и холоднее, они продвигались к югу. К тому времени, когда склоны Серых Гор покрылись снегом, они добрались до города Морские Ворота, где не были уже много лет.

Когда-то Морские Ворота был большим и богатым портовым городом. В те времена цыганская семья подолгу гостила здесь каждую зиму. Их забавные представления (а они были искусны и талантливы) привлекали веселую и щедрую толпу на площадях, окруженных лавками и тавернами. Но в один ужасный год по городу прокатилась чума. Болезнь пронеслась, как пожар, перекидываясь от дома к дому. Кафедральный колокол звонил день и ночь; люди исступленно молились и в церквях, и в больничных бараках, наполненных безнадежным отчаянием. Жители Морских Ворот каялись в своих грехах и жертвовали золото в надежде умилостивить страшный рок. Доктора, одетые в черные робы, с клювообразными масками, наполненными целебными травами, ходили из дома в дом со своими микстурами и пиявками. Увы, несмотря на все старания, болезнь унесла много жизней. Казалось, что и город умрет. Торговля прекратилась. Купцы боялись пришвартовываться в порту города, охваченного эпидемией. Семья цыган, прослышав о страшной судьбе, постигшей Морские Ворота, тоже долго избегала несчастного города.

Наконец, через пару лет после того, как эпидемия угасла сама по себе, торговля в городе начала возрождаться. Население, уменьшившееся наполовину, стало расти. И цыгане решили снова завернуть в Морские Ворота. Повозка цыган катилась по булыжной мостовой. Они были поражены тем, как любой слабый звук эхом отдавался в тишине, какое множество окон было закрыто ставнями, за которыми чувствовались пустые комнаты. Город был сам похож на человека, только начинающего оправляться после тяжелой болезни, когда его изможденное тело еще не может заполнить старую одежду.

Цыгане дали несколько представлений на площадях. Толпы были намного меньше, чем они привыкли собирать в Морских Воротах до чумного года. Но те люди, которые приходили, были рады яркому и веселому зрелищу. Они хлопали, громко выражали свое одобрение и щедро бросали монеты в деревянную чашу, которую обезьянка обносила в конце представления.

Однажды, после представления, когда толпа расходилась в наступающих сумерках, седая женщина задержалась около повозки. Она подошла к старому цыгану. «Меня зовут Малида. Я помню Вашу семью, – сказала она после обмена приветствиями. – Когда вы приезжали сюда раньше, – ее голос задрожал, но она преодолела волнение и продолжала, – мои внуки любили слушать Ваши песни и смотреть на Вашу обезьянку. Не могли бы Вы прийти к нам домой? Моя внучка Тилла хворает. Я думаю, что больше всего Тилле нужна радость. Возможно, Вы сможете помочь ей начать снова смеяться и забыть печаль хотя бы на время. Мы хорошо заплатим Вам. Спросите дом купца Марена.

На следующее утро повозка, разрисованная звездами и радугой, подкатила к большому дому в купеческом квартале города. Скрипучие колеса с трудом продрались через взрыхленные грядки в огороде позади дома и с шумом вкатились в мощеный внутренний двор. Отворилось решетчатое окно дома. В окне показался сам Марен. Он принес на руках Тиллу, бледную худую девочку лет тринадцати. Марен посадил ее в кресло перед окном, поправил подушки и подоткнул пуховое одеяло.

Цыгане начали свое представление. Вначале Тилла смотрела на все безучастно, утонув в подушках. Но как только обезьянка в красной шапочке и жакетке и Треух с ошейником, обвешанным звенящими колокольчиками, вылезли из повозки, Тилла выпрямилась и ее глаза оживились. Возбуждение и свежий воздух, веявший в открытое окно, слегка окрасили ее щеки. Цыганская семья, видя, как преобразилась девочка, разыграла свое самое лучшее представление. Старый цыган играл на скрипке зажигательные танцы. Его жена рассказала замечательную сказку со страшными чарами, невероятными приключениями и счастливым концом. Молодые цыгане жонглировали и исполняли фантастические акробатические трюки. Обезьянка показала свои самые забавные проделки. Тилла хлопала и смеялась после каждого номера. Но больше всего ей понравились танцы Треуха.

Когда представление окончилось, Тилла попросилась сама отнести деньги цыганам. Марен и Малида были очень обрадованы. В первый раз с тех пор, как Тилла заболела, она захотела выйти из дома. Они закутали ее в подбитый мехом плащ. Опираясь на руку отца, Тилла вышла из дома. Она несла кошелек с монетами и корзинку с медовыми лепешками.

Во дворике Тилла встала на цыпочки и шепнула что-то отцу. Марен явно заколебался, но все же наклонился к Малиде и посовещался о чем-то с ней. Наконец он подошел к старому цыгану и спросил: «Не возражаете ли Вы с семьей пообедать с нами в нашем доме? Моя дочь хочет пригласить Вас». Теперь изумился цыган. В те времена цыгане и горожане никогда и думать не думали о том, чтобы ходить в гости друг к другу. Старик уставился на Марена, но, видя, что приглашение сделано всерьез, попросил его подождать и пошел к повозке посоветоваться с семьей. Наконец он вернулся к Марену и, поклонившись, сказал: «Друг, мы благодарим Вас и придем».

До конца дня обе семьи были заняты подготовкой к визиту. Ближе к вечеру цыгане вошли в дом. Слуга ввел их в освещенную свечами гостиную. Они с любопытством рассматривали буфет, отделанный кафелем камин, картины на стенах. Им приходилось по случаю заходить в лавки и таверны, но никогда еще не бывали они внутри богатого дома. В свою очередь, Тиллу, Малиду и Марена поразили красочные наряды цыган: яркие шали и ожерелья-монисты женщин, вышитые жилетки мужчин. Цыгане нарядились так, как принято у них было наряжаться на свадьбу. Обезьянка и Треух тоже пришли на обед. Они вели себя весьма свободно в незнакомом доме. Обезьянка прыгала по спинкам стульев. Треух проковылял к Тилле и выглядел очень довольным, особенно когда она чесала его густой мех за ухом и предлагала ему лакомые кусочки из своей тарелки.

После обеда старый цыган играл на скрипке танцевальную музыку, а Треух танцевал, и его когти прищелкивали на каменной плите перед камином. Затем Тилла подала голос. Она застенчиво спросила, нельзя ли ей попробовать сыграть что-нибудь для медведя. Марен и Малида обменялись радостными взглядами. Тилла давно уже забросила игру на когда-то любимой лютне. Сначала она робко коснулась струн; она почти забыла, как играть, но наконец подобрала простую, веселую мелодию. Она сыграла ее один раз медленно, а потом еще раз, но уже быстрее. Старый цыган присоединился к ней со скрипкой, все остальные стали хлопать в ритм. Треух встал на задние лапы и снова затанцевал, цокая когтями по каменному полу.

Еще несколько дней повозка цыган оставалась на внутреннем дворе купеческого дома. Каждый день Тилла просила отца выпустить ее наружу поиграть с медвежонком. Но наконец цыгане решили, что пришло время снова отправиться в путь. Когда Тилла узнала, что они уезжают, она была неутешна.

Пока они паковались, Марен пошел поговорить со старым цыганом. Он умолял старика продать ему медвежонка. Он объяснил, что Тилла заболела в тот жестокий год, когда чума унесла ее мать, брата, двух старших сестер и многих других людей, которых она любила. И с тех пор она все чахла и таяла. Похоже, что забавный медвежонок зажег в девочке искру жизни, которая может помочь ей забыть печаль и тоску и оправиться от болезни. Если его сейчас заберут, разочарование может погасить эту последнюю искру. Ради единственной оставшейся в живых дочери, Марен, преуспевающий и богатый купец, готов был заплатить фантастическую цену за медвежонка – тридцать золотых монет.

Старый цыган стоял в раздумье, пощипывая свои длинные усы. Медвежонок привлекал на их представления толпы публики. Кроме того старик сам привязался к мохнатому малышу. Но тридцать золотых были настоящим состоянием. Он мог бы купить пару лошадей и повозку для сына, который собирался скоро жениться. Его дочь тоже была на выданье, он мог бы и ей дать хорошее приданое. В душе он также жалел больную девочку, чахнувшую в этом, слишком тихом доме. Возможно, если б ей было с кем играть, она бы окрепла. Она конечно же будет хорошо заботиться о Треухе... Наконец он решился. Да, он продаст медведя! Будучи практичным, он сторговался на тридцати пяти золотых монетах и попросил в придачу несколько отполированных медных тарелок – они очень понравились его женщинам. Наконец, он и отец Тиллы ударили по рукам, и сделка состоялась.

Когда Тилла узнала, что медведь останется с ней, она захлопала в ладоши, поднялась из кресла, обняла отца и даже сделала несколько нетвердых плясовых шажков у камина.

Цыгане отложили свой отъезд еще на несколько дней, чтобы дать медведю привыкнуть к новому дому. Перед отъездом старик серьезно поговорил с Тиллой. Он объяснил, что медведю нужна простая, но здоровая еда: много овсяной каши, молока и яблок. Он строго сказал, что поскольку Треух привык обедать за компанию с человеческой семьей, Тилла тоже должна хорошо есть, чтобы и у медвежонка было желание есть. Кроме того, медвежонок нуждается в свежем воздухе и движении. Тилла должна выводить его наружу играть в любую погоду. Он также очень любит танцевать, так что она должна играть ему на лютне. Девочка, порозовевшая от возбуждения, обещала все делать, как ей сказано, чтобы Треух был счастлив.

Треух быстро освоился в новой семье и привязался к девочке. Он спал на ковре рядом с кроватью Тиллы и топал за ней, куда бы она ни шла. Поскольку жил он в тепле и у него было много еды, он не впадал в спячку зимой, как это обычно делают все медведи в Серых Горах. Вместо этого он каждый день выходил поиграть с Тиллой во внутреннем дворе. Он гонялся за сухими листьями, которые ветер гнал по покрытому настом снегу и пытался ловить снежки, которые Тилла кидала ему. Он выглядел особенно смешно, когда ему удавалось схватить пастью снежок. Он медленно садился, тер припудренную снегом морду и смотрел недоуменно, как будто спрашивая: «Куда делась эта штука, которую я только что поймал?»

Как и надеялись Марен и Малида, новый друг поднял настроение Тиллы, у нее появилось желание выходить из дома, играть на лютне, смеяться и хорошо есть. Она быстро пошла на поправку. Когда настало лето, в ней трудно было узнать бледную болезненную девочку, проводившую дни взаперти, уставившись на огонь камина. Глаза у Тиллы снова сияли, щеки порозовели, и она заметно выросла всего за несколько месяцев. Медведь тоже сильно подрос. Он был такой же дружелюбный и игривый, как и раньше, но больше не выглядел неуклюжим раскормленным щенком. Он намного перерос всех городских собак.

В середине весны Малида сказала внучке, что им надо начать выводить Треуха в лес и учить, насколько это было возможным, самому заботиться о себе. Она объяснила ей, что через пару лет Треух станет взрослым медведем и его будет невозможно держать в городском доме. Он должен будет жить в лесу, как и все медведи. «Но как же цыгане держат своих медведей, даже когда те совсем вырастают?» – спросила Тилла.

«Я не знаю, лапушка. Говорят, у них есть тайные волшебные слова, которыми они ворожат зверей. Может быть, медведи, которые кочуют с места на место, не устанавливают своей территории, а вот Треух, когда вырастет, захочет установить свою территорию там, где он живет. Он не будет счастлив дома, будет угрожать всем, кого будет считать чужими, и рано или поздно это плохо кончится». Тилла была глубоко огорчена, но поверила своей бабушке: до того, как Малида приехала в Морские Ворота ухаживать за Тиллой, она жила в деревне и слыла там мудрой женщиной. Она много знала про лес и его обитателей.

Город Морские Ворота был расположен на западном берегу большой реки. К северу и западу от города расстилались поля и деревни. Море омывало город с юга. Восточный берег реки был низкий и болотистый, непригодный для земледелия и жилья. Все леса там принадлежали королю, но по старому заведенному порядку жителям разрешалось собирать там хворост для каминов, орехи, ягоды и грибы при условии, что они отдадут десятую часть сбора на королевскую кухню. Жители Морских Ворот часто приплывали к восточному берегу на лодках. В теплые дни они устраивали пикники на цветущих лугах у воды.

Дом, где жила Тилла, выходил фасадом на реку. Перед домом на берегу была пристань с лодками. Когда мать Тиллы была жива, родители с детьми летом пересекали реку. С тех пор лодками никто не пользовался и они валялись в сарае на заднем дворе.

Когда Малида предложила начать водить Треуха в лес, Марен починил и законопатил одну лодку. Они стали регулярно совершать поездки в леса на восточном берегу. В начале лета Марену приходилось самому грести к другому берегу широкой реки или нанимать для этого человека. Вскоре Малида и Тилла захотели научиться грести, и к середине лета у них стало достаточно сил и сноровки, чтобы заменять мужчин на веслах значительную часть пути. Тилле пришла в голову идея научить грести Треуха. Чтобы угодить дочери, Марен смастерил кожаные крепления, позволявшие прицеплять весла к лапам медведя. Медведь выучился грести удивительно быстро. К концу лета Малида, Тилла и Треух могли сами пересечь реку. Они проводили целые дни в лесу, в то время как Марен занимался своими делами и управлял своими складами и лавками.

Малида показывала Треуху съедобные коренья, ягоды и грибы по мере их поспевания поздней весной, летом и осенью. Она учила его, как находить земляных червей и личинки под корой старых пней. Конечно, невозможно человеку научить медведя всем охотничьим и рыболовным навыкам, которые медведица-мать передает своим отпрыскам. Зато Треух научился некоторым трюкам, не известным большинству медведей: например, он умел положить усыпанную орехами ветвь на камень и затем бросить другой камень сверху, чтобы расколоть орехи. Тилла получала не меньше удовольствия от этих уроков, чем медведь. Ее бабушка не только знала, что было съедобным в лесу, но и помнила старые песни и поверья о растениях и животных. Она также показывала Тилле целебные травы и объясняла их назначение. Когда Тилла была больна, она пила всякие травяные настойки, которые приготовляла ее бабушка. Теперь она впервые увидела растения, которыми лечила ее Малида.

Поздней осенью задул ледяной ветер, дожди превратили низкий берег в болото, и лодочные прогулки Тиллы и Малиды с медведем пришлось прекратить. Еще одна зима пришла и ушла. Как только восточный берег подсох и стал проходимым, Малида, Тилла и Треух возобновили ежедневные поездки в лес. Треух теперь был почти взрослым медведем. Тилла тоже изменилась. Она стала ростом почти с отца и очень повзрослела. Но, как и прежде, и Треух, и Тилла оживленно играли и дурачились в зеленом, наполненном ароматами лесу. Лето прошло прекрасно.

5. За стеной

Ясным днем, в середине осени Тилла и Малида сидели на восточном берегу реки, наблюдая за темными рыбками, сновавшими среди переменчивых узоров солнечных бликов и теней. Треух забрел в лес. Внезапно тишину разорвал громкий зов охотничьего рога, сопровождаемый лаем собак. В следующий миг, Треух вырвался из леса на поляну. Он бежал к кромке воды, преследуемый сворой гончих собак. Медведь прыгнул в воду, прошлепал к лодке, привязанной к нависшему над водой дереву, и, охваченный ужасом, притаился за ней. Собаки сгрудились у берега, продолжая яростно лаять. Снова раздался звук охотничьего рога, и группа охотников на лошадях вылетела на поляну. Они примчались галопом к своре гончих. Самый передний всадник поднял свой лук.

Как только Тилла увидела Треуха, преследуемого собаками, она вскочила и побежала к ним крича: «Стоп! Прочь!» Малида бежала за ней, умоляя ее остановиться и повернуть назад. В тот миг, когда передний охотник поднял свой лук, Тилла была между ним и берегом реки. Она в смятении бросилась перед гарцующими лошадьми и подняла руки: «Остановитесь! Остановитесь! Не убивайте его!» Удивленный охотник опустил лук, уставился на Тиллу. «Что тут происходит?» – громовым голосом прорычал он.

«Сэр, будьте так добры, отзовите своих собак! – умоляла Тилла. – Этот медведь живет с нами, его имя Треух, он никому не вредит, он умеет танцевать!»

«Танцующий медведь, который живет с девицей! Это что-то новенькое. Ха! Недаром я подумал, что очень странно – найти такую добычу так близко к дворцу. Отозвать собак! Я хочу иметь этого танцующего медведя у себя в зверинце: он может развлекать нас во время наших пиров». Один из всадников коротко протрубил три раза, и собаки послушно развернулись и потрусили к своим хозяевам.

В этот момент, тяжело дыша, к ним подбежала Малида. Она чуть успокоилась, увидев, что охотники опустили оружие. Но вот она заметила вышитую золотом одежду ведущего охотника, его грубо отесанное красное лицо, и холодный ужас сковал ее сердце. Она узнала короля Морских Ворот – человека, которого все боялись из-за его непредсказуемого и буйного нрава. Король снова бросил взгляд на Тиллу, он заметил ее сверкающие темные глаза и правильные черты лица, раскрасневшегося от бега. Ее блестящие каштановые волосы выскользнули из золотой сетки и рассыпались волнами по плечам. Он приосанился, повесил лук за спину и, уперев руки в бока, сказал: «Я полагаю, ты тоже хорошая танцовщица?» Затем повернулся к мужчинам, столпившимся за ним: «Епископ бубнил мне сегодня утром, что я снова должен жениться и произвести наследника. Что ж, мне нравится эта девица, и я намерен взять ее в жены! Немедленно привести сюда лошадь с женским седлом и доставить девицу в замок!»

«Нет!» вскрикнула Тилла, отшатнувшись от короля. «Что?!» – взревел тот и вздыбил коня так, что казалось, он растопчет девушку.

Малида схватила Тиллу за руку и упала на колени, увлекая за собой и внучку. «Ваше Величество! – воскликнула она, – Простите бедную необразованную девушку, она не понимает, кто вы такой и не знает что говорит. Ее отец всего лишь простой купец, она не привыкла быть в обществе своего короля и его высочайших лордов».

«Хм! Так-то лучше!» – буркнул король.

«Ваше Величество, вы же не имеете в виду жениться на дочери обыкновенного купца!» – воскликнул один из мужчин в охотничьей кавалькаде.

Он был одет почти так же великолепно, как и король, и выглядел почти так же спесиво. В сердце Малиды затеплилась надежда. Но король высокомерно осадил говорившего: «Я думаю, Арго, на этот раз ты хотел бы выдать за меня одну из твоих дочерей. Всем известно, что у тебя их слишком много». Арго побледнел, но придержал язык, в то время как другие охотники подобострастно расхохотались королевской шутке. «Да, мне надоели все эти бледные, слащавые леди, – продолжал король, – трех из них мне было вполне достаточно. Я сказал, что хочу жениться на этой, и я женюсь на ней! Привести лошадь и доставить ее в замок!»

Тилла попыталась что-то сказать, но бабушка дернула ее за руку и прошептала: «Молчи! Иначе ты нас всех погубишь!» Тилла опустила глаза, кусая губы.

«Ваше Величество, разрешите вашей покорной слуге сказать слово», – обратилась Малида дрожащим голосом.

«Говори, дама».

«Если бы мы могли вернуться домой на несколько дней, мы бы приготовили наряды и украшения, чтобы моя внучка выглядела достойной великой чести вступить в замок как ваша невеста».

Король задумался на мгновение. В словах старой женщины был толк. Раз уж он выбрал себе новую невесту, то пусть она выглядит достаточно великолепно, чтобы все мужчины в его королевстве позеленели от зависти. К тому же, он направлялся к замку в своем охотничьем угодье, когда натолкнулся на Треуха. Король любил охоту, и больше всего его увлекала охота на диких кабанов. Вблизи города не было крупной дичи, так как в этих местах ее давно истребили. Но в его охотничьем угодье, примерно день езды на восток, кабаны водились в изобилии. Сейчас как раз был самый сезон для этой охоты, да и погода была прекрасная и прохладная. Упустить такое удовольствие было бы досадно.

Из своего опыта с предыдущими свадьбами король знал, что требуется несколько дней, чтобы сообщить вассалам, пригласить их всех на свадьбу и подготовить роскошный свадебный пир, подобающий королю. Да, пожалуй, был смысл продолжить охоту и дать девушке и ее семье несколько дней для подготовки к свадьбе.

Он объявил: «Слова старой дамы разумны. Пусть она вернется домой и приготовит все эти платья и безделушки. Мы отправляемся в охотничий замок». Но тут он вспомнил решительное выражение лица девушки, когда она бросилась наперерез его лошади, и отвращение, мелькнувшее в ее глазах, когда он объявил, что хочет на ней жениться. Его лохматые брови насупились. «Ты, ты и ты – взять девицу в замок, – приказал он, указывая на троих из своей свиты, – она должна быть там неотлучно до моего возвращения. Мажордому – подготовить пир и пригласить лордов тех же владений, которые были на последней свадьбе. Дать им знать, что я не желаю никаких их обычных подарков, всех этих зеркал и рулонов парчи. Пусть несут только золото. Я вернусь через пять дней, и если все не будет готово, то вам всем не поздоровится! Да, а медведя взять в зверинец – он будет танцевать на свадьбе, если девица сказала нам правду!»

После этих слов король развернулся и ускакал в лес, сопровождаемый своими собаками и охотничьей свитой. Три человека остались. Один направился в замок за лошадью для Тиллы, два других остались сторожить Тиллу, Малиду и медведя.

Как только король со своими лордами исчез за деревьями, Тилла с плачем рухнула на колени бабушки. «Я не хочу! Я не хочу выходить замуж за этого ужасного человека, хоть он и король!» – рыдала она.

«Тилла, послушай меня, поспешно прошептала бабушка, – мы что-нибудь придумаем, у нас есть целых пять дней. Я обещаю тебе, мы что-нибудь придумаем! Но ты должна перестать плакать и притвориться, что ты рада, что тебя выбрали. Чем меньше поводов мы дадим им всем для подозрений, тем меньше они будут тебя охранять. Мы что-нибудь придумаем!» Малида старалась говорить уверенно, но она сама была в ужасе. Она тоже не хотела, чтобы внучка стала королевой Морских Ворот. Во-первых, Тилла была слишком молода, чтобы выходить замуж. Но что было еще важнее – Малида знала, что у всех трех предыдущих жен короля была несчастная судьба. Он аннулировал первую женитьбу и сослал королеву в далекий монастырь доживать свои дни в покаянии и позоре, потому что в течение трех лет она не родила ему наследника. Но все же эта судьба была намного лучше, чем та, что постигла двух следующих королев. Вторая королева скончалась вскоре после свадьбы. В Морских Воротах ходили слухи, что она умерла от горя, потому что любила другого человека и была с ним обручена, но король ее забрал себе. Третья королева была заколота в своей кровати, когда король обвинил ее брата в заговоре. Наихудшим из всего было то, что Тилла мгновенно прониклась отвращением к этому человеку.

К тому времени, когда из замка вернулся стражник с верховой лошадью для Тиллы, она перестала рыдать, сполоснула лицо речной водой и изобразила какое-то подобие улыбки.

Малида, дрожа, смотрела вслед внучке, удалявшейся на лошади с двумя вооруженными стражниками по сторонам, и Треуху, поспешавшим за лошадьми. Третий человек, оставленный королем, помог Малиде переправить лодку через реку.

Тилла всеми силами пыталась выглядеть радостной, когда въезжала в королевский двор через тяжелые ворота, окованные железом и ощетинившиеся огромными шипами. Замок выглядел мрачным и суровым, хотя внутренний двор, выложенный отесанными каменными плитами, был украшен множеством флагов и знамен. Слуги и пажи глазели на нее с любопытством, когда она проходила через огромный, гулкий рыцарский зал и затем через бесконечный лабиринт коридоров, узких винтовых лестниц и комнат. Наконец стражники привели ее в анфилады комнат, которые должны были стать ее жильем. Они разожгли огонь в каминах и указали ей на шелковый шнур с кистью, потянув который, она могла вызывать слуг. Они поклонились и оставили девушку одну. Но она слышала их шаги взад и вперед за ее дверью. Тилла ушла в самую дальнюю комнату и бросилась на покрывало кровати под балдахином. Вышитый золотом бархат пахнул смесью духов и едкой лежалой пыли. Тилла вспомнила все, что слышала о короле. Ей пришло в голову, что последняя королева, возможно, была убита в этой самой кровати. В ужасе она вскочила и выбежала в другую комнату. Здесь она упала, рыдая, на сидение у окна.

Через некоторое время Тилла услышала стук в дверь. Она вскочила и поспешно вытерла слезы. Дверь отворилась, и она увидела своего отца и бабушку. Оба были одеты в свои лучшие наряды и, несмотря на бледность, изображали на лицах радость. Их сопровождали две женщины и осанистый мужчина. Казалось, этот мужчина просто излучал важность и величие. На его груди висела тяжелая золотая цепь с золотым ключом, придававшим ему значительность.

«Дочь моя, я уверен, что ты молилась и благодарила Бога за ниспосланную тебе удачу!» – воскликнул Марен. Тилла покорно кивнула головой. «Мы наняли лучших портних и принесли ткани для твоего свадебного платья». Слуги вошли, неся несколько рулонов дорогих тканей. Малида и две портнихи увели Тиллу в спальню. Они сняли с нее мерку и накидывали то одну ткань, то другую на ее плечи, чтобы видеть, какая из них больше ей подходит.

Тилла, воодушевленная присутствием отца и бабушки, больше не выглядела такой измученной и была в состоянии лучше играть роль застенчивой, но переполненной радостью невесты. Тем временем Марен обратился к человеку с золотым ключом: «Милорд мажордом, я слышал, как укреплен и снабжен замок благодаря Вам и всем Вашим подчиненным. Я не более чем скромный купец и никогда не бывал в таком великолепном замке, мне было бы крайне любопытно осмотреть замок и все его окружение». Мажордом был польщен комплиментами, и ему захотелось произвести впечатление на этого простого человека величественностью владений, которые были ему вверены. Он согласился показать Марену замок и его окружение.

Замок находился на каменистом острове посредине реки. Перед замком был парадный сад с фонтанами, солнечными часами и зверинцем. Позади находились конюшни, амбары, сеновалы и большой двор с тиром для стрельбы из лука, где король и его лорды оттачивали свое охотничье и военное мастерство. Подальше от дворца на том же острове располагался огород и фруктовый сад. Весь остров был обнесен высокой каменной стеной, так что в действительности это была большая крепость. В стене было двое ворот. Большие ворота вели к разводному мосту, соединявшему остров с остальной частью города. Меньшие ворота тоже вели к разводному мосту, который соединял остров с восточным берегом. Марен восхищался замком и садами. Его особенно заинтересовали укрепления. Он засыпал мажордома вопросами о том, как охраняется крепость от всех видов нападений, начиная от военных атак и кончая воровством фруктов из сада. Мажордома забавляли вопросы наивного простолюдина, и он был рад продемонстрировать свои познания в обороне.

Наконец они вернулись в палаты Тиллы. В то время, как Малида вела долгие разговоры с портнихами насчет швов и вышивок, Марен тихо переговаривался с дочерью. После того как они ушли, слуги принесли Тилле изысканную еду. Она смогла немного поесть. Затем она взобралась на подоконник, открыла узкое окно и долго вглядывалась в сад под окном, все еще видимый в густеющих сумерках. Она также начала внимательно следить за тем, что происходит за дверью ее передней комнаты, особенно за временем смены караула.

На следующее утро Марен и Малида вместе с портнихами опять пришли во дворец и снова были встречены мажордомом. Портнихи уже скроили и сметали платье и хотели его примерить. Пока они суетились вокруг Тиллы перед большим полированным серебряным зеркалом, Марен говорил с мажордомом. «Милорд, я очень признателен Вам за то, что вчера Вы показали мне замок и его окружение. Но моя теща отругала меня за то, что я не взял ее с собой. Ей, конечно, тоже любопытно все увидеть. Было бы в Вашей власти разрешить мне показать ей замок и его окружение? Или, может быть, на это нужно специальное разрешение короля?» Мажордом был уязвлен его вопросом. Ему хотелось продемонстрировать Марену и Малиде свою власть принимать такие решения. Очень высокомерно он дал им разрешение.

Марен и Малида старательно исследовали замок и его окружение. Стражники и пажи забавлялись, глядя, как эти двое простаков суются то туда, то сюда и с одинаковым вниманием интересуются не только роскошно украшенным залом для пиров, часовней с витражами и королевским садом, но и такими скромными вещами, как кухня, конюшни и фруктовый сад.

Марен и Малида также навестили Треуха в зверинце. Бедный медведь лежал пластом на полу тесной клетки. Весь предыдущий день он рычал и тряс решетку, но сейчас он был слишком усталым и подавленным, чтобы протестовать. Марен и Малида погладили его через решетку и даже уговорили поесть овсянки из миски в его клетке.

На третий день Малида пришла в замок одна. Малида объяснила мажордому, что портнихи сидят за шитьем и вышиванием, а Марен занят продажей части своих складов и лавок, чтобы купить подходящие драгоценности и обеспечить дочери приданое. Малида принесла для Тиллы лютню и целый мешок всякой всячины. Бабушка и внучка долго о чем-то тихонько говорили.

Когда наступили сумерки, Тилла дернула шнур с кисточкой и попросила слуг принести ужин и хорошее вино для нее и бабушки. Она выглядела счастливой. Она даже пригласила трех стоящих у ее дверей стражников зайти и присоединиться к тосту. Стражников соблазнил аромат жареного мяса и перспектива отведать наилучшего королевского вина. Они вошли, хорошенько выпили и отведали баранины. Затем Тилла достала свою лютню и сыграла пару веселых мелодий. «Да, я вспомнила... – сказала бабушка. – Не говорил ли король, что Треух должен танцевать на свадьбе? Нам бы нужно привести его сюда и немного попрактиковаться». Один из стражников отвел Малиду к зверинцу и отпер клетку медведя. Треух радостно приветствовал ее и последовал за ней в палаты Тиллы. Тилла скормила медведю целое блюдо жареных куропаток. Затем она взяла лютню и опять заиграла танцевальную мелодию. Медведь встал на задние лапы и начал танцевать. Стражники, покатываясь со смеху, наливали себе дорогие вина и накладывали закуску на свои деревянные блюда.

Пирушка продолжалась допоздна, но наконец стихла музыка лютни и умолк смех. Позже паж рассказал, что он видел двух слуг, которые спешно шли по замку, поддерживая с двух сторон коренастого мужчину. Один из стражников Тиллы, видимо, переел и ему стало плохо. Этот здоровенный солдат что-то нечленораздельно рычал, запутываясь в своем длинном плаще, тряс головой, пытаясь освободиться от шляпы, сползшей ему на лицо. Ему было так плохо, что он был готов ползти на четвереньках. Слуги подпирали его с огромным трудом. Они протащили его мимо кухни и, схватив по пути фонарь, вытолкнули на задний двор. Очевидно, они тянули его к нужникам за конюшнями, чтобы он мог облегчиться.

Вот это и смог только рассмотреть сонный паж. Но если бы он последовал за этой троицей далее, он бы увидел, что, как только они вышли на задний двор, стало происходить нечто странное. Слуги закрыли створки фонаря. В темноте они позволили здоровенному стражнику упасть на все четыре, стянули с него шляпу, сапоги и плащ, и это оказался совсем не мужчина, а медведь – Треух! Слуги, конечно, оказались переодетыми Малидой и Тиллой. Они отрезали свои длинные волосы и переоделись в мужскую одежду, которую Малида принесла с собой. А что насчет настоящих стражников? Они крепко спали с заткнутыми ртами и связанные по рукам и ногам в одной из комнат Тиллы. Малида сдобрила вино и мясо сильным снотворным зельем, которое заварила из известной ей одной смеси трав и маковых головок.

Малида подбежала к сеновалу. Вытащив горящую свечу из фонаря, она подожгла сено в нескольких местах. Затем в темноте все трое поспешили во фруктовый сад на дальнем конце острова. Малида три раза ухнула совой и после паузы ухнула еще три раза. Они услышали ответное уханье с другой стороны стены. Малида и Тилла побежали к сараю, где садовники хранили свой садовый инструмент. Они вытащили лестницу, которой пользовались для работы с верхними ветками яблонь. Лестница была достаточно высокой, чтобы добраться почти до верха каменной стены. Тилла забралась наверх и сбросила веревку вниз по другую сторону стены. Марен ждал их там с гребной лодкой, прижимаясь к узкой полоске песка. К этой веревке он привязал веревочную лестницу, и Тилла втянула ее наверх. Малида и Треух тоже вскарабкались на стену, и все трое начали спускаться вниз. Треух почти застрял, так как он не мог сообразить, как спуститься вниз по веревочной лестнице. В конце концов, Тилле и Малиде пришлось просто спихнуть его вниз. К счастью, его падение смягчил влажный песок и его собственный густой мех, так что он отделался небольшими ушибами.

Наконец-то все они оказались на другой стороне стены. Марен и Треух взялись за весла и вскоре они были на середине реки.

А между тем в замке поднялась суматоха. Начался пожар на сеновале, и вскоре он был весь охвачен пламенем. Забили колокола тревоги. Стражники и слуги метались по двору, пытаясь потушить быстро распространявшийся пожар, и выводили испуганных лошадей из ближних конюшен. К моменту, когда смена караула прибыла к дверям покоев Тиллы и обнаружила ее исчезновение, беглецы плыли уже несколько часов.

Они гребли по очереди всю ночь. Руки и плечи Тиллы нестерпимо болели, глаза заливало потом. Малиде пришлось перебинтовать им всем руки, потому что их ладони покрылись лопнувшими кровавыми мозолями. Даже Треух жалобно постанывал и лизал свои усталые лапы. Но они продолжали продвигаться против течения. В полночь они все еще были недалеко от города. Тилла слышала мощный колокол городских часов главного собора и ответный перезвон остальных церквей. Потом много-много раз звучал в ее ушах этот прощальный, разливавшийся над водой звон, голос ее города. Но в тот момент, когда это в действительности происходило, не было времени остановиться или просто осознать, что они бежали из своего дома, к которому, возможно, никогда не вернутся. Она и Малида были слишком заняты греблей, давая возможность отдохнуть Марену и Треуху.

Как только небо посветлело так, что они могли рассмотреть берега реки, они нашли густые заросли ольхи, склонявшейся до самой воды, и спрятали там лодку. Выбравшись, качаясь от усталости, они просто свалились на землю под прикрытием кустов. Скрываясь, они провели там весь день, а с наступлением ночи опять забрались в лодку. Грести стало еще тяжелее: нестерпимо болели их натруженные мышцы, и к тому же они были голодны. Марен приготовил запас сушеных фруктов и копченого мяса, но они должны были тратить их предельно экономно, так как этой еды должно было хватить на многие дни.

Вот так, много дней подряд, они поднимались вверх по реке: скрывались и отдыхали днем, а гребли по ночам. Тилла потеряла счет времени. Иногда ей казалось, что она живет один и тот же день по несколько раз, снова и снова. Разница была только в погоде – то солнечная, то дождливая, то ветреная, то спокойная, но день за днем становилось холоднее. Несмотря на все неудобства, Тилла ощущала огромное облегчение – она была на свободе, рядом с отцом и бабушкой. Ворох листьев на мокрой земле и тяжелый кожаный плащ, подбитый мехом, были для нее стократ мягче и уютнее, чем вышитый золотом бархат на кровати убитой королевы.

Наконец беглецы уверились, что они находятся далеко вне границ королевства Морских Ворот. Теперь им не надо было скрываться и они могли свободно двигаться в открытую днем. Так они миновали несколько деревень и добрались до большого города. Марен, готовясь к побегу, прихватил с собой в лодку значительную часть своего состояния. Теперь он взял несколько золотых монет и отправился в город, оставив остальных охранять лодку. Он вернулся назад с еще теплым, только что испеченным хлебом и новой одеждой для себя, Тиллы и Малиды. Он также купил лютню и маленькие серебряные бубенчики. Марен и Малида решили, что они продолжат свой путь как менестрели. Для предосторожности было решено, что Малида и

Тилла и впредь будут носить мужскую одежду. Они приняли новые имена: Малида стала Махет, Марен – Мантер, а Тилла – Терн. Они даже дали новое имя Треуху и назвали его «Бубенец». Это для него Марен купил серебряные бубенчики, которые и привесил ему на ошейник.

Идея стать менестрелями оказалась удачной. Они дали свое первое представление тем же вечером в местной таверне, и оно прошло с большим успехом. Марен ходил по морям, когда в молодости был матросом на торговых судах. Он побывал в дальних странах и знал множество захватывающих историй. Малида была хорошей сказительницей волшебных сказок о животных, она также знала много старинных песен и баллад. Тилла играла на лютне. А Треух, конечно, танцевал.

Эта новая труппа менестрелей избегала выступлений перед знатью из замков и богатых домов, боясь, что эти люди могут быть связанными с королевским двором в Морских Воротах. Но они нашли многочисленных и доброжелательных зрителей в деревнях и тавернах. Очень скоро они стали зарабатывать достаточно денег, так что им не надо было разменивать золотые монеты, припасенные Мареном. Они смогли купить пару лошадей, и у них появилась крытая повозка, совсем как у цыган. Хотя в самые холодные и дождливые ночи они останавливались на постоялых дворах и у гостеприимных поселян, повозка стала их домом.

Поначалу Тилла смотрела со страхом на любой новый город и любую новую толпу людей. Ночами ее преследовали кошмарные сны, наполненные гнавшимися за ней сворами псов, видениями гневного лица короля, запахом пыльного воздуха спальни умершей королевы. Она просыпалась от ужаса. Но со временем новые впечатления и заботы, связанные с их кочевой жизнью, вытеснили страх перед королем и его местью. Воспоминания о прежней жизни в большом, богатом доме, о знакомых улицах, заполненных свежим морским дыханием, – все это осталось так далеко позади в пространстве и во времени, что она дивилась иногда, не было ли все это лишь игрой ее воображения. Только эта вот ее новая жизнь – Терн, играющий на лютне, – была неизменной, так же, как и ее окружение – отец, бабушка и медведь, и еще – неторопливый ритм перестука копыт, их бесконечное движение. И неизменно расстилалась перед ними дорога, то как поток грязи, то пыльная, то укрытая сверкающим снегом, ведущая мимо раздольных полей, теснящихся городских домов или сквозь темные леса, вечно бегущая, бегущая, бегущая вперед, в неизвестность.

6. Медвежье Логово

Однажды Малида, Тилла, Марен и медведь шли по городу и, по пути к рыночной площади, обогнали группу людей. Селяне по виду, одетые в серые и коричневые одежды из грубой домотканой ткани, те тоже шли к рыночной площади. Они несли за спинами большие плетеные корзины на широких лямках, наполненные товарами. Один из них, высокий, широкоплечий мужчина, приостановился и уставился на медведя, который трусил, позванивая звонкими бубенцами на нарядном ошейнике. «Треух!» – крикнул он. Медведь, услышав свое старое имя, повернул голову. Сердце Тиллы подскочило к горлу, как у человека, падающего в пропасть. Этот незнакомец распознал их и знал о них как о беглецах из Морских Ворот! Она попыталась ускорить свой шаг и тянула медведя за ошейник изо всех сил. «Подождите! Подождите! Треух!» – кричал крестьянин, проталкиваясь за ней. Марен решительно выступил вперед: «Незнакомец, почему ты преследуешь моего сына? И среди нас нет никого по имени Треух». Между тем, вокруг них стала собираться толпа.

Видно было, что крестьянин был готов к горячему спору, но вдруг его манера резко изменилась. «Простите меня за мою опрометчивость, но я умоляю Вас выслушать меня. Это касается моего сына!» Марен быстро сообразил, что будет гораздо лучше выслушать этого незнакомца где-нибудь в уединенном месте, чем вступать с ним в словесную перепалку здесь, среди толпы. Он попросил Тиллу и Малиду вернуться назад к повозке и увести с собой медведя, а сам спустился с незнакомцем в укромное место под каменным мостом. Там-то незнакомец и рассказал ему удивительную историю о потерянном медвежонке с порванным ухом и о своем сыне, Тростничке, который должен проводить большую часть года в горах и учиться, как жить медведем. «Вы утверждаете, что это не Треух, но его ухо точно так же порвано пополам, как было и у того медвежонка, когда Тростничок продал его цыганам. Я уверен, что это и есть тот самый, но теперь выросший, медвежонок. Я надеюсь, что если мы вернем его матери, то она отпустит моего сына!» Марен внимательно слушал, все еще не зная, что предпринять. Селянин продолжал: «Цыгане сказали мне, что они продали Треуха семье, которая спасается от своего короля. Если это вы, вы можете жить с нами в нашей деревне в горах. Там вы будете в безопасности. Я вас очень прошу, умоляю прийти с нами в нашу деревню. Я чувствую всем своим сердцем, что так мы освободим моего сына!»

«Я должен поговорить со своей семьей», – осторожно ответил Марен.

«Я буду на рыночной площади, на углу у колодца. Я прошу Вашего снисхождения, не оставьте без ответа мою мольбу, ведь и у Вас есть сын», – сказал крестьянин.

Марен пришел к повозке, где Тилла и Малида ждали его с нетерпением. Он рассказал им всю эту странную историю о мальчике, продавшем медвежонка с порванным ухом и теперь вынужденном жить с медведицей в лесу. «Ну что ж, видно, пришло время для Треуха вернуться туда, откуда он родом, – сказала Малида после некоторого раздумья. – И пришло время для нас поискать новое место для жилья. Тилла не сможет вечно представляться парнем. А я становлюсь слишком старой, чтобы трястись в повозке. Мне кажется, мы должны рискнуть и довериться этому незнакомцу». Тилла молча слушала, чувствуя печаль и тревогу. Она не могла представить новый дом, расположенный где-то в лесу, жизнь среди посторонних людей, которых она только и видела по дороге на ярмарку. А Треух не был для нее просто домашним животным, он был членом ее семьи, как будто бы братом. Но все же она доверяла мудрости своей бабушки.

Когда к вечеру поселяне отправились к Медвежьему Логову, семья менестрелей ушла с ними. На рассвете следующего дня Тилла, Марен и Треух последовали за Сандаром в горы. Целый день они поднимались выше и выше, туда, где Тростничок жил с медведицей. Почти всю дорогу Сандар шел впереди как проводник, но по мере приближения к предполагаемому месту берлоги медведицы было видно, что Треух узнавал эти места. Он более не следовал за людьми, а шел впереди. Время от времени он останавливался и обнюхивал стволы. Тилла заметила следы когтей на коре деревьев – это медведица помечала свою территорию.

К сумеркам они разыскали берлогу. Это была большая песчаная яма, на склоне горы, которая уходила под корни огромной ели. Чуть в стороне, у ручья, был лагерь Тростничка: навес, покрытый еловыми ветвями, углубление для костра, выложенное камнями, и кладка дров.

Тростничок и медведица отсутствовали, и вся компания расположилась в ожидании у костровой ямы. Но вот их окутала темнота, и они разожгли костер, чтобы согреться, отогнать роившихся комаров и заранее предупредить Тростничка о своем присутствии.

Тилла, изможденная долгим восхождением в горы, заснула, приткнувшись к теплому брюху Треуха. Она проснулась от странного ощущения, как будто кто-то звал ее издалека. Она села, испугано оглядываясь. Костер догорел, и только светили, потрескивая, угли. Марен и Сандар дремали рядом. А Треух был настороже и высоко поднял голову. Он сел совсем прямо и весь превратился в слух. И вот Тилла услышала это – отдаленную песню флейты, которая бежала, как серебряная струя небольшого ручья, сверкающая в отблеске отраженного лунного света. Музыка звучала громче, ее источник постепенно приближался. Тилла слушала, и все ее страхи куда-то отступили, ее пальцы стали тихонько шевелиться, как бы перебирая струны лютни, отвечая созвучными аккордами. И вдруг флейта неожиданно замолкла – возможно, медведица и юноша учуяли запах дыма костра. Марен и Сандар поднялись. На время тишина повисла над ними, и только настойчиво зудели комары, которые облаком вились над ними. Но вот Тилла услыхала мягкую, тяжелую поступь приближавшейся медведицы и торопливую поступь человека.

Наконец за деревьями показался огромный силуэт медведицы. Треух вскочил и игриво бросился к матери, как совсем маленький медвежонок. Когда медведица увидела почти взрослого медведя у своей берлоги, она угрожающе встала на задние лапы и зарычала. Но когда ноздри ее черного носа уловили его запах, она опустилась на четыре лапы и позволила ему приблизиться. Она всего его старательно обнюхала, в то время как он кротко распластался перед ней. Потом тщательно вылизала его нос, глаза и уши. Мягко урча, она двинулась к своей берлоге. Хотя Треух совсем вырос, он последовал за ней послушно, как будто он все еще был мохнатым малышом.

Тилла наблюдала за двумя медведями, почти не смея дохнуть. Когда медведица и следовавший за ней Треух скрылись в берлоге, Тилла заметила фигуру юноши, осторожно выступившего из-за деревьев. Он был приблизительно такого же возраста, как и она, высокий, со спутанной копной волос. «Тростничок! Сынок!» – вскрикнул Сандар, стоявший рядом с ней. И в следующий момент отец и сын сжимали друг друга в объятиях. Так, обнявшись, они простояли долго-долго. Наконец Сандар повернулся к Тилле и Марену. «Сынок, – сказал он, – мы в неоплатном долгу перед Мантером и Терном. Треух принадлежал им, и они согласились привести его сюда и отпустили его ради тебя». Сандар и Тростничок низко поклонились. Тростничок все еще выпрямлялся после своего поклона, глядя на Тиллу с изумлением, любопытством и благодарностью, а она уже успела при лунном свете рассмотреть его яркие голубые глаза. Тилла надеялась, что при лунном свете невозможно было заметить, как краска смущения залила ее лицо, когда глаза их встретились.

…Когда Сандар, Тростничок и двое менестрелей появились в Медвежьем Логове, вся деревня высыпала поприветствовать их. Три дня подряд в деревне стоял пир горой. Иногда во время всего этого шумного веселья чувство глубокой грусти вдруг охватывало Тиллу. Она тосковала о Треухе. Но Тростничок рассказал ей о весеннем и осеннем пирах, когда поселяне и медведи собирались вместе, так что она как-то успокоилась, в надежде на то, что ей удастся видеть Треуха хотя бы два раза в году.

Марен, Малида и Тилла решили принять приглашение всей деревни. Они остались жить там. Со временем они прониклись полным доверием к своим новым друзьям и соседям, раскрыли им свои настоящие имена и свое происхождение и рассказали им о том, как они спаслись бегством от короля.

Тилла и Тростничок очень подружились. Как же интересно им было друг с другом! Большую часть времени они проводили вместе, то помогая своим семьям по хозяйству, то беседуя о своих приключениях, а то - играя на своих инструментах или танцуя вокруг вечерних костров вместе со всей молодежью Медвежьего Логова. Тростничок очень удивился, узнав, что Тилла умеет читать. Ведь никто в деревне не имел доступа к грамоте. Он попросил, чтобы она научила его этой премудрости. Они сидели под тенистыми деревьями, и палец юноши сперва неловко и медленно, а потом все легче и быстрее, следовал по строчкам книги за пальцем его терпеливой учительницы. А Тростничок учил Тиллу читать лес – так, как когда-то учила его медведица.

Стоит ли удивляться, что они крепко полюбили друг друга?

Их семьи были счастливы благословить их, когда они объявили, что хотят пожениться. Тилла и Тростничок отпраздновали свою свадьбу в полнолуние после первого заморозка. Все жители деревни и все медведи пришли на этот пир. Сиан, учитель игры на флейте, был там тоже. Как прекрасно вместе играли на своих инструментах Тростничок и Тилла! А Треух все плясал, плясал, да отплясывал.

Евгений Любин – родился в Ленинграде, с 1978 года живет в Нью-Джерси. Автор десяти книг прозы и поэзии на русском (три последние изданы в Санкт-Петербурге) и двух книг на английском языке (изданы в США), многочисленных публикаций в газетах и журналах России, США, Венгрии, Израиля, Германии и Франции. С 1999 года печатается в альманахах и журналах России («Континент», «Нева», «Север», «День и ночь», «Северная Аврора», «Новосибирск»). Иностранный член Союза писателей Санкт-Петербурга, председатель Клуба русских писателей Нью-Йорка.

Русский детектив

(Литературный сценарий)

Участники:

П е р в ы й – офицер ГРУ большого ранга.

В т о р о й – офицер ГРУ, рангом пониже.

Сотрудники секретного института:

Н а т а Ш а р о в а – старая дева тридцати двух лет.

Л я л я К о р и н а – красивая брюнетка двадцати пяти лет.

В и л е н К о з л о в – высокий, юркий, двадцати лет.

В а г н е р Н и к о л а й Н и к о л а е в и ч – главный геолог, низкорослый, обрюзгший, пятидесяти пяти лет.

Г л у х о в, по прозвищу «Скафандр» – начальник отдела кадров, с квадратным черепом, совершенно лысый, пятидесяти лет.

Б е л о б р ы с ы й – без имени, стройный привлекательный блондин сорока лет.

Э к с п е р т пожарной охраны – мужчина тридцати лет.

М у ж ч и н а без лица.

В а х т е р – неопределенного возраста.

Место действия – Москва и Прибалтика, начало 70-х.

Москва. Поздний вечер.

Комната просторная, служебная. Длинный стол буквой «Т». Здесь бывают небольшие заседания. Сейчас в комнате два человека. Оба в гражданском, но по выправке и одинаковости костюмов, белых рубашек, серых галстуков видно, что оба служат. Их возраст и осанистость позволяют судить об их значительных должностях.

П е р в ы й – лет пятидесяти, главный. С лицом значительным и грубым, мужиковат, медлителен, основателен.

В т о р о й – лет сорока, глаза живые, подвижен, еле дожидается, пока П е р в ы й кончит говорить, сразу вставляет свои замечания.

Разговор продолжается.

П е р в ы й. Только что звонил Гаврилов. Примерно половина аэродромов и большинство ракетных установок нанесены правильно. Вот посмотри сюда. (*Склоняются над газетой.*) Объекты показаны схематично, но достаточно точно. Эти газеты знают, что делать. Перед самым началом переговоров.

В т о р о й. Хотят показать, что мы их здорово обогнали, и оправдать свою гонку.

П е р в ы й. Цели их ясны. Нас интересует, как попали к ним эти данные. Завтра, не позднее шестнадцати тридцати я буду докладывать в Комитете. Просто доложить нельзя. В шестнадцать ноль-ноль я должен знать, откуда могла произойти утечка информации. Большего сейчас я от тебя не требую, но слишком это серьезно, чтобы тянуть.

В т о р о й. Эта информация могла уйти только из центра, местная разведка такого огромного района невозможна.

П е р в ы й. Значит, стратегические планы?

В т о р о й (*молчит, но видно, что готов сказать «да»*).

П е р в ы й. Не торопись. Я это исключаю. (*После паузы.*) Пока...

В т о р о й. Тогда другой источник информации, но концентрированный. (*Задумывается.*) Не представляю.

П е р в ы й. Иди, докладывать будешь через каждые два часа.

Вестибюль закрытого военного института в Прибалтике, город Н-ск. Просторно. Слева и справа гардероб. Перемешаны гражданские и военные плащи и легкие пальто. Посередине проходная. За проходной секретная часть, где выдают железные тубусы с чертежами и чемоданы. За окном яркое солнце, пробивающаяся зелень. На окнах решетки. Возле секретной части заплаканная девица, ее успокаивает парень. С улицы входит девушка с чемоданчиком. В камере хранения сдает чемодан, идет к проходной. На часах над вахтером 8.35.

В а х т е р. Уже пять минут. Пропуск задерживаю.

К о р и н а (*устало*). Я из командировки, только что приехала.

В а х т е р. Командировочку покажите.

К о р и н а роется в сумочке, достает командировку и паспорт.

В а х т е р. Проходите. (*Отдает пропуск.*)

К о р и н а (*подходит к секретке*). Вилен, здравствуй. Наточка, что случилось?

Ш а р о в а всхлипывает, машет рукой.

К о з л о в. Печать потеряла, боится идти в отдел.

К о р и н а. Как же это ты, Натка? Что теперь делать?

К о з л о в. Ты пока секреты не бери, подождем до вечера, может быть, что придумаем. (*Обнимает Н а т у за плечи.*) Ну брось, брось. Все обойдется. Посмотри, какая погода – первый летний день. Я в плаще по привычке, чуть не испекся.

Ш а р о в а, размазывая платком тушь по лицу, продолжает всхлипывать.

К о з л о в. Ты посмотри на меня – хулиган и алкоголик – из милиции сообщение пришло. Представляешь, какой цирк будет, а я – ничего.

К о р и н а. Что еще случилось, Вилен, тебя же уволят? Ведь у нас такие штучки не проходят.

К о з л о в (*неестественно улыбаясь*). Проходят, не первый раз. А уволят, так уволят. Сам уйду.

В а х т е р. Долго вы тут трезвонить будете, что ли? (*Ворчит про себя, поминает интеллигенцию.*)

К о р и н а получает секреты, у В и л е н а тубус и чемоданчик уже в руках. Все трое медленно уходят, слышен голос В и л е н а.

Комната учреждения.

Яркое солнце в окошко, наискосок. Окно зарешечено. На окне два-три горшка с цветами, пузатый графин с водой. У окна, боком к нему, так, чтобы свет падал под левую руку, сидит толстый лысый мужчина с неуверенным взглядом и обвислыми щеками. Рядом три железных тубуса, чемоданчик. На столе кипа карт и чертежей, все аккуратно сложено для проверки. За другими столами К о з л о в и Л я л я К о р и н а вынимают чертежи и бумаги из тубусов и чемоданов, срывают печати. Тревожно поглядывают на Ш а р о в у и В а г н е р а.

В а г н е р. Не хватает карт Козлова и Шаровой. У вас последние квадраты. Прошу поторопиться. У меня материалы только до конца дня, а изменений Лариса Григорьевна привезла много.

К о з л о в. И как Вам столько материалов сразу дали? Не разрешается ведь это.

В а г н е р (*испуганно повернувшись*). Прошу заниматься своими делами. Карты готовьте, карты.

К о з л о в. Николай Николаевич, к обеду будут готовы.

В а г н е р. Не позже. За это время я разберусь с Кориной. (*Не поворачивая головы.*) Как ваши дела, Лариса Петровна?

К о р и н а (*подходит к столу В а г н е р а. Говорит сухо, не очень любезно*). На всех восьми объектах земляные работы закончены. Грунты правильные. Изыскания подтвердились. Очевидно, в квадратах 38к и 40к были заложены короткие шурфы.

В а г н е р (*стараясь быть любезным*). Как вы устраивались с жильем? На объектах или в соседних городках?

К о р и н а. Опять в гостиницах.

В а г н е р. За вами заезжали или сами добирались?

К о р и н а. Заезжали, вы же знаете, что там автобусы не ходят. (*Помедлив.*) Еще раз прошу вас, Николай Николаевич, не посылать меня каждый месяц в командировки.

В а г н е р. Это наша работа, Лариса Григорьевна, вы же геолог. Почти весь отдел по полгода в поле.

К о р и н а. Но у меня семья. Раньше я никогда не отказывалась.

В а г н е р. Я с этим считаюсь.

К о р и н а *резко поворачивается, отходит к своему столу.*

В а г н е р. Подготовьте мне быстро изменения и данные анализов.

Звонит местный телефон на столе у В а г н е р а. Он снимает трубку, слушает.

В а г н е р (*не поворачивая головы*). Корину к городскому телефону.

К о р и н а *быстро выходит.*

К о з л о в. Николай Николаевич, Ляля ведь второй месяц как замуж вышла. Вы бы посочувствовали.

В а г н е р (*наливаясь кровью*). Помолчите, Козлов, вам сейчас молчать надо. Говорить вы будете после работы, перед всем коллективом.

К о з л о в. При чем тут коллектив, коллектив-то при чем? Все коллектив, да коллектив, разобрались бы сначала.

В а г н е р. Коллектив разберется. А вы работайте, пока работаете.

Входит К о р и н а.

Ш а р о в а *(прячась за кульманом)*. Роман звонил?

К о р и н а *(кивает головой)*. Сердитый. *(Улыбается грустно.)* А я ему каждый день писала, куда ни приеду – сразу письмо.

Ш а р о в а. Там и почты-то нет.

К о р и н а. Почему, полевая, везде.

Ш а р о в а. Ты бы пораньше домой ушла, напиши увольнительную.

К о р и н а. А ну его, связываться!

Садится за свой стол. В а г н е р звонит по телефону.

В а г н е р. Иван Антонович, доброе утро, Вагнер беспокоит. Разрешите зайти? *(Кладет трубку, поднимается грузно и мелкими шажками выходит.)*

Открывается дверь. Появляется М у ж ч и н а, лица не видно. Прячась за кульманом, он показывает Ш а р о в о й несколько вещей. Можно понять, что это дефицитные тряпки. Они негромко разговаривают. Подходит К о з л о в . Тихо торгуются. К о з л о в прячет что-то в карман, Ш а р о в а рассматривает, прикладывает и убирает в сумочку купальник. Из-за кульмана видны части яркого лифчика и трусиков. М у ж ч и н а уходит.

Ш а р о в а. Вилен, миленький, что же ты придумаешь для меня? До часу надо карты достать, а то я погибла.

К о з л о в *(небрежно прохаживается по комнате)*. Обманем толстопузого, обязательно обманем.

К о р и н а. Наточка, расскажи все Вагнеру, ей-богу, так будет лучше, а Вилену не до тебя, слышала, что ему готовят после работы?

К о з л о в *(развязным тоном)*. А, плевать мне. Пусть увольняют. «Ты людям все расскажи на собрании». Хрен им. *(Напевает.)* А как вызвали меня, сник от робости, а из зала мне кричат: «давай подробности!» Так вот, красавицы, подробностей не будет. *(Подходит к Ш а р о в о й, обнимает, она отталкивает его. Он ей что-то шепчет.)*

Входит В а г н е р тяжело дышит, жарко. Достает из стола стакан, наливает из графина воду. Пьет, ставит графин обратно. Садится за стол.

В а г н е р (*говорит, глядя перед собой*). На трех старых заложениях поползли грунты. Изделия передислоцировали, но надо ехать, посмотреть, в чем дело.

К о р и н а. Опять я? Одна только и езжу. Как раз старых мне и не хватало. Кто-то ошибся, а я должна разбираться. Не поеду, не могу больше.

В а г н е р. Ну, хорошо-хорошо, только не шумите. Я сам съезжу.

К о з л о в (*ехидно*). Сейчас тепло, можно и съездить...

Кабинет первой сцены. На часах 10.00.
П е р в ы й разговаривает по телефону, входит В т о р о й.

П е р в ы й (*кладет трубку. Резко*). Ни черта непонятно. Не хочется думать, но от «Пеньковских» полной гарантии никогда нет. (*Смотрит на часы.*) Ты точен, докладывай.

В т о р о й. Первую версию, как я понял, вы взяли на себя.

П е р в ы й (*нетерпеливо*). Ну-ну.

В т о р о й. Возможен еще только один источник утечки информации в таком объеме.

П е р в ы й (*нетерпеливо*). Ну-ну.

В т о р о й. Есть в Н-ске большой военный институт, который разрабатывает и проектирует объекты всего северо-западного района. Институт построен таким образом, что собрать материал по всем объектам и привязать их «по месту» ни одно подразделение, и даже руководство института, не может. Но при Институте есть большой отдел геологов. Они занимаются изысканиями и разведкой площадок. Хотя они участвуют в работе на самой начальной стадии, у них есть карты, планы и привязки всех площадок.

П е р в ы й. А по размерам и расположению площадок даже идиот определит, для чего они предназначены.

В т о р о й. Но и здесь есть неясности. Отдел разбит на партии и на отряды. Каждый работает в одном, сравнительно небольшом районе. Хранение информации исключает возможность ознакомления с чужой работой. Да они почти не встречаются, так как большую часть года проводят в поле.

П е р в ы й. Остается начальник отдела, к которому все стекается.

В т о р о й. И главный геолог, его заместитель.

П е р в ы й. Они-то мне и нужны.

В т о р о й. Вот их дела. В институте сейчас только главный геолог. Начальник уже четвертый месяц в поле, возглавляет одну из изыскательских партий.

П е р в ы й. Тогда мне нужен этот. Все данные свежие.

В т о р о й. Вот он. (*Подает папку П е р в о м у.*)

П е р в ы й (*открывает папку, читает вслух*). Вагнер Николай Николаевич, пятьдесят девять лет. (*Хмыкает, не поднимая головы.*) И узнай, кто еще из геологов остался в институте, и что они делают, когда все в поле.

В т о р о й. Слушаюсь. (*Поворачивается, идет к двери.*)

П е р в ы й (*ему вслед*). Не забудь, в тринадцать ноль-ноль.

Комната 2-ой сцены в учреждении.

Все четверо сидят за столами. Ш а р о в а беспокойна, перебирает бумаги, поглядывает на К о з л о в а.

Ш а р о в а. Фу, какая духота, хоть бы окно открыть.

К о з л о в поднимается, подходит к окну.

В а г н е р (*с испугом*). Нельзя, вы же знаете – окно нельзя. Только фрамугу.

Ш а р о в а. Вилен, открой хоть фрамугу.

В и л е н дергает за веревку, потом вскакивает на подоконник, предварительно переставив графин ближе к столу В а г н е р а.

В и л е н (*долго возится*). Пока бумагу отдерешь. Черт.

В а г н е р (*возмущенно*). Пожалуйста, слезьте, Козлов. Этим надо заниматься в перерыв.

К о з л о в (*еще немного возится, потом спрыгивает*). Ладно, Ната, в обед открою. Я сегодня дежурю.

Ш а р о в а (*К о з л о в у многозначительно*). Виленчик, миленький, сделай, я на тебя очень надеюсь. (*Достает чашку из стола, встает, проходит мимо В и л е н а, касаясь его грудью.*)

К о з л о в. Будет сделано, ты ведь знаешь, что я тебе ни в чем отказать не могу....

Ш а р о в а подходит к окну, наливает воды, ставит графин еще ближе к В а г н е р у, затемняя ему стол. Уходит. В а г н е р кряхтит, поднимается, отодвигает графин от себя, садится.

В а г н е р. Козлов, вы сегодня дежурите. Я все же на вас полагаюсь. Из комнаты никуда не отлучаться. И не забудьте, что после обеда ваши карты и карты Натальи Ивановны должны быть у меня на столе.

К о р и н а (*сердито*). Мой отчет и перечень изменений по объектам готовы, вам их сейчас отдать или после обеда?

В а г н е р (*встает, подходит к К о р и н о й*). Давайте, давайте. (*Забирает черную картонную папку, кладет на кипу карт возле окна, под графином.*)

Ш а р о в а. Николай Николаевич, вы бы отпустили Ларису Григорьевну. Она прямо с аэродрома сюда.

К о р и н а (*недовольно*). Нечего за меня просить, пойдем в столовую, уже время.

Ш а р о в а. А ты имеешь право на полдня. День приезда, день отъезда – один день. (*К В а г н е р у.*) Николай Николаевич, это нарушение закона.

В а г н е р (*испуганно*). Какого еще закона? Если полагается, я не возражаю, пишите увольнительную.

К о р и н а молча садится, пишет увольнительную, подает В а г н е р у. Тот сидит и, глядя снизу вверх на высокую Лялю, полуутвердительно спрашивает.

В а г н е р. Полагается… (*Подписывает.*)

Звонок. Все торопливо выходят. Остается один В и л е н. Стоит лицом к окну, спиной к двери.

.

К о з л о в (*потирая руки*). Ох, и устрою же я этому толстопузому.

В это время дверь приоткрывается, в комнату заглядывает Б е л о б р ы с ы й, слышит, что говорит К о з л о в, и быстро уходит. Через минуту заходит тот же М у ж ч и н а, что приносил вещи, заглядывает в комнату, видит, что Н а т ы Ш а р о в о й нет, и осторожно прикрывает дверь. Лица его опять не видно.

Кабинет 1-ой сцены.

П е р в ы й ходит по комнате, внешне спокоен. В руках иностранная газета с опубликованной схемой. Резко входит В т о р о й. Сильно возбужден. Говорит на ходу.

В т о р о й. Только что сообщили из Н-ска. В институте произошел пожар. В геологическом отделе сгорели топографические карты всего северо-западного района.

П е р в ы й. Когда это случилось?

В т о р о й. В двенадцать двадцать, во время обеденного перерыва.

П е р в ы й. Что же, и никого при этом не было?

В т о р о й. Как всегда, оставался дежурный по помещению.

П е р в ы й. Кроме карт, что еще сгорело?

В т о р о й. Почти ничего, успели погасить.

П е р в ы й. Вы узнали, кто оставался в отделе, кроме главного геолога?

В т о р о й. Три человека: инженер Корина, старший техник Шарова и техник Козлов. Вот их дела.

П е р в ы й. Давай их сюда. Этого я уже посмотрел. Ты его видел?

В т о р о й. Да, сложная биография.

П е р в ы й. Обижали его много. В тридцать седьмом забрали, потому что немец. Заметь, наш, русский немец, только и есть, что фамилия немецкая, и вот что еще известно. Началась война, он шесть раз заявление подавал, просился на фронт. Не взяли. Всю войну в тяжелейших условиях проработал на Урале, вернулся в Н-ск, десять лет работал изыскателем, пока не взяли в институт – там и вырос до главного.

В т о р о й. Замкнут, недоверчив. Так? Может быть, озлобился. Но когда, откуда связи?

П е р в ы й. Давай посмотрим остальных. (*Садится за стол. В т о р о й подает ему три папки, садится с боку. П е р в ы й открывает верхнюю папку, читает глазами, вслух повторяет не все – видимо, самое интересное.*) Корина Лариса Григорьевна, сорок пятого года рождения, окончила Горный' институт, в том же году направлена в... по распределению. Мать – педагог, отец погиб на фронте. Ага, изменения: два месяца назад вышла замуж. Муж – инженер-дизелист, плавает на торговце «Краснокамск», ходит за границу.

В т о р о й. Сорок пятого года рождения, а отец погиб на фронте. Значит, он ее и не видел. Н-да.

П е р в ы й. Ты не о том сейчас. Запроси-ка ее мужа. Горицкий Роман Игоревич. Так, на всякий случай. (*Открывает вторую папку, читает выборочно, так же, как первую.*) Шарова Наталья Ивановна, тысяча девятьсот сорокового года, горный техникум. Нет... нет... нет... Ничего у нее нет, даже семьи. Из детского дома. Вот только с иностранцами часто знакомится, любит барахлишко импортное.

В т о р о й. Странная девица. Нет ли за ней кого-нибудь?

П е р в ы й. То-то и дело, что не странная. Чего ты странного-то увидел? Что не замужем или что барахлишко импортное любит? На то и девица. И язык, кто же теперь язык не знает. (*Задумывается.*) А ты язык знаешь?

В т о р о й. В школе учил и в Академии. Немецкий. (*Помедлив.*) Да нет, не знаю.

П е р в ы й (*с сожалением*). Вот и я не знаю. Странная, говоришь? Это мы с тобой теперь странные... (*Подает В т о р о м у газету с картой.*) Ты посмотри, сколько тут текста под картой, может, разберешь?

В т о р о й. (*Берет газету, подносит к глазам, долго рассматривает.*) По-моему, это французский. Могу отдать переводчикам. В момент сделают.

П е р в ы й. Ладно уж, это я могу и сам. Странная... Но все-таки выясни, нет ли за ней чего.

В т о р о й. Легко сказать, выясни. Вы же велели к шестнадцати, а сейчас двенадцать сорок. Пока запросишь, пока там разберутся... Правда, я убежден, что утечка оттуда, тем более этот пожар... Именно эти карты, и все сразу. Для доклада вопрос можно считать ясным, а расследование – своим порядком.

П е р в ы й. Больно ты быстрый. Я не вижу моста, по которому ушла информация. Не вижу.

В т о р о й. А пожар?

П е р в ы й. Пожар? Н-да, но зачем им пожар? Давай-ка посмотрим третьего.

В т о р о й. Козлов Вилен Сергеевич, тысяча девятьсот пятьдесят первого года, русский, отец – рабочий, мать – медсестра. В шестьдесят девятом окончил английскую школу, с пятого класса переписывался с канадским мальчиком, два месяца назад тот приезжал с отцом и они встречались. (*Торжествующе.*) Вот вам и мост!

П е р в ы й. Торопишься, опять торопишься. (*Помедлив.*) Сейчас двенадцать сорок пять, давай-ка, на самолет. В четырнадцать ноль-ноль, не позднее четырнадцати пятнадцати, будешь там. Если что, звони. Ну, а к шестнадцати – сам знаешь. Вот здесь твоя сноровка и пригодится.

В т о р о й. Слушаюсь.

П е р в ы й. Только, смотри, не ошибись. Дело здесь такое – ошибиться нельзя.

Обгоревшая комната 2-ой сцены.

На столе В а г н е р а груда обуглившейся бумаги. Закопченные стены у окна, стекла, графин и обуглившиеся цветы. Передняя часть комнаты у двери не тронута. В т о р о й разбирает сгоревшие чертежи, внимательно рассматривает все вокруг. Лупой, сантиметр за сантиметром обводит места, где мог возникнуть пожар. Стук в дверь. Не дожидаясь ответа, входит полный бритый наголо мужчина лет 56 – 57, начальник спецотдела Г л у х о в , по прозвищу «Скафандр».

Г л у х о в (*заискивающе*). В спецчасти остались только два квадрата в тубусе техника Шаровой. Она утром не взяла ни тубус, ни чемодан.

Все остальные карты северо-западного района взял утром Вагнер по разрешению главного инженера. Я проверил, главный инженер разрешение не подписывал, там стоит какая-то закорючка, похожа на подпись самого Вагнера.

В т о р о й. И часто у вас так делается?

Г л у х о в. В таком количестве чертежи выдаются крайне редко, по специальному разрешению, и только для срочного внесения изменений.

В т о р о й. А по отдельности их можно взять все? Постепенно?

Г л у х о в. Нет, один человек не может. Исполнитель может взять только те материалы, над которыми он работает.

В т о р о й. Значит, чтобы получить представление обо всем районе, нужно собрать материалы пяти-шести человек?

Г л у х о в. Больше, человек десяти-двенадцати. Это всё старшие геологи, начальники партий и отрядов.

В т о р о й. Сколько всего человек в отделе?

Г л у х о в. Сорок три.

В т о р о й. Когда последний раз вносились изменения в карты, и кто их брал?

Г л у х о в. Можно проверить по записям в архиве.

В т о р о й. Пожалуйста, сделайте это побыстрее, а пока попросите ко мне главного геолога Вагнера.

Г л у х о в. Вагнера нет.

В т о р о й. Как нет, у вас перерыв кончился уже?

Г л у х о в (*удивленно*). Больше часа, как кончился. Вагнера нет.

В т о р о й. Он что, опаздывает или уехал куда-нибудь?

Г л у х о в. Никак нет. За те четырнадцать лет, что я здесь работаю, Вагнер ни разу не опоздал. Сейчас проверю. (*Набирает номер местного телефона.*) Охрана? Это Глухов. Вагнер с обеда приходил? (*Кладет трубку.*) Нет. (*Снова набирает номер.*) Иван Антонович, Глухов беспокоит. У вас Вагнер не отпрашивался перед обедом? (*Кладет трубку.*) Нет. (*Снова набирает номер.*) Клавдия Сергеевна, посмотрите в книге местных командировок, Вагнер не записывался? (*Кладет трубку, после паузы.*) Нет.

В т о р о й. Свяжитесь с милицией. Чтобы Вагнер через час был здесь. Остальные на месте?

Г л у х о в. Инженер Корина по увольнительной ушла с обеда. Она утром из командировки.

В т о р о й. Ее тоже быстро сюда, а пока попросите парня, который дежурил здесь.

Г л у х о в   в ы х о д и т.   В т о р о й   садится за стол, берет в руки командировку К о р и н о й, приколотую к отчету, внимательно читает, переворачивает, входит В и л е н, несколько развязно, но меньше, чем утром.

К о з л о в. Здравствуйте. (*Подходит к столу, но не садится, а облокачивается на кульман.*)

В т о р о й. Садитесь, рассказывайте.

К о з л о в   медлит, не хочет садиться.

В т о р о й (*тоном приказа*). Садитесь. (*В и л е н   небрежно, как бы нехотя, садится. Пауза, весьма долгая.*) Ну!

К о з л о в. А чего рассказывать? Прямо цирк какой-то. Фокус, и только.

В т о р о й (*резко*). Давайте по порядку.

К о з л о в. А чего по порядку-то?

В т о р о й (*спокойнее*). Начался обеденный перерыв, вы остались один, и что было дальше?

К о з л о в. Ну, Натка и Корина вылетели со звонком, а Вагнер еще пару минут копошился в столе, потом тоже уплелся. Я сразу на подоконник – фрамугу открыть, как Натке обещал. Дело плевое, однако, смотрю, все равно духота жуткая. Решил пока окно открыть, но в сквере Вагнера увидал, решил не связываться. Чуть приоткрытым оставил, потом в коридор вышел покурить. У двери стою, калякую кое с кем, да дело одно мозгую. За сигаретой, видно и дыма не почувствовал. Сигарета крепкая такая, кубинская, «ля корона» называется, может, попробуете?

Протягивает В т о р о м у пачку, ловким движением выгнав ему одну наружу. В т о р о й   смотрит на него так, что тот быстро убирает пачку и пожимает плечами: «не хотите, мол, не надо».

К о з л о в. Сколько простоял так, не знаю. А только снизу прибежали: «дым у тебя из окна валит!» – кричат. Я в комнату, а там, как в испорченном телевизоре – трещит, шипит и кругом бело, ничего не видно. Кричу ребятам: «Воды тащите», а чего кричать-то. Нести ее не в чем. Про огнетушитель вовсе и позабыл. Но кто-то догадался, притащили с лестницы. Притащить-то притащили, а что с ним делать, никто не знает. Крутим, вертим. Об пол пару раз так дали, что вмятины, вон, на паркете. А он не работает. Рукоятку дергаем туда-сюда. В азарт вошли, совсем уж забыли, для чего он нужен, ручку, наконец, перекинули, а он в морду – струей! Ну, кое-что осталось и на стол вагнеровский полить. Да бумага-то вся пересушенная, фьють! – и готово.

В т о р о й. И что-же, сама она загорелась или как?

К о з л о в. Так я же говорю, цирк. Фокус какой-то. Сама – не сама, а загорелась.

В т о р о й. Может быть, вы закурили все-таки там, у стола?

К о з л о в. Ни боже мой. У меня зажигалка. Знаете, австрийский пистолетик. Испортилась. (*Вытаскивает зажигалку из кармана, нажимает, она тут же загорается. Удивленно.*) Надо же, заработала, стерва. (*Убирает пистолетик, довольный.*) А прикурил я уже в коридоре.

В т о р о й. У кого, не помните?

К о з л о в. Почему не помню? У Серегина из пятого отдела и закурил. Потом мы с ним еще минут десять трепались.

В т о р о й. Скажите, а почему в поле не поехали?

К о з л о в. В институт поступать собираюсь.

В т о р о й. И в какой, если не секрет?

К о з л о в. Еще не знаю, в технический куда-нибудь.

В т о р о й. А конфликтов у вас тут с кем-нибудь не было? Ну, с Вагнером, например. Может быть, он вам характеристику не давал?

К о з л о в. Нет, всё в порядке.

В т о р о й. А разбирать вас на собрании разве не собирались, вы ведь пошумели недавно в ресторане? Могли ведь и уволить.

К о з л о в. Плевать мне на собрания, я и сам уходить собирался, все равно готовиться надо.

В т о р о й. А не хотели ли вы уйти, так сказать, хлопнув дверью? Или, может быть, вам это поручили?

К о з л о в (*поднимается*). Я пошел. Вы что-то не так заговорили. Что я – спятил, такими вещами заниматься?

В т о р о й. Нет, не уходите. Сядьте туда за кульман, и вспомните все еще раз. Да, и, пожалуйста, припомните вашу встречу с канадскими знакомыми в апреле месяце. Меня очень интересует, почему вы не сообщили о ней в спецотдел, как это требуется.

Те же и Ш а р о в а.

В т о р о й (*очень любезно*). Садитесь, пожалуйста. Что вы думаете об этом? (*Показывает на обгоревшую часть комнаты.*)

Ш а р о в а. Ужас, ужас какой-то. И как это случилось? Такая работа пропала, только подумать. А я свои карты окончила, и на стол ему положила.

В т о р о й. А вы, случайно, не знаете, где Вагнер? Он собирался куда-нибудь после обеда?

Ш а р о в а. Нет. (*Пожимает плечами.*) Ничего не говорил.

В т о р о й. А где он обычно обедает?

Ш а р о в а. В диетической, две остановки отсюда. А иногда приносит завтрак. Тогда он в столовую не ходит, а в скверике, напротив, сидит и жует.

В т о р о й. А вы где сегодня обедали?

Ш а р о в а. Я не обедаю, я худею, не видно разве?

В т о р о й. Ну, а Вагнера вы случайно в обед не видели?

Ш а р о в а. Нет, слава богу.

В т о р о й. Так вам очень обидно за карты?

Ш а р о в а. Еще бы, два месяца работала.

В т о р о й. В таком случае, могу вас обрадовать. Они в полной сохранности лежат в вашем тубусе.

Ш а р о в а (*секундное замешательство, но сразу переходит в нападение*). Что значит лежат? Откуда вы знаете, когда мои секреты опечатаны. Я их и не брала сегодня.

В т о р о й. Вот я и хочу узнать, почему вы их не брали сегодня. А тубус и чемодан вскрыты начальником спецотдела по инструкции. Или вы не заметили, что был пожар?

Ш а р о в а молчит.

 Из-за кульмана настороженно выглядывает В и л е н, Ш а р о в а его не видит.

Ш а р о в а (*упавшим голосом*). Я печать потеряла. И где, не знаю, может быть, в троллейбусе. Раньше я в столе оставляла, так запретили, я раз даже выговор за это схватила. А за потерю что будет! Ужас!

В т о р о й. Но чтобы взять, как вы говорите, секреты, ведь печати не надо?

Ш а р о в а. Не взять лучше. Я, может, еще найду печать. Два-три дня обошлась бы как-нибудь. А если их вскрыть – все сегодня же и обнаружилось бы. Сдать их никак без печати, а держать здесь нельзя.

В т о р о й. Так что же, получается, пожар вам помог бы. Карты сгорели. Вагнер вас не трогает, а вы спокойно ищете печать.

Ш а р о в а молчит.

В т о р о й. Вот и получается, что вы – единственное лицо, заинтересованное в пожаре...

Ш а р о в а. Господи, что это вы говорите? Да как же я могла это сделать, когда меня здесь и не было-то. (*Она совершенно подавлена.*)

В т о р о й. Скажите, Наталья Ивановна, а часто Вагнер брал весь комплект карт?

Ш а р о в а. Никогда не брал. Это же не разрешается.

В т о р о й. Ну а в этот раз зачем брал?

Ш а р о в а. Так известно: изменения надо вносить. Ляля Корина по всем объектам три месяца катается, собирает, где что. А Вагнер, известно, ходить не любит. Вот все и взял утром. С Козловым. За раз всё и принесли.

В т о р о й. Хорошо, Наталья Ивановна, мне все ясно. А теперь пойдите в спецотдел и расскажите о потере печати.

Ш а р о в а выходит, из-за кульмана высовывается К о з л о в, но в это время открывается дверь, и осторожно входит Б е л о б р ы с ы й. Лица его мы опять не видим. Он не садится, а быстро-быстро говорит.

Б е л о б р ы с ы й. Это дело Козлова, товарищ следователь. Я сам слышал в обед. Он стоял вот тут (*показывает в центр комнаты*), приплясывал и говорил, что устроит что-то толстопузому, это значит – главному геологу.

В это время из-за кульмана выскакивает К о з л о в. Сваливает с ног Белобрысого, бьет его.

К о з л о в. Ах, падла, ах ты, подлюга вонючая. Гнида несчастная. Это не ты ли, сволочь, весь обед со мной простоял у двери?! Сигареты, гад, мои курил. Так когда же я чего сделал? Не ты ли сам меня учил, как Натку выручить?

Б е л о б р ы с ы й приподнимается и на карачках выползает за дверь. В т о р о й удерживает В и л е н а, усаживает его на стул. Тот немного успокаивается.

К о з л о в. Честное слово, я не поджигал. Мне такое и в голову-то не пришло бы.

В т о р о й. А как вы собирались помочь Шаровой?

К о з л о в. Ну, думал, что спрячу на время несколько карт, под эту марку и Наткины квадраты прошли бы. А там, сам бы найти помог.

В т о р о й. Но вас же уволить могли после сегодняшнего собрания?

К о з л о в. Да не уволили бы, не знаю я, что ли, законы? Так просто уволить человека нельзя. Я бы еще исправился.

В т о р о й (*усмехнувшись*). Мне кажется, вы решительный молодой человек. Да и наказаний не боитесь. Эдак вам и спичкой чиркнуть ничего не стоит.

К о з л о в. Тьфу ты, ну сказал же я, что не делал этого.

В т о р о й. Чудес не бывает. Поджечь могли только вы. Я вижу два повода: спасали от наказания Шарову или выполняли чье-то поручение. Если первая причина, то это хулиганство. Если вторая, то преступление, и не только уголовное. Учитывая вашу встречу с канадцами, которую вы скрыли, исключить я этого не могу.

К о з л о в (*испуган, но пытается храбриться*). Ну, уж вы завернули! В шпионы меня, что ли, записываете? А о канадцах говорить не хотел, потому что они сами просили – я их барахла всякого много напродавал, кое-что и здесь сбыл, так не хотели, чтобы знали, откуда. А с этим вы уж того... Я еще, может, больше вашего удивляюсь, откуда это загорелось. Шаровой помочь хотел, это верно, так я ж сказал, что решил спрятать карты.

В т о р о й. Ну и где же они?

К о з л о в. Так не успел я, загорелось ведь тут.

Входит без стука Г л у х о в .

Г л у х о в (*К о з л о в у*). Это что еще за драку вы тут устроили? (*В т о р о м у.*) Он вам еще нужен?

В т о р о й. Пожалуй, нет, но пусть будет в институте.

Г л у х о в. В милицию бы его, в милицию. Ладно, иди пока в кадры, сиди там.

К о з л о в выходит.

Г л у х о в (*В т о р о м у*). Корина сейчас будет. С Вагнером дела хуже. Звонил в милицию, посылал к нему домой. Соседи говорят, с утра ушел и не приходил.

В т о р о й. Н-да, странные дела. Вы проверили, когда бралась вся документация сразу?

Г л у х о в. Последний раз – в прошлом году. Брал начальник отдела для внесения изменений.

В т о р о й. А кто ездил по объектам?

Г л у х о в. Начальник отдела. Вагнер человек больной. Ездить не любит, да и не может.

В т о р о й. А что вы о нем можете сказать?

Г л у х о в. Человек странный несколько. Замкнутый, испуганный, я бы сказал – болезненно пуглив. Нет, поджечь он не мог. Уж Козлов скорее, этот парень хулиганистый.

В т о р о й. Дело в том, что меня интересует не только пожар. Как вы понимаете, из-за этого я бы из Москвы не прилетел. По нашим сведениям, из вашего института могла произойти серьезная утечка информации.

Г л у х о в. А нет ли здесь какой-нибудь ошибки? Я за институт ручаюсь.

В т о р о й. Хорошо, а что вы скажите о картах всего района, взятых по фальшивому разрешению? Об исчезновении Вагнера? Наконец, о пожаре?

Г л у х о в. Но если это Вагнер, то как он мог это сделать? Ведь его в обед тут не было.

В т о р о й. Вот и меня это интересует. (*Задумчиво повторяет вслух.*) Как... как? (*Смотрит на часы на руке, потом на стенные – на них 14.30.*) Откуда можно позвонить в Москву?

Г л у х о в. Можно из двенадцатого отдела позвонить, это напротив.

Выходят. Заглядывает Б е л о б р ы с ы й , видит, что никого нет, и быстро кладет что-то в стол К о з л о в а. Выходит, но в дверях сталкивается с К о р и н о й, которая появилась немного раньше.

Там же. К о р и н а , потом В т о р о й. На часах 14:40.

К о р и н а. Кто же это мог сделать?

Подходит к столу В а г н е р а, внимательно смотрит. Протягивает руку, чтобы потрогать свою обуглившуюся папку, лежащую сверху. В это время входит В т о р о й.

В т о р о й. Ничего не трогайте.

К о р и н а. А что вы здесь командуете? (*Убирает руку.*) Я у себя в отделе, а вы кто?

В т о р о й. Я следователь из Москвы, а вы инженер Корина?

К о р и н а. Да, Корина. (*Пауза.*) Извините...

В т о р о й (*смотрит на часы, потом торопливо*). Присядьте.

К о р и н а подходит к столу и садится на свое место, где все время сидел В т о р о й.

В т о р о й. Можно вам задать несколько вопросов?

К о р и н а. Пожалуйста, но что я могу сказать? Это так неожиданно. По-видимому, чья-то небрежность. Может быть, папироса? (*Смотрит на В т о р о г о.*)

В т о р о й. Боюсь, что дело много серьезнее. (*Опять смотрит на часы, медлит, думает, как начать.*) Лариса Григорьевна, как погиб Ваш отец?

К о р и н а (*удивленно смотрит, после паузы*). Папа убит девятого мая тысяча девятьсот сорок пятого года в Праге. Похоронен на Вроцлавском кладбище. Я была там два года назад.

В т о р о й. В каком он был звании?

К о р и н а. Гвардии старшина. (*С гордостью.*) За освобождение Праги он посмертно награжден орденом Славы первой степени. Я храню все его три ордена и восемь медалей.

В т о р о й. О, он кавалер трех степеней?

К о р и н а. Да. (*Вдруг неожиданно, с детской непосредственностью.*) Это ведь очень здорово, правда?

В т о р о й. Это более чем здорово. Это действительно можно пронести через всю жизнь.

К о р и н а молчит, но вся преображается. Небольшая пауза.

В т о р о й. Лариса Григорьевна, у меня, к сожалению, совсем мало времени. Я не буду объяснять вам, какое значение имеет все то, что вы делаете здесь, в институте. Тем более, незачем говорить о том, что грозит нашей стране, нашей безопасности, миру, если результаты всей вашей работы станут известны потенциальному врагу... Боюсь, что из вашего отдела, точнее через кого-то из тех, кто не поехал в поле и остался здесь, секретные сведения просочились на Запад. Притом в таком объеме, который позволит противнику шантажировать нас, затормозить ход переговоров о разоружении. Поверьте, это очень серьезно. В моем распоряжении (*смотрит на часы*) один час пятнадцать минут. За это время я должен точно знать, каким образом и действительно ли ушла отсюда информация.

К о р и н а (*недоуменно смотрит на В т о р о г о*). Что значит, через тех, кто остался в отделе? Это всего четыре человека: я, Вагнер, Шарова и Козлов. (*Возмущенно.*) Нет, это абсурд, я не могу в это поверить.

В т о р о й. Лариса Григорьевна, прошу вас, не надо в таком тоне. Сейчас не до амбиций. Помогите мне. Я не утверждаю, я хочу разобраться. И согласитесь, что этот пожар, исчезновение главного геолога, какие-то странные связи Козлова и Шаровой с иностранцами – это, по меньшей мере, должно насторожить. Давайте вместе подумаем. Вы хорошо знаете всех троих, знаете отношения в отделе, знаете много о личной жизни каждого. Ну, давайте возьмем хотя бы

Шарову. Почему она не в поле? И что это за история с печатью? Какие у нее отношения с этим мальчиком?

В т о р о й молчит, вопросительно смотрит на К о р и н у. Та начинает неохотно, с трудом.

К о р и н а. Я буду говорить только о том, что непосредственно связано с вашими обвинениями.

В т о р о й. Предположениями... Да-да, конечно, только самое главное.

К о р и н а. Тогда не будем касаться отношений Наты, простите, Шаровой и Вилена Козлова. У нее не удалась личная жизнь, хотя кто знает... Несколько лет назад она кончила английские трехгодичные курсы, но практики у нее нет, и язык она знает сейчас не намного лучше меня, то есть, в пределах вуза, а это, сами знаете, как мало. Так что общение с иностранцами – это больше разговоры, а не действительность.

В т о р о й (*доброжелательно*). Все-таки и это не самое главное. Какой она имела доступ к материалами, могла ли она, хотя бы за длительное время, собрать данные по большинству объектов?

К о р и н а. Нет, это совершенно исключено. (*Иронически.*) Во всяком случае, если ей не помогали еще пол-отдела.

В т о р о й. Н-да, это маловероятно. Ну, а с пожаром? А знаете вы о пропаже печати?

К о р и н а. Знаю, и знаю, что Вилен обещал ее выручить, но это... (*Смотрит на стол В а г н е р а.*)

В т о р о й. Какую ценность представляют эти карты, какой смысл, например, их уничтожить?

К о р и н а (*пожимает плечами*). Трудно сказать. Работа здесь огромная. Даже если есть копии, а делали их очень редко и не со всех карт, то восстановить все – это дело длительное.

В т о р о й. А если, предположим, Вагнер передал материалы на Запад и после того, как их опубликовали...

К о р и н а. Как опубликовали?

В т о р о й. Да, но об этом после. Итак, Вагнеру дают знать, что карта публикуется. Возможно, сообщение задерживается, и у него остается всего несколько часов, чтобы уйти, но перед этим он берет по подложному разрешению документацию и уничтожает ее. Тогда все логично, и вашего главного геолога мы уже никогда не увидим. Но я не обнаружил ни единого намека на то, что пожар был подготовлен.

К о р и н а (*протестующе, убежденно*). Нет, нет. Мне даже страшно становится, когда я слышу, как логично у вас все сцеплено. Но Вагнер не враг, это какая-то нелепость. Он старый, больной и по-своему очень добрый человек.

В т о р о й. Вы знаете его прошлое?

К о р и н а. Немного, но то, что знаю, подтверждает мои слова. Нет, это невероятно.

В т о р о й. Может быть, почти невероятно?

К о р и н а (*медлит, обдумывая, потом решительно*). Совершенно невероятно. Вот увидите, это какая-то случайность. Представьте, я не помню случая, чтобы он опоздал хоть на минуту. Наша работа, институт – это его жизнь. Он редактирует стенную газету, даже на дежурства ходит почти через силу... Он, по правде, несколько ленив, и может за восемь часов ни разу не встать со стула, да и стеснителен излишне...

В т о р о й. Боязлив?

К о р и н а. Возможно и это. Очень редко бывает у начальства. Я даже знаю случаи, когда он сам подписывал разрешения на получение секретов, только бы не ходить к главному инженеру.

В т о р о й. Вы это видели?

К о р и н а. Да, но он и не скрывал этого. За многие годы у нас не было ни одного ЧП, и такое разрешение он считал пустой формальностью.

В т о р о й. И все-таки вы меня не убедили. Что ж, будем искать его. Найдем – ваша правда. Но я пока не исключаю даже его сговора с Козловым. Ну вот, мы добрались и до него. Что вы скажете о Вилене?

К о р и н а. Вполне современный юноша. Излишне самоуверен, очень свободен в обращении с людьми любого возраста и пола. Легко находит со всеми общий язык, коммуникабелен, как сейчас говорят. Весел, приветлив – парень, в принципе, хороший, но без домашнего надзора, мне кажется.

В т о р о й. Вас ничего не удивляло в нем, что-нибудь необычное?

К о р и н а (*задумчиво*). Пожалуй, да. У него всегда много денег. Он охотно одалживает и, по-моему, их не считает.

В т о р о й. Он имеет к документам такой же допуск, как Шарова?

К о р и н а. Да, если не меньший. К тому же, он совершенно не разбирается в деле. Он еще и года не работает. Просто не поступил в прошлом году в институт, и его кто-то устроил сюда.

В т о р о й. Кто, не Вагнер?

К о р и н а. Не знаю, но, думаю, не он. Этими делами он не занимается.

В т о р о й. Лариса Григорьевна, вы, очевидно, тоже не имеете доступа ко всем материалам?

К о р и н а. Ну вот, добрались и до меня. Нет, не имею.

В т о р о й. Поверьте, я ни с кем не говорил здесь так, как с вами. Кроме вас и Глухова никто не знает о подлинной цели моего приезда. К чему же эта ирония?

К о р и н а. Хорошо, скажу, почему. Дело в том, что за последние месяцы я объездила почти все объекты Северо-Запада и знаю их, пожалуй, лучше начальника отдела и Вагнера.

В т о р о й. Да, это серьезно. Как же так получилось? Вы ведь недавно вышли замуж?

К о р и н а. Третий месяц. И за это время была только одиннадцать дней дома. Роман с корабля списался из-за меня, а у меня вот как получилось.

В т о р о й. Он моряк?

К о р и н а. Инженер по судовым двигателям.

В т о р о й. Давно он из плавания?

К о р и н а. Больше месяца.

В т о р о й. Интересно, и куда же он ходил, далеко?

К о р и н а (*смотрит внимательно на Второго, отвечает медленно, задумчиво*). Копенгаген – Лондон – Гибралтар – Кипр – Александрия.

В т о р о й. А что за груз, не знаете?

К о р и н а (*раздумчиво*). Знаю, турбины для Асуана. Простите, вы сказали, у вас мало времени.

В т о р о й. Последний вопрос. Это очень тяжело быть врозь, вы переписывались?

К о р и н а (*недружелюбно*). Да, и каждый день.

В т о р о й. Вы оба?

К о р и н а. Последний вопрос уже был. Так не по правилам. Ну, хорошо. (*Недовольно.*) Конечно только я, он ведь не знал, где я была.

В т о р о й (*смотрит на часы*). Извините, сейчас пятнадцать сорок пять, мне надо звонить в Москву. (*Поднимается, быстро выходит.*)

Высвечиваются двое за столами, продолжается разговор по телефону.

В т о р о й. Нет, здесь никаких связей Вагнера установить не удалось. Может быть, вы проверите у себя еще раз?

П е р в ы й. Попробую, а вы ищите и ищите. Если ушел, то эта версия пойдет. Так и буду докладывать, но проверьте все, что можно. Вы больницы беспокоили?

В т о р о й. Сейчас это делают.

П е р в ы й. У тебя все?

В т о р о й. Только что у меня появилась еще одна версия.

П е р в ы й. Слушаю.

В т о р о й. Корина имеет информацию почти по всем объектам.

П е р в ы й. Каким образом?

В т о р о й. Командировки на место по вызовам и проверка закладок.

П е р в ы й (*пауза, смотрит дело К о р и н о й*). Странно, а твое мнение?

В т о р о й. Считаю – она вне подозрений.

П е р в ы й. Тогда что ты мне голову морочишь?

В т о р о й. Муж. Вы собирались его проверить. Он месяц назад вернулся из плавания. Ходил с турбинами для Асуана вокруг Европы и сразу списался.

П е р в ы й. Да он-то при чем? Он же с ней не ездил, или она ему все рассказывала?

В т о р о й. Нет, не рассказывала. Просто она писала ему с каждого объекта, они же молодожены.

П е р в ы й. Ну что ж, не исключено, способ известный. Одну минуту. Он уже у меня. (*Листает дело.*) Горицкий Р.И. Вроде бы все чисто. Попробуй связаться с пароходством.

В т о р о й. Но время...

П е р в ы й. У тебя еще целый час, пока ищут Вагнера, действуй.

В т о р о й. Может быть взять мужа, а то тоже исчезнет?

П е р в ы й. С ума сошел, с какой это стати? И с Кориной будь поделикатней. У каждого своя работа и свои заботы. А что с поджогом? Это ведь одна цепочка.

В т о р о й. Как раз цепочка-то и разрывается. Те, кто мог это сделать, не связаны ни с информацией, ни с Вагнером.

П е р в ы й. А не случайность ли это, был ли им смысл уничтожать материал?

В т о р о й. Вроде бы был. Восстановить его – это работа многих месяцев.

П е р в ы й. Все-таки сомнительно. Ну давай, разбирайся. До связи в шестнадцать ноль-ноль.

Комната 2-ой сцены. Входят Ш а р о в а и К о з л о в .

К о з л о в. Ну все, Натка, еще утром я был просто мелким хулиганом, а теперь меня записали в поджигатели и шпионы. (*Садится за стол, выдвигает ящики, рассовывает что-то по карманам.*)

Ш а р о в а. Вилен, ты что, домой? А как же я? Мне еще хуже. Выходит, будто я специально подожгла. Ляпнула сдуру, что и мои сгорели. Вот дура-то, долго ли тубус проверить. Чертова печатка!

К о з л о в. Что ты, Натка, сравниваешь? Я же спалил чертежи. Может, я домой-то, ох, как не скоро попаду. (*Вынимает из ящика печатку, удивленно разглядывает ее, говорит сам себе: «Не моя».*

Поворачивается к Ш а р о в о й и как ни в чем не бывало.) А вот и твоя печатка, получи.

Ш а р о в а (берет *в руки печатку, узнает. Недоуменно, чуть запинаясь*). Ты, ты! Так это ты ее спрятал? (*Бьет его кулаками по спине, потом плачет.*)

К о р и н а. Вилен, откуда она? Что это за шутки?

К о з л о в (*растерянно*). Слушай, ей богу... Как так... (*Вдруг понимает нелепость своего положения.*) Ничего не понимаю. Ляля, честное слово, ничего не понимаю. Я же утром тут смотрел – ничего не было. (*Обе поворачиваются, недоверчиво смотрят на него.*) Ну честное же слово – ничего.

Входят В т о р о й , Г л у х о в , Э к с п е р т .

Э к с п е р т , оживленный, румяный молодой человек, довольно потирает руки в предвкушении интересной задачи.

Э к с п е р т. Здравствуйте, что у вас тут за загадка? Посмотрим. (*Подходит к столу, оглядывает его, улыбаясь.*) Так-так. Вижу угольки и пепел, значит, был огонь или что-то в этом роде. И был дым, точно? (*Все поддакивают.*) И были крики «Пожар! Пожар!», так? А раз были дым и пожар, то было окисление горючего материала в процессе сгорания. Правильно? (*Все молчат.*) А чтобы начался процесс горения, нужно что? Источник высокой тем-пе-ра-ту-ры.

В т о р о й (*нетерпеливо*). Простите, я вам нужен?

Э к с п е р т. Нет, мне нужен только этот стол и ... тишина.

В т о р о й. Тогда я оставляю вас на тридцать пять минут. Товарищ Глухов, обеспечьте условия для работы.

Г л у х о в. Прошу освободить отдел. Возьмите все нужное для работы и – в двести шестнадцатую комнату. (*Все выходят.*)

В т о р о й. Лариса Григорьевна, задержитесь на минуту. Вы никому не рассказывали подробности о своей командировке? (*К о р и н а отрицательно качает головой.*) Даже мужу?

К о р и н а. Конечно нет.

В т о р о й. Не упоминали городов, поселков?

К о р и н а. Да нет же, он никогда не спрашивал.

В т о р о й. Может быть, писали? Мне хотелось бы взглянуть на ваши письма. Они сохранились?

К о р и н а (*возмущенно*). Вам совершенно необходима моя личная переписка?

В т о р о й. Не совсем. Мне нужны только конверты. Вы сможете обернуться за полчаса, или вам дать машину?

К о р и н а (*холодно*). Постараюсь. (*Выходит.*)

Э к с п е р т. Любопытнейший случай. (*Он все это время осматривал стол.*)

В т о р о й. В вашем распоряжении полчаса. Постарайтесь разобраться.

Э к с п е р т (*смотрит на окно и на графин*). Есть превосходные отпечатки пальцев, но ведь сличить мы их все равно не успеем. Так что...

В т о р о й. Мне важно, как это загорелось. Могла ли быть сделана задержка времени минуты на три – четыре? Вы меня понимаете? Устройство какое-нибудь, или химия. Все подготовил, ушел, а вскоре пых! – и готово.

Э к с п е р т понимающе кивает. В т о р о й выходит.

Вестибюль института. Около секретной части Ш а р о в а , К о з л о в . С улицы входит К о р и н а , показывает пропуск.

Ш а р о в а. Ляля, ты куда опять пропала? (*К о р и н а в ответ машет рукой.*) Ну что же это делается? Уж от него я никак этого не ожидала. (*Поворачивается к К о з л о в у.*) Ты и вправду хулиган. Печать украл? Украл. Белобрысого избил? Избил. Может, и поджег ты?

К о з л о в (*стоит – руки в карманах, покачивается с вызывающим видом*). Дура ты, Наталья, вот что.

Ш а р о в а (*заводится*). Ты! Ты что себе позволяешь? Я тебе кто, а?

К о р и н а. Вилен, тебе мало всего? За что ты отлупил Белобрысого?

К о з л о в (*сквозь зубы*). Как «за что»?!

К о р и н а. Опять твои фарцовочные дела?

К о з л о в. С чего ты взяла?

К о р и н а. Он тебе в стол что-то положил, когда я пришла.

К о з л о в. Сейчас или утром?

К о р и н а. Да при следователе уже. С час назад.

К о з л о в. В верхний ящик? Такую маленькую штучку?

К о р и н а. В верхний, вроде бы, но что – не знаю.

К о з л о в. Ах, гад! (*Убегает по коридору.*)

Ш а р о в а. Ой, Ляля, что сейчас будет! Это ж Белобрысый у меня вчера печать взял. Я при нем секреты опечатывала. Он мне зубы-то заговорил, видно, я ее на столе и оставила. Это он, все он, ей богу, поджог – его дело!

К о р и н а. Не выдумывай. Он и в комнату-то не заходил.

В коридоре слышится шум, возня, звуки ударов.

Ш а р о в а. Да как же? А купальник? И к столу Вагнера проходил, воду еще пил.

К о р и н а. Пойдем, опять они там сцепились.

Входят В т о р о й и Г л у х о в. В т о р о й расстроен.

В т о р о й. Разве по телефону такие вещи выясняют?

Г л у х о в. Поедете сами в порт?

В т о р о й. Где там поехать? Время. Время. Цейтнот наступил. Проверьте еще раз насчет Вагнера, а я поднимусь к эксперту.

Вваливаются К о з л о в и Б е л о б р ы с ы й, за ними К о р и н а и Ш а р о в а.

Г л у х о в. Это что такое? А ну встать! (*Оба не сразу, но поднимаются.*)

В т о р о й (*торопливо*). Опять сцепились. Вы все-таки, Козлов, зря ты так. Юпитер, ты сердишься, значит ты не прав.

Ш а р о в а. Товарищ следователь, не виноват Козлов ни в чем. Все этот. Он и печать у меня украл вчера, а сегодня в стол к Вилену подбросил. Ляля видела, верно? Вот она. (*Протягивает ладонь с печатью Второму.*)

В т о р о й. Нашлась, значит? Ну и отлично. (*К о р и н о й.*) Лариса Григорьевна, письма привезли? (*К о р и н а кивает.*) Пойдемте. (*Уходят.*)

Ш а р о в а (*вслед В т о р о м у*). Поджег он, ей-богу, он.

В обгоревшей комнате В т о р о й и Э к с п е р т.

Э к с п е р т (*довольно потирая руки*). Ну что же, задачу я вашу решил. Великолепная задачка. Какая задача! Вы знаете, она войдет в учебники криминалистики. Любопытнейший случай.

В т о р о й. Покороче нельзя? Поджог это или нет?

Э к с п е р т. А вот на это я ответить не смогу. Как загорелось – пожалуйста, а вот подожгли ли – этого, извините, не скажу. Загорелось само, понимаете, без всяких там химических или механических штучек и устройств. Идите сюда, смотрите. По тому, как обуглились калька и бумага, можно определенно сказать, что не поджигали с края, как это обычно делают, действуя открытым огнем – спичкой или зажигалкой. По некоторым другим признакам я могу утверждать, что не были использованы легко воспламеняющиеся жидкости. Впрочем, в этом и не было необходимости, калька и так горит, как порох. А посмотрите вот сюда, в середину. Здесь небольшое углубление и характерные признаки очага воспламенения.

В т о р о й. Значит, подожгли отсюда?

Э к с п е р т. Загорелось отсюда. За-го-ре-лось. А источника воспламенения нет. Но откуда-то взялась в этом месте высокая температура, градусов 250-280, не меньше. А ничего нет. Нет, и все. Заметьте, и следов, что могло быть, тоже нет.

В т о р о й. Не морочьте мне голову. В чем тут дело?

Э к с п е р т. Подойдите сюда. (*Берет в руки большую линзу и черную папку.*) Такая папка лежала сверху.

Наводит солнечный луч на папку, через минуту папка начинает дымиться и загорается. Э к с п е р т смотрит торжествующе.

В т о р о й. Ничего не понимаю, откуда тут взялась линза?

Э к с п е р т. Эта линза моя.

В т о р о й. И что из этого?

Э к с п е р т. А вот превосходная линза, которая есть здесь.

Стирает тряпкой копоть с графина, отмечает место, где он стоял, и переставляет под лучи солнца, которое переместилось, подставляет к графину эту же папку, она начинает через минуту дымиться. В это время входят К о р и н а, Ш а р о в а, К о з л о в.

К о з л о в. Вот это да, обыкновенная прожигалка. (*Приплясывает.*) Видишь, Натка, я же говорил, что все уладится.

В т о р о й (*строго*). Поставьте, пожалуйста, графин на место.

Э к с п е р т (*неторопливо ставит. К о р и н о й*). Он всегда тут стоит?

К о р и н а. Да, по-моему, всегда.

В т о р о й (*Э к с п е р т у*). Почему же раньше этого не случалось?

Э к с п е р т. Это очень просто. Все просто, когда уже знаешь. Во-первых, оконные стекла, даже чистые, задерживают большую часть лучей, и тут никакие линзы не помогут. Окно, как видите, пыльное. Значит, прежде всего, окно должно быть открыто, а это, как я понимаю, здесь не разрешается. Во-вторых, сам графин должен быть определенной формы, чистым и обязательно наполнен свежей прозрачной водой. Воду, как я понимаю, меняли недавно, что делается, видимо, весьма редко. Так я говорю?

Обращается к К о р и н о й и другим.

К о з л о в (*жизнерадостно*). Конечно. Сегодня жарища, вот все и пили, как лошади.

Э к с п е р т. В-третьих, солнце должно падать на графин под нужным углом, чтобы луч сфокусировался в одной точке, и, в-четвертых, в этой самой точке, в фокусе, должен оказаться предмет, который может воспламеняться при сравнительно большой температуре. Только совпадение этих условий и может привести к пожару, поэтому его раньше никогда и не было.

В т о р о й (*Эксперту*). Как я понял, при всех условиях графин должен был стоять в определенном месте на окне и легко воспламеняемый материал, например бумага, лежать в строго определенном месте – там, где фокусируются лучи.

Э к с п е р т. Безусловно.

В т о р о й (*к сотрудникам института*). Кто пил сегодня из графина?

К о р и н а. Я пила.

К о з л о в. Пил, а что?

Ш а р о в а (*тихо*). И я пила.

Молчание.

К о р и н а. Но графин же мы не переставляли.

Ш а р о в а. Ой, девочки, да ведь Белобрысый пил, ей богу, еще и Белобрысый. (*Удовлетворенно.*) Перед самым обедом заходил. Он подстроил, точно.

В т о р о й. Это правда?

К о р и н а. Да, он пил, кажется, последним.

К о з л о в. Пил, точно пил, да только графинчик-то стоял тогда в другом месте. (*Показывает на другой конец подоконника.*) Вот здесь он стоял.

В т о р о й. Кто же его переставил?

К о з л о в. Я и переставил. Фрамугу открывал и переставил, чтоб не мешался.

В т о р о й. Вы ведь и окно потом открыли, так?

К о з л о в (*задумчиво*). Так.

В т о р о й. А папочку черную кто с самого верха положил?

К о р и н а. Папку я положила, это была моя папка.

Ш а р о в а. Подождите, девочки, ведь как было? Это я попросила Вилена открыть фрамугу. Так? А Ляля папку к Вагнеру положила до этого. Так? Вилен отодвинул графин, вскочил на подоконник и стал открывать, так? Но не открыл сразу. Вагнер сказал, чтобы он открыл в перерыв, так? И тут он поднялся, кряхтя, и передвинул графин, потому что Вилен поставил ему перед самым носом, так?

В т о р о й. Значит, Вагнер передвинул графин последним. (*Смотрит на К о р и н у и В и л е н а. Те молчат.*) Так как же?

К о р и н а. Мы ведь за перегородкой, не видели.

Ш а р о в а. Ну честное же слово, ну я еще засмеялась, так смешно он приподнимал свой зад, вот-вот плюхнется обратно.

Все смотрят на В т о р о г о. Входит Г л у х о в.

Г л у х о в (*В т о р о м у*). Вагнер нашелся. Он в больнице имени Куйбышева, сказали, что в тяжелом состоянии.

В т о р о й (*направляется к двери, на ходу поворачивается к Э к с п е р т у*). Так вы не исключаете случайного совпадения с этим графином?

Э к с п е р т. Безусловно, скорее всего, случайность.

В т о р о й направляется к выходу, на ходу доставая письма К о р и н о й. Часы показывают 16:00, слышны звуки сигналов радио.

К о з л о в (*приплясывает*). А я что говорил? Все о'кей. (*Обнимает Ш а р о в у за плечи.*)

Ш а р о в а (*отталкивает К о з л о в а*). Дурак, человек умирает, а ты радуешься.

Г л у х о в (*направляясь к выходу*). Зря, зря веселишься, Козлов, все равно тебе у нас не работать. Так и знай.

Высвечиваются двое за столами. Продолжается телефонный разговор.

В т о р о й. Фантасмагория какая-то. Все рассыпается прямо в руках. Вроде, что-то было серьезное, а чуть нажал, оказалось – песок.

П е р в ы й. Давай короче.

В т о р о й. Вагнер нашелся. В скверике сидел, бутерброд в перерыв жевал. Как увидел из своего окна дым, бежать бросился на помощь, да со страху удар его хватил. Прохожие подобрали, на проходившей мимо машине в больницу отправили.

П е р в ы й. Жив?

В т о р о й. Положение тяжелое, но, говорят, оправится.

П е р в ы й. Ну, а Горицкий и Корина?

В т о р о й. Вот все ее письма передо мной. Ни одного обратного адреса. Она их с полевой почтой отправляла. Штамп в/ч и все.

П е р в ы й. Что в пароходстве о нем сказали?

В т о р о й. Так всё нормально, особенного ничего. Съездить-то я не успел.

П е р в ы й. Это теперь и не надо.

В т о р о й. Видно, не надо. Да и с пожаром такая история. Никто не поджигал. Графин с водой стоял над столом. Пузатый такой, вроде большой линзы. Он и сфокусировал солнце, ну, как прожигательное стекло.

П е р в ы й. Ты мне не объясняй. Эксперт рассчитал, проверил?

В т о р о й. Так точно. Но я подумал, что кто-то специально поставил. Пока не подтверждается, выходит – простая случайность.

П е р в ы й. Да ты не расстраивайся. Нет у тебя там шпионов. Нет. Радоваться такому надо. Ты потихонечку все сверни, без шума, и сейчас же вылетай. Тут у нас кое-что прояснилось.

Кабинет 1-ой сцены.
Входит В т о р о й. П е р в ы й поднимается ему навстречу.

П е р в ы й. Молодец, четко все сделано. Только метались зря. Дурная голова ногам покою не дает.

В т о р о й. Неужели первая версия подтвердилась?

П е р в ы й (*улыбаясь*). Да нет, это было исключено с самого начала. Газеты, мой дорогой, надо читать, не только картинки рассматривать, но и читать, понимаешь? И в том числе иностранные.

В т о р о й. Сделали перевод? И что там?

П е р в ы й. Забыл я, честно говоря, отдать ее сразу. Только после твоего звонка в пятнадцать ноль-ноль вызвал переводчика. Уж больно сложно у тебя закручивалось. Когда всерьез что-то есть, так сложно не бывает, сам знаешь.

В т о р о й (*нетерпеливо*). И что же?

П е р в ы й. Он тут же мне перевел текст. Со спутника это сделано, со спутника-шпиона. Сфотографировали, расшифровали, схемочку сделали.

В т о р о й. Чего же здесь радоваться?

П е р в ы й. Да расшифровали-то они только то, что мы и прятать особенно не хотели. Совместные военно-гражданские аэродромы и камуфляжные установки. Понимаешь?

В т о р о й. Вроде понимаю, но что же тогда Гаврилов?

П е р в ы й. Ну, Гаврилов – это только Гаврилов. Он знает лишь то, что ему положено знать. А выше я, до шестнадцати ноль-ноль тревожить не хотел.

В т о р о й (*улыбаясь*). Не заняться ли мне всерьез языком?

П е р в ы й. А что если вместе, как думаешь?

Кабинет 1-ой сцены. П е р в ы й и В т о р о й.
Входит сотрудник с военной выправкой. Стоя смирно, докладывает.

С о т р у д н и к.   Двадцать минут назад перехвачена радиограмма из Н-ска.

П е р в ы й. Расшифрована?

С о т р у д н и к. Так точно.

П е р в ы й. Прочтите.

С о т р у д н и к. Операция   «Спутник»   прошла   успешно. Продолжаю   выполнять   задание.   Агент   тридцать   восемь–двадцать четыре.

КОНЕЦ

Ленинград – Нью-Джерси

Михаил Малютов -

профессор математического факультета Северо-Восточного университета в Бостоне с 1995 года. До этого работал в Колмогоровской статистической лаборатории в Московском университете, был профессором Московского технического университета. Автор более 150 научных статей и книг по математике, статистике и приложениям, среди них – медико–биологическим, инженерным, лингвистическим.

Как и почему я заинтересовался проблемой авторства литературных текстов – описано ниже. Кому и зачем написаны эти строки? Автор надеется заинтересовать читателей увлекательной загадкой и побудить их продолжить ее исследование. Для этого дан конспект «путеводителя» по этой проблеме. Неуместные для литературного сборника математические детали опущены. Их можно найти в статьях автора из списка литературы.

Рискованное интернет-знакомство

1. Предыстория

Как видно из справки в начале страницы, я не лирик, скорее, – типичный «физик». В начале моей службы в лаборатории великого математика Колмогорова я дружил с группой его сотрудников и аспирантов, делавших для него трудоемкие вычисления статистики ритма русских стихов. Я играл с ними в футбол два раза в неделю (однажды в азарте борьбы за мяч слегка подбил ногу Наташе Светловой, будущей Солженицыной), но их деятельность считал труднообъяснимым капризом Колмогорова и был согласен с Е.С.Вентцель (она же – писатель И.Грекова), отчитавшей Ю.М.Лотмана за статистический анализ «10-й главы» Евгения Онегина, считая статистику неприменимой к стихам. После семи лет изучения статистики однородности литературных текстов моя точка зрения на этот счет поменялась: как оказалось, статистика является мощным инструментом атрибуции текстов. И мне удалось создать статистически достоверный метод атрибуции. Здесь я рассказываю историю своей вовлеченности в исследование авторства произведений Шекспира и делюсь знаниями по этой проблеме. Приношу читателю извинения за то, что по необходимости мне приходится быть лаконичным, прибегать к сокращенному изложению и аббревиатуре.

2. Знакомство с проблемой

Все началось после того, как я получил статус «tenure» в 2001 году, гарантирующий сохранение моей должности, пока я выполняю свои обязанности в моем американском университете. Настроение было приподнятое! Осенью 2002 года я, будучи в гостях у когда-то подготовленного мною кандидата наук (а всего их было двадцать), профессора одного из университетов штата Мичиган, заодно прочел там пару лекций. Его жена дала мне книгу И.Гилилова [3], в которой автор излагает «доказательства» идеи Пороховщикова, что под именем Шекспира скрывалась чета графа и графини Рэтленд. Я «проглотил» книгу за ночь. Согласился с вескими аргументами противников официальной версии авторства и не поверил в версию Пороховщикова, дополненную собственными «находками» И.Гилилова, позднее оказавшимися чепухой.

Я полез в Интернет узнать больше об этой незнакомой мне проблеме и нашел сайт Альфреда Баркова, содержащий другую версию авторства и яркую статью «Интеллект» с критикой академика Фоменко (и поддержавшего его Г.Каспарова) за недостаток интеллекта. Статья понравилась, и я послал Баркову предложение дополнить ее примером «интеллекта» поспоривших сатирика И.Иртеньева и поэтессы, которая ответила на его оскорбительные стишата в адрес женщин. Каждый из них классифицировал представителей противоположного пола, забыв о возможности совмещения в любом индивидууме сразу нескольких из выбранных ими признаков.

Барков представился горным инженером, насильно взятым в армию и покинувшим ее сразу после путча 1991 года. Он отверг мое предложение – не хотел связываться с сатириком, и стал уговаривать проверить математически достоверность анаграмм, якобы найденных Робертой Баллантайн (США) [12] в произведениях Шекспира (ПШ). Я отказался по причине моей некомпетентности в английской литературе и криптографии. Его версия авторства была любопытней, но аргументы казались спорными. Потом оказалось, что Барков соврал: он был произведен в генералы КГБ в конце 80-х за успешное контролирование коротковолновой связи, но это продвижение по службе не состоялось из-за неосторожной активности одного из его подопечных. Это рискованное знакомство в Интернете тем бы и закончилось, но случились два маловероятных события. Я провел в Москве Рождественские праздники 2002 года, где посетил семейную пару моих друзей-математиков, которые рекомендовали познакомиться с юным гением Дмитрием Хмелевым, защитившим диссертации в МГУ и Институте Ньютона в Кембридже. Вместе с английскими компьютерными лингвистами он атрибутировал авторство одной пьесы Шекспира. И я познакомился с малознакомым со статистическими методами, но весьма упрямым и самоуверенным гением и его методами исследования. Это было первое из двух маловероятных событий.

Второе: после Москвы я приехал в Билефельд (Германия) на три месяца к Руди Альсведе, гиганту теории информации, для исследований в программе «Перенос информации». Он первым на Западе оценил важность моих открытий в теории поиска. Когда-то в лихие девяностые, во время моих скитаний по Европе его склад инструментов на полгода был моей «штаб–квартирой».

Я планировал продолжить эти исследования, но проболтался Руди об анаграммах Баллантайн. Деспот Руди приказал мне подготовить доклад на эту тему через месяц. Я поплелся в отдел английской литературы их сказочно богатой библиотеки и обомлел, увидев сотни метров книг о стиле и авторстве ПШ на полках!

(Профессор Галланд из Северо-Западного университета США составил в 1947 году библиографию АПШ на 1500 стр. Сейчас такая библиография заняла бы в несколько раз больше места: львиная доля неортодоксальных работ теперь – в Интернете: их практически невозможно опубликовать в академических журналах.)

3. Первые результаты

Разобравшись, я нашел несколько подходящих книг [14, 20], сделал одобренный Руди четырехчасовой обзор на его семинаре, ставший основой моих статей и многочисленных докладов 2003 – 2006 годов. Обученный замечательной книгой [20], я начал с проверки реальности анаграмм в 154 сонетах Шекспира. Я быстро сообразил: по традиции, известной со времен авторов греческих трагедий [29] помещать «водяные знаки» в свои творения, наличие таких знаков (в данном случае – анаграмм имени Марло или его вариантов) в первых двустишиях сонетов эквивалентно аномально частой встречаемости там неупорядоченного множества букв, составляющих эту фамилию. Хмелев, компьютерный гений, после долгих уговоров, сосчитал эту частоту, оказавшуюся аномально высокой! Вскоре я доказал чрезмерную множественность анаграмм на английском языке к тексту, написанном тоже на английском. По этой причине, а также из-за чрезмерной сложности анализа, их использование для передачи информации, занимающей много строк, практически невозможно, несмотря на популярность анаграмм среди великих ученых тех времен (Ньютон, Кеплер, Галилей и др.). Все эти результаты опубликованы в [4] почти на 40 страницах по-русски вместе с основанным на сжатии текстов новым методом, названным ССС, проверки однородности стиля. Прототип ССС впервые появился у Хмелева [8] за три года до его скоропостижной смерти в Техасе осенью 2004 года. Первое применение теста ССС в [4] показало, что поэма «Венера и Адонис», самое первое печатное издание под именем «Шекспир», ближе по стилю к ранним переводам Марло лирики

Овидия, чем поэма «Геро и Леандр», зарегистрированная Марло в то же время, что и сданная издателям анонимно «Венера и Адонис». Но опубликована поэма «Геро и Леандр» была только через пять лет. Позже мы изучили аналогичные соотношения для поэмы «Похищение Лукреции». Я довел метод до статистически достоверного инструмента, не сделавшего осечек в сотне разобранных примеров на русском, английском и иврите, см. [4, 5, 28]. Затем я построил строгую математическую теорию метода ССС, опубликованную в [6]. Примененный к ранним поэмам Шекспира, метод показывает весьма высокую вероятность того, что они были написаны Марло [4, 5, 28].

Разумеется, неплохо было бы перепроверить наши вычисления, продолжить анализ пьес и поиск наиболее существенных для дискриминации так называемых контекстов с помощью отлаживаемой в настоящее время модификации нашего ССС-теста.

4. Об авторстве произведений Шекспира: вступление

Причина интереса к авторству произведений Шекспира (АПШ) – десятки фактов из жизни Уильяма Шекспира (УШ), которые официальная версия АПШ считает совместимыми с гипотезой АПШ, хотя и маловероятными. Самый доступный способ узнать об этой загадке для русскоязычного читателя – ознакомиться с первой частью работы [3] и посмотреть документальный фильм Э.Аграновской «Шекспир против Шекспира» [32] с моим участием, показанный дважды по российскому телеканалу «Культура».

Нет свидетельств образования УШ в родном Стратфорде. Первые документы после рождения – свидетельство о его помолвке и последующей через месяц женитьбе на другой невесте из-за беременности последней. Через несколько лет она родила еще двойню, а он как раз был выпущен из местной тюрьмы с обещанием повесить его в следующий раз, когда он попадется на краже кроликов из лесов лендлорда [14]. Он ответил на эти события побегом из Стратфорда и скитался где-то несколько лет в постоянном страхе перед суровым наказанием, ожидавшим бродяг при Елизавете. Наконец он выплыл в Лондоне, нанятый сначала, чтобы следить за лошадьми богатых зрителей и охранником театра. Он упоминается в нескольких заявлениях в суд о нападениях на соперничающие театры. (Театры того времени были также центрами различной криминальной активности и враждовали между собой. Лорд-мэр Лондона, вывел их по этой причине за пределы города.) Стратфордский диалект УШ был непонятен лондонцам: тамошние рекруты подлежали переучиванию языка. Поэтому прошел значительный период времени, прежде чем УШ смог иногда участвовать в представлениях во второстепенных ролях. Однако его энергия и предприимчивость позволили ему стать администратором, финансовым менеджером и пайщиком театра, а позднее и успешным продюсером постановок. По свидетельству стратфордского священника, опекавшего дочь УШ, последний, без всякого образования, получал порядка тысячи фунтов в год. Чтобы оценить огромность этой цифры, упомянем, что королева платила своему премьер-министру У.Сесилу только вдвое больше, а лучший дом в Стратфорде был куплен УШ за 60 фунтов (как не вспомнить «трудами праведными...»). Основными источниками доходов УШ были, по-видимому, ростовщичество, спекуляции и другие, не обязательно законные, операции. Его бизнес включал приобретение пьес бедствующих драматургов за пенсы. Публикация пьес тоже приносила УШ пенсы, но зато под его именем они становились собственностью театра. Другие театры должны были платить за их постановку. Защитники его авторства стыдливо открещиваются от многих слабых пьес, опубликованных под его именем.

Десятки других антистратфордианских аргументов: скандальное завещание, особенности подписей, диалекты Кента, а не Уорвикшира, доскональное знание в ПШ этикета, дипломатии, произведений, не переведенных на английский ко времени написания пьес, и т.д. и т.п., – все это делает УШ малоподходящим кандидатом (из тридцати с лишним) для АПШ.

Разгадка АПШ способствовала бы более глубокому пониманию мыслей автора бессмертных произведений и истории культуры. Она, видимо, будет основана на развитии принципиально новой методологии. Успешного исследователя, помимо славы, ждет и денежная награда Калвина Хофмана в более чем миллион британских фунтов.

Анекдотические заявления типа «А Пастернак считал...» без его объяснений меня не убеждают: аргумент сильно смахивает на советское начетничество или провокацию в ожидании неосторожного ответа.

А.Ахматова и В.Набоков, М.Твен, Ч.Диккенс, Дж.Голсуорси, У.Уитман, Р.Эмерсон, Дж.Джойс, Х.Джеймс, Ч.Чаплин, З.Фрейд и сотни других, не менее компетентных авторов (включая английского премьер-министра Б.Дизраели) считали иначе. Х.Джеймс выразил их убеждения наиболее ярко: «Божественный Уил – это величайший и самый успешный обман терпеливого мира».

В Советское время на эту тему было наложено табу. Объясняли, что снобы-феодалы не могли согласиться с авторством простолюдина. Оппонентов третировали, как лунатиков, маргиналов, сторонников плоской Земли и пр.

Отказ от официальной версии авторства – легкая часть проблемы. Необходимо доказать авторство другого кандидата. Это было подчеркнуто на заседании Верховного Суда США по иску наследников Де Вера, графа Оксфорда.

Ситуация с АПШ быстро меняется в последние годы. Декларацию о законности сомнений в официальной версии АПШ подписали более 2000 видных ученых и театральных деятелей.

Я привожу мои и имеющиеся в литературе доводы в пользу только одного кандидата на авторство – тоже номинально простолюдина, которого считаю наиболее правдоподобным. Я отношусь с недоверием к АПШ все еще популярных остальных видных феодалов – Де Вера, Бэкона, Мэннерса и прочих. Хотя отметать их неэтично, но их положение в свете требовало выполнения многих приятных обязанностей, делающих самоотверженное творчество нелепым, малополезным и даже препятствующим карьере. Скрыть авторство одного из тесно связанных между собой представителей верхушки общества – нереально. Кроме того, воспитание, оправдывающее их исключительное положение наследованием, вряд ли совместимо с гуманизмом ПШ. Де Веру, например, мало что грозило, когда он случайно убил слугу на уроке фехтования. Тем не менее, он солгал, что слуга сознательно подставился. Тем самым семья слуги сильно пострадала. Этот и ряд других документированных неэтичных эпизодов, как и то, что скупая Елизавета давала ему гигантскую сумму в 1000 фунтов ежегодно на содержание театра в пропагандистских и разведывательных целях, естественно, не отражены в недавнем апологетическом, весьма вольно обращающимся с историей фильме «Аноним», снятом, по-видимому, при финансовой поддержке богатого общества сторонников Де Вера.

Мы можем только приблизительно сравнить нравы времен Елизаветы с поведением вельмож Советского периода. Растроганный секретарь одного из отделов ЦК КПСС на банкете после защиты диссертации сына сказал Колмогорову: «Что вы штаны просиживаете в академии! Переходите к нам – вас ждут большие дела!»

Его сын, средних способностей, получил «зеленую улицу» для блестящей карьеры, и его поведение – бледная модель того, как вели себя феодалы типа Де Вера.

Романтизирование полицейского государства Елизаветы (в ряде аспектов напоминающего сталинский режим) сильно искажает современную точку зрения. Свирепая цензура, выездная виза, запрещение свободного передвижения для простолюдинов, беспощадный феодальный и церковный гнет – вот его черты. Король Испании, обиравший колонии с благословения Папы, почитал Елизавету вождем шайки пиратов, промышлявших под лозунгом «Грабь награбленное», и вел с ней борьбу. Победив, он, наверное, отправил бы Елизавету в Рим, в цепях, для торжественного сожжения!

Много убийственных аргументов против АПШ Де Вера см. в [3,12] и в обстоятельных статьях И.Гортазар и П.Фари на замечательном блоге марловианцев [24] и сайте П.Фари [18]. К сожалению, временно недоступен сайт Джона Бэйкера, содержащий порядка 1000 стр.

захватывающих материалов и иллюстраций, и я ссылаюсь лишь на его видеоинтервью [11]. Обсуждение невозможности кандидатур графа Оксфорда и барона Ф.Бэкона с точки зрения их моральных устоев производится А.Барковым.

5. Зачем нужна математика и другие точные науки

Сделаю ряд принципиальных замечаний и приведу примеры.

I. Литературоведы часто не любят математику, относятся к ней с недоверием и не владеют ее базовыми принципами. Им незнакома мысль о том, что вероятности совместимости упомянутых в начале раздела 4 независимых свидетельств перемножаются. А если перемножить их, то получится астрономически малая вероятность, и возможность официальной гипотезы АПШ следует отвергнуть.

Вообще, проблема АПШ имеет много детективных черт. Для разрешения нужна тренировка ума, в которой литературоведы отнюдь не на первом месте.

II. Более того, для разрешения споров нужны количественные оценки, а их технике нужно специально учиться. Эту подготовку в России призвано было давать отделение структурной лингвистики в МГУ, но похоже, что оно не преуспело в выращивании таких специалистов. На Западе этим занимаются в департаментах компьютерной математики с несколько большим успехом, хотя бы в грамотном использовании описательной статистики. Например, в [18] построены элементарные кривые зависимости от времени тех или иных признаков (частоты безударных дополнений в строке, переход неоконченного предложения на следующую строку, частоты некоторых служебных слов и др.), показывающие плавный переход этих характеристик с тем же коэффициентом наклона от трудов Марло к ПШ, и заметные тренды для частот их употребления в зависимости от года написания текста.

III. Для решений, основанных на статистике текста – стилометрии, нужно знать более продвинутые разделы статистики. Например, академик Н.А.Морозов основывал атрибуцию текстов на относительно высоких частотах служебных слов типа «не, и, или, однако» и др., вычисляя частоты таких слов для первой тысячи слов произведений Л.Н.Толстого, И.С.Тургенева, Н.В.Гоголя и др. и пытался уверить, что эти элементарные подсчеты позволяют атрибутировать авторство.

А.А.Марков [7], показал, что закон больших чисел еще не действует для такого объема выборки слов, приведя примеры выборок того же объема из других частей тех же текстов, анализированных Морозовым с обратными соотношениями между частотами служебных слов.

IV. До [4], где появилась наша работающая версия ССС, последователи Хмелева действовали по аналогии с абстрактными философскими принципами Колмогорова из соображений, не имеющих отношения к статистике [13] и чем-то напоминающих астрологию. Поэтому их приложения сомнительны. Их классификатор плохо различает одноязычные литературные тексты в отличие от ССС. Их парадоксальное утверждение, что Л.Толстой – отдельная ветвь на дереве русских писателей, скорее всего, вызвано плохой подготовкой текстов: они не убрали перед анализом значительные вкрапления французского. Обоснование ССС [6] потребовало применения весьма изощренных методов статистики и теории информации.

V. Еще сложнее поиск стеганографии – скрытой тайнописи в тексте. Обзор невежественных поисков стеганографии в ПШ дан в блестящей книге специалистов по взлому кодов [20]. Показано, что единственно продуктивные и доказательные методы основаны на избыточности языка и требуют значительных объемов текста и повторяемости кода. Последнее условие не выполнено для анаграмм. Ошеломляющий пример многозначности анаграмм [20, стр. 110–111], – выборка из 3100 различных осмысленных латинских анаграмм приветствия «Ave Maria, Gratia Plena, Dominus Tecum…», сочиненных монахами в XVIII веке. Неудивительно, что для эпитафии на могиле Шекспира непрофессионалами подобраны варианты анаграмм с разным содержанием [12,18].

VI. Чтобы «дезавуировать» результаты других непрофессиональных атрибуторов, мне в одном случае, который я опишу весьма схематически, помогла комбинаторика. В [16] изучается порядка 200 признаков. Из них выбраны порядка сорока так, чтобы их совокупность давала один набор результатов для ПШ и отличный набор для пьес каждого из оппонентов. Они преуспели в этом и объявили, что их результат говорит о неповторимости стиля ПШ. Оставляя в стороне дрейф стилей, детали их тестов и др., зададимся вопросом: а не следует ли их результат из неправильного планирования исследования? Число возможных комбинаций сорока признаков из двухсот – это приблизительно число 2 в степени 140 . Число же ситуаций, в которых хотя бы один из признаков не совпадает в каждой из пьес альтернативных кандидатов, значительно меньше даже в наиболее информативном случае равновероятности значений признаков. Поэтому всегда можно выбрать подмножество из 40 признаков, отличающих ПШ от не ПШ. Оксфордианцы, конечно, тоже не согласны с выводами [16], но их, не относящуюся к статистике полемику, мне неинтересно и затруднительно разбирать. Стратфордианцы же осуждают сам факт дискуссии об АПШ.

Описание методов [16] весьма туманно. Выводы [16] получены на основе многолетних грантов и вычислений неподготовленными студентами, общим числом 37, пытавшимися самостоятельно отличить Шекспира от других кандидатов в 1987 – 1994 годах. По признанию Уорда Эллиота, первые годы деятельности студентов были, в основном, потрачены впустую, хотя он оценивает их последующие усилия выше.

Участвуя в летней школе, проводимой несколькими колледжами Клэрмонта в Калифорнии, я обсудил АПШ с Уордом Эллиотом, отставным профессором политических наук и наследником графа Оксфорда. Профессор щедро одарил меня ПШ и пьесами современников, сегментированными группой их студентов, чья деятельность, таким образом, не пропала даром. Теперь добровольцы могут применить, например, мой метод ССС (еще лучше применить его недавнюю модификацию, основанную на марковских «цепях переменной памяти») для анализа их однородности. Приехав в США в возрасте 54 лет, я не сильно преуспел в добывании грантов. У меня нет грантов для оплаты этой работы. Мои интересы сместились в теорию и приложение модификации ССС к биоинформатике, контролю качества, сейсмологии и др.

VII. Может стать полезным прогресс в генетической дактилоскопии для развенчания версии «убийства» Марло, имеющей решающее значение для спора об АПШ: факт выживания Марло практически равносилен аргументу в пользу того, что его можно считать основным кандидатом на АПШ, принимая во внимание литературоведческие и стилометрические свидетельства. В Дармштадте (Германия) хранится посмертная маска, называемая там Шекспировской, похожая на известные портреты барда; маска была куплена в комплекте с портретом умершего в лавровом венке.

Специалисты утверждают, что можно извлечь митохондриальную (МТ) ДНК из 16 волос, торчащих из этой маски и сопоставить их с МТ ДНК из костей матерей, братьев или сестер соперничающих кандидатов. МТ ДНК наследуется строго по материнской линии, имеется порядка 400 оснований в МТ ДНК, которые весьма вариабельны. Дополнительным аргументом в пользу различия МТ ДНК кандидатов является то, что мать Марло, по всей вероятности, происходит из недавних эмигрантов с другим типом МТ ДНК, чем для коренных англичан.

Могилы матери, братьев и сестер Марло по-прежнему существуют. Джон Бэйкер, эксперт в таких делах, согласился эксгумировать их останки. У меня была интенсивная переписка с библиотекарем Бреннинг, чтобы получить разрешение на анализ этих волос. Мои попытки натолкнулись на глухую стену отказа Урсулы Хаммершмидт-Хуммель, распорядительницы доступа к этой маске. Наведя справки, Руди, член Европейской Академии, смущенно сказал мне, что он бессилен что-либо сделать: она, наверное, – агент секретных служб «под маской» внештатного профессора.

6. Марло как кандидат на АПШ

Марло как кандидат впервые появился в 1895 году в статье редактора провинциальной американской газеты. Он утверждал, что, путешествуя около Венеции, встретил итальянца, рассказавшего о могиле Марло, похороненного там около 1621 года. Эта история продолжения не имела.

Физик Менденхолл изучал гистограммы частот слов различной длины среди пяти групп по тысяче (или больше) слов для двух авторов. Если разброс гистограмм внутри каждой из пяти групп меньше разницы их средних гистограмм, то гипотеза о единстве их стиля отвергается. В противном случае такая возможность остается. В 1901-м Менденхолл получил заказ, оплаченный неким бэконианцем, и смог нанять ассистентов и проанализировать большие выборки из сочинений современников У.Шекспира. Вопреки ожиданиям заказчика, все их гистограммы (включая Ф.Бэкона), существенно отличались от Шекспировской (например, частота слов из четырех букв в ПШ аномально высока!). Больше для порядка был проанализирован и Марло, числившийся погибшим за две недели до выхода первой публикации У.Шекспира. К ужасу исследователей, их гистограммы оказались идентичными в пределах изменчивости, оцененной по разбросу гистограмм между текстами каждого из двух авторов [26]. Только после этой публикации исследователи стали принимать всерьез кандидатуру Марло и собирать документы о нем. Выяснилось, что он был, в первую очередь, разведчиком высокого калибра, подчиняющимся первому министру Берли и главе Королевских Секретных Служб (КСС). Выдающиеся заслуги Марло перед КСС отмечены в не имеющей прецедента в английской истории петиции Королевского Совета (КС) (аналога политбюро КПСС). КС потребовала присуждения Киту, номинально сыну сапожника, степени мастера Кембриджского университета, несмотря на его долгие отлучки, включая саму процедуру награждения. Следы его деятельности замечены во Франции, Испании и Голландии. После задержания в английском экспедиционном корпусе в Голландии с обвинениями, влекущими смертную казнь, он был отправлен на корабле в Лондон, встречен и немедленно отпущен сыном первого министра, будущим первым министром, без суда.

ПШ насчитывают более 35 тысяч различных английских слов. Подсчеты, приведенные в [17], дают еще столько же английских слов, которыми автор владел. Суммарное огромное число – 70 тысяч – следует сравнить с тремя тысячами слов, достаточных для некоторых популярных поэтов того времени, как и для Бэкона.

Все это наводит на мысль, что для истинного автора скрывать АПШ было вопросом жизни или смерти. Именно таковы были обстоятельства для гениального поэта, драматурга и переводчика К.(Кита) Марло. Он был пионером употребления белого ямба – отклонения от введенного Чосером пятистопного ямба, – достигшего совершенства в ПШ. Герои его пьес дискутируют с богом на равных, подобно раннему В.Маяковскому.

Перейдем к обстоятельствам его «трагической гибели» в конце мая 1593 года. После ксенофобских беспорядков 1593 года, был арестован и подвергнут пыткам драматург Кид, хранивший некоторые опасные книги Кита, на которого он и показал. Кит был найден скрывающимся от свирепствовавшей в Лондоне чумы в загородном доме влиятельного друга, Т.Уолсингхэма, одного из недавних руководителей КСС после смерти старшего кузена, и был вызван в КС, где был тут же отпущен первым министром *в отсутствие архиепископа Уитгифта* под залог и обязательство ежедневно отмечаться в КС до конца разбирательства.

Многие свидетельства [12,22] указывают на участие Кита в приготовлении «памфлетов Мар-Прелата» на латыни, обвинявших верхушку английской церкви в коррупции и узурпации власти.

Это стало, очевидно, известным Уитгифту благодаря его автономной системе осведомителей и сделало Кита заклятым врагом Уитгифта, постановившего позже сжечь тираж его переводов любовной лирики Овидия, напечатанный в Голландии. То, что Кит оказался на свободе, удесятерило усилия Уитгифта погубить его. Он поручил своему агенту Бэйнсу написать пространный донос с обвинением Кита во всех смертных грехах – проповеди циничного безбожия, мужеложстве и т.п. Руководители КСС, получив донос Бэйнса, смогли только оттянуть его рассмотрение КС для редактирования, чтобы не оскорбить чувства королевы.

Тем временем, в Дептфордском доме близкой сподвижницы Елизаветы собрались несколько агентов КСС, включая только что прибывшего из Голландии матерого провокатора КСС Поли с донесением лично для королевы. Поли отвечал за тайную доставку агентов КСС на континент и обратно, используя Дептфордский дом в ожидании удобного момента для отплытия. Агенты КСС пробыли в доме с утра до вечера, из-за чего Кит нарушил обязательство отмечаться в КС – он знал, что ему это больше не понадобится, и вечером Кит был якобы убит в пьяной драке, изуродовавшей его лицо до неузнаваемости. Мгновенно появился «случайно проезжавший мимо» личный коронер (следователь) Елизаветы, засвидетельствовавший смерть Кита, сразу же похороненного в безымянной могиле умерших от чумы. Его «убийца», слуга Т.Уолсингхэма, был через месяц прощен королевой и продолжал служить хозяину оставшуюся долгую жизнь. Королева приказала хранить обстоятельства в тайне и если расследовать это дело снова, то только ее судом. Поли исчез сразу после инцидента, задержав вручение срочных депеш королеве на неделю. Предыдущим вечером под Гринвичем, в двух километрах от упомянутого дома в Дептфорде, был повешен издатель Мар-Прелата, однокашник Кита по Кэмбриджу, и его тело пропало, несмотря на многократные просьбы родных похоронить его.

Еще через две недели в уже напечатанную в типографии поэму «Венера и Адонис» было вложено посвящение графу Саутхэмптону, соученику Кита по Кэмбриджскому университету, впервые упоминавшее Шекспира как «изобретателя» какого бы то ни было произведения.

Дептфордский инцидент разбирается в деталях многими авторитетными авторами. Все приходят к выводу, что свидетельство коронера искажает факты и составлено с нарушениями инструкций.

Только один кандидат подходит, чтобы объяснить следующие две загадки: кого имела в виду потерявшая самоконтроль Елизавета после бунта Эссекса в 1601 году, начавшегося представлением «Ричарда II», которая усмотрела в пьесе призыв расправиться с ней и кричала своему растерянному архивариусу об авторе пьесы: «Кто готов забыть бога, забудет и своих благодетелей...» Замечательно, что после этой тирады титульного автора не тронули и пальцем, хотя она казнила организаторов этого представления! Многие драматурги неоднократно бывали в тюрьме (редкое исключение – кандидат из Стратфорда). Жалобы вельможи, усмотревшего намек на себя в пьесе, хватало, чтобы драматург оказался в тюрьме! А тут призыв казнить королеву! По-моему, довольно ясно, кого она имела в виду, а вторая часть ее высказывания свидетельствует, что она знала или сыграла активную роль в Дептфорлской инсценировке.

Вторая загадка – отрывки из сонетов, повествующие об опороченном авторе, который вынужден покинуть Англию и боится нанести вред своему другу (или сыну), если связь между ними станет известной, и, тем не менее, уверен, что его стихи обессмертят имя друга (или сына).

Даже после революции О.Кромвеля, воспитанного Т.Бердом, учеником Уитгифта, Кит представлялся поверженным демоном. Кромвель разогнал все театры, документы КСС пропали, и интерес к ПШ возобновился только в XVIII столетии, когда решить вопрос об их авторстве стало затруднительным.

Сравнение пьес Шекспира и Марло не в пользу последнего, и это – один из основных аргументов против кандидатуры Марло. При этом замалчивается факт: мы судим о ПШ по их изданиям, начиная с 1623 года, т.е. спустя тридцать лет после событий 1593 года, которые и при удачном исходе все равно перечеркнули бы все планы юного амбициозного гения-авантюриста и не могли не изменить его видение мира.

Самонадеянность и шокирующие демонстративные заявления, возможно, уместны для поэта (ради красного словца...), но у исследователя они – проявление скорее недостатка интеллекта, чем его глубины. Меня поразило безапелляционное утверждение поэта Т.С.Элиота [15], что живи Марло дольше, он бы развивался в другую сторону, нежели Шекспир.

7. Марловианцы

Первое знакомство с марловианской теорией и марловианцами на английском языке можно получить на сайте [25].

Фундаментальную роль в самоорганизации марловианцев сыграл К.Хофман, написавший первую книгу о Марло и завещавший Королевской школе в Кентербери денежный фонд для выдачи ежегодных малых премий в 20000 фунтов за лучшее эссе по проблеме АПШ и окончательной премии в 1000000 фунтов тому, кто решит проблему полностью. Популяризации весьма содействовал M.Rubbo, выигравший малую премию Хофмана за документальный фильм «Much ado about something», отрывки которого можно смотреть онлайн бесплатно.

Первая докторская диссертация Р.Барбер (см. видео интервью с ней в [31]) и появившиеся за последние пять лет более дюжины книг обосновывают правдоподобие того, что Марло был автором ПШ. Так что, наконец, единственный реальный кандидат стал наиболее обсуждаемым! Таковым, кроме книг, его сделали уже упомянутый в конце главы 4. блог и онлайн-журнал международного общества марловианцев [23].

Среди неофициальных гуру марловианцев – популярный в прошлом шекспировский актер П.Фари [18], служивший в военной разведке, потом руководителем обучающих программ British Airways. Он выискивает малейшие изъяны в рассуждениях других марловианцев, стараясь, чтобы их аргументация была безукоризненной. A.D.Wraight, I.Gortazar, S.Blumenfeld, J.Baker, Ch.Gamble и десяток других глубоких литературоведов сравнивают содержание ПШ с историческими фактами, приводят перекрестные ссылки между еще не опубликованными работами Кита и «Шекспира». Это увлекательно, но никогда не приведет к разрешению спора в суде.

Дж.Джофен, [22], основательница и первый президент Marlowe Society of America, профессор древних языков и идиш в ряде колледжей Бруклина, доказывает причастность Марло к сочинению «памфлетов Мар-Прелата» и приводит ряд соображений в пользу того, что мать Марло была из марранов – потомков вынужденно крещеных иберийских евреев. Одно из соображений: ее отказались похоронить рядом с мужем.

Профессор английского языка П.Булл издал книгу о масонской тайнописи Марло в сонетах из ПШ. Не готов ее комментировать.

Р.Баллантайн [12] в своих многолетних исследованиях архивов нашла много интересных намеков на то, как протекала жизнь Кита после его мнимой смерти. Большая же часть ее книги содержит расшифрованные ею анаграммы в ПШ. Я расцениваю их как своеобразный вариант спиритизма ввиду моего вывода о чрезмерной неоднозначности и сложности анаграмм.

Р.Айрес защитил диссертацию по физике в Англии и опубликовал дюжину книг по экономике развития; под влиянием своего брата, голливудского сценариста, он заинтересовался марловианской теорией и продолжает [9] архивные исследования Р.Баллантайн.

В 1988-м ситуация для неортодоксов была другой. Дж.Бэйкер подготовил кандидатскую диссертацию в Университете Оксфорда, опубликовав две статьи в их журнале «Literary and Linguistic Computing». До защиты дело не дошло, и, получив богословскую степень, Бэкер уехал в Америку и стал там владельцем кладбища.

Работа в КСС сделала Кита провокатором, умевшим побудить врагов Елизаветы своими двусмысленными речами к откровенным высказываниям. Этот же двусмысленный стиль характерен для многих его героев и для многочисленных суждений об АПШ коллег Кита по КСС, особенно Б.Джонсона, редактора первого издания избранных ПШ.

Советский «коллега» Марло – А.Барков считал Кита сыном Елизаветы и искал необычный вид тайнописи, названный им мениппеей, на основе анализа противоречий в ПШ. Мениппея, восходящая к карнавальной классификации Бахтина [1], – присутствие внутренней пьесы внутри пьесы, написанной якобы от другого лица. Действительно, пьеса внутри «Гамлета» и пролог «Укрощения строптивой» присутствуют, причем пролог – несомненно, вид тайнописи (разбираемой также И.Гортазар). Однако Барков явно перебарщивает в других случаях, и его трактовку «Гамлета» «без бутылки не разберешь». Мне больше импонируют яркие трактовки противоречий в «Гамлете» Б.Акуниным и Н.Воронцовой-Юрьевой. Последняя дает также восхитительный анализ «Отелло», который я от всей души рекомендую читателям. Ее сайт, содержащий также нетрадиционный анализ образов Татьяны Лариной и Анны Карениной, легко находится поиском в интернете.

В последнем из посланий Баркова было приложение с изложением гипотезы о происхождении Кита, альтернативной его собственной, на которое я обратил внимание спустя ряд лет [2].

По словам Баркова, оно было написано отошедшим в иной мир участником его Киевского литературного клуба М.Брусиловским. Его текст – фантазия, согласующаяся с известными фактами или догадками о жизни Марло, собранными известными марловианцами Р.Баллантайн, С.Блюменфельдом, Дж.Бэйкером, Р.Айресом и др., без их копирования. Ничто не противоречит известным мне историческим событиям в отличие от откровенной лжи недавних голливудских фильмов «Anonymous» и выигравшего Оскара «Shakespeare in love». Скетч барковского автора приводит правдоподобную версию того, как Марло смог стать гением драматургии и поэзии.

Очевидно, что Брусиловский – не профессиональный литератор, и его скетч скорее похож на «капустник». Однако, учитывая занимательность сюжета, может быть доведен до надлежащего уровня. Детализация диалогов и прочее требуют профессионального сценариста, а замена и расширение музыкального сопровождения – профессионального композитора, хотя коллаж с песнями советских бардов может стать популярным среди молодежи, которой этот мюзикл адресован. Его примитивные музыкальные вставки – только иллюстрации того, в каком ключе он представляет их характер. После переделки может получиться хит вроде «Трех мушкетеров»!

Автор противопоставляет начало Возрождения в Англии, «утренней звездой» которого был Кит Марло, грязным зверям – феодалам и церковникам (по аналогии с «Трудно быть богом» Стругацких).

8. Протестантская разведсеть и марраны

Пишу в сомнениях: стоит ли «дразнить английских друзей»?

Исповедавшие иудаизм были изгнаны из Англии королем Эдуардом I в 1290 году после ужасных погромов, инспирированных крестовыми походами.

Некоторые смогли остаться, крестившись, заключив удачный брак и т.п., и всеми силами старались скрыть свое происхождение. Бывшим совкам знакомо это: вспомним послевоенных сталинских министров Абрама Завенягина и Бенциона Ванникова, или анекдот о Сахарове-Сахаровиче-Цуккермане. Бывшие антагонисты делали то же. Семья моей жены, например, занесенная в самую почетную 6-ю книгу Дворянского Собрания, сократила свою фамилию втрое и чудом пережила Гражданскую. Всякие разговоры о предках были у них под строжайшим запретом.

Елизавета говорила и писала на библейском иврите и арамейском (наряду с испанским, валлийским, латинским, греческим и английским языками). Она писала: «как жаль, что мы должны убивать друг друга за такую абстрактность, как религия». Таких же взглядов придерживался Анри Наваррский, ставший королем Франции и тайным союзником Елизаветы и Нидерландов в их борьбе с доминированием Папы и Испании. Впрочем, скупая Елизавета запретила Эссексу, державшему готовый десант в Дувре, прийти на помощь осажденному Кале, выторговывая присоединение Кале к Англии. Король Анри IV позже тайно заключил мирный договор с Испанией, перечеркивающий предыдущий тройственный союз с Англией и Голландией.

Интенсивная секретная дипломатия короля Анри IV, включавшая тайную помощь Голландии деньгами, оружием, разведывательной информацией и др., осуществлялась под руководством его приближенных, из которых выделялся посол Франции в Голландии Бузанваль, имевший тесные контакты в Англии. Его доверенным курьером в 1595-1599, а скорее всего и раньше, был некто Леду, высокопоставленный сотрудник английской КСС, чья переписка с руководством частично доступна и в настоящее время. Сохранилась опись предметов в его походном сундучке, сданном на хранение заместителю Эссекса по английской разведке Энтони Бэкону во время визита Леду в Англию, когда он обучал одного из наследников знатного рода Harington в Берли, Rutland, и принимал там участие в театральных постановках. Спектр его интеллектуальных интересов: книги в сундучке – источники для ПШ того периода, разведовательные материалы о событиях того периода во Франции, Шотландии, Голландии и Испании, дневники Ф.Уолсингхэма, словари различных языков *за исключением английского*. Очень похоже, что Леду – это исчезнувший Марло! Леду закончил службу курьера из Франции в Голландию в 1599 году и, скорее всего, был послан в Италию под другим псевдонимом помогать в устройстве выгодного политически и финансово брака Анри IV и Марии Медичи. Ее двоюродный брат, герцог Орсино, предпринял визит инкогнито в Англию в 1600-м. В его честь было устроено представление свежесочиненой «Двенадцатой ночи»! Эти факты подробнее всего обсуждаются в [21].

В самом начале XVII века некто Кристофер Марло подал заявление в Английскую семинарию в тогдашней столице Испании Вальядолиде, получил там сан католического священника и убыл в Англию в 1603 году сразу после смерти Уитгифта. Его поместили в Лондонскую тюрьму, где за него платил первый министр Р.Сесил. Новый архиепископ простил Марло за католический сан в 1604 году, и тот был выпущен из заключения. Наверняка он привез подробный список выпускников английской семинарии, который был использован вскоре для казни всех этих выпускников во время неудавшегося «Порохового заговора» 1605 года.

В 1604 году некто Грегорио де Монти получил пост советника по культуре и связям с Советом Дожей во вновь организованном посольстве Англии в Венеции. Этот пост де Монти занимал до конца 1621 года, когда все посольство, кроме посла, было отравлено. Все понимали, что Грегорио – английский шпион, но никто не сомневался, что он – коренной венецианец! В [9] обнародовано письмо Грегорио 1621 года тогдашнему главе МИД с благодарностью за рыцарское звание, дарованное ему королем Яковом заочно, что свидетельствует о том, что он был англичанином!

Сохранилась одна из пьес Грегорио – «Ипполит». Она была поставлена в Венеции с участием любимейшей актрисы Испании Микаэлы Лухан, бывшей любовницы Лопе де Вега, написавшего несколько сотен популярных пьес. Последний жаловался в письме спонсору, что Микаэла объявила своего, незнакомого ему, новоизбранного любовника гением драматургии, не чета-де Лопе! (см. [9,12])

В [9,12,21] описано неудачное путешествие Грегорио на Бермуды на захваченном под его руководством пиратском судне.

Таким образом, Марло предстает весьма успешным разведчиком в дополнение к его гениальности как драматурга. [12] объясняет это тем, что Кит был марраном и безошибочно узнавал таких же, как он, противников Испании и католицизма, особенно среди марранов. Обширные международные связи марранов и скрытая неприязнь к католической церкви, подстрекавшей королей Испании, Португалии и Англии к лишению их предков родины и имущества, успешно использовались Елизаветой для создания международной разведывательной сети [10].

Португальские евреи-протестанты (марраны), числом порядка 5000, поселились в Англии во времена правления короля Генриха VIII и Елизаветы. Елизавета поощряла фаворита Рэлли и руководителей КСС иметь хорошие связи с марранами. Основатель КСС секретарь Ф.Уолсингхэм, вероятно, сначала создал эти связи по политическим соображениям, но позже оценил их бóльшую изощренность в сравнении с английскими агентами, характеризуя последних как «толстых и глупых» (сравните с известным высказыванием Ленина). Именно поэтому он любил проводить время в компании марранов. Один из самых заметных из них, врач и крупный торговец Эктор Нуньес, был избран цензором Королевской коллегии врачей в 1562 году. У него была обширная сеть информаторов, в том числе брат в Мадриде. Они обеспечивали Уолсингхэма и первого министра Берли разведывательной информацией об испанских военных и военно-морских передвижениях. Нуньес был так важен для правительства, что КС даже защищал его от кредиторов. 30 мая 1588 года 130 судов, 25 тысяч солдат и 180 священников испанской армады отплыли из Лиссабона, чтобы вторгнуться в Англию и искоренить протестантизм. У них было благословение Папы. Неведомый командиру испанского флота, один из кораблей Нуньеса уплыл раньше, чтобы известить Уолсингхэма об отплытии армады. Англия подготовилась для борьбы с испанским флотом. Военный поход провалился. Менее семидесяти испанских кораблей вернулись домой [30].

Традиции интереса и уважения к наукам и искусствам продолжали культивироваться у марранов, что не могло не принести обильных плодов. Вот почему марраны, такие, как М.Монтень, М.Сервантес, М.Нострадамус и др., сыграли важную роль в развитии культуры эпохи Возрождения.

Естественно, существовала сильная оппозиция сближению с марранами. Похоже, что во главе ее стоял архиепископ Уитгифт. После победы над Великой армадой подняли голос защитники демократизации церкви – пуритане и пр. На это Елизавета «ответила», дав неограниченную власть властолюбивому и жестокому мракобесу Уитгифту вершить суд инквизиции «Star Chamber» без права апелляций. Он казнил тысячи, что вызвало серию протестных памфлетов, подписанных Мар-Прелатом. Как обычно, преследование инакомыслящих ведет к ксенофобии. Уитгифт добился своего: в начале 1590-х годов, при загадочных обстоятельствах, в присутствии личного врача Елизаветы, маррана Лопеса, почти одновременно умерли близкие к марранам, входившие в ядро окружения Елизаветы, ее казначей Грешем, шеф КСС Уолсингхэм, один из главных английских судей Р.Мэнвуд и др. Лопес недолго пережил их: обвиненный в намерении отравить королеву, он был арестован, сознался под пытками и казнен в 1594 году, что вызвало шквал ксенофобии (не напоминает ли это вам события конца сталинского режима?). Тогда же пришла очередь Марло.

Сразу после рождения Кита его юридический отец Джон создал свой обувной бизнес, выкупив и, тем самым, избежав два года обязательного предварительного ученичества, и приобрел лавку сапожника. Откуда взялись на все это деньги? А Кит сдал экзамены по латинскому и греческому и учился два года в частной Королевской школе в Кентербери. Кто подготовил его? Его неграмотные отец или мать не могли научить его сами или оплатить репетитора. Из школы он перешел в «Корпус Кристи» колледж в Кембридже, где жил три месяца до получения стипендии. На дорогостоящем портрете 1585 года он, в возрасте двадцати одного года, изображен в дорогой одежде. Богатые студенты могли ее носить по случаю, но бедным студентам это не было разрешено. Кто заплатил за это? Все это поддерживает гипотезу, что у Марло был биологический или крестный отец с финансовыми ресурсами, недостижимыми для сапожника Джона Марли. [9,12] считают биологическим отцом Кита Р.Мэнвуда, жившего вблизи Кентербери и возглавлявшего адмиралтейский суд Дувра во время зачатия Кита. Он дважды освобождал амбициозного Кита из тюрьмы. Кит написал эпитафию на его смерть. Роджер дослужился до поста, примерно эквивалентного министру юстиции, стал рыцарем Англии. Р.Баллантайн [12] отмечает отталкивающий антисемитизм Фосса [19] в изложении биографии Р.Мэнвуда.

Автор благодарит М.Каргера за стилистические советы.

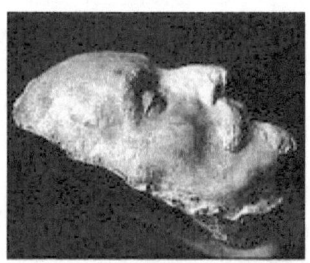

Роджер Мэнвуд   Посмертная маска из Дармштадта

Литература

1. М.Бахтин. Проблемы поэтики Достоевского, М.: Советский писатель, 1963.

2. М.Брусиловский. Фильм-мюзикл «Зарождение гения»: https://dl.dropbox.com/u/19340569/Musical.docx

3. И.М.Гилилов. Игра об Уильяме Шекспире или Тайна Великого Феникса, М.: Международные отношения, 2000.

4. М.Б.Малютов. Атрибуция авторства текстов: Обзор. ОР&РМ Обзоры по прикладной и промышленной математике, 12, No. 1, 2005, 41–77.

5. М.Б.Малютов, С.Бродский. Атрибуция авторства текстов, Материалы международной научной конференции «В.В.Налимов – математик и философ, к 100-летию со дня рождения», 2011, 360–366.

6. М.Б.Малютов. Проверка однородности через сжатие, Доклады РАН, 443, No. 4, 2012, 427–430.

7. А.А.Марков. Об одном применении статистического метода, Известия Имп.Акад.наук, серия VI, Т.X, N4, 1916, 239.

8. Д.В.Хмелев. Распознавание автора текста с использованием цепей А.А.Маркова. Вестник МГУ, сер.9: филология, N2, 2000, 115–126.

9. R.U.Ayres. Evidence that Marlowe was Gregorio, The Marlowe Society Research Journal, Volume 7, 2010:

http://www.marlowe-society.org/pubs/journal/journal.html.

10. M.Azevedo. How the Portuguese Secret Jews (Marranos) Saved England: http://www.jewishmag.com/113mag/secretjews/secretjews.htm.

11. J.Baker:

http://www.youtube.com/watch?v=IWnRQbwvfKY&feature=relmfu,

http://www.youtube.com/watch?v=ahwvbUL6Sn0&feature=relmfu,

http://www.youtube.com/watch?v=ER9tm0Yj8jQ&feature=relmfu,

http://www.youtube.com/watch?v=Rt_fhRvqHTc.

12. R.Ballantine. Marlowe Up Close: An Unconventional Biography with a Scrapbook of his Ciphers, Xlibris, 2007:

http://www.marlovian.com/ballantine/contents.htm

13. R.Cilibrasi, P.Vitanyi. Clustering by Compression, IEEE Trans. Inform. Th., IT-51, 2005, 1523–1545.

14. I.Donnelly. The great cryptogram, vol.1, 1888, reprinted by Bell and Howell, Cleveland, 1969.

15. T.S.Eliot. The Sacred Wood, 2005:

http://www.bartleby.com/200/sw8.htm.

16. W.Elliott, R.Valenza. Andthen there were none, Academia.edu, 1991: http://www.claremontmckenna.edu/pages/faculty/welliott/ATTWNrev.pdf

17. B.Efron, R.Thisted. Estimating the number of unseen species; How many words did Shakespeare know? Biometrika, vol.63, 1974,435–437.

18. P.Farey. Essays: http://www2.prestel.co.uk/rey.

19. E.Foss. The Judges of England. AMS Press, vol. 5, 1966.

20. W.Friedman, E.Friedman. The Shakespearean Ciphers exposed, Cambridge Uni. Press, 1957.

21. Ch.Gamble. The French Connection, New Leads on «Monsieur Le Doux, Parts 1 and 2» The Marlowe Society Research Journal, 2009, 2010.

22. J.Jofen. The Shakespeare conspiracy, Parts 1-6, 1982:

http://www.oocities.org/area51/corridor/1840/the.htm.

23. The Marlowe Society, The Research Journal: http://www.marlowe-society.org/pubs/journal/journal.html.

24. The Marlowe-Shakespeare Connection: the web's #1 blog on Christopher Marlowe: http://www.marlowe-shakespeare.blogspot.com.

25. Marlovian theory (from Wikipedia, the free encyclopedia): http://www.en.wikipedia.org/wiki/Marlovian_theory.

26. T.A.Mendenhall. A mechanical solution to a literary problem. Popular Science Monthly, vol. 60, 1901,97–105.

27. C.Roth. History of the Jews in England, Clarendon Press, Oxford, 1941.

28. B.Ryabko, J.Astola, M.B.Malyutov. Compression-Based Methods of Prediction and Statistical Analysis of Time Series: Theory and Applications. Tampere International Center for Signal Processing. TICSP series No. 56, ISBN 978-952-15-2444-8, ISSN 1456–2774, 2010, 115 pages.

29. J.W.Thompson, S.K.Padover. Secret diplomacy; espionage and cryptography, 1500-1815, Fr. Ungar Pub.Co., N.Y., 1963.

30. S.Fredrick, Elizabeth Tudor and the Marranos, the Untold Story: http://lethargic-man.livejournal.com/52257.html.

31. Интервью с Dr. Rosalind Barber (Rethinking Shakespeare): http://www.sussex.ac.uk/doctoralschool/internal/resources/reflections.

32. «Шекспир против Шекспира», Док. фильм Э.Аграновской: https://www.dropbox.com/sh/a2a0p0ax3tpp4fn/kL3iOIZQF-?m

 **Игорь Мандель** – статистик, доктор экономических наук, родился и жил вплоть до отъезда в Америку в Алма-Ате, хотя публиковался главным образом в Москве; преподавал статистику в Институте Народного хозяйства; работал в американских инвестиционных компаниях в 90-е годы, занимая должности от консультанта до директора предприятий. С 2000 года в Америке. Занимается статистикой в применении к маркетингу. Публикует научные работы. На русском языке вышли две книги иронической поэзии (в соавторстве с коллегами); статьи о художниках и на другие темы и стихи в интернетных альманахах Lebed.com и berkovich-zametki.com. Живет в Fair Lawn, NJ.

Осип Мандельштам
как трамвайная вишенка страшной поры
Статистический анализ творчества

Вступление

Осип Мандельштам туманен и неуловим. Я не могу подобрать каких-то слов, которые ясно ставили бы его в некий ранг в моем сознании – туда, где стоят многие другие. Много раз я пытался сообразить, что же есть О.М. и всегда находил нечто новое, но ничего устойчивого. То одна строка мелькнет, то другая, то пустоты, так сказать, углубляют. Вследствие такой неуверенности и желания разобраться с данной темой (хороший вопрос – а зачем?..) я решился на беспрецедентное занятие – перечитать все (ну, почти все), что О.М. написал, и, наконец, «составить мнение».

Как учит нас современная теория искусства, начиная с работ А.Ригла (Alois Riegl) 1930-х годов [14], и как интуитивно ощущается каждым нормальным человеком, произведение искусства неполно без участия «зрителя», в нашем случае – читателя (см. более подробно в разделе 3.3). Попросту говоря, то, что поэт реально имел в голове, создавая стихотворение, и что пытаются как можно точнее понять историки искусства (литературы) в своих исследованиях – это одно. А то, как это воспринимается «пользователем» – совсем другое. Понятная в принципе, эта идея далека от всеобщего признания, особенно в искусствоведческой практике. Несравненно больший вес в ней имеет первая компонента; анализ второй же – восприятия публикой предмета искусства – и производится крайне редко, и осуществляется часто очень непрофессионально. Понять это можно –

автор один, критик – тоже один, а публики (нас) – много. Сказать что-то о ней – это либо заниматься статистикой и сложным анализом данных, либо писать фразы типа «общепринято», «общепризнано», «очевидно» и т.д. Второе, конечно, намного легче и посему общеупотребимо. В результате репутация автора в глазах критиков может быть колоссальной, а в глазах «широкой публики» – близкой к нулю. С обескураживающей ясностью это видно в музеях современного искусства: у многомиллионных работ, скажем, Д.Поллока или Б.Ньюмена никого обычно нет, а у картин Эндрю Уайета (A.Wyeth) – есть.

Конечно, существует огромное количество исследований общего культурологического или социокультурного плана, в которых авторы не только учитывают роль «воспринимателя», но и глобально рассматривают процессы взаимодействия общества (как множества людей) с культурой (как множеством идей) (см., например, книгу М.Берга и ссылки в ней [1]). Но и в них анализ ведется с помощью очень общих категорий, где не только отдельные стихи, но отдельные имена поэтов растворяются в общих тенденциях мирового или, по крайней мере, национального искусства. Такой взгляд с птичьего полета, по контрасту со взглядом дотошного исследователя каждой отдельной строки и «отдельно взятой жены», теряет конкретность. С этой точки зрения предпринятый мной анализ на шкале «частное – общее» лежит где-то посредине: я пытаюсь понять все без особых частностей и без глобальных обобщений; данные, а не концепции, сами ведут к выводам.

Настоящее эссе написано главным образом с позиций заинтересованного читателя, который не знает ничего особенного об обстоятельствах создания тех или иных стихов, об их подтекстах и символике (кроме общедоступной), не знаком со всей огромной литературой о поэте и т.п., но «просто» читает и отмечает в душе (и, в данном случае, «на бумаге», то есть в компьютере) какие-то их свойства. Поэтому я рассматриваю статью не как вызов многочисленным исследованиям творчества О.М., а как взгляд с несколько иной стороны.

Он может показаться непривычным (графики и таблицы применительно к поэзии все же не типичны), но, как я надеюсь показать, весьма полезен и вполне способен стимулировать какие-то новые мысли или дополнительно подтверждать (но уже с цифрами в руках) старые. Цель моих заметок, иными словами, – взглянуть на стихотворное наследие Мандельштама (я оставляю все другое – его прозу, критику и пр. – за кадром) простым глазом любителя поэзии, но вооруженным некоторой статистической техникой.

Репутация О.Мандельштама в настоящее время крайне высока не только в России, но и в мире. Совершенно очевидно, что примерно в течение ста лет со дня появления его первых стихов несколько различных факторов внесли свой вклад в такую оценку:

а) Достоинства его поэзии как таковой. Он был замечен после первой публикации и всегда оставался и остается объектом внимания читателей, критиков и коллег-поэтов (А.Ахматова, скажем, считала, что он просто лучший поэт страны).

б) Его беспрецедентная гражданская смелость (безрассудность?), выплеснувшаяся, в первую очередь, в «Мы живем, под собою не чуя страны...», но не только.

в) Его трагическая судьба, рассматриваемая как почти идеальный архетип в извечном конфликте «власть и художник».

г) Мемуары Надежды Мандельштам, самодостаточные безотносительно к имени ее мужа, ставшие одной из самых влиятельных книг самиздата в свое время и остающиеся одним из наиболее ярких свидетельств сталинской эпохи.

Если пункт а) предполагается необходимым условием для идентификации любого поэта как хорошего, то комбинация б) – г) уникальна. По этим причинам образ «Осип Мандельштам» в глазах современного читателя сложен и часто размыт более, чем обычно; поэт в нем смешан с человеком, а человек – с советской довоенной порой. Разделять эти образы и незачем, и невозможно. Я смотрю на его стихи максимально отстраненно, пытаясь разложить их на «компоненты» – но это не значит, конечно, что они мне безразличны. Я не пытаюсь, однако, «влезть ему в душу» и понять, что именно он там и сям имел в виду, – я воспринимаю его стихи, как они мне представляются, с редкими заходами на литературоведческую сторонку. Просто Осип Мандельштам, именно в силу своей сложности и архетипичности, есть идеальный пример для демонстрации полезности аналитического подхода, ибо он, подход, помогает выявить то, что обычно затуманено в традиционном литературоведении. Введение каких-то количественных характеристик его стихотворений и анализ результатов помещает данное исследование в зыбкую, но очень заманчивую область поиска мостов между наукой и искусством, «унификации знаний» в смысле Е.Вильсона [16] и других. В этом контексте я пытаюсь отобразить малоизученную «долю воспринимателя» (beholder share – см. подробнее в разделе 3.3), пусть всего одного, но зато умеющего считать корреляции и строить графики. В определенной степени я делал подобный анализ ранее на материале творчества Н.Олейникова [6], но здесь он проведен куда более детально и разносторонне.

1. И что же в нем такого важного?

Для анализа мною была использована компьютерная версия стихотворений О.Мандельштама из двухтомника 1993 года [8], подготовленная С.Виницким для некоммерческого распространения в 2000 году. Наличие компьютерной версии, к тому же прекрасно сделанной, с соблюдаемой хронологией, разделением вариантов, комментариями и т.д., дало возможность производить со стихами множество манипуляций в удобной форме.

Я оценивал все стихотворения вплоть до раздела «Экспромты. Отрывки. Строки из уничтоженных или утерянных стихов». Таковых набралось 538 (среди них – некоторые варианты одного стиха, которые все же рассматривались отдельно; но таких совсем немного). Для каждого стихотворения я старался оценить следующие параметры:

– год написания (без месяца); если было две даты, я брал последнюю;

– размер стиха как число знаков. Известно, что такая характеристика очень сильно коррелирована с числом слов – другим способом измерения размера, так что их можно использовать как взаимозаменяемые. При измерении были некоторые ошибки (не буду вдаваться в их причины), но они несущественны;

– различные характеристики (свойства), связанные с типом и качеством стихотворения. Они сведены в таблице 1 и подробно объяснены далее по тексту.

Таблица 1. Основные характеристики поэзии О.Мандельштама

	Тематика	Краткое название
1	Природа	Природа
2	История, древность	История
3	Творчество	Творчество
4	Любовь, женщина	Любовь
5	Детские стихи	Дети
6	Евреи	Евреи
7	Родина, политика, общественная жизнь, современность	Современность
8	Новая советская власть – скорее одобрение	Новая власть +
9	Новая советская власть – скорее отрицание	Новая власть –
10	Прочее	Прочее
	Стиль, доминирующее настроение	
11	Лирика	Лирика
12	Тоска,тревога, усталость, печаль	Тревога
13	Шутка, юмор, ирония	Юмор
	Качество	
14	Темные по содержанию стихи	Темные стихи
15	Неясные/немотивированные сравнения и образы	Темные строки
16	Удачные строки	Удачные строки
17	Общее качество	Качество

Характеристики не были чем-то предопределенным, но возникли в процессе чтения сами собой. По сравнению с подобным (хоть и куда более эскизным) анализом творчества Н.Олейникова [6] видно, что целые крупные темы отсутствуют у одного поэта, но сильно занимают воображение другого. Например, у Мандельштама вообще нет темы секса как таковой, в то время как Олейников разрабатывает ее более чем достаточно и т.д. Краткие названия будут использованы в дальнейшем для компактного описания взаимосвязей между признаками. Наличие в стихотворении какого-либо признака («Природа», «Творчество» и пр.) отмечалось только тогда, когда оно было существенным для развития стиха. Например, для попадания в раздел «Природа» необходимо было, чтобы эта самая природа как-то осмысливалась, недостаточно было простого упоминания травки или цветочка.

Ниже приведены примеры, поясняющие, как ставились оценки по соответствующим критериям (в целях экономии места я старался давать только короткие фрагменты стихов без ссылок. Здесь и далее фрагменты из одного стиха разделяются многоточием (...), из разных стихотворений – звездочками (***).

1. Природа.
Плода, сорвавшегося с древа,
Среди немолчного напева
Глубокой тишины лесной.

2. История, древность. История либо сама была предметом стиха, либо активно участвовала в его формировании.

Касатка милая, Кассандра,
Ты стонешь, ты горишь – зачем
Сияло солнце Александра,
Сто лет назад, сияло всем?

3. Творчество.

Слаще пенья итальянской речи
Для меня родной язык,
Ибо в нем таинственно лепечет
Чужеземных арф родник.

4. Любовь, женщина. Сюда включалась не только очевидная любовная лирика, но стихи с полунамеками, такие, как этот:

Из полутемной залы, вдруг,
Ты выскользнула в легкой шали –
Мы никому не помешали,
Мы не будили спящих слуг...

5. Детские стихи. Эти стихи довольно резко отличаются от других, и их идентификация не составляет проблемы:

Самый сильный, самый стойкий,
Муравей пришел уже
К замечательной постройке
В сорок восемь этажей.

6. Еврейская тематика. По существу, я не обнаружил «специальной еврейской тематики» в стихах О.М. Но иногда в них проскальзывают темы, связанные с его родным народом, в очень разных контекстах. Я решил пометить такие стихи, поскольку их не так мало и они как-то дополняют образ поэта. Примеры:

Он говорил: небес тревожна желтизна!
Уж над Евфратом ночь: бегите, иереи!
А старцы думали: не наша в том вина –
Се черно-желтый свет, се радость Иудеи!
***
Эта ночь непоправима,
А у вас еще светло.
У ворот Ерусалима
Солнце черное взошло.

Солнце желтое страшнее, –
Баю-баюшки-баю, –
В светлом храме иудеи
Хоронили мать мою.
***
Мяукнул конь и кот заржал –
Казак еврею подражал.

7. Родина, политика, общественная жизнь, современность.

И пятиглавые московские соборы
С их итальянскою и русскою душой
Напоминают мне явление Авроры,
Но с русским именем и в шубке меховой.
***
Век мой, зверь мой, кто сумеет
Заглянуть в твои зрачки
И своею кровью склеит
Двух столетий позвонки?
***
Слава моя чернобровая,
Бровью вяжи меня вязкою,

К жизни и смерти готовая,
Произносящая ласково
Сталина имя громовое
С клятвенной нежностью, с ласкою.

8. Новая советская власть – скорее одобрение. Я не буду пытаться найти в стихах О.М., говорящих нечто позитивное о советской власти (по каким бы то ни было причинам), «фигу в кармане» или какой-то замаскированный издевательский смысл, выраженный в сложной символике, как некоторые пытаются сделать. Если я не вижу в них никакого прямого сарказма, я их воспринимаю в прямом смысле и отношу к «просоветским». Эта тема подробнее обсуждается в разделе 3.3.

Глазами Сталина раздвинута гора
И вдаль прищурилась равнина.
Как море без морщин, как завтра из вчера –
До солнца борозды от плуга-исполина.
***
Проклятый шов, нелепая затея
Нас разлучили, а теперь – пойми:
Я должен жить, дыша и большевея
И перед смертью хорошея –
Еще побыть и поиграть с людьми!
***
Гуди, старик, дыши сладко'.
Как новгородский гость Садко
Под синим морем глубоко,
Гуди протяжно в глубь веков,
Гудок советских городов.

9. Новая советская власть – скорее отрицание. Сюда я включал не только явно крамольные стихи, такие, как «Мы живем, под собою не чуя страны...», но и более личные, в которых, однако, видно все неприятие новой действительности.

Лишив меня морей, разбега и разлета
И дав стопе упор насильственной земли,
Чего добились вы? Блестящего расчета:
Губ шевелящихся отнять вы не могли.
***
Твоим нежным ногам по стеклу босиком,
По стеклу босиком, да кровавым песком.
Ну, а мне за тебя черной свечкой гореть,
Черной свечкой гореть да молиться не сметь.
***
Холодная весна. Голодный Старый Крым,

Как был при Врангеле – такой же виноватый.
Овчарки на дворе, на рубищах заплаты,
Такой же серенький, кусающийся дым.
…
Природа своего не узнает лица,
И тени страшные Украины, Кубани…
Как в туфлях войлочных голодные крестьяне
Калитку стерегут, не трогая кольца…

10. Прочее. В этот обширный раздел зачислялись все стихи «на свободные темы» – по случаю, о неких предметах, не связанных с личными переживаниями (то есть «не лирика»), «географические» и т.д.

Я хотел бы ни о чем
Еще раз поговорить,
Прошуршать спичкой, плечом
Растолкать ночь, разбудить…
***
Язык булыжника мне голубя понятней,
Здесь камни – голуби, дома – как голубятни.
И светлым ручейком течет рассказ подков
По звучным мостовым прабабки городов…
***
Вы, с квадратными окошками
Невысокие дома,-
Здравствуй, здравствуй, петербургская
Несуровая зима.
***
Художник нам изобразил
Глубокий обморок сирени
И красок звучные ступени
На холст, как струпья, положил.

11. Лирика. Сюда я включал только те стихи, где личностное начало и переживание были явственно ощутимы, независимо от темы. Здесь у меня возможен субъективизм (ибо, при желании, буквально все можно назвать личностным и, стало быть, лирическим), но я старался. Часто если «лирический герой» и личность поэта («я») совпадали, я относил стихотворение в эту категорию; но лиризм чувствуется и там, где героя как такового нет (как в последнем примере ниже). Для иллюстрации «от противного» – вот зарисовка, которая, в моем понимании, не является лирической:

Как народная громада,
Прошибая землю в пот,
Многоярусное стадо
Пропыленною армадой

Ровно в голову плывет:

Телки с нежными боками
И бычки-баловники,
А за ними кораблями
Буйволицы с буйволами
И священники-быки.

А вот такие – являются:

Держу пари, что я еще не умер,
И, как жокей, ручаюсь головой,
Что я еще могу набедокурить
На рысистой дорожке беговой.
***

Наша нежность – гибнущим подмога,
Надо смерть предупредить – уснуть.
Я стою у твердого порога.
Уходи, уйди, еще побудь.
***

Шестого чувства крошечный придаток
Иль ящерицы теменной глазок,
Монастыри улиток и створчаток,
Мерцающих ресничек говорок.

Недостижимое, как это близко –
Ни развязать нельзя, ни посмотреть, –
Как будто в руку вложена записка
И на нее немедленно ответь...

12. Тоска, тревога, усталость, печаль.

Промчались дни мои – как бы оленей
Косящий бег. Срок счастья был короче,
Чем взмах ресницы. Из последней мочи
Я в горсть зажал лишь пепел наслаждений.
***

Помоги, Господь, эту ночь прожить,
Я за жизнь боюсь, за твою рабу...
В Петербурге жить – словно спать в гробу.
***

Мы с тобой на кухне посидим,
Сладко пахнет белый керосин;
Острый нож да хлеба каравай...
Хочешь, примус туго накачай,

А не то веревок собери
Завязать корзину до зари,
Чтобы нам уехать на вокзал,
Где бы нас никто не отыскал…

13. Шутка, юмор, ирония

Ой ли, так ли, дуй ли, вей ли –
Все равно;
Ангел Мэри, пей коктейли,
Дуй вино.

Я скажу тебе с последней
Прямотой:
Все лишь бредни – шерри-бренди,
Ангел мой.
***
И, может быть, в эту минуту
Меня на турецкий язык
Японец какой переводит
И прямо мне в душу проник.
***
У старика Моргулиса глаза
Преследуют мое воображенье,
И с ужасом я в них читаю: «За
Коммунистическое просвещенье»!

14. Темные по содержанию стихи. Темными я считал те стихотворения (а не отдельные строки – см. об этом 15.), в которых не понимал содержания и даже порой общей направленности. В качестве примеров поэтому я привожу именно целые стихи.

Были очи острее точимой косы –
По зегзице в зенице и по капле росы,-
И едва научились они во весь рост
Различать одинокое множество звезд.

«Очи острее ... косы» подразумевает (по типу «острый глаз») очень хорошее зрение (взгляд). Но раз коса «точимая» – то она не острая, а «острее тупого» – любое, не обязательно острое. «Зегзица», по Далю, – нечто вроде «докуки»; может быть, метафорически, поэт имел в виду «соринку в глазу» (другое значение – «кукушка» – подходит еще меньше). А при чем тогда «по капле росы», которая символизирует что-то противоположное соринке, прозрачное и чистое? Что такое «очи… научились во весь рост»? Если очи хорошо видят, то я ожидал бы «но едва научились», а не «и едва научились» (в смысле «видят несмотря на то, что острые»). «Одинокое множество звезд» при желании можно воспринять как интересную и даже глубокую метафору (вселенная – множество звезд – одинока, ибо равна самой себе, а другого ничего нет). Но если так, то от чего «различать» (отличать), коли вселенная одинока?

А посреди толпы, задумчивый, брадатый,
Уже стоял гравер – друг меднохвойных досок,
Трехъярой окисью облитых в лоск покатый,
Накатом истины сияющих сквозь воск.

Как будто я повис на собственных ресницах
В толпокрылатом воздухе картин
Тех мастеров, что насаждают в лицах
Порядок зрения и многолюдства чин.

Здесь невнятно все, от концепции до отдельных элементов. «Гравер» – это, надо полагать, буквально, а не иносказательно (но, возможно, символ «художника»). Почему доски «меднохвойные» – не знаю, как и не знаю про трехъярую окись. Что такое «лоск покатый»? А «накат истины»? Повисание на собственных ресницах – символ мучения? Широко открытых глаз? «Толпокрылатый»? Мастера могут как-то насаждать «порядок зрения», но «многолюдства чин»? Вообще, причем здесь «чин» (как иерархия? как порядок?)? И о чем весь стих? О восхищении некоторой живописью? Все это крайне темно.

Но П.Нерлер, однако, вполне может снисходительно улыбнуться и заметить, что для кого темно, а для кого не очень; раз есть «ресницы», то ясно, что речь идет о бурном романе О.М. с Ольгой Ваксель, которая называла его «ресничками», и что, стало быть, это надо трактовать совсем по-другому и т.д. [9]. И мне будет нечем возразить – возможно, и надо. Я вынужден постоянно себя одергивать и в очередной раз подчеркивать – да, темно для меня одного (ну, может, еще для 98 из 100), но не для всех.

Когда в ветвях понурых
Заводит чародей
Гнедых или каурых
Шушуканье мастей, –

Не хочет петь линючий
Ленивый богатырь –
И малый, и могучий
Зимующий снегирь,-

Под неба нависанье,
Под свод его бровей
В сиреневые сани

Усядусь поскорей.

Тут тоже совершенно не ясен ни общий смысл, ни отдельные фрагменты. Как можно «завести... шушуканье мастей»? Что за «линючий богатырь»? «могучий снегирь»? и т.д.

Вообще-то психологически трудно писать о «темноте Мандельштама», по крайней мере, по двум причинам. Во-первых, в связи с его тяжелым ментальным состоянием в ссылке с 1933 года (где, как известно, он даже пытался выброситься из окна), которое могло, так или иначе, возвращаться и позднее. Во-вторых, в связи с тем, что эта самая темнота уже была отмечена не раз современниками, в том числе в самом зловещем контексте – в отзыве П.Павленко, приложенном к доносу В.Ставского на имя Н.Ежова в 1938 году, после чего просьба «разобраться с Мандельштамом» была быстро удовлетворена [11]. Многие могут считать, что «темноты» и нет, а есть лишь моя неподготовленность. В свою «защиту» могу лишь сказать: во-первых, темные места были у него практически всегда, задолго до кризиса в Чердыни (см., например, «Грифельную оду» 1923 года, о которой есть целая растолковательная литература [2-4]), хотя, действительно, они стали более частыми позднее (о чем далее); во-вторых, все здесь написанное есть субъективная оценка: при всем желании я не могу понять то, что, может быть, и прозрачно другим, более изощренным ценителям. Я пытаюсь апеллировать к здравому смыслу, но и он, как известно, не у всех один и тот же...

... И вот этому очень ясная иллюстрация:

После того как первый вариант этой статьи был написан, я получил очень развернутые комментарии, в которых мои интерпретации всех трех вышеприведенных стихов оспариваются, а темные места частично разъясняются.

«Точимая коса» понимается не как я думал (я думал, что она точима, потому что тупа), а наоборот: поскольку ее все время точат, она остра. Тогда сравнение О.М. становится, по крайней мере, более понятным.

Слово «зегзица» или «зигзица», кроме значения «чайка», «чибис», может иметь значение «молния», «зеркало», «зрачок», – все отраженное и преломленное в какой-то среде, как у Велемира Хлебникова, в изложении К.А.Кедрова. Это, опять же, проясняет вторую строфу.

Я делал связку «очи... научились во весь рост», а надо «...различать (увидеть) во весь рост... множество звезд». В результате из всего, что я рассматривал как темное, остается только «и» вместо ожидаемого «но»; в целом весь стих растолковывается так: «Очень острые глаза, в которых есть молнии (огоньки?) и капли росы, едва научились различать одинокое множество звезд, стоящее перед ними во весь рост». Или, еще короче, «и чрезвычайно острого зрения недостаточно, чтобы увидеть некий громадный объект».

Стих про гравера посвящен памяти А.Белого и написан сразу после его похорон в январе 1934 года (в моем издании этой информации не было). Гравер – действительно гравер, который там прямо на похоронах был и держал с собой предметы своего труда. Дальнейшее – «технология гравирования», типа досок с медной вставкой и пр.

«Чародей» – ну, бог зимы или что-то вроде этого; вся вторая строфа – о снегире, который и богатырь, и линючий, и могучий, и не хочет петь. Такая простая мысль до меня не дошла, ибо я не мог вообразить, что все эти эпитеты могут просто относиться к столь мелкой птичке.

Что мне остается сказать после такого сеанса разоблачения? Лишь следующее. Во-первых, даже после него не все ясно (типа «но» вместо «и»; «шушуканье мастей»; как можно гравировать на морозе? а если гравер просто стоял – то зачем все эти доски «с истиной » на них описывать?). Во-вторых, если сравнения столь сложны, что один понимает их (буквально, не метафорически) так, а другой – иначе, то само это и есть одно из слагаемых «темного стиля». В-третьих, как и отмечалось, уровни понимания в зависимости от эрудиции, интуиции и пр. очень различны – пример с «зегзицей» здесь очень характерен (надо было вспомнить, затем полезть в книгу, потом в другую и т.д.). И в результате усилить удовольствие от стиха? Интересно, какой процент читателей поймет эти строки правильно, а какой заплутает, как я?

В итоге, подумав, я оставил то, что считал темным, тем же темным, но в душе затаил некоторое все же просветление.

15. Неясные/немотивированные сравнения и образы. Здесь имелись в виду отдельные невнятные фрагменты, в отличие от целых стихов. Некоторые уже были приведены выше в 14. Вот еще несколько:

Еще стрижей довольно и касаток,
Еще комета нас не очумила,
И пишут звездоносно и хвостато
Толковые, лиловые чернила.

Тут все непонятно…

Моя страна со мною говорила,
Мирволила, журила, не прочла,
Но возмужавшего меня, как очевидца,
Заметила и вдруг, как чечевица,
Адмиралтейским лучиком зажгла.

Здесь начало как-бы «правильное», но вдруг страна сравнивается с чечевицей и в таком странном качестве зажигает поэта «адмиралтейским лучиком» (как это?). Хотя Б.Сарнов и увязывает как-то эту самую чечевицу и с чечевичной похлебкой предательства [11], и с выпуклой линзой – оно если и вытекает из того, что написано, то неведомым мне образом.

А иногда в одной строфе сочетаются блестящие строки с совершенно темными:

> Мне на плечи кидается век-волкодав,
> Но не волк я по крови своей:
> Запихай меня лучше, как шапку, в рукав
> Жаркой шубы сибирских степей...

Первые две строчки знамениты и очень сильны; в последних двух я не вижу никакого смысла: «лучше» – это к кому обращение? Это веку предлагается вместо кидания запихать в рукав? Что такое «Жаркая шуба сибирских степей»? В Сибири и степей-то мало, и они не жаркие, и почему шуба, и чем там вообще лучше? А что значит «как шапку»? Тесно чтоб было? Все это в высшей степени немотивировано и вызывает лишь полное недоумение.

16. Удачные строки цитировать приятнее всего, тем более что они часто на грани гениальности (в конце концов, мы говорим о действительно великом поэте). Вот навскидку:

> Играй же на разрыв аорты
> С кошачьей головой во рту,
> Три чорта было – ты четвертый,
> Последний чудный чорт в цвету.

Здесь даже и невнятность некая, но в общем контексте стиха – блестящие слова.

> Пусти меня, отдай меня, Воронеж:
> Уронишь ты меня иль проворонишь,
> Ты выронишь меня или вернешь, –
> Воронеж – блажь, Воронеж – ворон, нож...
> ***
> Люблю появление ткани,
> Когда после двух или трех,
> А то четырех задыханий
> Прийдет выпрямительный вздох.
> ***
> Все перепуталось, и некому сказать,
> Что, постепенно холодея,
> Все перепуталось, и сладко повторять:
> Россия, Лета, Лорелея.
> ***
> Так вот она – настоящая
> С таинственным миром связь!
> Какая тоска щемящая,

Какая беда стряслась!

Эта строфа последняя вообще удивительна – так почувствовать, что «настоящая» связь с миром есть беда, в отличие от обычного поэтического восторга перед ее наличием («Я наблюдал, боготворя...», Б.Пастернак). Многое другое будет приведено далее.

17. Общее качество. Я давал оценку далеко не всем стихам, но только тем, которые мне нравились без всяких оговорок и исключений. Оценка давалась по шкале от 6 до 10. А именно, десять означает включение стихотворения в самый высший разряд шедевров; шесть – стихотворение достаточно высокого (выше среднего) качества из всего, что я вообще знаю. Вот несколько блестящих стихов (не указываю оценок, все они высокие).

Нежнее нежного
Лицо твое,
Белее белого
Твоя рука,
От мира целого
Ты далека,
И все твое –
От неизбежного.

От неизбежного
Твоя печаль,
И пальцы рук
Неостывающих,
И тихий звук
Неунывающих
Речей,
И даль
Твоих очей.
***
Холодок щекочет темя,
И нельзя признаться вдруг,-
И меня срезает время,
Как скосило твой каблук.

Жизнь себя перемогает,
Понемногу тает звук,
Все чего-то не хватает,
Что-то вспомнить недосуг.

А ведь раньше лучше было,
И, пожалуй, не сравнишь,
Как ты прежде шелестила,

Кровь, как нынче шелестишь.

Видно, даром не проходит
Шевеленье этих губ,
И вершина колобродит,
Обреченная на сруб.
***
Нет, не спрятаться мне от великой муры
За извозчичью спину – Москву,
Я трамвайная вишенка страшной поры
И не знаю, зачем я живу.

Мы с тобою поедем на «А» и на «Б»
Посмотреть, кто скорее умрет,
А она то сжимается, как воробей,
То растет, как воздушный пирог.

И едва успевает грозить из угла –
Ты как хочешь, а я не рискну!
У кого под перчаткой не хватит тепла,
Чтоб объездить всю курву Москву.

Приведенных примеров, я думаю, достаточно, чтобы почувствовать, с каким сложным явлением природы мы имеем дело. Широк Осип Эмильевич, Федор Михайлович бы сузил…

Исходная «база данных» представляла собой около 14,000 строк, так как содержала все стихотворения. После того, как их пометили соответствующим образом, была построена таблица куда меньших размеров: 538 строк (стихотворений) на 17 столбцов (признаков, описанных выше), где на пересечении стоит либо единица (если данный стих имеет определенное свойство), либо ноль (если не имеет). Такая таблица и была предметом анализа.

2. Общая динамика творчества

Для удобства восприятия данных можно рассчитать, сколько, в среднем, слов О.М. писал в единицу времени – например, в неделю. В среднем за весь период времени на одно его слово приходилось 6.73 знаков (включая знаки препинания и пробелы), и эта константа использовалась для деления общего числа знаков за каждый год, чтобы получить «еженедельную выработку» в словах. Я выбрал неделю (а не день или месяц), потому что такой период как-то легче себе представить: вот сидит поэт, занимается всяким разными делами, иногда напишет стих, потом пять дней ничего не пишет и т.д.

Общие данные таковы: начиная с 1906 по 1937 год, то есть за тридцать два года поэтической деятельности, О.Мандельштам в среднем писал 25 слов в неделю. Это приблизительно соответствует объему вот такого стихотворения:

Один портной
С хорошей головой
Приговорен был к высшей мере.
И что ж? – портновской следуя манере,
С себя он мерку снял –
И до сих пор живой.

1 июня 1934

На вид, вроде, не так много, но в сравнении с другими поэтами, возможно, и ничего. Например, по моей оценке, Николай Олейников писал в среднем за неделю, в главный период своего творчества с 1926 до середины 1937 года (был арестован в июле) всего 17.6 слов, причем его слова были еще и короче (5.91 знаков на слово). Правда, он сам себя поэтом особенно и не считал, почти ничего не публиковал и к тому же все время служил. О.М., по контрасту, был признанным поэтом с дореволюционных времен, служил сравнительно мало и имел в результате больше времени. И вот, однако, как выясняется, достаточно написать стих типа приведенного выше – и «недельная норма» выполнена. Ясно, что само написание очень часто не тянется слишком долго (в данном случае даже дата стоит), а все остальное время уходит отнюдь не на сочинения. Любопытно все же осознать, насколько низка производительность человеческого труда в определенных сферах деятельности (я не говорю сейчас о качестве, естественно). В целом исследование такого рода по большому числу поэтов было бы интересно – и, возможно, уже проводилось – но это лежит несколько в стороне от темы.

Такого рода объемные показатели были рассчитаны по годам по каждому из признаков. Надо иметь в виду, что когда говорится, например, что в среднем О.М. писал 56 слов в неделю в 1931 году, из них 22 «лирических», а 14 – «удачных», эти цифры отнюдь не суммируются, чтобы образовать некое целое. Их интерпретация такова: общее количество слов в неделю было 56; из них общее количество слов в стихах, которые были отнесены к категории «Лирика» – 22, а общее количество слов в стихах, в которых были удачные строки (сами строки не считались!) – 14. То есть везде считался общий объем стиха, в котором что-то содержится. Поэтому, например, из-за пары хороших строк и очень длинные, и очень короткие стихи попадают в категорию «удачных», тем самым как бы нарушая «правильную пропорцию». Наверно, можно было считать точнее, но не уверен (если переходить на уровень строк, то тоже будут проблемы). Каждое из этих чисел можно делить на 56, чтобы посчитать долю лирических или удачных стихов, но эти доли не дадут в сумме 100%, поскольку один и тот же стих может быть и лирическим, и удачным. На рис. 1 показано, как распределяются объемы написанного по годам; чтобы не делать график слишком загруженным, я оставил только три наиболее значимые категории. Из графика можно сделать несколько выводов:

а) Бросается в глаза высокая неоднородность данных. Общее количество написанных слов – наиболее объективная метрика, не зависящая от моего произвола никоим образом – колеблется по годам от нуля или от одного – двух слов в неделю до 130 слов в неделю. Такая же картина и по всем другим показателям; коэффициенты вариации по ним колеблются от 100% до 112%, что говорит о том, что само понятие «средняя производительность труда поэта» здесь довольно бессмысленно (в «нормальной» однородной ситуации коэффициент вариации не превышает 30-35%). Словом, О.М. писал крайне неравномерно.

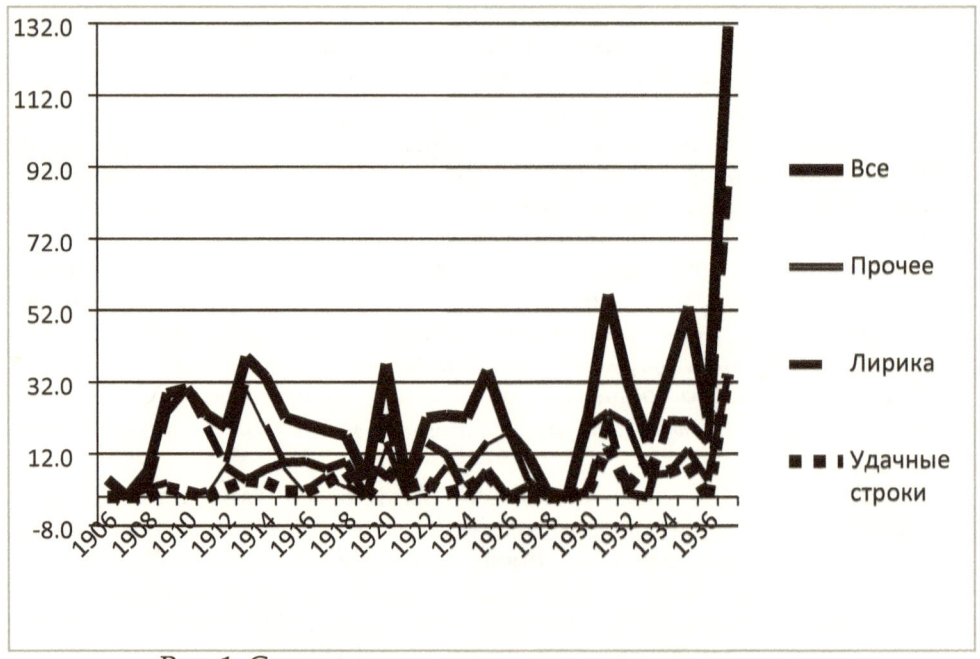

Рис. 1. Среднее количество слов в стихах, написанных
О.Мандельштамом, за неделю по годам

б) Очевидны пики творческой активности: они приходятся на 1909-1910, 1913, 1920, 1925, 1931, 1935 и 1937-й, то есть интервалы между ними составляют от четырех до семи лет, кроме последнего. Делать из этого какие-то далеко идущие выводы (типа «каждые 5-6 лет О.М. испытывал по непонятной причине взрыв творческой активности, а в промежутках почти ничего не делал») я бы не стал. Но необходимо отметить безусловно нетипичный уровень 1937 года, в два с половиной раза превышающий самые высокие предыдущие достижения. Не исключено, что уже в следующем году эта активность пошла бы на спад – у меня нет данных о стихотворениях за первую часть 1938 года, перед арестом. Но все равно – при виде графика есть ясное ощущение прерванного полета. Оно усиливается тем, что повысилась доля стихов с хорошими строками (их количество выросло в три раза) и совсем резко поднялся уровень лирической поэзии (в четыре раза) – похоже, О.М. в самом деле переживал подъем.

в) Наблюдаются резкие подъемы и спады творческой активности. Рассмотренный график дает общее представление о динамике творческого процесса. Но можно также посмотреть на него с другой стороны: насколько резко менялась активность данного периода по сравнению с предыдущим или последующим периодом. Я рассчитал цепные темпы роста "производительности труда" поэта в текущем году по отношению к предыдущему. Если, например, в 1909 в среднем писалось 28.7 слов в неделю, а в 1908 - 7.1, то темп роста будет 28.7/4.1=4.08. График таких значений приведен на рис.2. Темп роста 10 есть условное значение, поставленное там, где в предыдущий год ничего не было написано (чтобы избежать деления на ноль).

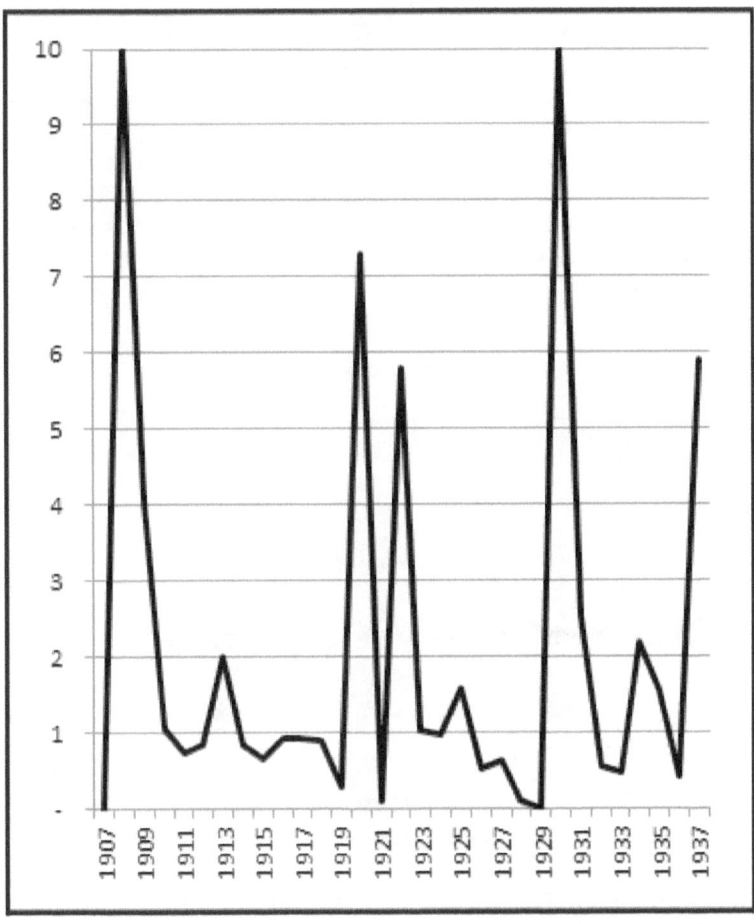

Рис. 2. Подъемы и спады творческой активности О.Мандельштама

На рисунке ясно видны пять экстраординарных лет в эволюции О.Мандельштама – 1908, 1920, 1922, 1930 и 1937-й, – когда он работал во много раз интенсивнее, чем в предыдущем году. При этом нулевая производительность в 1929-м и ранее – факт известный: О.М. вышел из неписания в Армении; сильным толчком, похоже, послужило знакомство с Б.Кузиным («Я дружбой был, как выстрелом, разбужен...»). А отсутствие стихов в 1907 году, вероятно, искусственное: они были, но не сохранились (устное сообщение Елены Алексеевой на заседании Миллбурнского клуба 29 апреля 2012). Про всплески в 1920, 1922 и 1937-м я ничего не встречал – может быть, на них не обращали внимания, а может, я плохо знаю литературу о поэте.

Было также два года, после которых наступала сильнейшая рецессия – 1920 и 1927-й, – когда он либо вообще не писал, либо с резко пониженной, примерно в 9 раз, производительностью. Год 1927-й в этом отношении известен – начало того самого длинного периода «застоя». Но уникален год 1920-й.

Можно посчитать «коэффициент локальной равномерности» как отношение написанного в текущем году к среднему за предыдущий и последующий годы. Такой коэффициент будет показывать, насколько данный год «типичен» в своем ближайшем окружении. Если все годы (включая текущий) похожи, он будет, очевидно, близок к единице. Такие значения характерны для психологически стабильных людей. О.М. к ним, как очевидно, не относится. Но даже для него ситуация получается весьма выразительная. На рис. 3. показаны значения этих коэффициентов.

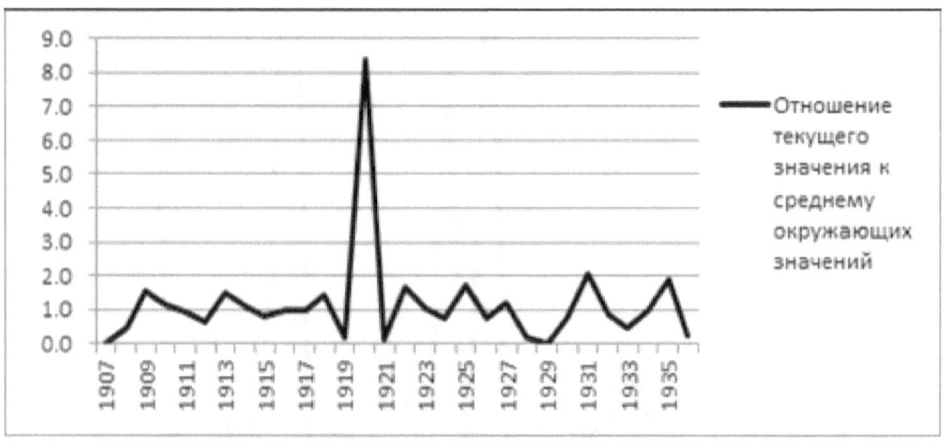

Рис. 3. Коэффициенты локальной равномерности деятельности
О.Мандельштама

Год 1920-й бросается в глаза, в нем писалось почти в девять раз больше, чем до и после (в среднем). Можно заметить, что общий вид рис. 3. резко отличается от двух предыдущих со многими пиками – графики отражают действительно разные аспекты динамики творчества.

Этот особый год, кажется, подлежит простому объяснению. Возможно, в 1919-м было не до стихов: время такое и, главное, встреча с Надеждой где-то в середине года. В результате в 1919-м не зафиксировано никакой любовной лирики, зато в следующем – около семи слов в неделю, примерно в семь раз больше, чем в среднем за все 32 года (максимум, с огромным отрывом от следующего значения). А потом – опять никакой любви вплоть до 1934 года. Видимо, именно эта любовь и была единственным мотиватором и других стихов 1920 года, после которого (после свадьбы?) стихов весь год было снова очень мало.

Вообще-то, как отмечалось во введении, я не собираюсь детально интерпретировать подобные взлеты и падения. При наличии гигантской мемуарной и исследовательской литературы о поэте, что бы я ни сказал, будет либо оспорено, либо заклеймено как противоречащее каким-то известным фактам, о которых я не знаю. Мне кажется, однако, что наличие подобных графиков может натолкнуть настоящих специалистов по О.Мандельштаму на какие-то новые идеи – по крайней мере, в них есть некая объективность, которая может ускользнуть при традиционном историко-филологическом анализе. Ну а рядовые читатели, типа меня, могут еще раз подивиться, как причудлива человеческая психика, соединенная с такими неувядающими силами, как талант и время. И это еще не все, что статистика может рассказать.

3. Что с чем связано – анализ корреляций

Короткий анализ, проделанный выше, насчет возможной связи между активностью в 1920 году и любовной лирикой, является аналогом установления корреляций. На его основе можно было бы предположить, что если бы, скажем, поэт сильно влюбился еще один раз, то снова была бы резкая активность в стихах. Но чего не было – того не было. Рассмотрим подробнее, что с чем связано, то есть проведем так называемый корреляционный анализ.

3.1. Динамические связи – какие стихи пишутся одновременно

В общем случае, чем чаще те или иные свойства встречаются в различных стихах, тем выше корреляция свойств между собой. Корреляция измеряется специальным коэффициентом, который близок к единице, когда какие-то свойства почти всегда встречаются вместе, и принимает отрицательные значения, когда они совместно встречаются редко. Например, если «Новая власть +» будет часто сопутствовать «Удачным строкам» - корреляция «Новая власть +» и «Удачные строки» будет положительной. Но если в одобряющих новую власть стихах «Евреи» встречаются реже обычного – корреляция «Новая власть +» и «Евреи» будет отрицательной.

Для лучшего уяснения этой концепции взгляните еще раз на рис.1. Там можно увидеть, что «пики» и «ямы» у признаков «Прочее» и «Удачные строки» часто (но не всегда) совпадают. Это и означает, что между ними довольно высокая корреляция – в данном случае 0.62. Те же совпадения еще более заметны между «Всеми стихами» и «Лирикой», что и отражается в более высоком коэффициенте (0.89). Такого рода связь можно назвать *динамической* - она показывает, как ведут себя различные свойств поэтики во времени, причем учитывается не только наличие, но и отсутствие этих свойств. Если, например, за многие годы не было ни Тревоги, ни Лирики, а потом в один год появилось и то и другое, - корреляция будет высокой. Этот эффект объясняет возможное недоумение: нельзя ожидать, что при наличии высокой корреляции почти все тревожные стихи лиричны, а почти все лиричные - тревожны. Можно лишь заключить, что количество лиричных стихов имело подъемы и спады в то же время, что и количество тревожных, то есть поэту свойственно выражать себя именно в этом сочетании.

Другой способ измерения связи может быть назван *статическим* или структурным. Если взять все 538 стихотворений и подсчитать, как часто среди них, например, «Тревога» встречалась вместе с «Лирикой» в одном и том же стихотворении - то динамика будет игнорирована. Но зато мы получим представление о том, насколько типично совмещение разных свойств в творчестве поэта на всем протяжении его деятельности. Статические (структурные) корреляции рассмотрены в 3.2.

Удобнее всего рассматривать отношения такого рода, используя корреляционную матрицу, из которой видно, как каждый признак связан с любым другим. Но еще более наглядный способ понять взаимосвязи – применить специальную технику (так называемое многомерное шкалирование), которая позволяет проецировать все признаки на плоскость таким образом, что, по возможности, тесно коррелированные признаки находятся близко друг к другу, а некоррелированные – далеко. Такая проекция приведена на рис. 4. Если сравнить матрицу корреляций и ее проекцию, то выводы будут практически одинаковы. Например, «Лирика» и «Темные строки» в матрице имеют значение корреляции 0.81, то есть весьма высокое (близкое к единице) – и на рис. 4 они находятся близко друг к другу; «Детские стихи» в матрице не коррелированы ни с одним признаком – на рисунке они расположены вдали от всех признаков и т.д. Рассмотрим теперь, какие выводы можно из всего этого сделать.

В первом, наиболее плотном ядре находится несколько тесно связанных признаков: «Лирика», «Новая власть +», «Удачные строки», «Темные строки» и «Все» (я также отношу сюда «Тревогу», у которой сильные связи со всеми перечисленными признаками). Этот последний признак – «Все» – интерпретируется следующим образом.

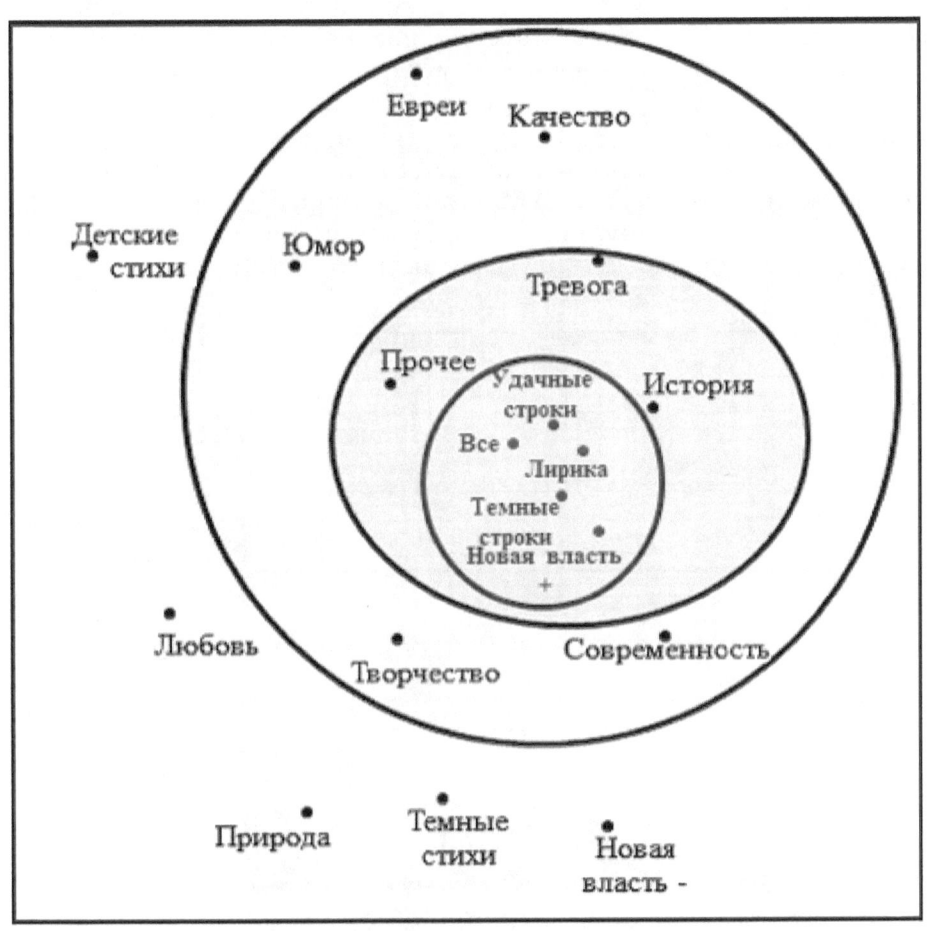

Рис. 4. Проекция различных свойств поэтики О.Мандельштама
(*чем точки ближе друг к другу – тем выше динамическая корреляция между свойствами*)

Общее число стихов менялось год от года (о чем подробно говорилось выше в разделе 3.1), и каждый раз соответствующим образом менялось количество, скажем, лирических стихотворений, что отражено высоким коэффициентом корреляции. Но такой эффект не обязателен для других характеристик: например, объем детских стихов совершенно не связан с общим объемом всех стихов (корреляция равна нулю). Так что «Все» в данной группе – это интересный индикатор того, какие именно темы (свойства) были характерны для поэта в периоды подъемов и спадов его общей активности. Выясняется, что увеличение (уменьшение) объема написанного у О.Мандельштама тесно связано с увеличением (уменьшением) личностного момента и тревожности. Кроме того, у него синхронно меняется количество как удачных, так и темных строк. То же самое верно для признака «Новая власть +». Но, поскольку эта власть появилась лишь во второй половине его жизни, корреляция несколько менее надежна. Остановимся на этом подробнее.

«Все стихи» и «Лирика» сильно пересекаются, около половины всех написанных строк принадлежат лирическим стихотворениям, поэтому не удивительно, что их динамическая корреляция высока. Вполне можно сказать, что О.М. – это по преимуществу лирический поэт, что не есть крупное научное открытие. Куда интереснее посмотреть на остальные тесно связанные свойства (рис. 5).

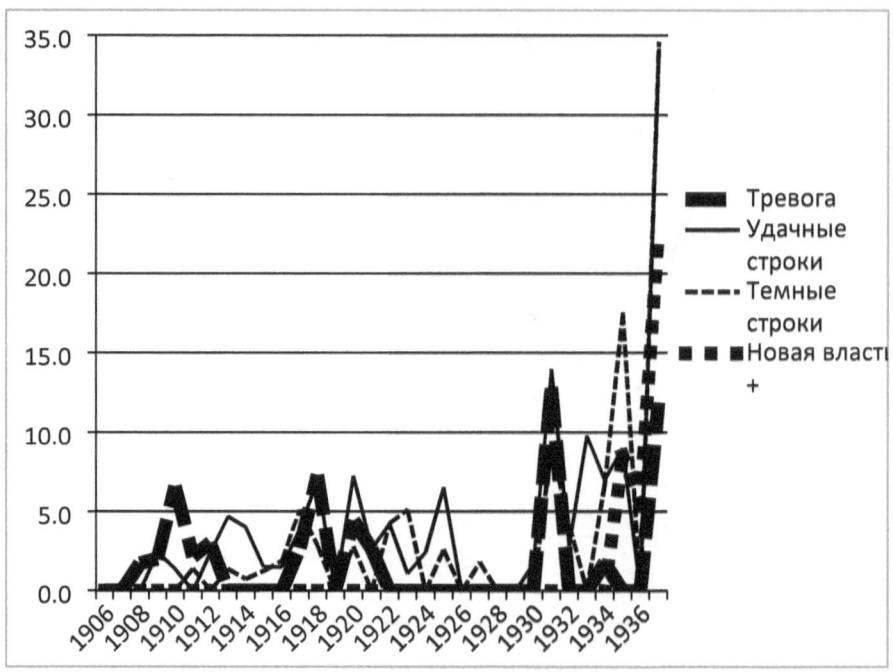

Рис. 5. Динамика тесно связанных показателей, количество слов в неделю

Этот график ясно иллюстрирует природу динамических корреляций. Если стихи с определенными свойствами (например, «Тревога» и «Новая власть +») интенсивно писались в одно время и не писались в другое – что-то в душе поэта соответствовало и тому и другому. Другой интересный взгляд на динамику творчества может дать наблюдение за долями стихов того или иного типа во времени. На рис. 6 приведен такой график для трех важных характеристик.

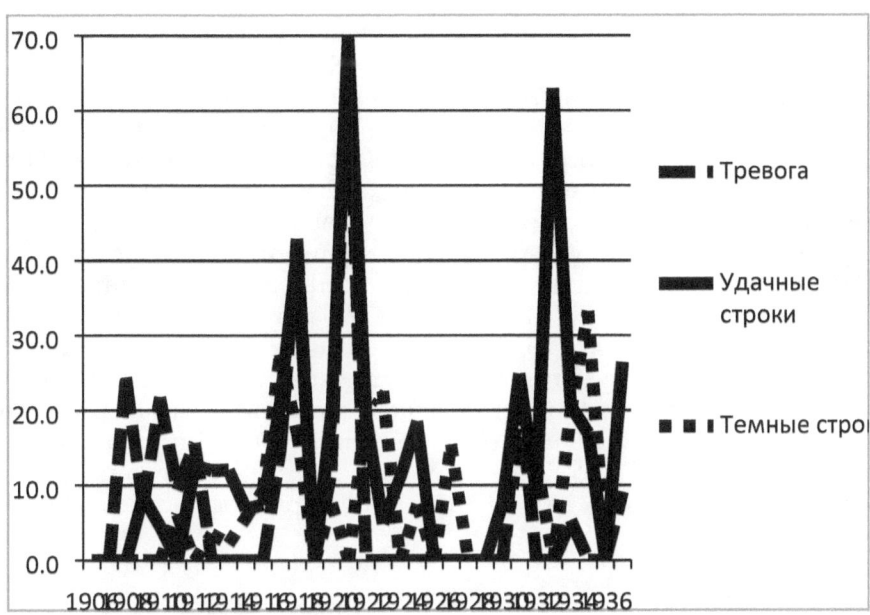

Рис.6. Доли стихов различных типов во времени, %

Из графика видно, в частности, что в некоторые годы (1921 и 1933-й) доля удачных стихов поднимается до огромного уровня в 60-70%. Но надо иметь в виду, что в эти годы писалось сравнительно мало (особенно в 1921-м: 3.8 слов в неделю по сравнению со средним уровнем 25.3). Аналогично – с тревожными стихами. Характерно и довольно неожиданно, что доля тревожных стихов в последние годы жизни сравнительно мала: после всплеска тревожности в 1931-м (22.8% всех стихов) она падает до 2.4% в период с 1932 по 1937 год (среднее за все годы – 8%). А вот объем стихов с темными строками, наоборот, вырос: не только 1935 год является рекордным (28% всех стихов содержат темные строки), но и в среднем за годы с 1932-го по 1937-й их доля (15.3%) выше среднегодовой (7.5%) в два раза. Это наблюдение корреспондирует с другим: общая доля темных стихов в составе тревожных за весь период очень мала (4%), что противоречит некоему общему ощущению, что в тревожном состоянии «невнятица в мозгах» повышается (см. подробнее в разделе 3.3).

Прежде чем приводить конкретные примеры, поясняющие сказанное, лучше рассмотреть сначала, были ли прямые пересечения мотивов, то есть как много стихотворений, в которых непосредственно сочетаются различные свойства.

3.2. Статические корреляции – что происходит внутри стиха

Самый простой и наглядный способ посмотреть, как сочетаются признаки между собой – это найти так называемое пересечение двух признаков, то есть установить, сколько стихов содержат оба признака одновременно. Если, например, в стихах с удачными строками содержится 3,000 слов, а в тревожных стихах – 2,000 (то есть меньше, чем в хороших), причем в стихах и хороших, и тревожных имеется 500 слов, то коэффициент близости определяется как 500/min(2000,3000) = 500/2000 = 0.25. Интерпретация: «25% тревожных стихов являются хорошими». Коэффициент всегда не меньше нуля и не больше единицы. Получается, что такая мера связи не является симметричной, ибо если мерить пересечение иначе, результат будет 500/3000=16.7%. Значения некоторых коэффициентов такого рода приведены в табл. 2. Все признаки упорядочены: слева находятся наименьшие, размеры которых использовались в знаменателях дроби. Это облегчает чтение таблицы: процент всегда определяется как доля пересечения к объему того признака, который указан по строке. Приведен только небольшой фрагмент полной таблицы, в котором имеются достаточно высокие значения пересечения, интересные для комментариев, так как они подчеркивают неочевидные закономерности.

Таблица 2. Коэффициенты структурной связи
(доля пересечения двух признаков в процентах от объема признака, показанного по строке)

Признаки в пересечении		Темные строки	Удачные строки	Лирика
Признаки в знаменателе	Количество слов	5,376	6,838	19,307
Новая власть –	1,559	34%	37%	21%
Новая власть +	1,927	56%	33%	32%
Тревога	3,073	5%	22%	60%
Темные строки	5,376	100%	34%	52%
Удачные строки	6,838	26%	100%	44%

Как видно, значения некоторых коэффициентов превышают 20, 30 или 40%, то есть значительный объем стихотворений обладает данной парой свойств (затененные значения): 32% темных стихов имеют удачные строки, 31% положительных стихов о советской власти (и 26% отрицательных) – тоже и т.д. Посмотрим теперь, что все эти и другие коэффициенты означают. Как будет показано, многие из них имеют тот же смысл, что рассмотренные ранее динамические корреляции.

Повторю еще раз: два типа корреляций – динамические и статические (структурные) – означают разные вещи. В первом случае исследователь может сопоставлять различные периоды и события в них, пытаясь понять, почему именно в эти годы был такой всплеск стихов двух или трех типов. Представим себе, что анализ проводится еще более детально и известны не только годы, но и месяцы написания стихов (что часто имеет место и на самом деле). Тогда можно вообще построить некоторую картину эмоционально-психологического развития поэта, что уже, наверно, сделано для личностей типа Пушкина или Блока, жизнь и творчество которых изучены очень досконально и без всякого статистического анализа. Но с ним изучать – много проще...

Во втором случае анализ выглядит куда более непосредственно, так как использует информацию внутри самих стихов на протяжении всего творчества: что чаще всего проявлялось вместе. Такой анализ дает богатую почву для нахождения устойчивых паттернов в поэзии. Если бы, к примеру, только тревожные стихи были бы удачными, а остальные – нет, вполне можно было бы назвать О.М. «поэтом тоски и тревоги», и это было бы правдой. И хотя, конечно, таких сильных связей не бывает, те, что есть, позволяют о многом задуматься.

По идее, можно было бы комментировать динамические и статические корреляции порознь, приводя примеры того и другого. Но в мою цель не входил детальный анализ творчества О.М. ни в том, ни в другом смысле. Как я уже отмечал, это скорее попытка показать новые способы анализа, чем дать картину его творчества. Поэтому я решил прокомментировать корреляции в обобщенном виде, используя по возможности статические примеры. На это есть еще одна причина: если статическая корреляция высока, то она наверняка будет усиливать и динамическую (обратное не обязательно). И, действительно, многие связи высоки и там и там.

Есть еще одна наглядная характеристика, показывающая относительную весомость пересечений – индекс. Если, например, известно, что «Удачных строк» в целом по всем стихам 16%, а в группе «Новая власть +» – 32%, то индекс 32/16 = 2 покажет, что удачные строки при данной тематике появляются в два раза больше обычного, и это весьма любопытно. Некоторые индексы приведены в табл. 3.

Таблица 3. Индексы: во сколько раз частота в пересечении выше средней частоты

(на диагонали – доля стихов с данным свойством в общем объеме)

	Новая власть -	Любовь	Новая власть +	Темные строки	Удачные строки
Новая власть -	3.7%	0.77	6.36	2.64	2.25
Любовь		4.3%	-	-	0.34
Новая власть +			4.6%	4.35	2.00
Темные строки				12.8%	2.07
Удачные строки					16.3%

По диагонали показаны соответствующие проценты; индекс говорит о том, во сколько раз частота на диагонали выросла или уменьшилась при пересечении. Например, число на пресечении «Новая власть –» и «Темные строки», 2.24, говорит о том, что доля темных строк там в 2.24 раза выше, чем в среднем, то есть 12.8%*2.24=33.7%. Но что важно отметить – и доля стихов «Новая Власть –» тоже больше в то же количество раз: 3.7%*2.24=9.8%, то есть индекс работает как симметричная мера, в отличие от структурной корреляции. К тому же он обладает свойствами наглядности и простоты.

Для любителей более серьезной статистики могу добавить, что на самом деле я использовал еще несколько приемов: компонентный анализ (с вращением) на основе двух матриц исходных данных: с нулевыми значениями признаков и с пересечениями в форме количества общих знаков. В силу высокого количества нулей в таких матрицах корреляции между признаками в целом менее заметны, но некоторые высокие связи подтвердились и в этом виде. Это, в первую очередь, «Удачные строки» – «Темные строки» – «Новая власть +», а также «Тревога» – «Новая власть –». Все они будут ниже рассмотрены на примерах.

3.3. Связи между свойствами поэзии – как это выглядит

Рассмотрим некоторые пары взаимосвязанных показателей. Общее количество всех пар равно 17*16/2=136. Однако я вынужден ограничиться лишь некоторыми из тех, где структурных связи высоки, ориентируясь на табл. 2., но также приводя значение динамической корреляции. Первым в названии пары всегда идет признак с меньшим объемом – статическая корреляция дается как процент пересечения от этого объема.

1. «Тревога» – «Удачные строки» (динамическая корреляция 0.70; статическая – 0.22). Рассмотрим сначала динамический аспект. Два наиболее тревожных года, судя по графику, 1931 и 1937-й, и они же – годы с максимальным количеством прекрасных строк. Один пример (про трамвайную вишенку), где и то и то совместилось, я уже приводил в разделе 1. А вот один из самых пронзительных и сильных стихов 1931 года:

Неправда

Я с дымящей лучиной вхожу
К шестипалой неправде в избу:
– Дай-ка я на тебя погляжу,
Ведь лежать мне в сосновом гробу.

А она мне соленых грибков
Вынимает в горшке из-под нар,
А она из ребячьих пупков
Подает мне горячий отвар.

– Захочу, – говорит, дам еще... –
Ну, а я не дышу, сам не рад.
Шасть к порогу – куда там – в плечо
Уцепилась и тащит назад.

Вошь да глушь у нее, тишь да мша, –
Полуспаленка, полутюрьма...
– Ничего, хороша, хороша...
Я и сам ведь такой же, кума.

Похоже, О.М. был одним из очень немногих литераторов, кто понял весь кошмар «великого перелома» прямо в то самое переломное время (отсюда, наверно, «ребячьи пупки»). Но самое здесь удивительное – это последние строки, где он признает что «сам такой». Я не знаю, повлиял ли этот стих на « Чужой дом» В.Высоцкого, где

Кто ответит мне, что за дом такой,
Почему во тьме, как барак чумной?
Свет лампад погас, воздух вылился,
Али жить у вас разучилися?

Но очень характерна разница в финале: безнадежная у О.М. и вот такая у Высоцкого: «Я, башку очертя, шел, свободный от пут...»
А за 1937 год практически все тревожные стихи одновременно содержат очень сильные строки, как, например, вот это окончание «Стихов о неизвестном солдате»:

...Слышишь, мачеха звездного табора,
Ночь, что будет сейчас и потом?
Наливаются кровью аорты,
И звучит по рядам шепотком:
– Я рожден в девяносто четвертом,
Я рожден в девяносто втором... –
И в кулак зажимая истертый
Год рожденья – с гурьбой и гуртом
Я шепчу обескровленным ртом:
– Я рожден в ночь с второго на третье
Января в девяносто одном
Ненадежном году – и столетья
Окружают меня огнем.

В этом стихе есть что-то поразительное: так передать чувства не во время войны, а именно между войнами. Для нас 1937 – это символ, но для него – неужели чувствовал нечто? Похоже, что нет, это все в целом, «озирая жизнь свою». Уже в 1934-м были строки «Промчались дни мои – как бы оленей/ Косящий бег» (приводились выше).

Вот еще один удивительный образ (фрагмент), 1937 год:

В нищей памяти впервые
Чуешь вмятины слепые,
Медной полные воды, –
И идешь за ними следом,
Сам себе немил, неведом –
И слепой и поводырь...

Или вот еще, тоже 1937-й (окончание):

…И в яму, в бородавчатую темь
Скольжу к обледенелой водокачке
И, спотыкаясь, мертвый воздух ем,
И разлетаются грачи в горячке –

А я за ними ахаю, крича
В какой-то мерзлый деревянный короб:
– Читателя! советчика! врача!
На лестнице колючей разговора б!

2. «Тревога» – «Лирика» (динамическая корреляция 0.70, статическая – 0.60). Я остановился на этой паре, поскольку, вообще говоря, тревожные стихи могут быть и не связанными с личностным восприятием, посвящены «тревоге» как таковой (как мог бы писать, скажем, философ), – например, как здесь («Фаэтонщик», 1931, фрагменты):

На высоком перевале
В мусульманской стороне
Мы со смертью пировали –
Было страшно, как во сне.

Нам попался фаэтонщик,
Пропеченный, как изюм,
Словно дьявола погонщик,
Односложен и угрюм.
...
Так, в Нагорном Карабахе,
В хищном городе Шуше
Я изведал эти страхи,
Соприродные душе.

Сорок тысяч мертвых окон
Там видны со всех сторон
И труда бездушный кокон
На горах похоронен.

Здесь есть явная отстраненность, описательность. Но в подавляющем большинстве случаев тревога, печаль, страх ощущаются поэтом исключительно личностным образом, то есть вполне можно сказать, что подобные эмоции были для него очень характерны (все предыдущие примеры именно лиричны). При этом, как вспоминает Надежда Мандельштам, О.М. часто бывал очень весел и остроумен – он отнюдь не тосковал все время… Те щемящие строки о «ненадежном годе рождения» были написаны в начале марта 1937-го, а вот такие – за одну-две недели до того, 24 февраля:

О, эта Лена, эта Нора,
О, эта Этна – И.Т.Р.
Эфир, Эсфирь, Элеонора –
Дух кисло-сладкий двух мегер.

3. «Удачные строки» – «Лирика» (динамическая корреляция 0.82, статическая – 0.43). Такое ощущение, что О.М., хотя и писал множество стихов на «прочие темы» (доля лирики в его творчестве составляет 46%), был в них далеко не так успешен (конечно, исходя из моего понимания «успешности»). Хорошие строки содержатся в 43% лирических стихов, в то время как во всех остальных – лишь в 7.5%, то есть почти в шесть раз меньше. О.М. хорош (велик, как многие думают) именно как лирический поэт – лишь констатирую очевидный факт. А вот примеры нескольких очень хороших, но не лирических строф, из тех самых 7.5%:

Ладья воздушная и мачта-недотрога,
Служа линейкою преемникам Петра,
Он учит: красота – не прихоть полубога,
А хищный глазомер простого столяра.

Две последние строки – блестящее и нетривиальное определение красоты, которое может войти (или уже вошло) в книги по эстетике. Или вот:

В пол-оборота, о печаль,
На равнодушных поглядела.
Спадая с плеч, окаменела
Ложноклассическая шаль.

Это об Анне Андреевне, в 1914 году. Потом ей не раз припомнят «Ложноклассическую шаль», оценили современники и потомки удачный образ. Или вот – с политическим уклоном:

Европа цезарей! С тех пор, как в Бонапарта
Гусиное перо направил Меттерних, –

Впервые за сто лет и на глазах моих
Меняется твоя таинственная карта!

«Таинственная карта» – это абсолютно здорово. А уж на моих глазах как она менялась, и раз, и два, и три за 30 лет... И сколько еще там тайн, быть может. И вот последнее, хотя еще есть:

Эта ночь непоправима,
А у вас еще светло.
У ворот Ерусалима
Солнце черное взошло.

Непоправимая ночь – это нечто...

4. «Темные строки» – «Удачные строки» (динамическая корреляция 0.89, статическая – 0.34). Итак, наблюдается два феномена. Чем больше удачных стихов в каком-либо году, тем больше в этом году и темных строк. Но, что еще интереснее, примерно в трети стихотворений и сильные, и темные строки находятся одновременно. Содержание темных строк среди стихов с удачными строками в два с лишним раза выше среднего уровня (индекс 2,07, табл. 3). Такого рода комбинации были, конечно, замечены раньше и вызывали у различных авторов желание как-то примирить то и другое – обычно «темное» объяснить и сделать его тем самым «светлым», а сильные строки оставить как есть (а то и усилить далее за счет темных). Этот дух хорошо передается, например, следующими словами М.Гаспарова [3]:

«"Грифельная ода" (1923) – заведомо одно из самых трудных произведений Мандельштама. Она не переставала привлекать внимание исследователей: по числу работ, ей посвященных, она уступает разве что "Стихам о неизвестном солдате"... Во главе этих работ стоит энциклопедия мандельштамовской поэтики – "Подступ к Мандельштаму" О.Ронена, где анализу "Грифельной оды", преимущественно со стороны контекстов и подтекстов, посвящена половина книги...»

Далее автор посвящает свою статью (и чуть позже другую, [4]) детальнейшему анализу сохранившихся черновиков «Оды» и расшифровке на этой основе ее многочисленных, воистину невнятных мест (другие авторы интерпретируют разные места «Оды» по-разному [2, 12]).

Б.Сарнов приводит несколько примеров, когда даже очевидные (не темные!) места интерпретируются авторитетными специалистами различно [10]. Прекрасные, уже цитированные строки насчет «девяносто первого ненадежного года» понимались М.Гаспаровым как готовность поэта подчиниться «перекличке» веков, в смысле – встать под знамена новой власти (то есть как «просоветские»). В то время как Н.Мандельштам, ближайший к автору человек, воспринимала их как отголосок необходимости «вохровской переклички» в ссылке (то есть как «антисоветские»). Сам Б.Сарнов рассматривает эти строки как свободные от политических аллюзий, связанные с общей трагичностью времени или даже с надмировыми силами (что также очевидно и для меня, хотя и без надмировых сил). Что же говорить о куда более невнятной «Грифельной оде» и других вещах!

Я абсолютно согласен с тем, что литературоведческие исследования способны многое прояснить (как и многое запутать, судя по приведенным и другим примерам). Я согласен также с тем, что деятельность по прояснению, интерпретации, комментированию и т.п. совершенно необходима или, по крайней мере, высоко востребована в человеческой культуре (скажем, интерпретации Шекспира или, тем более, Библии породили целые культуры сами по себе). Но позволю себе сделать одно общее замечание на этот счет.

Интуитивно ощущаемое очень давно, но получившее твердую прописку в искусствоведении понятие *beholder share* («доля созерцателя, зрителя») имеет фундаментальное значение для понимания нашего восприятия искусства. Фраза «Beauty is in the eye of the beholder» («Красота – в глазах созерцателя», в смысле – не в самом произведении художника), принадлежащая крупнейшему искусствоведу Э.Гомбричу (E.Gombrich, [15]), имеет очень глубокий смысл. Современные данные психологии и науки о мозге (neuroscience) по поводу наших способов восприятия искусства полностью подтверждают этот взгляд на вещи, что блестяще продемонстрировано в недавней монографии Нобелевского лауреата Э.Канделя [14]. Когда я смотрю на картину или читаю стихотворение, я, сплошь и рядом, понятия не имею об обстоятельствах жизни автора в этот момент времени или о его мыслях и чувствах, или о причинах, по каким он написал те или иные строки (если таковые причины вообще возможно разыскать) и т.д. Я вижу нечто, что он пытается донести до меня, и в меру своего разумения и эмоционального состояния либо воспринимаю это как что-то близкое, то есть эстетически значимое, либо нет.

Чем больше я знаю, однако, о каких-то частных обстоятельствах, тем сложнее мое восприятие предмета искусства, причем изменение может быть в любую сторону от того, которое было бы при моей полной девственности. «Я помню чудное мгновенье...» огромным количеством людей воспринимается уже почти двести лет как гениальный шедевр любовной лирики. Какая-то их часть знает об адресате (Анне Керн). Какая-то (меньшая) знает также и о более позднем письме Пушкина С.Соболевскому насчет того, что «...с помощию божией я на днях "..."» ту самую Анну. Еще какая-то часть знает даже о том, что «гений чистой красоты» заимствован автором (без ссылки, конечно) у В.Жуковского (с одной заменой: «чистый» на «чистой»). Как все эти «знания» влияют на восприятие стиха? Два последних обстоятельства должны работать, в принципе, на понижение впечатления, и, возможно, у некоторых так и происходит (то есть «цинизм и пошлость» Пушкина переносится на снижение романтического образа в стихотворении, а «плагиат» воспринимается как нечистоплотность). Другие игнорируют подобные факты или всячески не хотят их связывать с лирикой как таковой (по принципу «Я поэт – тем и интересен», а все остальное не имеет значения). У третьих само это знание переплетается с восприятием стиха и обогащает его. Вопрос о том, как именно всевозможные обстоятельства влияют на восприятие, насколько я знаю, изучен с количественной стороны очень слабо. Если следовать самой логике литературоведения, они (обстоятельства) играют исключительную роль, иначе люди бы не тратили свою жизнь на писание статей и книг о своих героях – писателях. С позиций же тех, кто эти труды никогда не берет в руки – « Я помню...» и так прекрасно.

Есть, однако, одно принципиальное обстоятельство. В примере со стихом Пушкина знания об обстоятельствах факультативны, ими можно обладать или нет. В темных же стихах Мандельштама (как и других поэтов), без каких-то знаний они просто неясны, то есть уже так просто не получится. Выходит, надо либо чего-то знать или воображать (как делает М.Гаспаров и другие) в надежде на прояснение, или остаться в полном неведении и, соответственно, быть эстетически глухим. Если встать на первый путь, – надо соглашаться с мнениями специалистов (которые, естественно, еще и расходятся между собой) или формировать собственное мнение (на основании чего?), – в любом случае вторичный эффект не идет ни в какое сравнение с первичным, ибо прямое эстетическое воздействие отсутствует из-за темноты. Это примерно как человеку с плохим слухом «напеть» кому-то мелодию оперы и удивляться потом, почему опера тому не нравится. Моя «доля читателя» в темных стихах остается близкой к нулю, и я не пытался ее расширить за счет чтения специальной литературы.

Вот несколько фрагментов, где сильные и неожиданные строки совершенно непосредственно сочетаются с невнятными, темными и ничем не обоснованными. Там, где нет нужды делать подробный разбор темных строк, я буду просто указывать на них.

Когда на площадях и в тишине келейной
Мы сходим медленно с ума,
Холодного и чистого рейнвейна
Предложит нам жестокая зима.

Две первые строки – сильные, две следующие – непонятны.

Что зубами мыши точат
Жизни тоненькое дно, –
Это ласточка и дочка
Отвязала мой челнок,

Что на крыше дождь бормочет –
Это черный шелк горит,

Но черемуха услышит
И на дне морском простит.

Две первые строки создают яркий образ, все последующее – совершенно невнятно (что за прощение черемухой на дне морском и пр.?).

А вот из «Оды» Сталину:

Художник, береги и охраняй бойца:
В рост окружи его сырым и синим бором
Вниманья влажного. Не огорчить отца
Недобрым образом иль мыслей недобором,

Вторая и третья строки совершенно неясны (синий бор вниманья влажного??). Далее:

Глазами Сталина раздвинута гора
И вдаль прищурилась равнина.

Как глаза могут раздвинуть гору? Это выходит за рамки любой метафорики. А как глазами щурится равнина? Это выходит за рамки самой восточной лести. И еще далее:

...
Уходят вдаль людских голов бугры:
Я уменьшаюсь там, меня уж не заметят,
Но в книгах ласковых и в играх детворы
Воскресну я сказать, что солнце светит.

Тут первые две – очень сильный и универсальный образ (по каковой причине стих и рассматривается в данном разделе), а две за ними – на грани пошлости. Так что в «Оде» не только темные строки сочетаются с сильными, но еще и с очень слабыми. Или вот еще фрагмент (из другого стихотворения):

Кому зима – арак и пунш голубоглазый,
Кому душистое с корицею вино,
Кому жестоких звезд соленые приказы
В избушку дымную перенести дано.

Немного теплого куриного помета
И бестолкового овечьего тепла;
Я все отдам за жизнь – мне там нужна забота, –
И спичка серная меня б согреть могла.

Пунш голубоглазый? Соленые приказы звезд? Приказы переносить в избушку? И наряду с этими невнятными возгласами – трогательнейшие две последние строки...

Высокая корреляция между темными строфами и яркими образами, на мой взгляд, свидетельствует об особом складе поэта. Я не знаю, как его назвать, – может быть, психологии это известно. Но в целом это льет воду на мельницу сторонников старинного тезиса о таинственной связи между гениальностью и безумием, хотя я не берусь всерьез рассуждать на данную тему.

5. «Новая власть +» – **«Удачные строки»** (динамическая корреляция 0.81, структурная – 0.33). Как следует из табл. 2, объем написанного «в пользу советской власти» примерно на четверть превышает объем написанного против. В стихах двух типов доли удачных строк примерно равны (33% и 37%), но динамические корреляции различны – 0.8 против 0.21. Очень характерно, что индекс равен двум (табл. 3), то есть доля «Удачных строк» в «одобрительных стихах» в два раза выше средней.

В целом, вопрос об отношении О.М. к новой власти очень сложен и запутан. С одной стороны, именно своими отчаянно смелыми антисталинскими стихами он в высшей степени поразил немногих знающих их современников и широкие массы потомков (их просто не с чем сравнить в советской литературе того времени). С другой стороны, вряд ли кто еще оставил столь нетривиальные и сильные строки о новом строе. Вот одно из удивительнейших стихотворений такого рода. Вначале – проникновенная и мощная лирика:

Если б меня наши враги взяли
И перестали со мной говорить люди,
Если б лишили меня всего в мире:
Права дышать и открывать двери
И утверждать, что бытие будет
И что народ, как судия, судит, –
Если б меня смели держать зверем,
Пищу мою на пол кидать стали б, –
Я не смолчу, не заглушу боли,
Но начерчу то, что чертить волен ...

Дальше ожидается, что будет начерчено все что угодно, но не это:
…
И налетит пламенных лет стая,
Прошелестит спелой грозой Ленин,
И на земле, что избежит тленья,
Будет будить разум и жизнь Сталин.

Я плохо себе представляю, как такое могло быть написано по принуждению или из страха. Если Б.Сарнов считает оду Сталину «вымученной» [10], то в ней есть, действительно, очень притянутые моменты, частично процитированные раньше (типа «Воскресну я сказать, что солнце светит» и др.). Но и в «Оде» проявляется неожиданное сближение между типичными для поэта мыслями и образом вождя, что придает элемент искренности при прочтении – например, здесь:

Пусть недостоин я еще иметь друзей,
Пусть не насыщен я и желчью и слезами,
Он все мне чудится в шинели, в картузе,
На чудной площади с счастливыми глазами.

Или вот еще из другого стиха:

Да, я лежу в земле, губами шевеля,
И то, что я скажу, заучит каждый школьник:
На Красной площади всего круглей земля
И скат ее твердеет добровольный.

Здесь первая строка – очень выразительный и характерный для О.М. образ, но все последующее – нечто совершенно другое. Поэт ухитрился в четырех строках соединить две противоположные идеи и выразить их в четырех стилях. Идея первая – мне очень плохо, я при смерти. Идея вторая – я живу в лучшем из миров и хочу об этом рассказать. Логической связки между ними нет (даже «но» вместо «и» во второй строке не поставлено). Каждая строка – свой стиль. Первая – трагичная и акмеистическая. Вторая – бравурно-советская в духе тех лет. Третья – пропагандистская в духе самых крайних восточных метафор. Четвертая – абсурдистская и темная (что такое «добровольный скат»?). Подобные строки есть порождение в высшей степени неординарного сознания.

Похоже, иногда он мог поломать в себе эту двойственность и надрыв и писать совсем уж по-советски, прямо как в «Правде»:

Из-за домов, из-за лесов,
Длинней товарных поездов,
Гуди за власть ночных трудов,
Садко заводов и садов.

Гуди, старик, дыши сладко'.
Как новгородский гость Садко
Под синим морем глубоко,
Гуди протяжно в глубь веков,
Гудок советских городов.

Или:

Много скрыто дел предстоящих
В наших летчиках и жнецах,
И в товарищах реках и чащах,
И в товарищах городах…

Иногда же его увлекали, как кажется, чисто звуковые игры, где на основе новой (просоветской) тематики он занимался чисто словесными упражнениями:

Необоримые кремлевские слова –
В них оборона обороны
И брони боевой – и бровь, и голова
Вместе с глазами полюбовно собраны.

Здесь явно его забавлял «бр» – *необоримые, оборона, броня, бровь, собраны*. Но выглядит вполне пристойно, по-советски (хотя налет знакомого абсурдизма налицо – что такое «оборона брони боевой»?).

6. «Новая власть +» – «Темные строки» (динамическая корреляция 0.90, структурная – 0.56). Я уже приводил примеры темных строк в процессе восхищения советской властью, но этот феномен все же весьма необычен – больше половины (56%) всех просоветских стихов содержит некую невнятность, а динамическая корреляция очень высока – оба коэффициента максимальные из всех такого рода, что соответствует более чем четырехкратному превышению типичного уровня «Темных строк» – индекс равен 4.35 (табл. 2, 3)! То есть степень невнятности и туманности достигала своего пика именно когда О.М. «хвалил»... Вот еще несколько примеров, в дополнение к приведенным в разделе 3.3.5 фрагментам из «Оды» (Сталину) и других известных вещей.

Мир начинался страшен и велик:
Зеленой ночью папоротник черный,
Пластами боли поднят большевик –
Единый, продолжающий, бесспорный,

Упорствующий, дышащий в стене.
Привет тебе, скрепитель добровольный
Трудящихся, твой каменноугольный
Могучий мозг, гори, гори стране!

Дышащий в стене? Каменноугольный мозг? Ладно «вместо сердца – пламенный мотор», но тут уж что-то запредельное. Вроде О.М. хотел «как все», супер-метафорично и призывно, но вышло, как только у него – таинственно и непонятно, чтобы не сказать комично. Или еще:

Мне кажется, мы говорить должны
О будущем советской старины,
Что ленинское-сталинское слово –
Воздушно-океанская подкова,

И лучше бросить тысячу поэзий,
Чем захлебнуться в родовом железе,

И пращуры нам больше не страшны:
Они у нас в крови растворены.

Что такое воздушно-океанская подкова? Что значит «захлебнуться в родовом железе»? Видимо, имеется в виду, что наплевать на поэзию, лишь бы роды (советской власти) прошли удачно, а рождается она «в железе». Но все равно – как можно в железе «захлебнуться»? В расплавленном, что ли? Или вот:

Ты должен мной повелевать,
А я обязан быть послушным.
На честь, на имя наплевать,
Я рос больным и стал тщедушным.

Так пробуй выдуманный метод
Напропалую, напрямик –
Я – беспартийный большевик,
Как все друзья, как недруг этот.

Идея здесь вроде ясна – поэт готов поступиться чем угодно, чтобы влиться в новую жизнь. Но что значит «как недруг этот»? В 1935 году уже было достаточно недругов вокруг, чтобы называть их «беспартийными большевиками» в прямом смысле. Сарказм? Не похоже. Далее – уж коли автор готов наплевать на честь и на имя (уже не первый раз – «Я лишился и чаши на пире отцов, / И веселья, и чести своей»), то при чем тут тщедушие? Оно подразумевает некое жалкое состояние, в то время как пафос отречения от собственной чести может быть компенсирован только гордым чувством обретения чего-то нового. В этом стихе, одном из немногих, при желании можно увидеть действительно «фигу в кармане», то есть при прямой констатации сверхсоветского желания быть беспартийным большевиком – искреннюю печаль о содеянном. Но для кого тогда стих? Явно не для печати. Для себя?.. Мне такие вещи непонятны...

В целом, конечно, высокий уровень невнятности в просоветских стихах говорит о мучительности этой темы для Мандельштама. Он не мог ни то, ни это. Не мог не признать, но не мог и принять. Он не был циником, чтобы писать просоветское в печать, а антисоветское в стол, как делали позднее столь многие. Он «выбрал» другую форму шизофрении – такой вот сумбур вместо лирики. На этом особом пути он тоже уникален.

Общее впечатление от «просоветской лирики» Осипа Мандельштама – такое же, как и вообще от его лирики. Если отвлечься от ее, так сказать, направленности, то там можно найти самые разнообразные мотивы и настроения, удачи и провалы, крайне изысканные строки и примитивные клише, прозрачные мысли и темные намеки, – приблизительно то же, что характерно для всего строя его творчества. Я думаю, там есть довольно значительный элемент принуждения. Время написания почти всех "советских" стихов - вторая половина тридцатых, когда ему казалось, что надо было "исправиться" и "замазать впечатление" от тех самоубийственных строк 1933 года, за которые власть дала ему баснословно мягкое (как казалось и ему, и окружающим) наказание в форме всего лишь ссылки. Его подталкивала к "покаянию" (пусть даже формальному) жена. Но нельзя забывать и другое: это именно те годы, когда культ стал всепронизывающим.

Есть тысячи каналов, по которым доминирующее общественное настроение проникает в душу даже самого независимого человека. Ты можешь ненавидеть строй (хотя этого у О.М. фактически никогда не было), но в какой-то момент понять, что в окружающей жизни, в конце концов, есть что-то хорошее. Зачем же тогда так «односторонне» смотреть на вещи? Может, какая-то правда и в нынешней власти существует? И не надо для демонстрации такого рода рассуждений пытаться вообразить тридцатые с их страхом, безумной подозрительностью и полным отсутствием альтернативной информации. Взгляните на нынешнюю Россию, в которой огромное количество вполне внятных и интеллигентных людей поддерживает режим Путина, несмотря на сверхубедительные доказательства его коррумпированности, анти-демократичности и т.д. Их внутренняя аргументация идет по разным каналам («стабильность», «другие будут еще хуже», «нужна сильная власть», «демократы развалили страну» и пр.), но она, безусловно, есть, люди не поддерживают его бездумно. Точно так же было и тогда, только аргументы были иными (хотя и не очень). И тогда и сейчас огромную роль играет влияние тех, кому доверяешь. И тогда и теперь они «подводили». Позволю себе длинную цитату из статьи Н.Ивановой [5], где она приводит и комментирует воспоминания о реакции О.М. на «сталинский» цикл стихов Б.Пастернака:

«Особенно приподнятое отношение Мандельштама к этому циклу зафиксировано Э.Герштейн. Сначала она приводит запись из дневника С.Рудакова от 30 мая 1936 года – тем более любопытную, что сам автор дневника настроен по отношению к новому циклу Пастернака, только что прочитанному им в № 4 "Знамени", более чем скептично… А у Мандельштама – по записи Рудакова – реакция совсем противоположная: "судороги от восторга («Гениально! Как хорош!» Сам он до того отрезвился, что принялся за стихи!"). И дальше говорит Мандельштам: "Я раскрыл то, что меня закупорило, запечатало. Какие теперь просторы. <…> Стихи у Пастернака глубочайшие, о языке особенно… Сколько мыслей…" Дневниковые записи Рудакова комментирует Э.Герштейн: "Осип Эмильевич радостно встречает у Пастернака родственные мысли… "»

Б.Пастернак, безусловно, входил в референтную группу Мандельштама, и когда тот видел, что Пастернак так пишет о Сталине, – это не могло на него не влиять. Не только потому, что «все прогнулись», но и потому, что «значит, в этом что-то есть». В том же 1936 году имел место ставший известным из воспоминаний К.Чуковского эпизод, когда он и Пастернак на каком-то собрании увидели Сталина и потом искренне и долго восторгались этой личностью друг перед другом [11]. То есть давление на психику шло не только по официальным, но и по личным каналам. Невозможно достоверно понять, что О.М. (как и Б.П.) на самом деле думал о советской власти и сказать, какие его стихи о ней и о Сталине «искренние», а какие – «по заказу», пусть и внутреннему. Похоже, что исключительная темнота стиля в таких стихах – некая природная реакция на насильственно внедряемую реальность, непроизвольный отказ смиряться с тем, с чем разум требует смириться, некий сложный трюк сознания, достойный внимания психоаналитика.

Но и с «ругательными стихами» картина не намного проще. Я не хочу специально комментировать связь «Новая власть –» – «Темные строки» (динамическая корреляция 0.25, структурная 0.34). Как видно, обе корреляции здесь куда более низкие, то есть отрицание власти у О.М. происходило в целом куда яснее, чем одобрение. Но, однако, более трети «антисоветских стихов» несут в себе те же невнятности (примеры приводились ранее – такие, как «*Адмиралтейским лучиком зажгла*», «*Запихай меня лучше, как шапку, в рукав*» и др.

7. «**Новая власть –**» – «**Удачные строки**» (динамическая корреляция 0.22, структурная 0.37). Удачные строки встречаются в «ругательных стихах» примерно так же часто, как и в «хвалительных» – 37% и 33%), хотя периоды «ругани» практически не совпадают с периодами удач (0.22 – невысокое значение). Сходство структурных корреляций объясняется еще и тем, что почти треть (29%) просоветских стихов одновременно содержит и антисоветские элементы, о чем частично говорилось и что породило самый большой индекс – 6.36. Уже отсюда видно, насколько, как принято говорить, амбивалентно отношение О.М. к данной власти – он слишком часто сбивается, даже внутри одного небольшого стиха. Например, здесь (фрагменты):

Я кружил в полях совхозных –
Полон воздуха был рот,
...
Трудодень земли знакомой
Я запомнил навсегда,
Воробьевского райкома
Не забуду никогда.

Где я? Что со мной дурного?
Степь беззимняя гола,
Это мачеха Кольцова,
Шутишь: родина щегла!

Здесь и что-то, вроде, родное в воздухе, и спохватывание, что уже тут не мать, а «мачеха», и одергивание себя – нет, все хорошо (я уж не говорю о нетипичной для О.М. изысканной рифме «никогда – всегда»). А вот примеры сильных антисоветских строк.

А стены проклятые тонки,
И некуда больше бежать,
А я как дурак на гребенке
Обязан кому-то играть.

Наглей комсомольской ячейки
И вузовской песни бойчей,
Присевших на школьной скамейке
Учить щебетать палачей.

Какой-нибудь изобразитель,
Чесатель колхозного льна,
Чернила и крови смеситель,
Достоин такого рожна...

Здесь и далее в этом стихе 1933 года О.М. очень точно передал какую-то неразрывную связь между «квартирным вопросом», кровью и «чернилами», то есть описанием всего происходящего. Вообще он, как и М.Булгаков – но кажется, еще сильнее, – чувствовал кровавую природу «писателей нового строя» (и ведь как в воду глядел, они его и сгубили, не дали ГПУ о нем забыть – см. выше о доносе Ставского). Или один из самых душераздирающих текстов, «Ленинград» (фрагменты):

Я вернулся в мой город, знакомый до слез,
До прожилок, до детских припухлых желез...
…
Петербург! я еще не хочу умирать:
У тебя телефонов моих номера.
Петербург! У меня еще есть адреса,
По которым найду мертвецов голоса.

Я на лестнице черной живу, и в висок
Ударяет мне вырванный с мясом звонок,
И всю ночь напролет жду гостей дорогих,
Шевеля кандалами цепочек дверных.

А самое отчаянное его стихотворение, содержащее бесподобно точные строки, которые, возможно, и спасли его от монаршего гнева:

А вокруг него сброд тонкошеих вождей,
Он играет услугами полулюдей...

Представляю, с какими чувствами могли читать такое сами «вожди»! Явно не с теми, с какими Вождь. И это не могло его не повеселить. Мне кажется вполне правдоподобной версия Ф.Искандера, который считал, что этот стих по ряду причин Сталину просто-напросто понравился (см. обсуждение в [11]).

А уже цитированное «За гремучую доблесть грядущих веков», где «Мне на плечи кидается век-волкодав»! А «Прославим, братья, сумерки свободы!»! В целом удачные строки в такого рода стихах качественно выше, чем в «просоветских»; в них нет половинчатости, они абсолютно искренни, ряд из них и есть вершина его творчества. Я бы ни один из «про» не поставил рядом, хотя процент удач там и такой же.

Детальнейший анализ взаимоотношений О.Мандельштама с властью и, в частности, со Сталиным, произвел Б.Сарнов в своем замечательном исследовании [11]. Многое из того, о чем я писал по этому поводу, там уже было замечено – например, тот факт, что у О.М. противоположные смыслы могут сталкиваться в одном стихотворении [11, с. 346]. Даже цитаты, как я обратил внимание после написания этого текста, у меня с Б.Сарновым часто совпадают. Это лишний раз подтверждает – от глаз опытного литературоведа ничего не скрыто. Но статистика может сказать, насколько существенно то, что литературоведение уже знает. В данном случае: то, что было отмечено в [11] на примере «Оды» (Сталину) имеет куда более широкое распространение, около 30% всех «про» и «контра» стихов содержат общую часть. Статистика может указать также на то, что в глаза не бросается. Например, про «темноту» в восприятии власти Мандельштамом Б.Сарнов практически не говорит, а ведь полезно ее, так сказать, высветить. То есть систематический анализ – вещь все же полезная.

Удивительным образом в его любовной лирике я не обнаружил «Темных строк», но и «Удачных строк» там в три раза ниже среднего (индекс 0.34). Тем не менее, именно некоторые стихи о любви являются абсолютными шедеврами, как «Нежнее нежного...», что я уже цитировал. Там, на мой взгляд, нельзя выделить какие-то «строки», там все настроение и ритмика создают чарующий эффект. Так происходит со многими лучшими стихами Пушкина, где «особых находок» вроде и нет. А отсутствие «Темных строк», может быть, проясняется самим поэтом:

Небо тусклое с отсветом странным –
Мировая туманная боль –
О, позволь мне быть также туманным
И тебя не любить мне позволь.

Это было сказано в 1935-м; О.М. разделяет туманность и любовь, а заодно и нелюбовь. Мировая туманная боль – это очень точное определение того, о чем я много говорил выше.

А это – в 1912-м, когда, казалось бы, любить и любить:

Или, свой путь и срок
Я, исчерпав, вернусь:
Там – я любить не мог,
Здесь – я любить боюсь...

И вот опять, в том же юном году:

Образ твой, мучительный и зыбкий,
Я не мог в тумане осязать.
«Господи!» – сказал я по ошибке,
Сам того не думая сказать.

Божье имя, как большая птица,
Вылетело из моей груди!
Впереди густой туман клубится,
И пустая клетка позади...

В этом есть что-то удивительное: похоже, он действительно забывает о «туманности» всегда, когда влюблен, его голос проясняется и слова находятся. У многих, вроде, наоборот...

И море, и Гомер – все движется любовью.
Кого же слушать мне? И вот Гомер молчит,
И море черное, витийствуя, шумит
И с тяжким грохотом подходит к изголовью.

Можно разбирать еще много комбинаций, но можно и перейти, так сказать, к организационным выводам.

4. Формальные заключения

Я попробую суммировать здесь несколько наиболее важных результатов.

1. Статистический анализ в предложенном стиле позволяет взглянуть на творчество поэта в целом, различая динамические и общеструктурные особенности его творчества.

2. Он может быть значительно объективизирован, если вместо оценок одного человека (автора в данном случае) используются оценки множества людей или даже оценки, полученные по интернетным ссылкам [7].

3. Анализ данных в динамике показывает очень высокую неравномерность «производительности труда» Осипа Мандельштама, когда в одном году может быть написано в десятки раз больше, чем в другом.

4. Отдельные темы или особенности творчества проявляются с высокой степенью синхронности, что приводит к высоким значениям

динамических корреляций. Особо характерны тесные динамические связи между такими показателями как «Все стихи», «Лирика», «Новая власть +», «Удачные строки», «Темные строки» и «Тревога». То есть когда «писалось вообще» («Все»), то О.М. производил сравнительно много лирических стихов, в которых сочетались удачные, темные и тревожные строки. А после 1933-го взлеты производительности были также сопряжены с обильным восхвалением советской власти.

5. Однако похвалы власти были по меньшей мере странными: в них чрезвычайно много темного и неясного, к тому же в ряде случаев либо в одно и то же время, либо в том же самом «хвалительном стихе» появляются отрицательные ноты, иногда очень сильные. Это и другое вскрывается структурным анализом, который показывает, насколько часто разные свойства встречаются в стихотворениях за весь период времени.

6. Совместное рассмотрение динамических и структурных связей позволило выявить несколько важных особенностей творчества О.Мандельштама.

а) В тревожные периоды жизни качество его поэзии в целом повышалось. Можно сказать и иначе: состояние тревоги, печали, тоски, ощущения опасности, страха передавались Осипом Мандельштамом часто в очень сильной форме. Здесь трудно оперировать терминами причинности: из высокой корреляции во времени «Тревоги» и «Удачных строк» не следует, строго говоря, что одно порождает другое. Но если все же и возможно вообще говорить о «причинах высокого качества поэзии» (оставляю этот вопрос профессионалам жанра), – то корреляция есть хороший сигнал, что тут что-то может быть (в конце концов, известно, что в минуты опасности человек может перепрыгнуть через забор, на который раньше и не забрался бы, так почему поэт не может найти особые ресурсы, когда ему плохо?).

б) Тревожность ощущалась им на очень личном уровне, это редко было рассуждением на тему, что «вот вокруг плохо»; куда чаще это было – «плохо мне». Тревожность практически никогда, однако, не была связана с любовными переживаниями, ревностью и т.п., – она всегда порождалась окружающей жизнью.

в) Наилучшее, что О.Мандельштам создал в своем творчестве, в огромной степени сконцентрировано в его лирике; доля удачных строк в ней превышает соответствующую долю в «не лирических» стихах почти в шесть раз (43% против 7%). То есть, несмотря на то, что лирика составляет не более половины им написанного, О.М. значим в первую очередь как лирический поэт.

г) Темные и невнятные места в поэзии О.Мандельштама не так уж часты, встречаются примерно в 13-15% его стихов. Но степень концентрации их в стихах разных типов может сильно варьироваться. Одна из наиболее интересных (и, я думаю, важных) особенностей его творчества – темные строки более чем в два раза чаще встречаются в сочетании с удачными по сравнению со средним уровнем. Другая очень интересная деталь – любовная лирика тонка, прозрачна и очень хороша, в ней нет темных мест вообще. И, наконец – темнота и неопределенность намного выше обычного уровня во всех стихах о советской власти, особенно в положительных.

д) Поэту свойственно в высшей степени амбивалентное отношение к советской власти, когда страстное неприятие и обличение умудряются сочетаться с признанием и одобрением, иногда – внутри одного и того же стихотворения. По сути, такая трагическая раздвоенность была, видимо, доминирующим направлением его сознания почти все тридцатые годы.

5. Неформальные спекуляции

О.М. жил жадной внутренней жизнью, которая лишь временами соприкасалась с жизнью внешней – тогда он пытался их как-то согласовать. Получалось это обычно плохо. Отсюда большое количество темных стихов и нелепых сравнений – не из желания эпатажа, как у футуристов, и не из-за сознательного (творчески обусловленного) нагнетания абсурда, как у заумников или обэриутов, а просто из-за несоответствия внутренних ощущений и слов, необходимых для их выражения, да еще и понятных вовне. Он самым настоящим образом имел свой внутренний язык. Отсюда «жужжание» в процессе писания стихов, о котором говорила Надежда Мандельштам, когда он их невнятно проговаривал вслух. Потом часть этой невнятицы, очевидно, так и оставалась на бумаге. Но так как он не только поэт, но и человек, язык этот должен был быть еще и адекватным, скажем, русскому. Он и был, хотя создавал иногда ощущение полубезумия. В его темных стихах нечего искать глубокого смысла и тайных многоступенчатых аллегорий (как делали очень многие), – я уверен, что всего этого не было, Мандельшам почти всегда открыт и непосредствен. Поэтому в большинстве случаев темные стихи так и есть никому, кроме него, не близкие ассоциации, которые иногда некоторыми воспринимаются как гениальные поэтические находки. Ибо он, не ведая ограничений, создавал метафоры из совершенно произвольного материала, как ребенок соединяет кубики, еще не понимая, подходят друг другу призма с кубом или нет.

Возможно, сознание Осипа Мандельштама имело некую дробную размерность, как у фрактала, и ходило часто по кругу, воспроизводя себя самого в похожих образах и никогда не добиваясь «последней определенности». Если Пастернаку хочется «дойти до самой сути», а обычному человеку – просто определиться с терминами и состояниями своего духа, то О.М. и не ставит таких задач. Он вглядывается в себя и находит все новые и новые обстоятельства; его стихи не кончаются, а извиваются.

Кто я? Не каменщик прямой,
Не кровельщик, не корабельщик, –
Двурушник я, с двойной душой,
Я ночи друг, я дня застрельщик.

При таком взгляде многое становится более понятным. Как нельзя точно измерить длину береговой линии Норвегии в силу ее фрактальности, так нельзя досконально разобраться, чего же поэт хотел сказать. Как фракталы при уменьшении шкалы никогда не повторяют свои узоры в точности, но и не отдаляются от первичных паттернов далеко – так О.М. плетет самоподобные кружева, но с различными оттенками. Как установлено, например, что полотна Д.Поллока имеют фрактальную структуру [15], так, возможно, удастся установить подобную компоненту в творчестве О.Мандельштама. Некоторые параллели с фракталами – повторяемость тем, но не полная; цикличность в разных шкалах (и в длительных периодах, и в отдельных стихах); «природность» в смысле неконтролируемости (отсюда – темные строки); «недифференцируемость» в каждой точке (проблематичность предсказания направленности стиха), – имеют место быть.

Больнее всего, похоже, он ощущал ограничение личной свободы. То есть он это ограничение понимал не столько как некую политическую реальность, сколько именно как прямое посягательство на его сущность, на что очень гневно, не думая о последствиях, откликался. Его ответ не был политически осмысленной ненавистью к коммунистам, как, скажем, у Бунина или Набокова, это была скорее спонтанная реакция типа «ну, достали!». Так, примерно, человек может ударить в гневе женщину, а потом горько пожалеть о содеянном и долго извиняться и оправдываться. Учитывая важность для О.М. таких понятий, как родина, Россия, народ и пр. (что шло от его демократической, а не какой-то иной юности), после любого наскока на «советскую власть» он тут же задумывался – на кого я, собственно, руку поднимаю? Власть народная? Безусловно. Сталин ее воплощает? Еще как! Не меньше чем Ленин. Тогда появлялись такие, местами вдохновенные (по-настоящему) стихи, как « Ода» Сталину или куда более сильное и искреннее «Если б меня наши враги взяли…».

О.М. резко отделяется от других поэтов своего (и не только) времени не столько своей «оппозиционностью» или политической прозорливостью, сколько поразительным сочетанием самоуглубленности и четко понимаемого личного достоинства. Вот эта внутренняя несгибаемость (при том, что он ее далеко не всегда применял внешне) и проявляется во всем строе его жизни и стихов. Л.Гинзбург оставила удивительное свидетельство – фразу К.Чуковского, брошенную ей: «Поразительно, как этот карманный вор так безукоризненно честен в стихах». Это так, но был он честен не только в стихах. О.М. считал возможным для себя недопустимое поведение (скажем, брать в долг, заведомо зная, что не отдаст), и часто был в жизни, равно как в поэзии, абсолютно перпендикулярен окружающему обществу. Сюда относится его пощечина А.Толстому, его открытое чтение стихов о Сталине (как «Мы живем…», так и противоположной по замыслу «Оды»), его огромные письма начинающим авторам – там, где надо было ограничиться двумя словами, и многое другое.

Такое ощущение, что единственное, чем он, при всей своей заполошности и неустроенности, при всех своих страхах и тревогах, неаккуратности и бесцеремонности не мог поступиться, – это отказ от свободы самовыражения. В этом отношении он просто беспрецедентен. Он рисковал неимоверно и заплатил по полной программе. Понятно, когда платит оппозиционер, куда менее понятно, когда платит поэт, движущая сила которого – не политическая оппозиция (ее не было), а «лишь» выражение самого себя, без всяких ограничений. В этом смысле О.М. – предельный случай раскрепощенного модернизма, но в условиях «страшной поры». Легко быть Тристаном Тзарой или Пикассо во Франции, трудно быть Мандельштамом или Филоновым в России; климаты уж больно различаются.

Привожу его, как мне кажется, программное стихотворение:

Вооруженный зреньем узких ос,
Сосущих ось земную, ось земную,
Я чую все, с чем свидеться пришлось,
И вспоминаю наизусть и всуе.

И не рисую я, и не пою,
И не вожу смычком черноголосым:
Я только в жизнь впиваюсь и люблю
Завидовать могучим, хитрым осам.

О, если б и меня когда-нибудь могло
Заставить – сон и смерть минуя –
Стрекало воздуха и летнее тепло
Услышать ось земную, ось земную...

Явно, когда оно писалось, тут не было никакой особой идеи, кроме как случайной находки – связки «ось – оса». Но О.М. выжал из этого случая нечто особое. Пусть останется неясным, кто такие «могучие хитрые осы», но вот «слушание земной оси» – это, действительно, то, чем О.М. все время занимался. Ну, а все мы – чем-то иным?

Литература

1. М.Берг. Литературократия. Новое литературное обозрение, Москва, 2000.

2. Т.Борисова. Анализ стихотворения Осипа Мандельштама «Грифельная ода», 2005. http://jgreenlamp.narod.ru/grifel.htm.

3. М.Гаспаров. «Грифельная ода» Мандельштама: история текста и история смысла. Philologica, 1995.

4. М.Гаспаров. Природа и культура в «Грифельной оде» Мандельштама. Арион, 2, 1996.

5. Н.Иванова. «Собеседник рощ» и вождь». К вопросу об одной рифме. Знамя, 10, 2001.

6. И.Мандель. Любовь и кровь Николая Олейникова. Страницы Миллбурнского клуба, Manhattan Academia, 234–265, 2011; Ироническая онтология Николая Олейникова в наши дни, 2011. http://7iskusstv.com/2011/Nomer9/Mandel1.php.

7. И.Мандель. Реквием по всему с последующим разоблачением. 2010, http://lebed.com/2010/art5677.htm.

8. О.Мандельштам. Собрание сочинений в двух томах. Сост. П.Нерлер и А.Никитаев. Москва, 1993. http://lib.ru/POEZIQ/MANDELSHTAM/stihi.txt.

9. П.Нерлер. Лютик из заресничной страны. 2011. http://7iskusstv.com/2011/Nomer8/Nerler1.php.

10. Б.Сарнов. И стать достояньем доцента... Вопросы литературы, 2006, 3.

11. Б.Сарнов. Сталин и писатели. Книга 1. , Эксмо, 2008.

12. М.Харитонов. Ночное, дневное. Знамя, 10, 2011.

13. E.Gombrich. Art and Illusion. Princeton University Press, 2000.

14. E.Kandel. The Age of Insight: The Quest to Understand the Unconscious in Art, Mind, and Brain, from Vienna 1900 to the Present, New York: Random House, 2012.

15. R.Taylor, A.Micolich and D.Jonas. Fractal Analysis of Pollock's Drip Paintings. Nature, 399, 422, 1999.

16. E.Wilson. Consilience: The unity of Knowledge. Vintage. New York, 1999.

228

Зоя Полевая – родилась в Киеве. Окончила Киевский институт инженеров гражданской авиации. По профессии авиаинженер. Работала на заводе в районе аэропорта Жуляны. Стихи писала с детства. В 90-е годы посещала поэтическую студию Леонида Николаевича Вышеславского «Зеркальная гостиная» и, в течение двадцати лет, была членом клуба «Экслибрис», руководимого Майей Марковной Потаповой, при Киевской городской библиотеке искусств. В 1999 году в Киеве вышел поэтический сборник «Отражение». С сентября 1999 года живет в США. Печатается в литературных журналах на Украине и в зарубежье. В 2002 году, продолжая киевские традиции, организовала в Нью-Джерси литературный клуб, которым руководит и поныне. Мать двоих сыновей.

Стихотворения

Нью-Йорк

Я не часто выбираюсь
В этот город многоликий.
Им невольно увлекаюсь:
Шум, движенье, звуки, блики.

Океаном отраженный,
Раскаленный от жары,
Беспокойный, напряженный,
Разделенный на миры.

В камне, стеклах и металле,
В мелкой солнечной пыли,
То он резко вертикален,
То распластан вдоль земли.

Там подземки лязг и скрежет,
Там машин безумный рой.
Он и строг, и безмятежен,
И обвешан мишурой.

Безразличный, но радушный,
Заключить всегда готов
Дерзких или простодушных
Он в объятия мостов.

Он огромный, яркий, разный,
Он и мелок, и велик,
И кругом звучит соблазном
Каждый сущий в нем язык.

Он закрутит и завертит:
Парки, дворики, дома,
Уморит почти до смерти
И почти сведет с ума.

И заставит нас влюбиться
В неповторный профиль свой,
Взмоет в небо хищной птицей –
И парит над головой.

Июль 2012

Дыни херсонские, вишни нежнейшие –
Темные, терпкие, солнцем прогретые.
С детства знакомые улицы здешние,
В ясное, росное утро одетые.

Воздух сладчайший и ветер, такой
Свежий, бодрящий, упругий, морской
Веет, меня за собой увлекая,
Хоть посредине материка я.

Это мой Киев, мой ласковый Киев,
Это в закате иду вдоль реки я,
Там, где при всех, не смущаясь нимало,
Счастье так юно меня обнимало.

Радость моя, я не помню усталость,
Много прошло или мало осталось –
Это не важно, а важно другое:
Жить и дышать, обретя дорогое.

Город магический, город нетленный,
Вот я – твой подданный, беглый и пленный.
Город мой, сердца и солнца слиянье,
Нет расставания – есть расстоянье.

* * *

Терпким летом, под полной луной,
Так легко говорить откровенно,
Но непросто связаться со мной
В переполненной гулом вселенной.

Шум и грохот, любой голосок
Различим в этом гаме едва ли.
Но вернемся туда на часок,
Где мы раньше нередко бывали.

Черный чай на веранде в ночи,
Вдоль забора гуляет собака.
Там в замке забывались ключи,
Мылись ноги водой из-под бака.

Это место уже в небесах
Кормит ангелов Белым наливом,
Мой отец ранним утром, в трусах,
Снова в сад свой выходит счастливым.

Солнце гладит его по спине,
Он свистит, отвечая синицам,
И привет посылается мне –
Если лунною ночью не спится.

И услышан уже позывной,
Он получен и принят мгновенно,
Хоть непросто связаться со мной
В переполненной гулом вселенной.

Раиса Сильвер – родилась в Москве. Окончила инженерно-экономический институт. В США с 1975 года. Много лет руководила еврейским центром для пожилых людей. Шесть лет была автором и ведущей программы «Неоткрытая Америка» на радиостанции WMNB (Нью-Йорк). С 1982 года ее рассказы, очерки и интервью регулярно публикуют русскоязычные газеты и журналы США. Очерк «Ох, уж эти старики!» был опубликован в американском журнале («Metrosource», Нью-Джерси, 1990). Раиса Сильвер – автор четырех книг – сборников рассказов: «Правдивые истории с вымышленными именами» (Нью-Йорк – Иерусалим, 1987); «Опоздавшая любовь» (Москва, «Прометей», 1992); «Один билет до Нью-Йорка» («Mir Collection», Нью-Йорк, 1997); «Одинокий ребенок далеко от дома» («Mir Collection», Нью-Йорк, 2000). Она была соавтором сценариев четырех многосерийных телефильмов на телестудии WMNB (Нью-Йорк). Издательство «Wiley and Sons» (Нью-Йорк, 1996) включило рассказ «Памяти матери» в учебник русского языка для студентов американских вузов.

День матери

Он проснулся среди ночи со странным ощущением. Сел, достал из-под подушки часы, поднес к глазам светящийся циферблат. Три с минутами. На работу в восемь, спать бы еще, а он вскочил ни с того ни с сего.

– Что с тобой, тебе нехорошо? – сонным голосом спросила жена. Она чутко спала и всегда, если ей казалось, что с ним что-то не так (не так чихнул, кашлянул, прошел), встревоженно спрашивала: «Шурик, тебе нехорошо?»

Их близкие приятели (жена считала их друзьями, а он нет, какие же это друзья, если они от тебя, а ты от них скрываешь, какую получаешь зарплату) так ее и называли – Идочка-Тебе-Нехорошо, и она не обижалась. «Ребята, да что вы, не понимаете, что ли, он же очень подвержен...» Чему подвержен, она не говорила. Подвержен и все!

– Да нет, все в порядке. Выйду покурю.

– А может, не надо, ты ведь говорил, что бросаешь.

Он ничего не ответил, ощупью взял с тумбочки начатую пачку сигарет и вышел из комнаты.

Да что с ним такое творится? Весь день вчера было как-то не по себе. Да нет, он, в общем, парень крепкий. В бассейне плавает, зимой на лыжах бегает, каждое утро гантелями машет. Ну а то, что с детства был подвержен... А, черт, не хватало еще за женой повторять эту идиотскую фразу. Ничему он не подвержен. Нормальный человек, и все у него в порядке и дома, и на работе. Вон как сейчас людей увольняют! Солидные компании трещат по швам, у них фирма, тьфу-тьфу, чтоб не сглазить, крепко стоит. Его ценят. Не за красивые глаза, конечно. С его головой, да с его изобретениями... Как только его взяли, их тут же пустили в дело.

Конечно, и он намучился, прежде чем работу нашел. Чем только не занимался! В ресторане посуду мыл, на бензоколонке работал, цветы развозил. Мама, помнится, тогда шутила:

– Ты, сынок, уникум, второго такого нет – от тебя с утра бензином пахнет, а вечером розами.

Слабая улыбка, которая всегда появлялась на его лице, когда он вспоминал о том далеком времени, внезапно исчезла, лицо приобрело страдальческое выражение, он неожиданно закашлялся от табачного дыма, будто это была первая в его жизни затяжка.

Мама... Боже, какой же он болван! Вчера была годовщина со дня ее смерти, а он даже не вспомнил! Чем угодно занимался, о всякой чепухе думал, только не о матери. Ему вспомнилось вдруг, как однажды в мае в День Матери он приехал к ней, привез цветы, конфеты.

А перед этим недели три у нее не был: сначала в командировку летал, потом два выходных подряд гулял на свадьбе у знакомых. Она тогда положила его пышный букет на стол, посмотрела на сусальную открыточку с длинным, соответствующим случаю поздравлением на английском языке, где они с женой приписали по-русски свои имена, и взволнованно, каким-то не своим голосом сказала:

– Спасибо, дорогие! Давайте вместе чайку попьем. А открыток ты, Шурик, лучше мне не дари. Бездушные они какие-то, хотя, наверное, в них много красивого написано. Ты ведь знаешь, сынок, я только по-русски читать умею. И вообще – для меня их День Матери не праздник.

Никак я не привыкну праздники менять. Хоть и надо, наверное. Для меня праздник – это когда ты обо мне подумаешь, приедешь, ну хоть ненадолго, похлебаешь со мной моего постного супчика, наговоримся с тобой всласть, вот тогда у меня День Матери, самый мой лучший праздник!

Пять лет прошло с тех пор, как она умерла. А потом пройдет шесть, десять. А когда-нибудь и его не станет... У него вдруг тупо заныло в груди и остро, беспричинно, как когда-то в далеком детстве, захотелось плакать от острой жалости к самому себе. Будут стоять заросшие травой два одинаковых прямоугольных памятника, его и матери, с соответствующими надписями. А жена его переживет. Она на десять лет моложе. Да и вообще такие, как она, живут долго. Она не эгоистка, нет, но близко к сердцу ничего не принимает.

Такая уж уродилась. Преданная, послушная, как хорошая секретарша у требовательного начальника, очень хорошо поддалась воспитанию. Детей, жен и секретарш надо уметь воспитывать.

Он опять подумал о двух одиноких памятниках. А потом уже об одном, о своем. Да, конечно, с хорошей надписью. Ему вспомнились траурные объявления в русских газетах. Судя по ним, все покойники без исключения были мировые ребята, чуткие, преданные, все как один с большой душой. А кто ж тогда друзей предавал, законы нарушал, женам изменял?

Нет, это не они, это живые, те, до кого еще очередь не дошла!

Он невесело усмехнулся и потянулся за новой сигаретой. Может быть, есть смысл умереть, чтобы узнать, наконец, какой ты был замечательный, преданный и так далее?

Да нет, лучше уж жить, пока живется. «Живи, пока живется» говорила его мать, когда кто-нибудь при ней начинал жаловаться на жизнь. Интересно, что здесь, в Америке, люди жалуются куда чаще, чем там, в России. А вот мама никогда не жаловалась. Даже когда ей было совсем невмоготу.

Он, помнится, пришел к ней как-то, когда у нее был приступ печени. Она лежала.

– Так болит, чуть зубами не заскрипела, да протез плохо подогнали, снять пришлось, – со слезами в голосе сказала она и тут же, пересиливая боль, постаралась улыбнуться.

– Вон там на полочке желтый конверт. В нем старые семейные фотографии. Сейчас тебе не до них. Но может статься, мальчишки поумнеют, да и тебе самому захочется посмотреть, откуда вы пошли. (Как она почувствовала, неизвестно, только ему тогда действительно было ни до чего. Он собирался переходить на новую работу, такие деньги сулили, такие перспективы, у него голова кругом шла. А в результате врожденная осторожность пересилила, остался на старом месте.)

Мальчишки поумнеют... Сережка, старший, встречался тогда с девочкой – американкой из ортодоксальной еврейской семьи. Веселая, вежливая девочка. Но такая чужая, такая непонятная... Потом у них что-то разладилось и они расстались. Сережка, наверно, поумнел.

Женился на русской девочке. Живут, вроде, неплохо, ждут ребенка. А девочка слишком независимая. Такую не воспитаешь. Скорее, наоборот... Господи, до чего же он стал брюзга, самому противно!

А Андрей, младший, еще не женат. Присматривается. Живет через дорогу. К родителям заходит раз в неделю, а то и реже. Он наладчик сложного оборудования в большой фирме, ездит по всей стране и очень доволен. Они его уговаривали поступать в институт – не захотел. Выбрал то, к чему душа лежала – руки у него хорошие – и сейчас зарабатывает больше старшего брата, отличника с университетским дипломом. Хорошие у него ребята, только вот отдаляться стали, чаще звонят, чем приезжают.

Он сидел у открытого окна, поеживаясь от прохладного ночного воздуха и держал в руке толстый желтый конверт с фотографиями, тот самый, мамин. Он даже не заметил, как машинально достал его. В задумчивости отложив в сторону сигарету, вынул из конверта пачку фотографий. Годами у него даже не возникало мысли открыть этот конверт. Сколько же лет он его не открывал? Двадцать, не меньше.

Первым в пачке был снимок темноволосой красивой дамы в нарядном платье и большой шляпе. Ей не шло называться бабушкой. Да она и не успела ею стать. Умерла от воспаления легких в девятнадцатом году. Деда через год белые расстреляли. И остались сиротами трое – мама и два брата. Как они жили, в голодном, холодном Могилеве, маме десять, братьям тринадцать и четырнадцать – уму непостижимо! Но ведь выжили! Мама детей нянчила, братья на лесопилке работали. Странно, он ведь впервые подумал, как трудно, как тяжко ей, бедной, тогда жилось.

А на этом снимке мама совсем маленькая. Глазастая девчушка лет двух в светлом нарядном платьице с оборками, в крохотных ботиночках на кнопках. На обороте, в виньетке, кудрявая надпись: «И.Д.Иванов, Могилевская губерния. Негативы сохраняются». Он смотрел на маленькую нарядную девочку с пухлыми ручками и тщательно расчесанными кудряшками и старался проглотить ком в горле. «Милая ты моя, хорошая ты моя! »

 Недетское выражение глаз, вздернутый носик. Она всегда была независимой. С людьми ладить умела, но всегда отстаивала свою точку зрения... Мамочка... Он никогда ее так не называл. Она его – и «сыночек», и «родненький», а он ее – «ма»...

А когда ей исполнилось шестнадцать, ее взяла к себе в Москву тетка, сестра отца.

Вот фотография – четыре девушки расположились в саду, в густой высокой траве. Вокруг зелень, на листве солнечные зайчики, а сзади высокий дощатый забор и в нем калитка.

Он впервые так внимательно рассматривал этот старый снимок, впервые замечал то, на что раньше не обращал внимания. И было у него странное ощущение, что вот сейчас калитка откроется и он сможет войти в тот прежний, тот мамин мир, сможет вдохнуть воздух того времени, почувствовать то, что чувствовала эта круглолицая хорошенькая девушка с мечтательными глазами, его мать.

А вот маме уже двадцать три. И опять она не одна, опять с друзьями. И надпись на обороте: «Другу, товарищу по работе, комсомольскому секретарю от актива. Муха, Арон, Иван, Виктор. 1930 год».

Он долго смотрел на улыбающиеся, оживленные лица мамы и ее

друзей. Наверно, фотографировались после какого-нибудь очередного собрания, а потом мать забегала в магазин купить чего-нибудь поесть или ела, как и все, бурду в рабочей столовой. Задерживалась допоздна на работе, она была стенографисткой, участвовала во всяческих субботниках и воскресниках, жила с отцом в крохотной комнатушке в коммуналке...

И он, ее сын, внезапно как бы заново прожил то, что прожила она, – сидел вместе с ней в прокуренной комнате на комсомольском собрании, учил по вечерам неграмотных строителей азам грамоты, чистил с вечера зубным порошком свои единственные полотняные туфли к завтрашней первомайской демонстрации, выходил ранним утром на вымытую теплым весенним дождем московскую улицу... Неповторимый запах весны, распускающихся тополей, а из репродукторов – оглушительная песня «Утро красит нежным светом...» И верил, вместе с ней, что все хорошо, а будет еще лучше – вот только достроят они свои магнитки, днепрогэсы, еще больше повысят производительность труда, добьются, наконец, таких небывалых урожаев, что...

Трудно сказать, «что», так как добиться не успели. А когда исчезали по ночам ее самые близкие друзья, он вместе с ней глухо рыдал в подушку (чтоб не услышали соседи) и повторял как заклинание: «Товарищ Сталин не знает, ему не сообщают!»

Затуманенными глазами смотрел он на веселого, не ведающего о своей близкой кончине отца на снимке, сделанном за две недели до начала войны. Отец, подтянутый, молодцеватый лейтенант (погиб в сорок первом под Рузой), мама, загорелая, смеющаяся, счастливая – они впервые всей семьей были в Крыму – и он, щекастый бутуз в матроске.

Господи, как ему хотелось взять за руку эту счастливую, уверенную в себе женщину и увести ее поскорей от всего, что ожидало ее в будущем: гибели в один год братьев и мужа, изнурительной работы в сборочном цехе военного завода, оттуда ее с тифом увезли в больницу, а он год жил в детском доме.

У него почему-то не сохранилось ее послевоенных фотографий. Осталась одна: сидит, улыбаясь, за своей пишущей машинкой. Она была отличной машинисткой, печатала грамотно, аккуратно, заказчики к ней в очередь выстраивались.

Он помнил ее пальцы, сначала маленькие, крепкие, а потом распухшие, искривленные артритом. «Не могу бросить работу, сынок, еще чуть-чуть потружусь. Пенсия-то ведь не бог весть какая».

А ему и в голову не приходило хоть немножко добавлять ей к пенсии, хотя он тогда очень прилично зарабатывал. На машину копил.

А мать, оказывается, все последние годы деньги посылала в Киев своей парализованной подруге, той самой Мухе с довоенной фотографии. Сиделку ей оплачивала.

Ох, господи, нет больше таких людей, как его мать. Только ведь всех голодных не накормишь и всех голых не оденешь…

Он снова и снова мысленно возвращался лет на двадцать назад в ее московскую комнату на Большой Бронной. Там всегда было людно, когда бы он ни пришел. Кто-то забежал на огонек чайку попить, кто-то с просьбой насчет пенсии похлопотать, у какого-то старика крыша протекла.

Он однажды не выдержал, взорвался:

– Ма, да ведь ты не СОБЕС и не ЖЭК! Я понимаю, людям помогать надо, но это же сверх всяких сил!

– Сынок, – с сожалением посмотрела она на него. – Ну в кого ты у меня такой? У тебя что, тут ничего нет?

И она показала на сердце своим коротеньким, с распухшими суставами пальцем.

– Раз идут ко мне, значит я их ЖЭК. А там такие, как ты, сидят. Понял? Ничего, починят, никуда не денутся. Не дай бог тебе быть старым и немощным – ни жены, ни детей. Хорошо, он ко мне догадался прийти… И вообще, мне надоели эти разговоры! Что значит «зачем я вожусь со стариками»? Что значит найти «более интересное занятие»? Для меня это и есть самый главный интерес – помочь тем, кому идти больше не к кому!

Она никогда не просила его ни о чем, всегда старалась сама справиться со своими проблемами. Он сердился, выговаривал: «Я что, чужой тебе, что ты ко мне в самую последнюю очередь обращаешься?»

Но, с другой стороны, надеяться, что раз ни о чем не просит, – значит, может сама, – было ему удобно. Да нет же, он очень любил мать. Но не любил тратить силы там, где можно их было сберечь.

Несколько лет назад, уже здесь, в Америке, она сломала руку. Он об этом узнал на третий день, был в командировке, мать не хотела его тревожить. Прямо с аэродрома они с женой поехали к матери. У нее были гости: одна приятельница комнату убирала, другая обед готовила, третья ее чаем поила.

– Сыночек, – просияла мать, увидев его. А в глазах было такое страдание. Бедная, она мучилась, а виду не подавала.

– Видишь, – указала она здоровой рукой на стенку, где висела какая-то бумага. – Это подруги мои график дежурства составили, кому когда ко мне приходить. Так что ты не волнуйся, я в порядке. Было, конечно, мне плоховато, но сейчас получше. Это же рука, а не сердце, плоховато, но сейчас получше. Это же рука, а не сердце.

Он поверил, что не сердце, посидел пару часов и уехал домой. А ночью ей стало плохо.

Ее и до больницы не успели довезти. Ох, если б он знал тогда, что больше ее не увидит, если бы он только знал!

Он смотрел на фотографию маленькой девочки в нарядном белом платьице с оборочками, повторял:

– Маленькая ты моя… Милая ты моя…

В соседней комнате жена включила радио, потом подошла к двери и тихо спросила: «Шура, тебе нехорошо?»

Юрий Солодкин - родился и всю жизнь до отъезда в Америку прожил в Новосибирске. Прошел все ступени научного сотрудника – от аспиранта до доктора технических наук, профессора. В Америке с 1996 года. Работает в метрологической лаборатории в Ньюарке. Рифмованные строчки любил писать всегда, но только в Америке стал заниматься этим серьезно. В итоге, в России вышло семь поэтических сборников. Проза, которая публикуется в настоящем сборнике, – его первый опыт.

Голограммы

Почему голограммы?

Как мы видим? Световую волну, рассеянную объектом, хрусталик глаза фокусирует на сетчатку, и мозг считывает изображение объекта. А нельзя ли зафиксировать не распределение яркости, как это делает сетчатка или фотография, а саму волну? Эта идея привела к изобретению голографии, которое двадцать пять лет спустя было удостоено Нобелевской премии. Не объясняя сути изобретения (это не популярная лекция по голографии), скажем только, что голограмма восстанавливает волну, которая шла от объекта при ее записи. Через голограмму, как через окно, мы видим объект, который ничем от реального не отличается. Более того, через любой кусочек окна-голограммы виден весь объект, но это эквивалентно наблюдению через замочную скважину – качество ухудшается, мелкие детали исчезают.

К чему я все это? Ион Деген назвал свои короткие рассказы-эпизоды голограммами. Замечательно, что это пришло ему в голову. Так может быть назван рассказ, который, как маленький кусочек голограммы, высвечивает картину в целом. Конечно, романы или повести дают больше деталей и подробностей. Читайте, если есть время, и получайте удовольствие. Но разве не чудо, что короткий рассказ, если он заслуживает быть названным голограммой, за пару минут позволяет в капле воды увидеть море?

Убойный градус

Наша ботаническая экспедиция, в которую я на время отпуска устроился рабочим, подъехала к Мариинску. Остановились у края города на берегу реки, разбили палатки. Одна из участниц была в этот день именинницей, и начальница попросила меня съездить в центр города и купить несколько бутылок сухого вина. Надоело, мол, пить спирт, который я каждый вечер с ее разрешения наливал в кружку из двадцатилитровой канистры и приносил к костру, вокруг которого был общий ужин.

Я сел в трамвай на ближайшей остановке и поехал в центр. Там зашел в гастроном, но на винной полке были только водка и портвейн. Решил на всякий случай спросить, нет ли сухого вина? Продавщица не поняла, о чем я. Как вино, которое пьют, может быть сухим? Пришлось объяснить. Тогда она позвала меня за прилавок и показала ящик вина. Это была болгарская Фетяска, хорошее вино, но почти все пробки были покрыты зеленой плесенью. Я с трудом выбрал несколько не успевших заплесневеть бутылок, сложил их в авоську и вернулся на остановку. На остановке никого не было. Только одна сгорбленная старуха с клюкой и лицом, смотрящим в землю. Ее взгляд, по-видимому, остановился на моей авоське. Она вскинула голову, чтобы увидеть меня. Глаза были подслеповатые и слезились.

– Ох, сынок, ну и надули же тебя!

– А что такое, бабуся?

– Ты знаешь, что ты купил?

– Знаю, вино. Фетяска называется.

– Да в нем же убойного градусу нет!

От сладкого тошнит

Он был способный научный сотрудник, уже кандидат наук. Но в личной жизни ему не везло. По этой причине или по другой он любил не просто выпить, а напиться. Встречаю его однажды вдупелину пьяного в автобусе. Ну, на хрена, говорю, тебе это надо. Завтра на работу. Башка будет раскалываться. И слышу в ответ: «Так это завтра!»

А потом началась борьба с пьянством. Если раньше на работе отмечали праздники и дни рождения непременно с бутылками, то теперь это было строго запрещено. Отмечать не перестали, но – только торты и чай. После очередного такого застолья встречаю его же, трезвого и грустного.

– Как дела? – задаю формальный вопрос.

– От сладкого тошнит!

Импровизация

Мой друг, актер и режиссер, организовал в Москве театр пластической импровизации. Просуществовал этот театр недолго, но я успел побывать на одном спектакле.

На сцене актеры, горой навален реквизит. Режиссер ведет спектакль, и актеры импровизируют, вступая друг с другом во взаимоотношения, возникающие по ходу. Вдруг режиссер обращается в зал и предлагает любому из зрителей принять участие в спектакле. Сначала гробовая тишина. Кому надо себя перед всеми демонстрировать? Но потом встает парень, на вид лет четырнадцать – пятнадцать, и поднимается на сцену.

– Что делать? – спрашивает он режиссера.

– Все, что хочешь.

– Как все, что хочу?

– Так. Все, что хочешь.

– Все-все, что хочу? – не может поверить парень.

– Все-все, что хочешь.

И парень начал рвать занавес.

Коттеджи

Мой приятель собрался в родную деревню, чтобы помочь родителям на покосе, и я попросил его взять меня с собой. Я с детства любил сенокосные работы. Пацаном верхом на коне возил копешки к стогу, а стал постарше – дали в руки косу. Вдыхать неповторимый аромат свежескошенного разнотравья – с этим не могут сравниться никакие шанели.

Приехали мы в деревню под вечер. Уже стемнело, и в избах светились окна. Мы шли по центральной улице, и я обратил внимание на ряд одинаковых двухэтажных коттеджей. Только в одном из них на втором этаже светилось единственное окошко. Я вопросительно посмотрел на приятеля, и он мне рассказал следующую историю.

Председатель колхоза решил для лучших работников вместо изб, в которых они жили, построить двухэтажные коттеджи в английском стиле с винтовыми лестницами на второй этаж. Чем мы хуже цивилизованной Европы? Благо, колхоз богатый, и деньги есть. И построили. Лучшим комбайнерам и трактористам торжественно вручили ключи, и начались новоселья. Несколько человек покалечилось, упав с винтовой лестницы, а один даже сломал позвоночник. На следующий день все дружно съехали в свои старые избы. А там, где светится окошко, живет библиотекарша. Она молодой специалист, недавно приехала по распределению и сразу для проживания получила коттедж.

Таймень

Из тувинского городка Ак-Довурак, снабжающего асбестом почти всю Россию, наша экспедиция отправилась к высокогорному озеру Карахоль. Дорога туда проезжая только летом. Обычный горный серпантин пробит в горах. Никакого дорожного покрытия. Горные речки надо проезжать вброд. На опасных участках мы покидали наш грузовик, а шофер шел вперед посмотреть, что его ждет. Когда ехали через речки, я вставал с шестом на передний бампер и определял глубину. Страху натерпелись, но до озера добрались.

Наш водитель был заядлым рыбаком. Он возил с собой сеть и надувную резиновую лодку, а по предварительным сведениям озеро кишело рыбой. Ловить ее было некому. Только два рыбака от соседнего колхоза ловили здесь хариусов, засаливали в бочках, и раз в неделю вертолет доставлял эти бочки в Ак-Довурак, где в местном ресторане всегда было фирменное блюдо – хариус с запашком.

Мы вышли на берег в том месте, где из озера вытекает единственная речка Алаш, и водила с видом непререкаемого знатока указал: «Перегородим сетью Алаш». Мы кинули сеть и пошли спать. Наутро вытащили. Ни одной рыбы! Водила, ничуть не смутившись, что-то объяснил сам себе, и мы поставили сеть вдоль, а не поперек. Целый день занимались своей ботанической работой, не рыбачить же приехали, а вечером поплыли проверять сеть. Ни одной рыбы!

Тут я вышел из подчинения водиле, наполнил кружку спиртом и пошел в юрту пастуха, которая была от нас в нескольких сотнях метров. Водила не смог побороть гордыню и со мной не пошел. Возле юрты никого не было. Я заглянул внутрь и отпрянул от густого запаха прокисшего молока. Вышел пастух с жидкой бородкой и длинными усами. Увидел меня, позвал кого-то из юрты. Вышел, как выяснилось, его сын, десятиклассник, приехавший на каникулы к родителям из Ак-Довурака. Сын был переводчиком, так как отец по-русски не говорил. Я показал на кружку со спиртом и объяснил суть дела. Мы все трое пошли на берег. «Вот тут», – пастух показал на место, которое водила сходу объявил непригодным. После этого взял кружку, сорвал травинку, брызнул ею из кружки во все четыре стороны, ублажив тувинских духов, и залпом выпил, зажевав той же травинкой.

Мы поставили сеть. Наутро она была полна рыбы. Когда мы затаскивали сеть в лодку, водила увидел через абсолютно прозрачную воду огромного тайменя. Он понял, отдадим ему должное, что такого размера таймень не мог запутаться в ячеях. Просто захлестнулись тросы, и таймень оказался спеленутым. Потащи мы сеть дальше, она бы развернулась, и таймень ушел. Уже выбранную часть сети вместе с рыбой мы снова бросили в воду, поплыли на берег, сделали копье с охотничьим ножом на конце, подплыли к тайменю, и водила, не щадя сеть, начал убивать рыбу. Когда она перестала биться, мы медленно подтащили ее к лодке. Я подцепил кайлом, которым мы выкапывали растения, под жабры, и мы доставили тайменя персонально на берег, а потом уже отправились за остальной рыбой. Все по очереди фотографировались с тайменем. В семейном альбоме храню фотографию, где я на кайле держу тайменя, голова у плеча, а хвост на земле.

Нашли кого дурить!

Мы занимались приложением голографических методов для решения технических задач. А для демонстрации гостям у нас были видовые голограммы. Я притащил хрустальный графин с рюмками, в рюмки налил воды, и мы получили очень эффектную голограмму этого объекта. Однажды к нам в гости приехал академик Прохоров, Нобелевский лауреат. Посмотрел он на восстановленное с голограммы изображение хрустального сервиза и спрашивает:

– А в рюмках-то что?

– Водка, – вру я, не моргнув глазом.

– Нашли кого дурить. Водка пузырьков не образует!

Вот академик так академик! Ведь и в самом деле не образует, а на нашем голографическом изображении пузырьки четко видны по стенкам рюмок.

Голубята

По весне на нашем балконе голубка высидела двух голубят. Балкон еще с зимы был запечатан, и я наблюдал за голубиным семейством через стекло. Голубка таскала птенцам червячков. Когда она подлетала к гнезду, один голубок тюкал другого в голову, тот ее втягивал, и мать вкладывала червячка в единственный открытый рот. Так повторялось каждый раз. Агрессивный птенец рос на глазах, а тихий и забитый тощал, жалобно пищал и умер голодной смертью.

В далеком детстве это было, но как часто жизнь заставляла меня вспоминать эту балконную историю.

Свой

Застолье было по-деревенски простым и обильным. Посредине стола на большом блюде высилась гора тушеного мяса. Рядом дымилась отварная картошка. И внавал только что сорванные изумрудные огурчики, зеленый лучок, веточки укропа. А пунцовые помидоры, еще хранившие аромат помидорного куста! Как тут без восклицательного знака.

По граненым стограммовым стаканчикам разлили водку. «Ну, за встречу!» – поднял стаканчик хозяин, колхозный шофер и школьный друг моего приятеля, с которым мы приглашены в гости. Не спеша выпить, он смотрел на нас. Мой приятель отпил до половины, закашлялся и поставил недопитый стаканчик на стол. «Совсем интеллигентом стал», – снисходительно и с сочувствием сказал хозяин, перекинув взгляд на меня. Тут-то чего ждать от городского фраера, да еще явно еврея.

Я выдержал паузу. Не торопясь, выпил до дна и не поспешил закусывать, а произнес: «Хороша!», и только после этого откусил перышко лука. Немая сцена... Когда расставались, хозяин тискал меня в объятьях: «Слушай, приезжай, можешь и без Валерки, сам приезжай».

Метод последовательных приближений

В садике, куда ходит мой трехлетний внук, есть живой уголок, где живет хомячок. Дети вместе с воспитательницей мисс Лиз любят смотреть на хомячка.

– Как дела в садике? – спрашиваю внука.

– Мисс Лиз рассердилась.

– А почему она рассердилась?

– Потому что мальчик плакал.

– А почему же он плакал?

– Потому что он упал.

– А почему же он упал?

– Потому что он мешал мне мышку смотреть.

День рождения

У внука день рождения. Ему исполнилось четыре. Он очень горд. Рассказывает мне, что мама купила красивый торт, на котором он будет задувать свечи, и спрашивает:

– Деда, а когда тебе будет четыре?

Живые предметы

Рассуждаем про живые и неживые предметы. Спрашиваю:

– Вот сейчас в комнате кто у нас живые предметы?

– Я и деда. Только я живее.

У костра

Мы с внуком любим разжигать костер. Картина пляшущих языков пламени завораживает и его, и меня. Может, причиной этому костры наших далеких предков, а может, вселенский огонь Солнца и звезд.

И вот костер уже полыхает. Я молча сижу и созерцаю это трепещущее чудо, а внук бегает вокруг, собирает сухие ветки и подбрасывает их в костер. Вдруг вижу, он сел напротив меня, затих и, как я, приник взглядом к огню.

Любопытствую:

– О чем ты думаешь сейчас своей головой?

– Я думаю ногами!

Пожалуйста, побыстрее!

С научным визитом к нам приехал шведский ученый с женой-американкой. В культурную программу входило посещение нашего оперного театра, который был одним из лучших в Союзе – огромный полукруглый зал с ярусами и ложами, с креслами, обитыми плюшем, со статуями римских и греческих богов и героев по кругу в нишах. Особенно славился наш балет, который по уровню шел вслед за Большим и Мариинкой. Мой шеф попросил сопровождать гостей и вручил три билета на «Лебединое озеро».

В театре все было замечательно. Шикарные места в первом ряду первого яруса. Гости не устают выражать восторги по поводу и театра, и артистов балета. После окончания нас ждет персональная директорская «Волга», и мы едем назад в Академгородок. Посреди дороги американка вдруг заявляет, что ей срочно надо в туалет. Говорю, что осталось минут десять-пятнадцать до гостиницы. В ответ – глаза круглые, и надо срочно. Ну, думаю, подействовало шампанское в буфете во время антракта.

Проезжаем мимо небольшой пригородной деревеньки, сворачиваем с шоссе и останавливаемся возле первого дома. Во дворе мужик в семейных трусах – то ли из дому, то ли в дом – вопросительно смотрит на нас. Объясняю, в чем дело. Улыбается. «Пожалте», – и показывает на беленый чертог под названием сортир в противоположном от дома конце двора. «Туда?» – недоверчиво спрашивает американка. «Туда», – подтверждаю я, понимая какой ужас ей предстоит. Она же к корточкам не приучена, а там в полу дырка над зловонной ямой. Ладно, если шибко приспичило, опростается.

Американка открыла скрипнувшую протяжно дверь, заглянула и отпрянула, как ошпаренная.

– Я потерплю, только, пожалуйста, побыстрее!

Судьба

Я должен был лететь в Семипалатинск-22 и провести испытание моего прибора для измерения ударного импульса в ближней зоне атомного взрыва. Для этого нужна была специальная среднемашевская форма допуска, и необходимые для этого бумаги были отправлены в министерство. К моему огромному огорчению, пришел отказ. Старшие товарищи объяснили – холост, беспартийный. Про национальность (куда ж без нее, а точнее, с ней) умолчали.

Полетел мой товарищ по аспирантуре, на семь лет старше меня, уже успевший поработать в «ящике», партийный, женатый, двое детей, русский. Всё в лузу! Короче, расстроился я ужасно. Так хотелось увидеть все собственными глазами.

А дальше был взрыв внутри скальной породы, и в каком-то месте порода оказалась слабой. Радиоактивная волна вырвалась наружу. Как бешеные, замигали дозиметры. Людей, обслуживающих аппаратуру на полигоне, срочно погрузили в машины и с большой скоростью начали удирать от волны.

Моего товарища после возвращения из командировки сразу положили в спецбольницу при одном из новосибирских «ящиков». Ему несколько раз полностью переливали кровь. Удар по его здоровью, слава Богу, был не смертельным, но очень серьезным.

Как мне после всего этого не благодарить особистов из Министерства среднего машиностроения?

Убийца

С нами в ботанической экспедиции было несколько девушек, студенток из Томского университета. Для них это была летняя практика.

Мы расположились на живописном – нет, никакая живопись не в состоянии отразить эту красоту – альпийском лугу в горах Алтая. Одна из девушек бродила среди изумительного многоцветья, нарвала букет цветов и поставила его в банку с водой в своей палатке. Это заметила начальница нашей экспедиции. Как она на нее кричала: «Ты убийца! Ты никогда не будешь ботаником!»

Через много лет я напишу строчки:

Цветок благоухал недаром,

Но расцветал он не для вас,

Не для могильных ваших ваз –

Для пчел, летящих за нектаром.

Математика

Так по жизни получилось, что вблизи от меня в разное время оказались два великих математика – Сергей Львович Соболев и Израиль Моисеевич Гельфанд. Первый – в Академгородке под Новосибирском, в то время, когда я был честолюбивым юношей, жаждущим славы. Второй – в маленьком городке Хайлэнд Парк, в штате Нью-Джерси, где Гельфанд жил свои последние годы, а я, уже далеко не юноша и с давно поутихшими амбициями, поселился в эмиграции. Ни с тем, ни с другим я лично не общался, но хорошо знал людей, которым общаться с ними посчастливилось.

Однажды хорошо знающий меня человек в разговоре с Сергеем Львовичем рассказал обо мне, молодом и способном, пытающемся решать задачи, которые не по зубам многим поколениям математиков. Тогда я мучился доказательством Великой теоремы Ферма.

– Вот и зря, – ответил великий математик, – пусть бы лучше решал задачи, которые могут быть решены. Их огромное множество, и пользы от этого будет гораздо больше.

А с Гельфандом общался мой американский приятель. Он и рассказал мне об одном разговоре с Израилем Моисеевичем. Гельфанд был не только великий математик, но и выдающийся профессор. На вопрос, как надо учить математике, он ответил:

– Обучение не сводится к тому, чтобы просто что-то втолковывать. Надо решать задачи. Не надо сразу пытаться все понять, нужно сформулировать какие-то задачи, достаточно интересные, и попробовать их решить. Так постепенно будете учиться правильно думать, находить выходы из каких-то ситуаций.

А разве не главное в жизни – научиться правильно думать?

Без еврея не обошлось

Смешная история случилась во время защиты моей докторской диссертации. В отзыве от Института математики СО АН был упомянут академик Виноградов, кажется, Иван Матвеевич, но не уверен. Он возглавлял Отделение математики АН СССР, был признанным специалистом в области теории чисел и очень не любил евреев. И вправду, разве можно смириться с тем, что среди выдающихся математиков они сплошняком. Помню, как я был удивлен, когда на защите кандидатской диссертации мой друг, аспирант Сергея Львовича Соболева, математика первой величины, получил два черных шара, хотя Сергей Львович назвал его работу незаурядной. Тогда академик Соболев не выдержал, вскочил с места и сказал, что он знает, почему эти черные шары, но он все равно будет гордиться тем, что его мама – еврейка.

Так вот Виноградов как-то обмолвился, что теория чисел никогда не будет иметь практических приложений. Профессор, зачитывавший отзыв, отступил от текста и пошутил, что академик Виноградов, должно быть, перевернулся в гробу, поскольку мы видим, что системы сравнений в остаточных классах явились удачной моделью, позволившей решить физическую задачу расшифровки интерферограмм. Большего он прилюдно сказать не мог, а лично мне после защиты добавил: «Бедный Виноградов! И тут опять без еврея не обошлось».

Думай сам

Когда я вышел из комсомольского возраста, мне предложили вступить в партию. Я был уже кандидатом наук, но еще младшим научным сотрудником. Секретарь парткома намекнул, что это может помочь карьере, хотя его меньше всего волновало желание мне помочь. Просто из райкома последовало указание увеличить число партийных научных сотрудников, так как сложилась ненормальная ситуация – в академическом институте большинство членов партийной организации составляют рабочие экспериментальной мастерской.

Что делать? Отказаться? Заподозрят в несогласии с политикой партии и правительства. А стать старшим научным сотрудником очень хочется. Принять предложение? Значит, согласиться с политикой партии и правительства. Не буду врать, я к тому времени еще не был противником системы, но в ответ на мой лепет, что система правильная, но люди дерьмовые, мои гораздо более проницательные друзья называли меня идиотом. Задним числом могу только признать их правоту.

За советом я пришел к мужу моей двоюродной сестры. Он с первого курса технического вуза ушел в артиллерийское училище, прошел войну, даже сподобился быть комендантом какого-то маленького немецкого городка. После победы не вернулся в технический вуз, а поступил в Ленинградский университет на исторический факультет. Говорит, захотелось разобраться, как живет человечество и почему возникают войны. После окончания университета возникла сильная обида. Молодых ребят, не нюхавших пороха, оставили в аспирантуре, а ему, с красным дипломом, члену партии сказали, что он уже вполне самостоятельный, сложившийся специалист, его не надо учить в аспирантуре, и отправили к черту на кулички – в Кемеровский педагогический институт.

Но знай нашего брата! Он стал и доктором наук, и профессором, и известным ученым в области истории культуры. Его основные труды – по советской культуре с 1917 по 1927 год. Этот период был выбран потому, что он, с одной стороны, насыщен интереснейшим материалом, с другой стороны, врать, конечно, надо, но не сильно.

Итак, я пришел к нему за советом.

– Знаешь, что я тебе скажу. Я бы на твоем месте этого не делал. Может, и получишь сиюминутную выгоду, которая единственная причина для этого шага, но стоит ли овчинка выделки? Думай сам.

Я подумал и не вступил. Огромная благодарность и низкий поклон тому, кто удержал меня от соблазна стать партийным.

Блядские сапоги

Когда нашим сыновьям-двойняшкам исполнилось по три года, мы их оформили в детский садик. С первого дня они начали активно осваивать великий и могучий. В домашних условиях их язык был не таким великим и не таким могучим. После первого дня в садике, подчеркиваю, после первого, веду мальчишек, держа за руки, домой, и Миша вдруг меня спрашивает:

– Папа, я еще долго буду носить эти блядские сапоги?

От неожиданности я проглотил язык, но что-то надо было отвечать, и пришлось вернуть язык на место.

– Сынок, сапоги, конечно, не очень. Они тебе достались от Ани (это их старшая сестра). Мы обязательно купим тебе новые сапоги.

Миша успокоился, а я нет. И на следующий день, приведя мальчишек в садик, рассказал воспитательнице эту историю, повторив много раз, что у меня нет никаких претензий и жалоб, а просто интересно, откуда появился этот новояз в еще непорочном детском лексиконе. Воспитательница Ася Григорьевна, хоть и старая дева, но очень добрая и умная, посмеялась и догадалась, откуда. Нянечка, которая раздевала детей после прогулки, долго не могла стянуть с Миши сапоги. Они были без молнии и с узким голенищем. Вот она и определила их коротко и самым исчерпывающим образом.

Хороший папа

Однажды наша дочь вдруг обращается к маме:

– Мама, можно, мы своего папу одолжим Асе Григорьевне?

Оказывается, в садике дети (шестилетние!) поинтересовались, почему у Аси Григорьевны нет своих детей. И та очень просто объяснила. Она стала спрашивать. – У тебя, Аня, хороший папа?

– Хороший.

– А у тебя, Таня?

– Хороший.

Спросив еще нескольких детей и получив те же ответы, Ася Григорьевна сказала:

– Вот видите, вы всех хороших пап разобрали, и мне не досталось.

Волейбол

Лет в одиннадцать – двенадцать наших мальчишек заприметил тренер по волейболу из детской спортивной школы и пригласил на тренировку. Владимир Дорофеевич оказался не только умелым тренером, но и хорошим педагогом. Ребята увлеклись и впоследствии стали неплохими волейболистами. Вряд ли я стал бы об этом писать, если бы не один случай.

Встречает меня однажды Владимир Дорофеевич и с хитрой такой улыбкой говорит:

– Юрий Наумыч, надо бы обратить внимание на воспитание сыновей.

– А что такое случилось, Владимир Дорофеич?

– В конце каждой тренировки мы обычно делимся для игры на две команды, и я попросил Мишу, как капитана, поделить ребят. И вдруг Миша говорит: «Давайте, сыграем... евреи против неевреев!» Я слегка оторопел, но согласился. Ребят было семь, и я восьмой. По одну сторону встали Миша с братом Сеней, Илюша и Рома, а по другую сторону три русских богатыря и я вместе с ними, чтобы было четверо на четверо. Про себя подумал – сейчас мы этим евреям покажем! Началась игра. Я смотрел на Мишу и видел, что для него ничего не существует, кроме этой игры. Он умело руководил своей командой. Он успевал во все уголки площадки, куда я отправлял мячи. Одолеть их не удалось.

– И как все закончилось?

– Я остановил игру при ничейном счете, чтобы не пострадала дружба народов.

– Это вы хорошо придумали, Владимир Дорофеич.

Во время соревнований я очень часто находился рядом с командой и слышал, как Дорофеич дает наставления перед игрой. Мише он всегда говорил:

– Миша, от тебя больше ничего не требуется, только сыграй, как евреи против неевреев!

Заветная десятка

Школа, в которой учились наши дети, была английской, и имела школу-побратима в американской Миннесоте. Каждый год на один месяц десять школьников из Америки приезжали к нам в Академгородок, а наши десять отправлялись в Миннесоту. При отборе десятки учитывались успеваемость, общественная работа, спортивные заслуги, уровень английского. По каждой позиции начислялись баллы, и по сумме определялось, кто заслуживает поездку в Америку.

Оба наших сына попали по баллам в заветную десятку. И тут началось. Как это так, из одной семьи двое! Меня просят отнестись с пониманием и выбрать одного из двух. Я, естественно, сделать этого не могу и предлагаю, если двоих из одной семьи нехорошо, отправить второго за свой счет. Не виноват же я в том, что оба парня достойны и заслуживают. Мне объясняют, что по договору американцы принимают только десять, и одиннадцать принять никак не могут.

Мальчишки пишут американским школьникам, которые уже побывали у нас и подружились с ними, что приехать сможет только один из них, второго могут взять только одиннадцатым. Из Америки приходит официальная бумага, что они в этот раз согласны принять одиннадцать. Ура! Казалось бы, дело сделано.

Ан, нет. Радость оказалась преждевременной. Из Министерства просвещения СССР сообщили, что коллективная виза на десять человек уже оформлена, и поздно что-либо менять. С Министерством просвещения, да еще СССР, выяснять отношения было бесполезно. Сеня просил нас сильно не переживать, Америка от него никуда не убежит. А Миша пожил месяц в Америке, поучился в американской школе и даже поиграл в американский футбол в школьной команде.

Чудо

Несколько раз я был в Израиле во время службы сыновей в армии. В один из приездов я входил в состав группы ученых, которых Сохнут пригласил из бывшего Советского Союза для двухнедельного знакомства с Израилем, его научными и техническими достижениями. Всего нас было сорок человек, и программа нам заранее не была известна. Я сообщил сыновьям, что прилетаю, но куда нас повезут из аэропорта, представления не имею. Поэтому позвоню из гостиницы. На том и договорились.

Прилетаем. Нас встречает шикарный автобус с представителем Сохнута и везет в гостиницу в Иерусалим. Оформляемся в гостинице. Поднимаюсь в свой номер. Едва успеваю переодеться, стук в дверь. Открываю, и... немая сцена. На пороге Мишка в форме и с автоматом на плече. Откуда узнал? Как отпустили? Что за чудеса на Земле обетованной?

Миша долго не стал меня томить и объяснил чудо. Он поделился со своим командиром, что прилетает отец по приглашению Сохнута, но где поселят гостей, неизвестно. Командир, родной дядька которого оказался каким-то чином в Эль-Але (израильская авиационная компания), позвонил тому и выяснил, каким рейсом прилетает наша группа, а в Сохнуте назвали забронированную для нас гостиницу в Иерусалиме.

– Ну ладно. Понимаю, что хочешь встретиться с отцом. Сегодня я тебя отпускаю, но завтра мы входим в Ливан. К десяти утра ты должен вернуться. Если опоздаешь, крепко меня подведешь.

– Спасибо, не подведу.

Мишка переночевал со мной в гостинице, а наутро мы прощались с ним перед нашим автобусом, и водитель спросил, что за парень. Я с гордостью ответил, что это мой сын, и он должен успеть на «тахану мерказит» (центральный автовокзал), чтобы во-время вернуться в часть. Тогда водитель обращается к нашему гиду и говорит, что это немного в сторону от нашего маршрута, но он думает, что не будет возражений, если мы довезем солдата до вокзала. Возражений не последовало, и Мишка был рад, поскольку уже начал волноваться, как бы не опоздать.

С прощанием у автобуса связана еще одна история, которая ярче любых слов говорит об отношении народа к Цахалу, своей армии. Я и жена до последней минуты стоим у автобуса, на котором должны уехать наши мальчишки, Миша и Сеня, чтобы вовремя вернуться каждому в свою часть. Вот уже водитель гудит, что пора садиться. Прощальные объятия, и оба в форме и с автоматами входят в автобус. А автобус уже заполнен пассажирами, и не осталось двух мест рядом. Тогда к нашему полному изумлению весь автобус встал, и только после того, как два солдата сели вместе, остальные заняли свободные места.

Ирушалаим

Семен, будучи студентом, подрабатывал репетиторством по математике и поделился с Мишей:

– У меня в группе есть студентка, очень красивая эфиопская девушка по имени Ирушалаим. Ты же собирался жениться на темнокожей девушке. Хочешь, познакомлю?

А Миша и в самом деле еще задолго до эмиграции вдруг за семейным столом заявил, что он женится на темнокожей девушке. Это вызвало полное недоумение. С чего вдруг? В близком окружении такие девушки отсутствовали, и все забыли об этом. А Сеня вспомнил. И познакомил.

Ирушалаим родилась в дороге. Эфиопские евреи, гонимые и преследуемые, четыре года пешком перемещались в сторону Израиля. Наконец они добрались до места, куда Израиль смог отправить за ними самолеты и привезти на обетованную землю. Дочь назвали по имени священного города, о котором они никогда не забывали.

Про необычную пару Михаэль-Ирушалаим узнал один журналист, и в газете появилась фотография, на которой Миша обнимает свою подругу за талию, а под ней подпись: Ирушалаим в его руках!

На свадьбе ее отец Абрахам (а мать зовут Эстер. Как вам нравятся эти эфиопские имена?!), сказал:

– Если Миха приехал сюда из Сибири, а Ирушалаим пришла из Эфиопии, и здесь они встретились, значит, их встреча – от Бога.

Под хупой мы все стояли вместе. Рабай говорил положенные речи, а когда Миша, в память о разрушенном храме, разбил стакан и произнес традиционное «Пусть отсохнет моя правая рука, если я забуду Ирушалаим», гости, а их было около четырехсот человек, дружно засмеялись двойному смыслу этих слов.

Осталось добавить, что Ирушалаим преподает математику в старших классах школы, и у них растут две потрясающие молочные шоколадки, нам на радость.

Виски

Вскоре после женитьбы я познакомился в Ленинграде с дядей жены, которого звали Нахим. Он был меломаном, почти не пропускал концерты в филармонии, играл на многих инструментах, а по молодости даже подрабатывал тапером в кинотеатре.

Однажды, в пижаме и тапочках, он пошел выносить мусор. Десять минут нет, полчаса нет. Жена начинает беспокоиться, спускается во двор. Мусорной машины нет, около подъезда стоит пустое мусорное ведро, а Нахима нет. Опросила соседок по подъезду. Видели, как выносил, а куда потом делся, не знают. Проходит час – нет Нахима. Тетка звонит по ближайшим больницам – такой не поступал.

Нахим явился через два с половиной часа.

– Нахим, где ты был?! – тихо спросила наглотавшаяся валерьянки тетка, у которой кричать не было сил.

– Галенька, – с виноватой улыбкой оправдывался Нахим, – понимаешь, я выбрасываю мусор вместе с нашей знакомой из соседнего подъезда, и она мне говорит, что у нее пропадает билет на концерт в филармонию, не хочу ли я пойти? Времени оставалось в обрез. Я уже не успевал вернуться домой.

– Господи, ты посмотри, в каком ты виде – пижама и тапочки!

– Галенька, ну и что, меня же там все знают.

В этом весь дядя Нахим. С первой встречи мы понравились друг другу, и он неожиданно прибежал проводить меня, заскочил в купе, достал бутылку виски, два бутерброда.

– «Белая лошадь», – с желанием поразить сказал он, откупоривая бутылку, и налил в стоящие на купейном столике стаканы. – Ну, за знакомство и счастливого пути!

Я еле допил до конца. Жидкость была до того противна, что я с трудом уговорил организм не вернуть ее обратно, спешно закусил бутербродом с докторской колбасой и от предложения повторить категорически отказался.

С той поры даже при упоминании виски внутри становилось нехорошо.

Много лет спустя, уже в Америке, мы зашли в гости к нашим друзьям, сын которых владел винным магазином и профессионально разбирался в спиртных напитках. Сын пришел с бутылкой виски в красивой картонной упаковке. Когда я отказался от виски в пользу водки, он сильно удивился и спросил, пробовал ли я когда-нибудь это виски? Пришлось рассказать ему о моем купейном опыте. Он с сочувствием посмотрел на меня.

– «Белую лошадь» можно сравнить только с самой дешевой водкой, которую в России называли «сучок» и получали из древесного спирта. Приходилось пробовать?

– Приходилось. Жуткая гадость.

– Вот и виски бывают разные. Рекомендую попробовать.

Попробовал. Да, слово то же самое – виски, а все определения по сравнению с «Белой лошадью» – сплошные антонимы. Спасибо, «Голубой ярлык», – кончилось заблуждение, длившееся много лет.

Хор

В школе решили создать хор. Добровольцев петь в хоре оказалось мало, и директор школы решил проблему просто. Целиком два класса, в которых он преподавал литературу, после уроков в принудительном порядке повели петь. Директор был очень жестким, даже грубоватым человеком и абсолютным хозяином в школе, которого боялись и ученики, и учителя. При этом он блестяще преподавал литературу и высоко ценил мою грамотность и мое отношение к своему предмету. Но тут нашла коса на камень. На мои слова, что у меня нет ни слуха, ни голоса, он реагировал, как мне казалось, с издевкой: «Запоешь – появятся».

Начался мой протест против насилия. Если не удавалось сбежать с репетиций, я громко фальшивил в заднем ряду. В итоге меня, к моей радости, удалили из хора. А дальше возникла совершенно непредвиденная ситуация.

Хор запел, причем, так, что стал побеждать на разных фестивалях. Его часто приглашали участвовать в концертах, а на следующий после очередного концерта день участников хора не спрашивали на уроках. Я был единственный в классе, который не пел, со всеми вытекающими отсюда последствиями. Я начал сопротивление. Директор вызывает меня к доске, а я отказываюсь отвечать. Он ставит мне кол и предупреждает, что я доиграюсь. В следующий раз упрямо повторяю то же самое, получаю второй кол и угрозу сделать припарки. Как быть? Я понял, что победить мне не удастся, и третий кол может привести к непоправимым последствиям. Поэтому на третий раз я решил очень хорошо подготовиться.

Темой была сатира Маяковского. Маяковский был любимым поэтом моего учителя, а мне он казался слишком громким и грубым. Помню, как я однажды уличил Маяковского в неграмотности. «Слабые, вы любовь на скрипки ложите, \ Любовь на литавры ложит грубый... – цитировал я учителю. – Да напиши я "ложите", вы бы тут же указали мне на ошибку».

– Да, тебе нельзя, а Маяковскому можно.

Я знал, что нравится моему учителю: он не любил, когда ему пересказывали учебник, ему надо было демонстрировать знание стихов с небольшими вкраплениями собственных комментариев. И я в поте лица листал тринадцатитомник собрания сочинений, выписывал, учил наизусть, придумывал связки, делающие изложение логичным и последовательным. До сих пор помню, как я начал со стиха, в котором «в темной комнате» поэт «и Ленин фотографией на белой стене»: «Когда "грудой дел, суматохой явлений день отошел, постепенно стемнев", Маяковский докладывал товарищу Ленину». И т. д.

Я был на подъеме, нигде не заикнулся и ничего не забыл. Глаза учителя светились. Это был результат его работы тоже. Когда я закончил, он два кола легко исправил на четверки и рядом поставил пять.

Через много лет на поминках по учителю я спросил у его сына, нет ли у него тетрадки с отцовскими стихами. Сын удивился. Оказалось, что кроме меня, никто не знает, что учитель писал стихи. А мне он читал их и даже рассказывал, что хотел стать поэтом, но вот стал директором школы, и ничуть об этом не жалеет. А я теперь думаю, что где-то в уголке души жалел, иначе зачем бы со мной, школьником, делился потаенным, тем, о чем даже с сыном не говорил.

Контр-адмирал

Удивительным человеком был Георгий Сергеевич Мигиренко. Он родился и вырос в Одессе, на Молдаванке. Русский по рождению, с украинской фамилией, он рос среди еврейских детей и научился свободно говорить на идише. Одаренный хорошим голосом, Георгий поступил в Одесскую консерваторию, но, проучившись три года, по комсомольскому призыву уехал в Ленинградскую морскую академию. На последнем курсе его вдруг вызвал секретарь парткома и напрямую спросил: «Курсант Мигиренко, это правда, будто вы скрываете, что вы еврей?» Как не усомниться, если черноволос и говорит на идише! И пришлось курсанту затребовать выписку из церковно-приходской книги о своем рождении.

Закончив Академию, молодой офицер начал службу. Одновременно, а любовь к пению его не оставляла, он стал солистом знаменитого хора Свешникова. Дальше этого певческая карьера не пошла, но всю жизнь Георгий Сергеевич пел то в кругу друзей, то на официальных и неофициальных встречах, а однажды его попросили даже спеть на королевском приеме в Вестминстерском дворце, где он оказался в составе советской делегации. Говорят, английская королева поинтересовалась, все ли советские адмиралы еще и оперные солисты? Мигиренко знал более семидесяти арий, множество романсов и даже мог подыграть себе немножко аккордами на гитаре.

Георгия Сергеевича обожали женщины. Он несколько раз был женат, расставался с женами достойно и благородно, уходя с одним чемоданом личных вещей. Правда, начинать с нуля ему было не так трудно. Он без проблем получал очередную квартиру, а дефицитная мебель доставлялась ему по первому звонку.

Профессиональная его работа была связана с защитой подводных лодок от торпед. Он стал доктором наук, получил звание контр-адмирала, а когда создалось Сибирское отделение АН СССР, первый председатель СО АН, академик Лаврентьев соблазнил Мигиренко переехать в Новосибирск. Г.С. стал секретарем парткома СО АН и правой рукой председателя. Лаврентьев шутил, что в Сибири было два адмирала, один – Колчак, другой – Мигиренко.

Когда Лаврентьеву надо было ехать в обком, чтобы решить какой-то непростой вопрос, он брал с собой Мигиренко, причем просил его для важности надеть парадный адмиральский мундир. Сам Лаврентьев любил сесть за руль персональной машины, одет был всегда очень просто, галстуки терпеть не мог. Как-то на подъезде к городу машину за превышение скорости останавливает гаишник. Лаврентьев выходит из машины, суетливо подбегает к гаишнику, показывает документы. Я, мол, Лаврентьев, спешу на совещание в обком. А Мигиренко сидит в шикарном мундире с кортиком на боку. Гаишник смотрит на документы, потом на Мигиренко: «Ну, ладно, Лаврентьев. Скажи спасибо, что адмирала возишь».

Мигиренко был выездной, в зарубежные командировки ездил довольно часто. Много раз он летал в США, возвращался под большим впечатлением и в узком кругу говорил, что коммунизм они раньше нас построят. Он был уверен в том, что коммунизм – это будущее человечества. Никакие гулаги, никакие культы личностей, ни даже развал СССР не заставили его усомниться в этом. Он был верен идее.

Мигиренко, одному из немногих, было разрешено выписывать журнал «Америка». Я очень благодарен ему за то, что имел возможность читать этот журнал. А однажды Георгий Сергеевич привез из Америки подаренный ему фильм о высадке американцев на луну. В широкой аудитории показывать этот фильм партийное руководство не разрешило, но на своей популярной лекции о развитии науки, которую Георгий Сергеевич назвал «Ленин и наука», он его показывал. Народ, который на лекцию с таким названием было и калачом не заманить, прослышал про фильм и забивал аудиторию до отказа.

Георгий Сергеевич выдвигался в членкоры АН СССР, но Лаврентьев уговорил его снять кандидатуру. «Зачем вам это, Георгий Сергеевич, мы вас сразу в академики». В результате Мигиренко так и не стал ни членкором, ни академиком.

В течение нескольких лет мы в одной служебной «Волге» ездили на работу в Технический университет, где последние годы своей жизни Г.С. заведовал кафедрой. Сколько замечательных историй услышал я от Георгия Сергеевича по дороге на работу, сорок минут туда и сорок минут обратно. Сколько поучительных противоречий уживалось в этом большом человеке. Патриот России, он видел, что все летит в тартарары, но переломить себя не мог и, будучи убежденным коммунистом, винил людей, но не систему.

Низкий поклон Вам и светлая память, Георгий Сергеевич!

Стена плача

Каждый раз, когда мы бываем в Израиле, мы приходим к Стене плача. Постоять около Стены, прижать к ней ладони, коснуться лбом, ощутить себя внутри необъяснимой ауры, внутри удивительной истории своего народа, которая сегодня продолжается в тебе.

Исходит поле от Стены
И от прижатых к ней ладоней.
Что выше этой вышины?
И этой бездны что бездонней?

На этот раз мы пришли к Стене с одним из сыновей и шестилетней внучкой. Внучка была у Стены впервые. Сын рассказал ей о разрушенном Храме, о святости этого места для евреев и обратил ее внимание на многочисленные бумажки, торчащие из расщелин между камнями.

– Это записки, в которых люди обращаются с просьбами к Богу в надежде, что Он им поможет. Хочешь, мы тоже можем написать записку. О чем бы ты хотела попросить Бога?

– Хочу, чтобы построили новый Храм.

Александр Углов – родился и вырос в Ленинграде. В настоящее время живет в Америке. Его пьеса «Билет в один конец» поставлена в Екатеринбурге и Риге. Детская пьеса «Тайна острова Монте Кристо» получила первое место на Втором международном конкурсе драматургии «Badenweiler».

При обращении к пьесе, персонажами которой являются реальные исторические фигуры, первый вопрос, возникающий обычно у читателя, таков: что здесь правда? Отвечаю: все правда, насколько слово «правда» вообще применимо к театральной истории, пытающейся в двухчасовом формате актерского существования на подмостках отразить реальные события, случившиеся 150 лет назад. Все три угла треугольника – Герцен, Тучкова и Огарев – оставили после себя ворох свидетельств: воспоминания, письма, дневники; автору оставалось только прочесть эти документы, определить для себя, в чем драма треугольника и записать эту драму в диалогах.

Лондонский треугольник

Драма в двух действиях

Действующие лица:
Н а т а л и   Т у ч к о в а, 27 лет,
А л е к с а н д р   Г е р ц е н, 45 лет,
Н и к о л а й   О г а р е в, 44 года.

ДЕЙСТВИЕ ПЕРВОЕ

СЦЕНА ПЕРВАЯ

Восьмое апреля 1856 года. Бедный гостиничный номер в бельгийском городке Ostend на берегу Северного моря. Два больших саквояжа. О г а р е в *сидит за столом. Перед ним открытая бутылка вина и бокал. Рядом со столом еще пара пустых бутылок. Входит Н а т а л и с сумкой в руках.*

Н а т а л и. Море неспокойно, но навигация открыта.

О г а р е в. Завтра, Бог даст, пересечем пролив, доедем до Лондона и разыщем Герцена. (*Выпивает.*)

Н а т а л и (*вынимает из сумки игрушки*). Я страстно хочу видеть его детей. Они теперь совсем другие. Ведь целых восемь лет прошло. И их бедная мать была жива. Прелестная Наташа... Этой ночью мне сон приснился: Наташа, как живая, предстала передо мной. Она шла под руку с Герценом, в черной бархатной мантилье, с белой шляпой на голове. Я вышла к ним навстречу. Герцен, такой веселый, вдруг подошел и поцеловал меня. Мне стало страшно. И я проснулась.

О г а р е в. Почему же страшно?

Н а т а л и (*кокетливо*). Потому что тогда, восемь лет назад, мне было девятнадцать лет и я была влюблена в Герцена до безумия. Но возле стояла Наташа. И она мне также дорога была. Мы встретились в Риме. Там шла демонстрация в защиту Ломбардии. Вдруг какой-то революционер вручил мне знамя. Я несла его, держа двумя руками, и очень гордилась собой. Демонстранты кричали итальянкам, глядевшим на нас с балконов: Vieni! Raggiungici! Присоединяйтесь! И указывали на меня.

О г а р е в (*улыбается*). По твоим рассказам, в тот год ты полюбила меня «до безумия».

Н а т а л и. Благодари за это Герцена.

О г а р е в. Герцена?

Н а т а л и. Он тебе целые дифирамбы пел. (*Пародирует.*) «Огарев – истинно великая личность. Поэт. Музыкант. Гуманист. У него надо учиться благородной широте и грации». (*Смеется.*) Я любила и тебя, и Герцена, и его жену – всех троих равно и глубоко и очень страдала от этого. Мой юный ум не мог постичь этой тройной любви. Потом я вернулась домой и сделала выбор. (*Целует его.*) Огарев, ты не боишься, что я опять влюблюсь в Герцена? И стану ближе к нему, чем ты.

О г а р е в. Ближе меня к Герцену быть невозможно. (*Шутит.*) Или отправить тебя назад в Россию, от греха подальше? А?

Н а т а л и (*смеется*). Отправь. Будешь сам его детей воспитывать. (*Разглядывает игрушки.*) Я Саше телескоп купила, а Тате и Оле платьица.

О г а р е в (*целует ее*). Мне тебя не хватать будет. Да и денег на обратный путь нет. Все на игрушки потрачено.

Н а т а л и. Скажи лучше – на вино. Посмотри вокруг! Как ты, никто не пьет.

О г а р е в. Что мне прикажешь – на бельгийцев равняться? (*Наливает себе остатки вина.*) За тихое море! Аминь! (*Выпивает.*)

СЦЕНА ВТОРАЯ

Гостиная в доме Г е р ц е н а. Обеденный стол. Сервант. На стене портрет покойной жены Г е р ц е н а – Натальи Александровны. В глубине находится рабочий кабинет Г е р ц е н а – книжный шкаф и два письменных стола: один – Г е р ц е н а, другой, впоследствии, О г а р е в а. Выход в детские и прочие комнаты – слева. Вход в дом – справа.

На сцене Г е р ц е н и О г а р е в. За сценой слышен детский смех.

Н а т а л и (*за сценой*). Покажите мне свои комнаты.

Г е р ц е н. Давай обнимемся еще раз.

Обнимаются.

Г е р ц е н. Я долго ждал тебя, Ник. Еще не верю, что ты рядом.

О г а р е в. Пять лет я к тебе рвался. Стена. Николай лично все прошения на выезд за границу визировал.

Г е р ц е н. Тюремщик пересчитывал заключенных.

О г а р е в. А как он помер – на радостях много народу поехало.

Г е р ц е н. Я возлагаю большие надежды на сына. На нем нет крови отца. Я ему открытое письмо написал: «Императору Александру Второму. Ваше царствование начинается под счастливым созвездием. Дайте свободу русскому слову, наша речь стонет в цензурных колодках. Смойте с России позорное пятно крепостничества. Вот вам два моих пожелания. Прислушайтесь к ним. Вы слышите голос свободного русского».

Входит Н а т а л и. Обнимает О г а р е в а.

Г е р ц е н. Как мы смотримся вместе?

Н а т а л и. Как два тома одной поэмы.

О г а р е в. Сделаны из одной массы...

Г е р ц е н. ... но в разной форме и с разной кристаллизацией.

Н а т а л и. У тебя чудесные дети, Герцен. Саша совсем большой. У него, наверное, уже есть сердечные тайны. Я знаю, мы с ним будем товарищами. Тата умненькая, серьезная. А маленькая Оля – просто прелесть. У меня сердце кровью обливается, когда я вспоминаю Наташу – она не видит их сейчас. Бедная моя подруга. Какие чудесные письма она мне писала! Я помню их всех до одного.

Г е р ц е н (*смотрит на портрет*). Четыре года прошло, как ее не стало, а я все каждую минуту ее вспоминаю. Высокая, святая женщина.

Давайте возьмемся за руки и возблагодарим Бога, что судьба соединила нас.

Берутся за руки. Пауза.

Г е р ц е н. Аминь.

Н а т а л и. Александр, я приехала выполнить просьбу покойной и заменить детям мать.

Г е р ц е н. Сердечно тронут, милая Натали. (*Понижает голос.*) Их воспитательница Мальвида – прекрасный педагог, но немка. Русский элемент страдает. За Сашу я не беспокоюсь, а вот Тата и Оля...

Н а т а л и. Я завтра же начну с ними заниматься. Мы будем читать Пушкина, петь русские песни.

Пауза.

О г а р е в. Как тебе здесь живется, Герцен?

Г е р ц е н (*отвечает не сразу, не зная что сказать*). Открыл русскую типографию. Издаю «Полярную звезду». Детей вы видели. А еще – пишу «Былое и думы». Путешествую по прошлому. Еду от станции до станции своей жизни и сладкие и горькие картины встают перед глазами.

Н а т а л и (*весело*). И на какой станции ты остановился сейчас?

Г е р ц е н. На самой печальной. (*Показывает на папку.*) Я назвал ее «Кружение сердец». То была цепь ошибок, предательств, несчастий. Кстати, ты, Ник, привел эту цепь в движение.

О г а р е в. Я?

Г е р ц е н (*полусерьезно*). Ты во всем виноват! (*Подсказывает.*) Париж. Март сорок седьмого года. Записка: «Поэт русский рекомендует поэта немецкого».

О г а р е в. Георг Гервег?

Г е р ц е н. Он. Красавчик Гервег. Черным вороном каркнула тогда твоя записка, а я не услышал. Знаешь, как я теперь зову этого господина? «Цюрихский мерзавец». Я принял его как друга. Помогал, содержал семью его. В благодарность он за моей спиной начал атаку на Наташу. Он разбил мое счастье, замазал грязью, но разрушить наш союз ему не удалось. Наша любовь уцелела. Впрочем, цюрихский мерзавец «преуспел»: он укоротил ей жизнь. (*Указывает на портрет.*) Ее могила во Франции, в Ницце, а я здесь – на английском берегу.

Н а т а л и (*про себя*). Негодяй.

Г е р ц е н. Простите мои рефлексии. Живу отшельником, знакомых мало, близких – никого, душу излить некому.

О г а р е в. Герцен, давай выпьем за то, что мы, наконец, вместе.

Н а т а л и (*укоризненно*). Ага, угомонись.

О г а р е в (*Натали*). Последняя.

Н а т а л и (*иронично*). Последняя?

Г е р ц е н. А как насчет «нарежемся до полного отчаяния»? (*Натали*.) Это мы так в студенческие годы выражались.

Н а т а л и. Пьет, как ненормальный. Александр, повлияй на него.

О г а р е в. Слово даю – последняя. Я ведь, Герцен, не просто так приехал. Хочется дело делать. «Полярная звезда» – вещь хорошая, но для аристократов. России нужно доступное демократическое слово, не придавленное царской цензурой.

Г е р ц е н. А может, и вправду затеять журнал и выпускать регулярно? И назвать «Колокол».

О г а р е в. Вот за это я готов нарезаться до полного отчаяния. (*Выпивает.*)

Г е р ц е н. Огарев, а можно мне поцеловать твою красавицу жену?

О г а р е в. Ее спрашивай. Я не плантатор.

Г е р ц е н целует Н а т а л и в щеку.

Г е р ц е н (*Натали*). Я помню, как ты щеголяла по Риму в мужском костюме, подражая Жорж Санд.

Н а т а л и (*кокетливо*). Щеголяла.

Г е р ц е н уходит.

Г е р ц е н (*за сценой*). Francois, préparez les chambres pour madame et monsieur Ogareuve.

Н а т а л и и О г а р е в смотрят друг на друга.

Н а т а л и (*почему-то оправдывается*). Мне жалко Александра. Он такой сильный, блестящий. И такой ранимый.

СЦЕНА ТРЕТЬЯ

Гостиная. Г е р ц е н за письменным столом. Входит Н а т а л и, держа в руке игрушечный кораблик.

Н а т а л и. Александр, так дальше продолжаться не может! Я купила Оле эту игрушку. Мальвида против. Я, видите ли, порчу детей. Je gate les enfants.

Г е р ц е н. Мальвида права. Чрезмерное число подарков приводит к их обесцениванию.

Н а т а л и. Просто она боится, что Оля будет любить меня больше, чем ее. Мы разучиваем сценки на русском. Она ничего не понимает и злится.

Г е р ц е н. Я с ней поговорю. Мальвида в чем-то ограниченна, как и все немцы, да не мне немцев ругать. Моя мать чистокровная немка из Штутгарта – Генриета-Вильгемина-Луиза Гааг.

Н а т а л и. Я совсем не уверена, что она любит детей, как это выставляет. (*Со значением.*) У нее могут быть другие мотивы.

Г е р ц е н. Какие мотивы?

Н а т а л и. Например... занять место Наташи.

Г е р ц е н. Место... (*Смеется.*) Чушь собачья! Она безнадежная идеалистка!

Н а т а л и. Я тоже безнадежная идеалистка.

Г е р ц е н. Мальвида – мой старый добрый друг. И только!

Н а т а л и. Какое облегчение. А то я начала бог весть что думать. И очень удивилась. С твоим утонченным вкусом – и эта особа. Бесцветные глаза, тяжелая челюсть, большой рот. Не смейся. У нее зловещая внешность.

Г е р ц е н. Прямо – зловещая?

Н а т а л и. (*слегка обиженно*). Как тебе угодно. Это твои дети.

Г е р ц е н (*печально*). Две умные образованные дамы, баронесса Мальвида фон Мейзенбуг и дочь предводителя пензенского дворянства Натали Тучкова, не в состоянии найти общий язык в воспитании двух глупых маленьких девиц.

Н а т а л и. Александр, дальше так продолжаться не может. Я стараюсь изо всех сил, и во всем упираюсь в стену. Мальвида мешает. Ты должен выбрать: или я, или она.

Пауза.

Г е р ц е н. Для меня нет никого на свете ближе, чем ты и Ник. Я попрошу Мальвиду дать русским урокам преференцию.

Н а т а л и (*подскакивает и целует Г е р ц е н а*). Герцен, я тебя люблю!

Оба чувствуют себя неловко.

Н а т а л и. Так я могу подарить Оле этот кораблик?

Г е р ц е н. Ну разумеется.

СЦЕНА ЧЕТВЕРТАЯ

Гостиная. Н а т а л и читает письмо. В дом входит О г а р е в .

О г а р е в. Ты еще не готова? Все собрались. Мы едем в Ричмонд парк.

Н а т а л и. Я не хочу ехать. Я остаюсь.

О г а р е в. Сегодня твой день рождения! Герцен заказал экипаж. Будем обедать в ресторане. Что случилось?

Н а т а л и. Я не хочу видеть Герцена. И его подарок не хочу.

Поднимает со стола веер и бросает его на пол.

О г а р е в. Это веер покойной Наташи. (*Поднимает веер.*)

Н а т а л и. Веер и письмо. (*Протягивает ему письмо.*)

О г а р е в. Я не читаю чужих писем.

Н а т а л и. Прочти, я требую.

О г а р е в (*читает*). «Друг мой и сестра, сегодня твое рождение – дай мне право поблагодарить тебя за все родное и теплое, что ты ввела в мою жизнь. Ты разом представляешь мне и Огарева и Наташу – и сверх того, ты мне близка с тех пор, как я тебя короче узнал». (*Смотрит на Н а т а л и .*) Ну и что?

Н а т а л и. Он меня оскорбил.

О г а р е в. Оскорбил? Чем?

Н а т а л и. Я хочу уехать! Немедленно! Слышишь, Огарев! Я чувствую, точно меня запутывают в какие-то сети.

Пауза.

Н а т а л и. Я боюсь, *Ага.*

О г а р е в. Чего ты боишься?

Н а т а л и. Странное магнетическое чувство влечет меня к нему.

Пауза.

О г а р е в. Ты любишь его?

Н а т а л и. Я люблю тебя! Я не могу больше! Я погибаю! Как только мы приехали, с первой встречи, мне стало ужасно жалко его. Герцен – такой умный, гордый. Сколько он перестрадал. Но когда он первый раз поцеловал меня, я... я страшно испугалась. Больше полугода я молча борюсь, падаю духом, вновь выплываю, вновь падаю. Уедем отсюда!

О г а р е в. Я не могу. Я работаю. Скоро выйдет первый лист «Колокола».

Н а т а л и. Тогда я уеду одна!

О г а р е в. Куда? Куда ты уедешь?

Н а т а л и. В любой другой город. На континент!

О г а р е в. И что мы скажем Герцену? Он ничего не подозревает. Я должен признаться: «Моя жена в тебя влюбилась. Она боится искушения».

Н а т а л и. Отпусти меня в Россию. На время! Я хочу видеть сестру, *maman*, *papa*! Вот тебе причина!

О г а р е в. И кто будет заниматься детьми? Ты хотела заменить им мать. Ты поссорилась с Мальвидой. И Мальвида уехала! Ты знаешь, как страдал Герцен из-за вашего раздора, но он стал на твою сторону.

Н а т а л и. Я не отказываюсь от своего обещания. Дай мне перерыв. Мне надо справиться с собой! Я съезжу домой и вернусь!

О г а р е в. А вдруг не вернешься? Узнают там, что я работник Герцена – и не выпустят... Я боюсь тебя потерять, Натали. Я люблю тебя больше всего на свете. Больше жизни!

Пауза.

Н а т а л и (*подходит к О г а р е в у и целует его*). Прости меня, Ага! Это была минута безумия. Я ее победила. Я справлюсь. Я никуда не поеду. Я счастлива. Раны вот-вот закроются. Дети будут на первом плане, потом ты, потом все остальные. Я буду крутиться, чтоб всем было хорошо, о себе я хочу перестать даже думать.

О г а р е в. Я давным-давно пить перестал. Примерный трезвенник. Заметила?

Н а т а л и. Заметила, милый. По случаю моего дня рождения мы будем играть в четыре руки. Я обожаю наши импровизации.

Г е р ц е н (*за сценой*). Огаревы! Мы вас ждем!

Н а т а л и. Герцен – солнце. Но на солнце есть одно маленькое пятнышко – он ничего не понимает в музыке.

О г а р е в и Н а т а л и уходят.

СЦЕНА ПЯТАЯ

Гостиная. О г а р е в за письменным столом. В дом входят Г е р ц е н и Н а т а л и и останавливаются.

Н а т а л и (*со значением*). Ну, пожалуйста, пойдем в сад. Совсем на немножко.

Г е р ц е н. Не могу. Мне надо работать.

Н а т а л и. У вас с Огаревым есть дело, а у меня дела нет.

Г е р ц е н. Ты занимаешься детьми.

Н а т а л и. Мне мало. Я хочу чего-то еще. (*Прислоняется к Г е р ц е н у.*)

Г е р ц е н (*отодвигается*). Занятия должны проистекать из внутреннего запроса. Какие у тебя интересы?

Н а т а л и. Не знаю. Я не мужчина. Мне трудно сформулировать. Образования мне не дали. Музыка, французский – и все. Я хочу заняться своим развитием. Делать что-то важное, приносить общую пользу.

Г е р ц е н. Не бывает общей пользы. Польза всегда в частном.

Н а т а л и. Это клише. Ты обращаешься со мной, как с ребенком.

Г е р ц е н (*улыбается*). У тебя энергический ум и бурная фантазия. Может, тебе начать писать?

Н а т а л и (*кокетливо*). Почему нет? Возьму и начну... Но мне нужна помощь. (*Тихо.*) Вечером ты дашь мне первый урок.

Г е р ц е н пытается что-то сказать.

Н а т а л и. Пожалуйста, не возражай, не то я обижусь. (*Проходит в гостиную. Громко.*) Ага, дорогой, мы вернулись. Где мои милые дети? Я соскучилась. (*Уходит.*)

Г е р ц е н (*подходит к О г а р е в у*). С Натали невозможно ездить в город. Она не в силах обойти ни один магазин. Купила зачем-то Тате рельефные карты.

О г а р е в (*не поднимая головы*). Не давай ей денег.

Г е р ц е н. Не дать денег – значит унизить. (*Садится за свой стол. Хочет что-то сказать, но не знает, как начать*). Чем ты занят?

О г а р е в. Кончаю статью об эффективности крепостного труда.

Г е р ц е н. «Он был великий эконом, то есть умел судить о том...». (*Встает.*) Ник, давно я хотел посоветоваться с тобой, да все, жалея гармонию и тишину твоей жизни, молчал.

О г а р е в (*поднимает голову*). Слушаю тебя.

Г е р ц е н. Я заметил в дружбе Натали ко мне более страстности, нежели бы я хотел. Пойми меня правильно: я люблю ее от всей души, глубоко и горячо, но это вовсе не страсть. Сначала я отдалялся, она меня не поняла и была так этим огорчена, что я, разумеется, спешил утешить ее. К тому же я давно лишен женского элемента. И не мог не быть глубоко тронут ее братской дружбой. Я все считал это результатом ее пылкого характера и непривычкой владеть собой.

Пауза.

О г а р е в. Продолжай.

Г е р ц е н. Теперь я вижу: она... она увлеклась.

О г а р е в. Заметил, наконец. Для меня это давно не тайна.

Г е р ц е н. Объяснять, что ты для меня значишь, – смешно. Способен ли я нанести тебе удар, когда собственные раны не зажили. Сколько я ни ставил пределов, она ломала их. Доверие это я заслужил. Смело и чисто стою я перед тобой. Но еще шаг – и новая пропасть откроется под ногами.

О г а р е в. Мы уедем!

Г е р ц е н. Нет!

О г а р е в. Она уедет!

Г е р ц е н. Лишить тебя Натали?! Нет. Я хочу сохранить вас обоих.

Пауза.

О г а р е в. Давно хотел тебя спросить, да все повода не было. Как ты без женщины обходишься, Герцен?

Г е р ц е н. Было несколько встреч, и довольно. Сорок пять лет, старик почти.

О г а р е в. Завидую. Мне всего на год меньше, а кровь все бурлит.

Г е р ц е н. Воспоминания лучше новых интриг. Зачем мне новые страсти, когда прошлые в памяти так живо сидят. Безумства юности, падения в зрелости, любовь к Наташе. Все до последней ниточки в бусах, улыбки, губы, слезы, стук каблучков, – все перед глазами.

Пауза.

О г а р е в. Не много ли ты берешь на себя, Герцен?

Г е р ц е н. Дай мне твою руку, а главное – веру. Нет в мире силы, которая бы отторгла тебя от меня. Что Натали любит меня, так оно так и должно быть. Характер этой любви неприятен мне. Но устранить его можно лишь с чрезвычайным терпением.

Входит Н а т а л и.

Н а т а л и. Господа! Оторвитесь на минуту! Мы построили лодку и отправляемся в плавание по Волге. Нам не хватает гребцов.

Пауза. Н а т а л и видит, что здесь произошло объяснение. Она вызывающе смотрит на Огарева и уходит. За сценой, наперебой, голоса Таты и Оли: «Папа! Дядя Ага! Мы ждем!».

Г е р ц е н. Уважим патриотическое упражнение. (*Уходит.*)

О г а р е в выходит из-за стола, останавливается. Слышны звуки фортепиано.

Н а т а л и (*за сценой, поет*). «Вниз по матушке по Волге. По широкому раздолью, по широкому раздолью поднималась непогода. Погодушка немалая. Немалая, волновая. Немалая, волновая. Ничего в волнах не видно. Ничего в волнах не видно. Одна лодочка чернеет...».

О г а р е в вынимает из буфета бутылку вина, наливает бокал, разом выпивает и уходит.

СЦЕНА ШЕСТАЯ

Гостиная. Н а т а л и сидит за обеденным столом, обхватив голову руками. Входит О г а р е в.

Н а т а л и (*поднимает голову*). Я пропала, Ага. Герцен меня полюбил.
О г а р е в. Ты все выдумала!

Пауза.

Н а т а л и (*грустно*). Между нами все было. (*Плачет.*) Я хочу иметь детей! Своих детей!.. Зачем я была лишена улыбки счастья, что приносит такую радость в каждую семью? Вот где мое наказание! Вот где я чувствую тяжелую руку, как Дон Жуан – руку командора!
О г а р е в. Я тебя предупредил еще в самом начале, когда приехал к вам в ваше имение в Яхонтово.

Н а т а л и (*зло*). Ты тогда был женат! И всех другое волновало: как я с женатым человеком жить буду. Я помню, как испугался отец при одном только помышлении. А я безумно втайне желала узнать, выстрадать материнское чувство. Я готова была пережить порицание посторонних и упреки близких. Но ты всех «утешил»: не бойтесь, детей не будет. Ты, не ведая, нанес мне страшный удар. А я согласилась. Я любила тебя. Я сделала вид, что это не важно. Глупая гордость заставила меня молчать или говорить противное: «Ах, мне хорошо! Я счастлива!». (*Вскрикивает.*) Боже, я сделала что-то ужасное! Я плохая, порочная женщина. Я знаю, как ты страдаешь! Помоги мне, Ага! Дай мне руку!

О г а р е в. Я не хочу никаких жертв, Натали. А со своими чувствами позволь мне самому справиться.

Н а т а л и (*успокаивается*). Наверное, я схожу с ума! Я люблю его. И тебя люблю. Вчера во сне увидела, как Герцен положил голову на колени одной англичанке. И вдруг он стал говорить ей «ты». Как же так? Он ей никогда не говорил «ты». Мне стало смертельно больно. А потом я тебя во сне увидела. Как ты в дверях столкнулся с горничной и стал с ней шутить. А она стала наклонять и поднимать поднос с тарелками. И вдруг ты схватил ее и два раза поцеловал. Все в голове смешалось. Давай уедем отсюда! Уедем в Америку!

О г а р е в. Мы в чужой стране. Денег нет. Одна опора – Герцен.

Входит Г е р ц е н. Молча оглядывает обоих и понимает, что объяснение уже состоялось.

Н а т а л и (*Герцену*). Я все сказала. Так принять, как Ага принял, так бесконечно благородно и широко понять – ни один человек во всем мире...

О г а р е в. Замолчи!

Пауза.

Г е р ц е н (*Огареву*). Мы преступники, ты судья. Как ты решишь, так и будет.

О г а р е в. Не спешите. Проверьте свои чувства. Подождите год.

Н а т а л и. Это выше моих сил!

Пауза.

О г а р е в. Натали вольна в своем выборе. И я последний буду, кто унизит ее ограничением.

Натали подходит к Герцену и берет его под руку.

О г а р е в. Ну что ж, не буду мешать. Будьте счастливы. (*Хочет уйти.*)

Г е р ц е н. Ник! Подожди! (*Огарев останавливается.*) Что ты задумал?

О г а р е в. Мне воздуха надо. И покурить. И чемодан собрать.

Г е р ц е н. Уехать хочешь?

О г а р е в. Не просто хочу, мечтаю! Только вот не знаю, куда.

Г е р ц е н. Я виноват. Прости, меня Ник, если можешь, прости.

На т а л и. Я! Я во всем виновата!

О г а р е в. Да полно вам. Что толку с извинений ваших?

Пауза.

Г е р ц е н. Мне одному «Колокол» не поднять. Без тебя никак, Ник. Ты знаешь, это не комплимент.

О г а р е в. Вспомнил?! (*Невесело смеется.*) Ты еще о вере нашей скажи! Об идеалах! О святом деле освобождения русского народа! О ссылках, арестах, о клятве нашей на Воробьевых горах!

Г е р ц е н. Я своих идеалов не предаю, Ник. И не предам. Это святое.

О г а р е в. Я предаю? Я за наши идеалы восемь месяцев в одиночной камере просидел! Только мне тогда, в каменном мешке, в сто раз легче дышать было!

На т а л и. Убей меня, Ник! Убей! Тебе легче станет!

Г е р ц е н. Натали, подожди!

Пауза.

Г е р ц е н. И как дальше быть?

О г а р е в. Работать.

Г е р ц е н (*с облегчением*). Верно! Работать.

О г а р е в. Только нам с Натали теперь в одной комнате тесно будет. Ты не находишь?

Г е р ц е н. Разумеется. Тебе отдельная комната нужна. Натали на втором этаже останется. А тебе на третьем выделим. Я сейчас же сделаю распоряжение. Ваше месячное содержание тебе пойдет. О Натали я сам позабочусь.

О г а р е в. Вот и договорились. А вы, господа, проверяйте свои чувства, не проверяйте, меня это теперь не касается.

Н а т а л и. Александр! А как же мое официальное положение?

Г е р ц е н. Потом. Потом обсудим. Кстати, Ник, ты мне статью должен. Поторопись. Завтра выпуск в типографию сдавать, а ты тянешь.

Пауза.

О г а р е в. Статья готова почти. Через два часа принесу. (*Уходит.*)

СЦЕНА СЕДЬМАЯ

Гостиная. Входят Г е р ц е н и Н а т а л и.

Г е р ц е н. Я решил взять еще двух слуг.

Н а т а л и. Мне кажется, одной служанки будет достаточно.

Г е р ц е н. Здесь это не в нравах. И времени у служанки не хватит.

Н а т а л и. Я не справляюсь?

Г е р ц е н. Я этого не сказал.

Н а т а л и (*раздраженно*). Мне все равно. Дом твой. Можешь брать хоть трех слуг.

Г е р ц е н. Зачем же этот тон? Мы говорим, чтоб сделать как всем лучше. А ты все принимаешь в обидную сторону. Что такое: «дом твой»? При нашем союзе нельзя так смотреть на вещи.

Н а т а л и. Что за рабство? Каждый имеет свое мнение. Я слышала – Саша уезжает в Женеву.

Г е р ц е н. Ему пора начать работать всерьез. В его годы мы с Огаревым посещали Московский университет. Я написал письмо известному натуралисту Карлу Фохту. Он Сашу ждет.

Н а т а л и. Саша мог бы прекрасно учиться в Лондоне. Нет, ты отправляешь его в Швейцарию. Боишься, он догадается о наших отношениях?

Г е р ц е н. Согласись, наш дом не совсем подходящее место для серьезных занятий.

Н а т а л и. Я виновата!

Г е р ц е н. Натали, пожалуйста, не начинай все сначала. Что Саша видит дома? Вульгарную комедию домашних ссор.

Н а т а л и. Ты знаешь их причину. (*С видимым безразличием.*) Кто сообщит Огареву «радостную весть»?

Г е р ц е н. Лучше тебе.

Н а т а л и. Боишься?

Г е р ц е н. Не понимаю, к чему этот сарказм?

Н а т а л и. Огарев уже третий день после обеда пропадает, а потом приходит домой выпивши. Я боюсь за него. Ты должен с ним поговорить. Я не могу ругать его как прежде. Не имею права.

Г е р ц е н. Я постараюсь, хотя, сама понимаешь, мне это тоже не очень ловко.

В дом входит О г а р е в. В руке бутылка.

О г а р е в (*заметно пьян*). На Вестминстерском мосту пьяный босяк чуть в Темзу не прыгнул. Полицейский его схватил и держит. А тот брыкается. Народу собралось... целое представление. (*Садится.*)

Н а т а л и. Огарев, посмотри в каком ты виде. Так нельзя.

О г а р е в (*с едва скрываемым упреком*). Другим можно, а мне нельзя?

Г е р ц е н смотрит на О г а р е в а, хочет что-то сказать, но не решается и уходит.

Н а т а л и. *Ага*, ты стал раздражителен и сух со мной. Я знаю, тебе больно. Я виновата. Я кругом виновата. Саша в Женеву уезжает. Герцен уверяет – ему учиться надо. А я знаю: я – причина!

О г а р е в. Почему – ты?

Пауза.

Н а т а л и. У меня будет ребенок, *Ага*.

О г а р е в (*трезвеет*). Ребенок!

Н а т а л и. Никем не приглашенный, никем не благословленный.

О г а р е в. Ты ведь так желала детей.

Н а т а л и. Желала – и разжелала. Герцен ребенка не хочет, а он (*показывает на живот*) и не знает. Не будет ему счастья на этом свете... Сегодня причесывалась и вдруг заметила, как похудела. И сердце по целым дням болит. Мне так весело стало – может недолго жить осталось. И вдруг представила – как меня похоронят, как недавно бедного поляка Ворцеля, на английский манер – чинно и холодно. И мне так жутко стало от одной мысли лежать так далеко от родных мест. Там, где милые сердцу деревья и поля кругом...

О г а р е в. Натали, так нельзя. Так и заболеть недолго.

Н а т а л и. Не утешай меня, *Ага*. Я совершила грех. Я не достойна утешения. Лучше было не садиться в ту почтовую карету, лучше было крепко обнять тебя и махнуть рукой. Смерть сошла на меня в Лондоне в виде мнимого возрождения к молодости. И все это в ту минуту, когда является на свет новое существо. Чем встречу его? Неужели одними горькими слезами? Так, как я встретила его первое движение? У нас в Яхонтове женщины исповедуются перед родами, готовясь на всякий случай предстать перед страшным судом. Я хочу исповедаться перед тобой. Мне скоро тридцать лет, я с ужасом смотрю на жизнь.

Входит Г е р ц е н . Он видит, что объяснение уже состоялось. Пауза.

Н а т а л и (*Г е р ц е н у*). Я все сказала.

Пауза.

Г е р ц е н. Что будем делать? Сообщим миру правду?

Н а т а л и (*вызывающе*). Мне все равно.

Г е р ц е н (*хочет что-то сказать, но сдерживается*). Дети ничего не знают. Вы для них дядя Ага и Натали, муж и жена. И открываться сейчас перед ними – удар по детской психике, удар немыслимый.

Н а т а л и (*холодно*). Детей защитили. Похвально, благоразумно. (*Г е р ц е н у*.) А где я в твоих расчетах фигурирую?

Г е р ц е н. Зачем такой тон? Мы вместе решаем. Твой отец, Алексей Алексеевич, как он отнесется?

Н а т а л и (*чуть не плачет*). Ребенок не от мужа. Такая новость убьет его. *Papa* человек прогрессивных взглядов, но не по части семьи.

Г е р ц е н. Вот видишь.

Н а т а л и. Надо все по закону оформить: развод, новый брак.

Г е р ц е н. «Колокол» с каждым днем тиражи набирает, на всю Россию гремит. Станет известно – начнется собачий лай: у издателей «Колокола» общая жена! Петербургские подлецы не камнями бросаются, а навозом. Нас измажут и общее дело дискредитируют.

Н а т а л и. Я жду решения. Как мы ребенка запишем?

Г е р ц е н. Отец – Николай Платонович Огарев. Мать – Наталья Алексеевна Тучкова.

Н а т а л и (*горько*). Я так и знала!

Г е р ц е н. Ты не должна воспринимать это как оскорбление.

Н а т а л и (*с горькой иронией*). В самом деле – какое оскорбление?

Г е р ц е н. Натали, прошу тебя, не начинай. Сама видишь – тут столько обстоятельств намешано... Ник, что ты думаешь?

Пауза.

О г а р е в (*улыбается*). Я всю сознательную жизнь мечтал стать отцом.

Конец первого действия.

ДЕЙСТВИЕ ВТОРОЕ

СЦЕНА ВОСЬМАЯ

Гостиная. Г е р ц е н за письменным столом.

Н а т а л и (*за сценой*). Тата, иди заниматься рисованием. Оля, вернись к столу! (*Входит в гостиную.*) Я устала с ними воевать! У меня есть собственный ребенок! Лизе всего год. Меня не хватает.

Входит О г а р е в.

О г а р е в. Оля плачет. (*Садится за стол.*)

Н а т а л и (*кричит*). Оля! Немедленно вернись к столу! Она специально опрокинула чашку с кофе и теперь изображает страдание.

Г е р ц е н. Когда ребенок опрокидывает чашку, не стоит из-за этого делать сцены. Насилие вызывает отпор.

Н а т а л и. Ты всегда принимаешь сторону детей.

О г а р е в. Господа, давайте сменим тему. Вчера Лиза три раза сказала мне «папа Ага».

Г е р ц е н (*улыбается*). Она меня тоже узнает.

Н а т а л и (*с подтекстом*). И произносит «дядя».

Г е р ц е н (*с вызовом*). Ребенок развивается. Это главное.

Н а т а л и уходит.

Н а т а л и (*за сценой*). Иди делать уроки!

Олин голос за сценой: «Je ne veux pas!»

Н а т а л и (*возвращается в гостиную*). Оля не хочет заниматься. Александр, сделай что-нибудь. Или не обвиняй меня, что она ничего не знает.

Г е р ц е н (*с плохо скрытым раздражением*). Я обвиняю только себя. (*Уходит.*)

О г а р е в. Как тут работать? Нарезаться или отравиться? Умоляю тебя, Натали, опомнись!

Н а т а л и. Вспыльчивость моя виновата. На детей кричу. На прислугу кричу. На Герцена кричу.

О г а р е в. Если невмоготу, приходи ко мне в комнату и кричи.

Н а т а л и (*улыбается*). Неужели я такая плохая женщина, что и ты покинешь меня?

Пауза.

О г а р е в. Ну не получается у вас с Герценом. Возвращайся ко мне. Для всего света я твой муж. Обещаю ни одним словом не попрекнуть.

Н а т а л и. Милый, *Ага!* (*Подходит и целует его.*) Я тебя очень люблю. Но я и Герцена люблю. (*Слегка кокетливо.*) И не хочешь же ты, чтобы я, как распутная женщина, порхала между вами.

О г а р е в (*угрюмо*). Ты постоянно цепляешь Герцена во всем, что ему близко и дорого – в детях и общественной деятельности. Эта оппозиция должна улечься!

Н а т а л и. Я хочу быть равной ему.

О г а р е в. Равной Герцену? Зачем? Это невозможно. Будь сама собой.

Н а т а л и (*вздыхает.*) Я знаю – в моем поведении есть безумный эгоизм. Он меня убивает. Я изменюсь! Я буду совсем другой. У нас будет идеальная семья. Дети на первом месте. Никаких ссор с Герценом. Я буду заботиться обо всех. (*Улыбается.*) И о тебе, Ага. А о себе я даже не буду думать.

Входит Г е р ц е н с листком бумаги.

Г е р ц е н. Благодаря Оле русский язык прогрессирует. Вот, пожалуйста: «У нас есть кошка от дома». Раньше был только «генерал от артиллерии» и «ключи от дома», а теперь появилась кошка. (*Протягивает листок Н а т а л и .*) Русский, кажется, твоя епархия.

Н а т а л и берет листок и уходит.

Г е р ц е н. Не знаю что делать! После рождения Лизы все было хорошо. А теперь опять демон проснулся. Иррациональна и нетерпима. И только успокаивается в постели.

О г а р е в. Ты уверен, что я должен знать подробности?

Г е р ц е н. Прости... На днях жена наборщика в типографии выбросилась с третьего этажа на каменный двор. Смерть была немедленная. По всему очевидно, она страдала гипертрофией сердца и в тоске высунулась в окно. Я думаю: земной шар – сумасшедшая планета. Я устал от семейной какофонии, Ник.

О г а р е в. Я предложил Натали вернуться ко мне.

Г е р ц е н (*с надеждой*). И что?

О г а р е в. Она тебя любит.

Г е р ц е н. Я пропал.

О г а р е в. Она видит твое отношение.

Г е р ц е н. Мое отношение? Ну-ка, растолкуй.

О г а р е в. Скажи Герцен, только честно: ты готов взять официально в жены Наталью Алексеевну Тучкову?

Г е р ц е н. Не готов.

О г а р е в. Вот и ответ.

Г е р ц е н. Нет, только часть ответа. Ты знаешь все обстоятельства.

О г а р е в. Я их отметаю.

Г е р ц е н. Счастливый ты человек, Ник. На мне – дети, финансы, дело. А ты – ничего не имеешь, ни за что не отвечаешь. Было у тебя когда-то громадное состояние. Одно из самых больших в России. Четыре тысячи душ в Рязанской губернии ты отпустил на волю. Несчастных тут же поработили другие. Но ты поступил, по крайней мере, благородно. А куда остальное делось? Десятки тысяч душ и несметное количество земель? Размотал, спустил, упустил, раздарил. Все одно: состояния нет. И ответственности нет.

О г а р е в. А где твоя ответственность? Где твоя жертва? Ты ведешь себя, как турецкий султан.

Г е р ц е н. Турецкий султан? Благодарю.

О г а р е в. Сравнение не устраивает? Нельзя же видеть в себе только агнца непорочного, посланного спасти род человеческий. А тут всего одна женщина страдает – и ты пасуешь!

Г е р ц е н. Оставь, Ник! Я недостаточно жертвую? А позволь спросить – в чем твоя жертва? В чем доблесть? Мне стыдно сказать – в том чтобы пьянствовать в пятьдесят лет, да еще втихомолку!

О г а р е в. Натали мало – теперь ты меня будешь воспитывать? Я страдаю. Физически страдаю, видя ваши отношения.

Пауза.

Г е р ц е н (*про себя*). Странная натура. Ведь если б ума не было, я бы понял. А то и способности, и благородство, а внутри – словно демон сидит.

О г а р е в. Ты в состоянии не ругать Натали по любому поводу? И пропускать мимо ушей колкости? Да, она неправа. Она взбалмошна, истерична, но она любит тебя. Ты талантливей и образованнее ее стократ. Она чувствует это и страдает. Будь добрее, Герцен. Не унижай ее гордости. Сам подумай! Одно теплое слово с твоей стороны, один намек о любви – и вся жизнь была бы спасена. (*Садится за свой стол*).

Г е р ц е н (*подумав*). Хорошо. Я попробую.

Входит Н а т а л и.

Г е р ц е н (*подходит к ней*). Я виноват. Прости меня. Попробуем впредь общаться кротко и мягко. Так я могу слушать любые упреки.

Н а т а л и. Я согласна.

Г е р ц е н. Поедем в июле во Вьетнор? Солнце, море. Погоды чудесные.

Н а т а л и. Поедем! Втроем – я, ты и Лиза.

Г е р ц е н. А дети? Тата, Оля?

Н а т а л и. Первые две недели побудем втроем, а потом их заберем. (*Тихо, со значением.*) Я соскучилась по тебе.

Г е р ц е н (*тихо*). Я тоже. Только на две недели – мне никак невозможно типографию оставить.

Н а т а л и. Как хочешь. Не люби меня больше.

Г е р ц е н. Ну вот, опять.

Н а т а л и. Прости! Я больше этого слова не повторю как упрек или обвиненье. Помнишь, как русский поп, крестив ребенка, уронил его и сказал: «Бог дал. Бог и взял». Больше никаких требований. Никаких оскорблений. Буду тебя любить, как умею, не думая о взаимности. Да ее и не нужно. Все вздор. Будем растить детей и о них только думать.

Г е р ц е н. Вот и славно. А дочка наша будет украшением нашей старости. Лизонька ребенок ясный. (*Улыбается.*) Я за нею слежу. И по секрету докладываю. Она развивается так быстро и удивительно, как ни один из моих собственных.

Н а т а л и. Благословляю тебя за эти слова, Герцен. Ты должен поговорить с Олей. Вчера она ткнула этой игрушкой Лизе в лицо. (*Машет корабликом.*) Я так испугалась. Она это сделала специально – чтобы Лиза заплакала.

Г е р ц е н. С чего ты взяла? Она с Лизой играла. Ну взгляни на вещи разумно.

Н а т а л и. Ты сидишь у себя в кабинете и ничего не знаешь! Оторвись от своей всемирно-полезной деятельности и посмотри, что делается в доме! Оле семь лет. Взрослая девочка. Я давно заметила дурное направление ребенка. Тата немногим лучше. Капризная и равнодушная.

Г е р ц е н (*холодно*). Дети плохи. Хорошо, давай выбросим их в Темзу. Привяжем камень на шею... Или будем их воспитывать? Не заваливать подарками без меры, а потом без меры ругать, а воспитывать.

Н а т а л и. Опять на меня перешли! Я – причина! Не уважаешь ты, Герцен, нашего союза! Да и нет его! Есть снисходительная дружба! Мне не нужна твоя «дружба», Герцен! Мне она больнее худшей обиды!

О г а р е в. Гильотина все же лучше: раз – и готово. (*Выходит из-за стола.*) Вы оба жестоки – вот отчего не получается. Слушай, Герцен, я одного прошу: оставь меня работником при типографии, но отпусти жить в захолустье. Внутренне я связан с тобой неразрывно, но дышать в этом омуте затаенных эгоизмов я не могу. (*Уходит из дома.*)

Н а т а л и. Куда он пошел?

СЦЕНА ДЕВЯТАЯ

Гостиная. Входят Г е р ц е н и О г а р е в.

О г а р е в. Я был расстроен до полного отчаяния. Я не знал куда деваться. И чем жестче были отношения между тобой и Натали, тем сильнее мне хотелось хоть на минуту побыть в тишине. В кроткой мирной обстановке. Вздохнуть свободно...

Г е р ц е н (*весело*). И ты отправился в публичный дом.

О г а р е в (*улыбается*). Догадался!

Г е р ц е н. Догадался.

О г а р е в. И что ты думаешь, я, как дурак, врезался в погибшее, но милое создание.

Г е р ц е н. Врезался?.. И как зовут сие милое создание?

О г а р е в. Мэри Сазерленд. Я был у ней несколько раз. Платил половину соверена за визит. Последний раз спросил – сколько ей надо на жизнь в неделю. Она говорит, около тридцати шиллингов надо. Она хочет уехать куда-нибудь недалеко, в пригород. И взять к себе ребенка. А я буду их навещать.

Г е р ц е н. У нее есть ребенок?

О г а р е в. Мальчик шести лет. Зовут Генри.

Г е р ц е н. А ей сколько?

О г а р е в. Двадцать шесть. Родом из Шотландии. Говорит, тридцать шиллингов ей будет в самый раз. Ей хочется избавиться от прошлых знакомств и привычек. Бросить порочную жизнь.

Г е р ц е н. Ты уверен, что хочется?

О г а р е в. Черт его знает. Любить меня в мои лета существу неразвитому, а может, и хитрому – невозможно. Friendship to a good fellow, может, и есть в ней, да вряд ли. А у меня, должно быть, старческая страсть.

Г е р ц е н. Веселое положение.

О г а р е в. Ну, положим, я ошибаюсь. А все одно – попробовать возвысить женщину и ребенка, извини за напыщенный тон, такие коллизии не каждый день бывают.

Г е р ц е н. У тебя уже была подобная «коллизия». Помнится, ты сказывал, как встретил «погибшее создание» на ярмарке в Нижнем Новгороде, да привез ее к себе в поместье в Старый Акшен на перевоспитание. Жила она у тебя почти месяц. А потом обокрала и сбежала с цыганом.

О г а р е в (улыбается). Я был молод и глуп тогда.

Г е р ц е н. Прости Ник, но по части твоих способностей разбираться в женщинах – сомневаюсь. Твоя первая жена, Мария Львовна, бросила тебя и удрала в Париж. Жила там с любовником, и ее падение я наблюдал воочию. Как ни стараюсь, ни одного хорошего слова о ней сказать не могу. Недаром Тургенев прозвал ее «плешивая вакханка». Она выкачала из тебя целое состояние и умерла от пьянства. Что касается твоей второй жены... я от комментариев воздержусь.

О г а р е в. И правильно сделаешь.

Смеются. Пауза.

Г е р ц е н (серьезно). Твои похождения, Ник, – твое личное дело. Тебе содержание выделяется – ты его тратишь, как хочешь. Если надо тридцать шиллингов добавить, я готов.

О г а р е в. Не надо. Управлюсь.

Г е р ц е н. Одна просьба: не приводи ее к нам. Ты для детей – муж Натали. Дядя Ага. И так пусть оно и остается.

О г а р е в хочет что-то сказать, но сдерживается.

Г е р ц е н. Зачем Натали пошла к ней?

О г а р е в. Женское любопытство неистребимо. Пристала, как банный лист: «Хочу видеть твою новую знакомую».

За сценой слышны беспорядочные звуки фортепиано. Голоса Оли и Таты, наперебой: «Дядя Ага! Иди к нам! Мы ждем!» О г а р е в уходит. В дом входит Н а т а л и.

Г е р ц е н. Ну как? Видела?

Н а т а л и (*садится и вдруг начинает плакать*). Грубая кабацкая женщина... Неужели он променяет меня на это грязное существо?

Г е р ц е н (*осторожно*). Но ведь Ник... теперь один.

Н а т а л и (*холодно*). Он мой муж. Он меня позорит.

Г е р ц е н. Жалею, что бросил романы писать, а просится. Нечто в героическом стиле, а-ля Виктор Гюго: русский революционер-аристократ в объятьях шотландской проститутки. (*Подходит к Н а т а л и.*) Мы толкнули Ника в эту яму. Наша вина.

Н а т а л и. Зачем ты мне это говоришь? Я любила его страстно! Я отдала ему свою юность, пламень души, а что получила в награду? Бездарно растраченное состояние. Одиночество. Пьянство. Гору стихов и нищету! И разве я не страдала? Разве я не хотела уехать отсюда? Вы мне не дали! Побойся Бога, Герцен!

Г е р ц е н. Оставим это. Я с себя вины не снимаю.

Входит О г а р е в.

О г а р е в (*Н а т а л и*). Познакомилась? Ну, как она тебе?

Пауза.

Н а т а л и (*улыбается через силу*). Мила. Но ведь она не умеет читать.

О г а р е в. Безграмотна вчистую. (*Смеется.*) Не беда. Обучим.

Пауза. Г е р ц е н и Н а т а л и переглядываются. Г е р ц е н разводит руками.

СЦЕНА ДЕСЯТАЯ

Гостиная. Г е р ц е н за письменным столом. Входит Н а т а л и.

Н а т а л и. Я вышла в сад – какой чудный день впереди! На небе ни облачка и такая свежесть. (*Подходит к Г е р ц е н у и целует его.*) Александр, ты прочел мой рассказ?

Г е р ц е н. Прочел. (*Берет в руку стопку бумаги.*)

Н а т а л и. Ну?

Г е р ц е н (*не знает как начать, чтоб не обидеть*). Как тебе сказать... Вот лучшее место: «Я иду зимней дорогой, клоки снега застилают от моих глаз, как саваном, прошедшее, сердце стынет, везде степь, везде снег, и только одно чувство, не давшее мне никакой горечи, живо во мне: маленькая девочка идет передо мной и улыбается. Жива ли она, или это сновидение? Но она не напрасно жила, много отрады дала она измученному, оскорбленному сердцу».

Н а т а л и. Это мой сон.

Г е р ц е н. Сон?

Н а т а л и. Я ничего не выдумала!

Г е р ц е н. Сон странный, но есть чувство, и возникает картина. А все остальное, прости, не впечатляет. Мораль – тебе лучше вспоминать, а не сочинять.

Н а т а л и. Писать мемуары? Кому они интересны?

Г е р ц е н. Я тоже давно не сочиняю. Вот сегодня задумался о вашем приезде... (*Берет лист рукописи и читает.*) «Наставало утро того дня, к которому стремился я с тринадцати лет, мальчиком в камлотовой куртке, сидя с таким же "злоумышленником", только годом моложе, в маленькой комнате старого дома, в университетской аудитории, окруженный горячим братством, в тюрьме и ссылке, на чужбине, проходя разгромом революций и реакций, на верху семейного счастья и разбитый, потерянный на английском берегу с моим печатным монологом. Солнце, садившееся, освещая Москву под Воробьевыми горами, и уносившее с собой отроческую клятву, выходило после двадцатилетней ночи».

Н а т а л и (*со смесью ревности и восхищения*). Я не могу писать, как Александр Герцен!

Г е р ц е н. Не надо, как Герцен. Пиши, как Натали Тучкова!

Н а т а л и. Мы скоро едем в Вьетнор. Ты заказал отель?

Г е р ц е н. Заказал. Но поехать никак не могу. Огарев свободен – он будет тебя сопровождать.

Н а т а л и. Спасибо! Ты очень любезен. Или ты полагаешь – он может заменить тебя?

Г е р ц е н. У меня типография и выпуск. Я постараюсь приехать позже. Натали, умоляю, не начинай...

Н а т а л и. А где Оля и Тата? Почему их не позвали?

Г е р ц е н. Я разрешил им завтракать в детской.

Н а т а л и. Спасаешь от моего дурного влияния?

Г е р ц е н. Пока так лучше: меньше конфронтаций. Кстати, Оля изъявила желание учиться на фортепиано. Вот тебе и путь к исправлению отношений.

Н а т а л и. Мы уже пробовали год назад. У нее тогда интереса не было. (*Тихо.*) И слуха тоже. (*Громко.*) Впрочем, я очень рада. Мы сегодня начнем заниматься.

Слышен бессмысленный стук по клавишам.

Н а т а л и. Ой! Она разбудит Лизу! (*Убегает. За сценой*). Прекрати сейчас же!

Фортепиано замолкает. Олин голос за сценой: «Ne me touché pas! Не трогай меня!»

Н а т а л и (*возвращается в гостиную*). Она знала, что Лиза спит.

Г е р ц е н. Забыла.

Н а т а л и. Забыла? Хочется верить. Хотя я ничему не удивлюсь. Кто ей Лиза Огарева? Лиза ей чужая. Нахлебница!

Г е р ц е н. Натали! Это бессмысленное оскорбление! Мои дети знают: семья Огарева – часть нашей семьи. И так вас и воспринимают. И любят как родных. Тебе лучше бы научиться с детьми ладить...

Н а т а л и. Опять на меня перескочили!

Оля и Тата за сценой, хором: «Злая Натали! Злая Натали!»
Г е р ц е н уходит.

Г е р ц е н (*за сценой*). Барышни! Какой стыд! Разве так можно!

Н а т а л и. Я всем испортила жизнь. И не осчастливила никого. Герцен меня больше не любит! Это была последняя вспышка усталого сердца. Вообще, для него любовь – дело второстепенное. Да я и не стою. Пишет воспоминания, обо мне – ни слова. Зачем я так мало его знала! Зачем я так много от него ждала!

В дом входит О г а р е в.

Н а т а л и. Огарев, я хочу вернуться в Россию!

О г а р е в. Россия закрыта для нас. Пензенская уголовная палата приговорила меня к лишению всех прав. Я – государственный преступник. А ты – жена преступника.

Входит Г е р ц е н.

Г е р ц е н. Ник, редкий гость! Как Мэри поживает?

О г а р е в. Представьте себе, освоила грамоту. (*Достает из кармана листок.*) Вот вам первое послание мадам Сазерленд. (*Читает.*) «Dear Mr. Herzen, I am happy to write you a few words about my son Henry. He is a smart boy. And he can read better than his mother». Каково? Хоть и неразвита, а талант и добрая душа.

Н а т а л и (*про себя*). Хвалит при мне эту грязную тварь и не замечает, как мне больно.

Г е р ц е н. Кстати, о талантах. Саша прочел открытую лекцию во Флоренции о физиологии человека. На итальянском языке. Полный успех и резонанс в прессе.

Г е р ц е н и О г а р е в уходят. Голоса Оли и Таты за сценой, наперебой: «Дядя Ага! Дядя Ага!»

Н а т а л и. Я не существую для них. Как дорого я за все заплатила! Какого сердца лишилась – и что взамен? Самонадеянная дурочка! Мечтала об идеале! И где он – идеал? Все кончено. Кончено! Я здесь никто. Чужая. И Лиза чужая. Проклятый Лондон! Ты своим вечным туманом окутал мою душу. А какая жажда тихого счастья была во мне!

О г а р е в и Г е р ц е н возвращаются.

О г а р е в. Лизка-то! Глазенки вытаращила и шепелявит: «Что нового, папа Ага?» Каково?!

Н а т а л и. Александр, мне нужен экипаж. Я с Лизой уезжаю.

Г е р ц е н. Куда? Зачем?

Н а т а л и. Прощай, Герцен! Пусть кротость сойдет в наши души! Пусть мы забудем обоюдные обиды и все невольное зло, сделанное друг другу. И пусть твои дети меня простят. Я виновата перед ними. Я слишком слабое существо.

Г е р ц е н. Натали! Остановись!

Н а т а л и. Прощай, Огарев! Я не забуду семь счастливых лет, прожитых вместе! Боже, зачем я не умерла в тот час, когда дилижанс двинулся по московской мостовой!

О г а р е в. Натали! Опомнись!

Н а т а л и. Лиза! Где моя дочь? (*Уходит. За сценой.*) Я уезжаю! Мне нужен экипаж! Francois, appelle-moi la caleche!

СЦЕНА ОДИННАДЦАТАЯ

Гостиная. Г е р ц е н за письменным столом. В дом входит О г а р е в.

О г а р е в. Почта была?

Г е р ц е н. Не принесли... И какая от почты польза? Натали мне пишет только, когда ей деньги нужны. Вот уже почти год она мечется по Европе. Дрезден, Гейдельберг, Франкфурт, Мец, Лозанна, Женева. Когда кончится это кружение?

О г а р е в (*торжественно*). А я получил! (*Вынимает письмо.*)

Г е р ц е н. Ну?

О г а р е в. Она в Берне. (*Читает.*) «Наконец я в Берне, Саша встретил меня на железной дороге. Лиза пресмешная, мадам Фохт зовет Фофка. О Саше плачет каждый день: "Дай мне Сашу, мама!" – "Он с друзьями". – "Дай мне Сашу с друзьями"».

Г е р ц е н. Светлое дитя.

О г а р е в (*отрывается от письма*). Приготовься: твой сын знает, кто отец Лизы.

Г е р ц е н (*ахает*). Натали открылась?

О г а р е в. Не угадал. (*Протягивает ему письмо.*)

Г е р ц е н (*читает*). «Мадам Фохт сказала: ваша сестра очень умна». Саша поразился: «моя сестра?.. » – «Разве вы не видите, – сказала мадам Фохт, – вы и Лиза – одно лицо». Боже! Саша должен знать! Никакой грязи, никакой лжи между нами не было. (*Садится писать письмо.*) Что делать – ума не приложу. Я просил Сашу подействовать на Натали. Я готов уступить во всем, лишь бы увидеть Лизу. Я хочу видеть Лизу. Я скучаю.

О г а р е в. И я скучаю. (*Декламирует.*) «Дитя мое, тебя увозят вдаль. Куда? Зачем? Что сделалось такое? Зачем еще тяжелую печаль мне вносит в жизнь безумие людское? Я так был рад, когда родилась ты! Чуть брезжил день. И детские черты, и эта ночь, и это расцветание – все врезалось в мое воспоминание».

Г е р ц е н. Я давно хотел тебе сказать, Ник... Прости меня за то, что я внес в твою жизнь горечь.

О г а р е в. Неправда! Я, я внес в твою жизнь горечь. Я виноват. Мешать вам – у меня духу не хватило. А надо было помешать, ибо видел – проку не будет. (*Выглядывает в окно.*) Почта. (*Выходит из дома и тут же возвращается с ворохом писем.*) Письмо от Саши. (*Дает письмо Г е р ц е н у.*)

Г е р ц е н (*открывает конверт, читает*). «Любезный папа. Натали приняла решение...» (*Читает. Отрывается.*) Она согласна вернуться! Боже! То, что мы не смогли сделать, сделал Саша!

Г е р ц е н и О г а р е в обнимаются и плачут.

Г е р ц е н. Я должен ему написать!

О г а р е в выходит из дома. Г е р ц е н садится за стол и пишет.

Г е р ц е н. «Саша, дай мне руку – я тебя благодарю за юное прекрасное письмо. Святое полное примирение с Натали, и начнем со свежими силами новую жизнь. Натали, я тебя зову от чистого сердца. Все забыто. Не поминай и ты. Я и Огарев, мы рыдали над Сашиным письмом, да, рыдали. Огарев вышел на воздух, я схватил перо тебе написать. Умоляю тебя, прошу именем Лизы: возвратись в свою семью. Если нянюшка хороша, ради Бога, не отпускайте».

О г а р е в (за сценой). Лиза! Лиза!

В дом входит Н а т а л и .

Н а т а л и. Я специально без предупреждения. Получился сюрприз. (*Подходит к Г е р ц е н у и целует его в губы.*)

СЦЕНА ДВЕНАДЦАТАЯ

Гостиная. За столом О г а р е в и Н а т а л и . Она в положении. В дом входит Г е р ц е н .

Г е р ц е н. Московские ведомости! Манифест! Александр Второй объявил об отмене крепостного права!

Целует Н а т а л и .

О г а р е в. Свершилось!
Н а т а л и. Какое счастье!
Г е р ц е н. Обнимемся, Ник. Это наша борьба и наша победа!

Обнимаются.

Г е р ц е н. Солнце выходит после долгой ночи! Быть может, это самый светлый день нашей жизни. Давайте закатим грандиозный праздник. И пригласим всех русских эмигрантов Лондона.

О г а р е в (*открывает бутылку вина*). Не только русских. Всех, кто нам сочувствовал.

Г е р ц е н. Обед с тостами! Газовые фонари, оркестр на улице, салют!

О г а р е в. Вечером музыка, танцы, дамы.

Г е р ц е н. По случаю великой даты предлагаю всем вместе отправиться в путешествие! Куда желаете?

О г а р е в. Франция! Вино – в пять раз дешевле. Погоды – в сто раз лучше.

Г е р ц е н. Добавь еще разницу в характерах. Французы с жаром съедают свою холодную телятину. Англичане хладнокровно уплетают свою горячую говядину.

О г а р е в. Или в Берн к Саше? Он там, в медицинской школе, скучает.

Г е р ц е н. Процветает! Режет прошлое поколение, и доволен.

О г а р е в. Будем вдыхать горный воздух Гельветической республики...

Г е р ц е н. ... и лопать местный сыр – плачущее рябое дитя Швейцарии.

Н а т а л и. Поедем в Россию.

Пауза.

Г е р ц е н. Россия закрыта для нас.

О г а р е в (*пытается спасти настроение*). Есть еще Италия, Бельгия, Германия.

Г е р ц е н (*потухшим голосом*). Везде, в сущности, гадко и тщедушно. Да и где ж нам хорошо-то будет?

О г а р е в (*поет*). «Ямщик, не гони лошадей! Мне некуда больше спешить. Мне некого больше любить. Ямщик, не гони лошадей».

Н а т а л и. Подадим прошение. Государь смилостивится и простит вас.

Г е р ц е н (*язвительно*). Разумеется. На нас наденут кандалы прямо на границе. Свободы в России не было и нет. Зверь не убит. Он только ошеломлен.

Н а т а л и. Я тоскую по родным местам.

О г а р е в. Жаль картин детства и юности. До слез жаль. Степи, тройки, березы, снеговые поляны. Их я нигде не найду. Мир вам, деды мои. Аминь. А свобода все равно дороже. (*Выпивает.*)

Г е р ц е н. Россия пространна, устройство власти в ней смутно задумано и беспорядочно выполнено. А то без преувеличения могу сказать: в России нельзя было бы жить ни одному человеку, понимающему сколько-нибудь свое достоинство.

Н а т а л и. Мой отец живет.

О г а р е в. Алексей Алексеевич был два раза арестован и, по счастью, избежал Сибири.

Г е р ц е н. А мы с Огаревым точно бы там были. Да за одно письмо в «Колокол» ссылают на каторгу. Вот Лев Толстой пишет: «Я, как Герцен, прятаться не стану. Я громко заявлю, что продаю имение, чтобы уехать из России, где нельзя знать минутой вперед, что меня, и сестру, и жену, и мать не скуют и не высекут, – и уеду».

Н а т а л и. Пишет, а сам в России сидит. А мы здесь. Бросили поместья, родных, друзей. Эмигранты... никому не нужные в холодном лондонском тумане. Ты, Герцен, жалуешься, что твой сын Саша жениться собрался на девице из Флоренции. А она мещанка, необразованна, без манер, и только о деньгах и думает. А на ком ему жениться, когда ты выдернул его из его круга? Из круга, к которому твой сын принадлежал по рождению.

Г е р ц е н. Привилегии противны моим убеждениям... Я не мог дышать тамошним воздухом, оставаться рядом с тем, что я ненавидел. Мне нужно было удалиться от моего врага затем, чтобы отсюда, из самой дали, сильнее напасть на него. В моих глазах враг этот имел определенный образ, носил определенное имя. Враг этот был – крепостничество!

Н а т а л и (*Герцену*). И чего ты добился? Кто тебе благодарен? Крепостные? Они тебя не знают. Помещики? Они тебя ненавидят.

Г е р ц е н. Я делал то, во что верил. Я первый дал России свободное печатное слово.

Н а т а л и. Тургенев, Достоевский, Толстой, – они тебя ругают.

О г а р е в. И восхищаются. И гордятся.

Н а т а л и (*Герцену*). Ты принес себя и семью в жертву своим амбициям. Зачем? Государь отменил бы крепостное право и без твоей помощи!

Г е р ц е н хочет что-то сказать, машет рукой и уходит.

О г а р е в. Лев Толстой недавно заметил: «Герцен не уступит Пушкину, где хотите, откройте, везде превосходно».

Н а т а л и (*раздраженно*). Знаю! А еще Толстой сказал: «Герцен – человек выдающийся по силе, уму, искренности. Изумительный писатель».

О г а р е в. Я хочу тебя спросить, Натали...

Н а т а л и. Наслышана! «Грандиозный ум! Великий талант! Автор бессмертных мемуаров! Мыслящая Россия обожает! Прогрессивная Европа аплодирует!»...

О г а р е в. Не то, Натали, не то...

Н а т а л и. ...блестящий, отзывчивый, добрый и богат, как Монте-Кристо.

О г а р е в. Я хочу спросить: почему ты не хочешь быть счастливой?

Пауза.

Н а т а л и (*тихо*). Какое тут счастье? Я беременна. Родится маленький. Опять врать будем? The child of Nicolas Ogareff, editor of the Bell, the Russian newspaper and Natalie Tuchkoff. Как жить прикажешь, Ага?

О г а р е в. Жить каждым днем и радоваться.

Пауза.

Н а т а л и. Он не любит меня. У него было в жизни два апостола – ты и Наташа. Он думал, я стану третьим. А у меня не вышло. Я тебя несчастным сделала. И его, и себя погубила. Вот где моя трагедия.

О г а р е в. Да ты своим поведением меня и его в тысячу раз больше страдать заставляешь! И не произноси слово «трагедия»! Ты не знаешь, что такое трагедия! И не дай Бог узнать!

Пауза.

Н а т а л и (*кричит*). Александр! Александр! (*Убегает. За сценой.*) Прости меня!

СЦЕНА ТРИНАДЦАТАЯ

Гостиная. Входит Н а т а л и и останавливается перед портретом покойной жены Г е р ц е н а.

Н а т а л и. Ну, милая моя, признавайся, что у тебя было с Гервегом? Думаешь, я глупенькая и не догадываюсь? Я твои письма наизусть помню. «Живи сегодняшним днем, другого не будет». Так, Наташенька, а?

Входит Г е р ц е н.

Г е р ц е н. Добрый день, дорогая.

Н а т а л и. Герцен, я устала повторять: мне нужна вторая детская комната. Оля большая девочка. Она вполне может жить в мансарде. Я только об этом заикнулась – она в слезы. «Там тепло. Там холодно. Там сыро». Настаивать мне неловко. Приказывать я не могу. Сделай что-нибудь.

Г е р ц е н. Я надеялся, рождение двойняшек внесет мир и покой в наш дом. Им уже скоро три года, а в нашем доме нет ни того ни другого.

Н а т а л и. Пустая болтовня. Лучше разберись с Олей.

Г е р ц е н. Пришло письмо от Мальвиды. Она едет в Италию и предлагает взять Олю с собой.

Н а т а л и. Вот как! Интересно.

Г е р ц е н. Тата узнала – и тоже просится. Она хочет всерьез изучать живопись.

Н а т а л и. И что ты решил?

Пауза.

Г е р ц е н. У меня нет выхода.

Н а т а л и. Когда они уезжают?

Г е р ц е н. Завтра.

Н а т а л и (*с вызовом*). Я очень рада. У Мальвиды своих детей нет. Ей будет чем заняться.

Г е р ц е н (*скрывая негодование*). Надеюсь, когда они уедут, тебе станет легче.

Н а т а л и. Представь себе. На мне трое маленьких. Мне тяжело. (*Неожиданно чему-то смеется.*) Сегодня утром вдруг вспомнила, как ты совсем молодым человеком приезжал читать свой роман *papa*. А мы с сестрой, совсем крошки, слышали звук твоих дрожек и выбегали навстречу в коротеньких платьицах с черными фартучками. И каждый раз что-то влекло меня встретиться с тобой глазами, сконфузиться и убежать. Ах, Герцен, если б кто-то тогда шепнул мне: вот отец твоих детей. Как странно и чудно это… (*Прижимается к нему.*) Вот увидишь: без Таты и Оли нам не надо будет сдерживаться, притворяться. У нас начнется свободная жизнь.

Г е р ц е н. Я принимаю это решение с тяжелым сердцем. Оля, раз уехав, уже не вернется. Она и так почти не говорит по-русски. Тата тоже будет отдаляться. А Саша – давно отрезанный ломоть. Ему только самолюбие мешает, а так он уже давно бы отвернулся от всего русского. Прикажешь смириться, что мои дети стали швейцарскими немцами? Так я должен и свою натурализацию принять всерьез.

Н а т а л и. В твоих словах слышится упрек. Я его не принимаю. Все, о чем я мечтаю, – это иметь свой дом, растить детей, любить мужа, и быть уважаемой им. Вот мой идеал. Неужели я так много требую?

Г е р ц е н. Натали, помилуй, что ты еще хочешь? Я люблю и уважаю тебя. Ты желала быть хозяйкой в доме? Он давно твой. Твой дом! И пусть он хоть чем-то напомнит мне прошлый. В доме Наташи мы не знали, что такое ссоры, крики, вражда.

Н а т а л и (*зло*). Опять запел про «святую»! (*Машет рукой на портрет*).

Г е р ц е н (*резко*). Остановись! Сейчас же остановись, Натали! Ты знаешь те струны, которых касаться нельзя. Не касайся их.

Н а т а л и (*вызывающе*). У твоей «святой» был муж, а у ее детей – отец. Мои дети зовут Огарева «папа Ага», а тебя «дядя». Я не могу это вынести! Я с ужасом думаю, что будет с Лизой, когда она узнает правду!

Г е р ц е н. Ты прикрываешься своим положением, как щитом, в надежде, что оно дает тебе право быть безжалостной и черствой. Разве не так? Ты вошла в мой дом, и он раскололся. Сначала уехал Саша. Теперь очередь Оли и Таты. Ты обещала заменить детям Наташи мать. И что из этого вышло?

Н а т а л и. Я плохой воспитатель. Я старалась. У меня не получилось.

Г е р ц е н. Воспитание начинается с любви. Мальвида любит Тату и Олю, как своих собственных. Поэтому у нее получается. Признайся сама себе: ты не любишь никого, кроме себя и своих детей! И это с наивностью эгоизма, без меры и предела!

Н а т а л и. Я и тебя люблю! (*Рыдает.*)

Пауза.

Г е р ц е н (*жалеет, что не сдержался*). Успокойся, Натали. Я виновен во всем не меньше, чем ты, а скорее больше. (*Смотрит в зал.*) Тата пришла. Садись, Тата.

Н а т а л и уходит.

Г е р ц е н. Послушай, дорогая Тата. Я хочу, чтоб вы в Италию ехали через Ниццу. Я хочу, чтоб, вступая в новый этап жизни, вы посетили могилу и поклонились земле, в которой схоронена ваша мать, цветам, растущим на ней. Ольга не знала ее совсем, и ты не много знала.

Входит Н а т а л и.

Г е р ц е н. Это была великая женщина – и по мысли, и по сердцу, и по бесконечной поэзии всего бытия ее. Я прочту тебе самую интимную главу из моих воспоминаний. Она называется «Кружение сердец». (*Берет в руки рукопись.*) Эта история о том, как в нашем доме появился немецкий господин Георг Гервег.

Н а т а л и. Франсуа едет на рынок. Ему нужны деньги.

Г е р ц е н. Я предупредил: нас не отвлекать. (*Ищет в столе деньги.*)

Н а т а л и (*Тате*). Для твоего папочки главное – покорность. Вот твоя мамочка сидела тихой мышкой и молчала. Недаром ее мать – крепостная, из дворовых. Молчать она умела. Зато теперь она на пьедестале. Она «святая», а я строптивая. Плохая.

Г е р ц е н. Замолчи, Натали! Немедленно замолчи!

Н а т а л и (*Герцену*). А твоя «святая» была из мяса и костей! Уж я-то хорошо знаю! Она все о великой любви мечтала, а-ля Жорж Санд! Гервег-красавчик подвернулся, Наташенька не растерялась! Покойная поэзию очень любила!

Г е р ц е н. Ложь!

Н а т а л и. Она Гервега у тебя под носом соблазнила и два года подряд с ним изменяла!

Г е р ц е н. Ложь! Ложь! Ложь!

Н а т а л и. Не она, а я должна на пьедестале стоять! Я родила тебе троих! Не меньше чем она! И мои куда как способнее. Да, милая Таточка, Лиза твоя сестра! И Лелечка и Лешенька…

Г е р ц е н. Уйди! Ты оскорбила меня и память о ней! (*Указывает на портрет.*)

Н а т а л и (*кричит*). Я увезу детей! И ты не увидишь их больше!

Г е р ц е н. Чего ты хочешь? Наказать меня судьбой детей своих? Наказать за что? Пусть все последствия безумий твоих падут на твою голову!

Н а т а л и. Были бы у меня деньги, я бы тебе еще не то показала! (*Уходит.*)

Г е р ц е н. И этот день отравлен! А как весело ждал я его. Вот она, плата за мою слабость. (*Тате*). Да, Тата, это правда. Лиза, Леля, Алеша – это мои дети. Твои сестры и брат.

Входит О г а р е в.

О г а р е в. Натали заявила, что уезжает в Париж.

Г е р ц е н. Париж! Туда нельзя! Там эпидемия!

О г а р е в уходит.

Г е р ц е н. Какое плоское несчастье!

СЦЕНА ЧЕТЫРНАДЦАТАЯ

Гостиница в Париже. Кровать. Кресло. Н а т а л и в черном платке сидит на кровати. Входит Г е р ц е н.

Н а т а л и (*говорит сама с собой, бесстрастно и монотонно*). Сначала Лиза заболела, потом Леля, потом Леша. Жар сильный. Думали, ангина дурного свойства. Оказалась дифтерия. Круп все забил – дышать нечем. Леле разрезали горло. Я держала ее головку и не смотрела. Все равно не спасли. В двенадцать часов ночи она скончалась. Через час умер Леша.

Г е р ц е н. Что с Лизой?

Н а т а л и. Лиза там. Спит. (*Машет рукой.*) Она вне опасности.

Г е р ц е н уходит.

Н а т а л и. Когда родились мои дорогие утешители, я была безумно счастлива. И как недолго. Зачем я поехала в Париж? Герцен возражал, а я поехала. Вот теперь жизнь и давит, как свинец.

Г е р ц е н возвращается.

Н а т а л и. Мне хочется идти босиком, с веревкой на шее. И чтоб толпа кричала мне: убийца, убийца! Вот бы так дойти до эшафота, взойти на него спокойной поступью, крепко пожать руку палача-избавителя, положить голову на плаху. Тогда я успокоюсь. Помоги мне, научи, как дойти до конца.

Г е р ц е н. Ты должна жить во имя Лизы. Лучшей тризны ты не можешь совершить над гробиками.

Н а т а л и (*продолжает говорить сама с собой*). Болезнь Лизы окончилась. Сильный кашель с лихорадкой прошел. Остались только распухшие железы. В болезни она не ела и пила только воду. Лиза так и сказала: «Теперь хочу воду, а когда выздоровлю, буду пить одно шампанское».

Г е р ц е н. Я пришел к заключению, что время сообщить Ольге и Лизе пришло. Меня теснит ложь старых предрассудков. Пора объявить всему свету правду. Лиза должна объединить оба наших имени и называться Герцен-Огаревой.

Н а т а л и. Я уже сказала. Лиза все знает.

На сцене появляется О г а р е в. Все трое подходят к авансцене. Только сейчас видно, как сильно они постарели.

Г е р ц е н (*О г а р е в у*). Натали и здесь поперек сделала.

О г а р е в (Г е р ц е н у). Я Лизе все равно письмо написал. Вот оно. (Протягивает Г е р ц е н у письмо.)

Г е р ц е н. Сам прочти.

О г а р е в (*читает*). «Я хочу сказать тебе, дорогая Лиза, что у меня на сердце. Я люблю и всегда любил твоего отца, как родного брата, оттого и вас, его детей, всегда считал своими. Я любил тебя, как собственного ребенка, так как ты дочь Натали, которая мне – как сестра. Прошу тебя, моя добрая Лиза, любить Сашу, Олю и Тату, как родных, и всегда оставаться единой семьей».

Г е р ц е н (*О г а р е в у*). Натали бессмысленно мечется по странам. Не дает мне видеть Лизу. Мучает меня и ее. Губит Лизу мне назло, и ничего поделать нельзя.

Н а т а л и (*Г е р ц е н у*). Твой дом – не мой дом. Или полный разрыв, или официальное признание брака. Ты спрашиваешь – как Лиза? Она растет, как цветок на кладбище. Квартирку нашли очень маленькую. Тридцать пять франков в месяц.

Г е р ц е н (*Н а т а л и*). Я согласен. (*О г а р е в у*.) Ради Лизы я на все согласен.

Н а т а л и (*О г а р е в у*). Милый Ага, поздравь меня. Теперь я – Наталья Алексеевна Герцен.

Г е р ц е н (*О г а р е в у*). От диких порывов любви до свирепых слов ненависти – все сумбур. Сегодня ужас и желание, чтобы я спас ее и Лизу. А завтра – неуважение ко мне, обвинение во всем меня, тебя. Через час – слезы и оттепель. Ни одной записочки, ни одного слова без яда. Внутри – и страх, и боль, и злоба. Я за полгода тихой одинокой жизни отдал бы пять лет.

О г а р е в (*кричит*). Нет у тебя пяти лет! Один год всего!

Г е р ц е н. Не кричи. Первый раз слышу, как ты кричишь. (*Уходит.*)

О г а р е в. Он умрет в Париже. (*Н а т а л и.*) Помнишь, ты мне телеграмму выслала – Герцен совсем плох. А я не успел.

Н а т а л и (*подходит к О г а р е в у*). Я специально приехала. Я должна тебя спасти.

О г а р е в. Меня не надо спасать. Я живу с Мэри пятнадцать лет. Она никогда меня не оскорбляла, ухаживала за мной, не мешала выпивать, любила меня.

Н а т а л и. Твоя Мэри – грубая грязная женщина. Она недостойна тебя.

О г а р е в (*кому-то за занавесом.*) Natalie says you are a dirty woman. (*Н а т а л и.*) Мэри просит тебя выйти вон.

Н а т а л и. Как ты опустился. Ну и оставайся прозябать с этим ничтожеством. (*Отходит от О г а р е в а.*) Он умрет в своей деревне под

Лондоном. (*Начинает плакать.*) А за два года до кончины получит письмо.

О г а р е в. Письмо? (*Берет в руку письмо.*) Я не хочу никаких писем. (*Разглядывает.*) От Тургенева? (*Читает.*) «Дочь Герцена и Огаревой Лиза десять дней тому назад отравилась хлороформом – после ссоры с матерью и чтобы досадить ей. Это был умный, злой и исковерканный ребенок, семнадцать лет всего! Да и как ей было быть иной, происходя от такой матери». (*Бросает письмо.*) Лизу жалко. Слава Богу, Герцен не дожил. (*Уходит.*)

Н а т а л и (*одна на сцене*). Двадцатый век давно на дворе. А я все живу. Вернулась в Россию, в Яхонтово. Основала маленькую библиотеку, учу крестьян грамоте, помогаю советом, пишу прошения, ухаживаю за больными. Я всю жизнь мечтала приносить пользу... Затеяла вот мемуары писать. Как Герцен учил. (*Смеется.*) Дни идут, не ранят. А вот с ночами плохо. Сны – моя мука. И мое счастье. Закрываю глаза и качаю на руках Лелю. Или вижу Лизу. На днях я спросила Лизу: Лизонька, ты меня любишь? А она губки надула и молчит. Вчера Герцен приснился. Он возвращался из поездки домой, такой оживленный, светлый. Ой, чуть не забыла!.. (*Вытаскивает чемодан.*) Это его чемодан. (*Открывает чемодан.*) Вот его последняя шляпа, белье, подтяжки. А это – зимняя шапка Огарева. А вот это – Олин кораблик. Тот самый. Она его Лизе подарила. Я ведь так стремилась к идеалу. Я так хотела счастья. Я так их любила – Огарева, Герцена, Лизу, Лелю, Лешу. Боже, за что ты караешь чад своих?

ЗАНАВЕС

сайте stihi.ru.

Бен-Эф, по жизни Ёся Коган, – родился и всю жизнь прожил в Москве, пока не переехал в 1992 году в Штаты. По образованию математик, кончил мехмат МГУ, защитил кандидатскую диссертацию. Приехав в Нью-Йорк, читал вводные курсы лекций по статистике в Курантовском институте, потом работал в Чикагском и Иллинойском университетах, в последнее время – статистиком в фармацевтических компаниях. В начале 70-х посещал поэтическую студию «Луч» Игоря Волгина при МГУ. Имеет свою страницу на сайте stihi.ru.

Стихотворения

Свет от еврейской свечи

Mr. Pipiskin
с Madam Sisyulevich
счастливо прожили жизнь:
манная каша
на ужин из миски,
свет потушили –
держись!

– Милый Арон,
ты храпишь, как из пушки!..
– Сарочка, ты не права!
Попа холодная,
как у лягушки,
дай я согрею тебя!..

Пятницы вечер –
Зажженные свечи,
Хала, бутылка вина,
ах, до чего
эта жизнь скоротечна:
выпита рюмка до дна...

Жизнь замирает,
Звезда догорает –
Смерть подбирает ключи...

Бьется,
горит
и нас всех согревает...
Бьется,
горит
и
не умирает
Свет
от
Еврейской свечи.

За старою дверью

За старою дверью за узким окном
горит огонечек и ночью и днем
горит огонечек любви по ночам
его никому никогда не отдам
с тобою одною его разделю
тебя как лучиночку им опалю
и в пламени жарком любви до конца
замерзшие наши оттают сердца
и губы почувствуют горечь любя
ну как же скажи мне я жил без тебя
в пустыне холодной сквозь снег и песок
как волк обезумевший душу волок
придушенной ланью надежду свою
вдруг губы твои мне шепнули люблю

Самое хорошее...

Место ниже живота,
волосом поросшее...
Из всего, что знал когда –
самое хорошее!

Змий лукавый искусил,
иль Господь сподвинул? –
Целиком, что было сил,
сдвинул половины:

стали плотью мы одной,
как Адам и Хава, –
как велел Отец родной, –
Честь Ему и Слава!

На улице Просторной

С.Л.

В Черкизово,
на улице Просторной,
тот дом под снос,
еврейская семья:
сестра и брат –
забытая история
опять мне лезет
в голову
сама.

Нам было с ней тогда по девятнадцать,
весна пылила из-за всех углов
и до смерти
хотелось целоваться –
скрипит калитка:
Первая Любовь!
...Дом деревянный,
да диван скрипучий, –
ее тогда я так и не узнал:
– За стенкой мама,
ты меня не мучай...
а я не помню, что в ответ сказал.

Нет!
Ничего
у нас не получилось, –
ее братишка стал Авторитет,
после журфака, –
вот опять приснилась
(...хотя воров
среди евреев нет!)

Она была худой и некрасивой,
но
Свет Небесный
плыл
в ее глазах...
(моим не нравилась –
«семьи еврейской Сила!»)

...молчала в трубку,
год потом звонила,
и десять лет являлась ко мне
в снах.

Всех кого я любил и убил

Всех, кого я любил...
                    и убил,
с кем навеки я распрощался,
никогда я не расставался, –
с ними вместе всегда я был.

Всех забыл я их,
                    вспомнил снова –
голоса и движение губ.
Тонет в памяти –
                    не утонет
дней ушедших колодезный сруб.

Наклонюсь, и из давней замяти
выплываешь из глубины...
Брошусь вниз! –
                    и в забытой памяти,
наконец
            мы с тобою –
                        одни!

Ситец неба

Этот ситец июньского неба,
отчего он такой голубой?
Облака, как буханки хлеба,
над моею плывут головой.

Он прохладный такой, синий-синий,
всеми дождиками промыт –
ах, конечно беда всех минет,
кто на небо сейчас глядит.

...над моей головою чертовой
только тучи который год,
полосою идут они черною,
что за ветер ко мне их несет?

Что за ветер такой тоскливый,
завладел вдруг моей душой?
В день ли солнечный, в день дождливый
все гудит над моей головой.

Брестская крепость

По расписанию встречи –
кому они,
                 к черту,
                          нужны? –
...сквозь тьму к ней ползешь,
                          как разведчик,
из прифронтовой стороны:

«овраги – холмы – перелески» –
все знаешь,
                 как эти вот пять...
Защитница
                 Крепости Брестской –
тебе ведь не устоять!

Три ночи валялся контуженный,
под утро очнулся опять,
гранатой, своею натруженной,
пошел ее доставать...

Десантник морской пехоты,
Гвардеец – готов к броску,
другой не желает льготы,
как с песней
                 войти в...
                          Москву!

И миг тот, всегда лучезарный,
когда за последним: «Пли!»,
из «Брянских болот» партизаны
на приступ последний пошли,

и будущим поколениям
твоим салютуют в крови, –
ты в миг этот – просто
                          Гений
в той
         Крепости Брестской
                          Любви!

...пока твои руки слушались,
пока твой язык говорил,
просвечивали душами
тела – ты ее любил...

Без меня...

Уходила,
          убегала,
                    уплывала
Жизнь веселая,
              дурацкая моя –
та, которая
            со мной одним играла,
с кем играть
            ты будешь без меня?

Без меня
          ну, кто тебя сыграет,
сыщется ли
            где такой дурак?
Роль мою,
          он сроду не узнает,
даже пусть
            нацепит мой колпак...

Старое искусство
                  бабки Енты,
из Хасидских микв
                    и синагог...
Дураки –
          все метят в Президенты,
все Идиоты...
              Ну, а ты
                      не смог.

Полудетская любовь

Чем опечалена, девочка, ты?
В поле цветут золотые цветы,
в небе висят расписные мосты,

плещутся в море дельфины – мечты,
все голубые, как утро, чисты:
чем опечалена, девочка, ты?

– Только жалеют – никто ведь не любит!
Я некрасивой на свет родилась,
хочется так, целовали чтоб в губы...
ну, а в губах – только жалость и страсть.

Бани Усачевские

Еще ты помнишь
                          Времена Хрущевские
и Сталинские
                          помнишь Времена,
а я вот помню:
                          «бани усачевские» –
нам с мамой шайка
                          на двоих одна.

Мне не до шайки:
                          тетьки вокруг голые! –
без мамы мне до душа не дойти, –
не старые,
              а что-то невеселые,
друг дружке мылят
                          всё подряд почти...

– Закрой глаза,
              чтоб мыло не попало…
(в пять лет могла быть подлинней,
она их вовсе не смущала:
ведь ихние куда были видней).

Глаза закрою –
                          вижу эти попы
и сиськи,
              как… СОКРОВИЩА СТРАНЫ,
а где же их
              все Вани и все Степы,
любить их не пришедшие
                          с Войны?

…забуду «времена хрущевские»
и «сталинские, к черту, времена»,
но не забуду
              БАНИ УСАЧЕВСКИЕ!
… всего семь лет
              как кончилась
                          ВОЙНА.

Русско-еврейская грамматика

Еврей – это существительное,
а Русский – всегда прилагательное.
Союз их такой мучительный,
залог – пассивно-страдательный.

Один – в падеже винительном,
другой – в падеже дательном,
во времени мнительном,
в склонении матерном.

...и слыша одни междометия,
и разные прочие «русиксы»
скажи мне,
какое столетие
твои не сбываются чаянья?

Во всем виноваты суффиксы,
приставки и окончания...

В тебя уплыть

Сломать слова и строчки
И логику убить
Все запятые точки
Дыханьем заменить

Твоим как Море
Под сердца перестук
Без всяких: «I am sorry...»
Наук – разлук

Чтоб никакого смысла
Без мудрых «Если – то...»
Чтоб горстью бросить числа
Играющим в лото

Абсурд пусть правит праздник
(Тебя как воду пить)
И старой страстью дразнит
В тебя уплыть

Перовская ведьма

Она была,

        скажу я вам,

                как ведьма!

Осатаневшая в Перово

            без Любви.

Ее девчонкой

        обманул

                какой-то Эдька, –

беги за ним,

        ищи его,

             лови!..

Упала,

        подбородок весь разбила...

Зачем девчонку

            водкою поить?

Он был женат –

                она его любила!..

швы наложили,

            чтобы кровь остановить.

… в той коммуналке

                за стеной молодожены,

как рыбки две,

            плескались по любви…

Лежать одной,

        курить

              как прокаженной,

с обидой,

        горько булькавшей

                в крови.

Ну, как ее,

        такую вот,

            растопишь?

Всю злющую, –
                     совсем не загуби!..
Обманешь –
               ничего тогда
                        не стоишь!
Со всем, что есть, –
               со шрамиком
                           Люби!